Kate Meader

Love Recipes – Verführung à la carte

KATE MEADER

Love RECIPES

Roman

Verführung à la Carte

Aus dem Amerikanischen
von Lene Kubis

PIPER

Mehr über unsere Autoren und Bücher:
www.piper.de

Wenn Ihnen dieser Roman gefallen hat, schreiben Sie uns unter Nennung des Titels »Love Recipes – Verführung à la carte« an *empfehlungen@piper.de,* und wir empfehlen Ihnen gerne vergleichbare Bücher.

MIX
Papier aus verantwortungsvollen Quellen
FSC® C083411
FSC www.fsc.org

Deutsche Erstausgabe
ISBN 978-3-492-06204-6

Titel der amerikanischen Originalausgabe:
»Feel the Heat«, Forever, ein Imprint von
Grand Central Publishing, New York City 2013

Redaktion: Antje Steinhäuser
Satz: Tobias Wantzen, Bremen
Gesetzt aus der Filosofia
Druck und Bindung: CPI books GmbH, Leck
Printed in the EU

Für Jimmy,
der mich zum Lachen bringt
wie kein anderer.

1. Kapitel

Eigentlich sollte sie längst wohlbehütet in ihrer Wohnung über dem Restaurant ihrer Familie sitzen, die Pastareste vertilgen und die letzten Folgen ihrer Lieblingsserie ansehen. Stattdessen dachte Lili DeLuca um drei Uhr morgens in einer dunklen Gasse darüber nach, in schimmernden blauen Lycra-Hotpants und einem sternenbedeckten Bustier die Heldin zu spielen. Ob das eine gute Idee war?

Sie nahm ihren Vespahelm ab und spähte hinauf zu ihrem Schlafzimmerfenster, ehe sie ein weiteres Mal in die Gasse blickte, die zu dem Kücheneingang des *Ristorante DeLuca* führte. Die Tür stand offen, und Licht fiel hinaus in die Nacht. Niemals war ihr Helligkeit so falsch vorgekommen.

Normalerweise war auf der Damen Avenue so viel los, dass man sich auch als Frau allein sicher aufgehoben fühlen konnte.

Wicker-Park, früher eine günstige Gegend, die von unterernährten Künstlern und Hybriden aus Schauspielern und Baristas besiedelt war, hatte sich mittlerweile zu einem wahren Dschungel aus teuren Lofts, schicken Restaurants und raffinierten Weinbars gemausert. Außerdem gab es da noch das *O'Casey's Tap* an der Ecke und den regelmäßigen Strom von Nachtschwärmern, sodass die Straßen immer belebt und sicher waren.

Aber nicht heute Nacht.

Die Bars hatten die letzten Schluckspechte schon vor einer Stunde wieder ausgespuckt, und die Leute schnarchten bereits tief und fest in ihren Vorstadtbetten. Trotz der drückenden Junihitze von zweiunddreißig Grad war ihr die Gegend hier noch nie so karg und kalt vorgekommen. Es mochte seine Vorteile haben, so nah am eigenen Arbeitsplatz zu leben – zum Beispiel, dass der Arbeitsweg nur eine halbe Minute dauerte oder dass man stets das beste italienische Essen Chicagos zur Verfügung hatte. Gerade aber erschien ihr die offene Küchentür viel eher bedrohlich.

Vielleicht war ja Marco im Restaurant? Ihr Ex-Freund hing dort gelegentlich gerne herum, weil er offenbar davon ausging, dass seine Investition ihm gewisse Privilegien garantierte. Eine Flasche des teuren Brunello hier, einen Veranstaltungsort für spätabendliche Pokerrunden da.

Sie schob die Erinnerungen beiseite und konzentrierte sich auf ihr aktuelles Problem. Vor sechs Stunden war ihr die jährliche Superheldenparty noch wie eine harmlose Möglichkeit erschienen, ihr Sozialleben wieder in Schwung zu bringen. Mit honigsüßen Worten hatte ihre Cousine Gina sie dazu überredet mitzukommen.

Es ist Zeit, sich wieder ins Spiel zu bringen, Lili! Nein, deine Oberschenkel sehen in diesen Shorts nicht wie Dönerspieße aus. Der Batman dahinten ist nicht fett – nur kräftig!

Ein kräftiger Batman wäre jetzt eigentlich ganz praktisch …

Sie ließ das beruhigende Verkehrsrauschen hinter sich und schlich zur Tür, den stechenden Geruch der Müllcontainer in der Nase. Irgendetwas Pelziges verschwand in der Dunkelheit. Plötzlich ertönte lärmend ein Gitarrenriff aus *Brown Sugar* von den Rolling Stones. Tja, der Wahnsinn hatte eben seinen ganz eigenen Soundtrack.

Kann sein, dass du wie Wonder Woman *gekleidet bist, aber das heißt noch lange nicht, dass du jetzt die Heldin spielen musst. Schau einfach kurz nach, und dann ruf jemanden an.*

Sie linste zur Tür hinein. Teure Küchengeräte – *ihre* Geräte – lagen verstreut zwischen Tellern, Töpfen und Pfannen auf den Arbeitsflächen. Wieder wurde sie unruhig. Das sah so gar nicht nach Marcos Werk aus!

Vermutlich gab es nur eine Erklärung: Irgendein Vollidiot war zu den Klängen von Jagger und Richards in ihr Restaurant eingebrochen.

Eigentlich war klar, was als Nächstes anstand. *Nun ruf schon jemanden an. Irgendjemanden!* Sie könnte ihren Vater alarmieren. Ihren Cousin. Diesen süßen Cop mit den schokoladenfarbenen Augen, der sich immer am Freitag etwas zu essen aus dem Restaurant mitnahm und darauf bestand, dass sie sich bei Problemen sofort bei ihm meldete. Sie schluckte hart und bemühte sich vergeblich darum, ihr wild klopfendes Herz in den Griff zu bekommen. Aber umsonst. Es schoss weiterhin in ihrer Brust hin und her wie eine Flipperkugel.

Sie schnupperte, und ein ätzender Schwall Bleichmittel, der mit einem leichten Basilikumduft konkurrierte, biss ihr in die Nase. Zitternd legte sie ihre achthundert Dollar teure Leica-Kamera in ihren Helm und zerrte dann ihr Telefon aus der Hosentasche ihrer engen Shorts. Sie begann zu wählen. *Neun. Eins …*

Plötzlich ertönte aus dem Inneren des begehbaren Kühlschranks Gesang, der an den Edelstahlwänden abprallte. Ziemlich schrill. Geschlecht unklar. Wahnsinnig laut und vollkommen schief.

Sie steckte ihr Telefon wieder ein, öffnete die Tür mit dem Fliegengitter und trat leise ein.

Fieberhaft sah sie sich nach einer möglichen Waffe um und entdeckte schließlich dankbar die gusseiserne Pfanne auf dem Hackblock. Sie ersetzte den Helm in ihrer Hand durch die Pfanne und stellte zufrieden fest, dass ihr Gewicht das Zittern ihrer Hand beinahe zum Aufhören brachte. Ihre verschwommene und ziemlich lächerliche Spiegelung in der Stahltür machte ihr seltsamerweise Mut. Sie war perfekt für ein bisschen Action gekleidet. Keine Frage, sie würde es hinbekommen!

Lili ging an der Tür der Kühlkammer vorbei und machte eine sekundenschnelle Bestandsaufnahme ihres Gegners. Er war ein Schrank von einem Mann und hatte ihr den Rücken zugewandt, während er nach einem mit dem Ragù ihres Vaters gefüllten Behälter auf dem obersten Regalfach tastete. Einen Moment lang ließ sie sich von dieser Unstimmigkeit ein wenig aus dem Konzept bringen. Dieser vollkommen unmusikalische Ganove wollte das Ragù stehlen? Irgendwie passte das nicht recht zusammen, aber immerhin war er in ihr Restaurant eingedrungen. Und das mitten in der Nacht. Als er einen Schritt zurücktaumelte und Lili damit einen ordentlichen Adrenalinschub bescherte, war jeder Zweifel wie weggewischt. Sie riss die Bratpfanne nach oben und verpasste ihm einen kräftigen Hieb gegen den Kopf. Er heulte auf wie ein Wolf – das hatte gesessen! Einen Moment später hatte sie auch schon die Tür hinter dem Gauner zugeworfen. Der einen wirklich netten Hintern hatte, das musste man ihm lassen.

Gute Güte, woher war dieser Gedanke denn jetzt gekommen?! Bestimmt lag das nur an der plötzlichen Erleichterung, denn eigentlich war es ziemlich unpassend, einen Kriminellen heiß zu finden. Lili kicherte nervös und schlug sich dann die Hand vor den Mund, um diese unanständigen Gedanken im Keim zu ersticken.

Und jetzt, Shiny Shorts? Nun war es wohl höchste Zeit, die Polizei zu rufen. Aber sobald sie ihr Telefon hervorgezogen hatte, störte ein neuer Gedanke ihren Triumph. Eigentlich müsste der Kühlschrankdieb doch jetzt ein riesiges Theater veranstalten oder zumindest darum betteln, befreit zu werden. Aber nichts da. Schon seit einer vollen Minute hatte er keinen Piep mehr von sich gegeben. Da der Mechanismus an der Tür kaputt war, mit dem man sie im Notfall von innen öffnen konnte, würde der Einbrecher sich erst einmal nicht selbst befreien können. Lili presste ihr Gesicht und ihre Hände auf die kalte Tür. Das Wummern der Musik vermischte sich mit dem leisen Surren der Kühlkammer.

Noch immer kam kein Mucks aus dem eisigen Gefängnis. Lili hatte eine neue, schreckliche Befürchtung: Was, wenn sie den Mann umgebracht hatte?

Glücklicherweise – oder auch unglücklicherweise – konnte sie sich den Gedanken aus dem Kopf schlagen, da die Tür plötzlich ruckartig aufgerissen wurde und Lili höchst unelegant zu Boden plumpste. Mit dem Hintern voran natürlich!

Es hatte also doch jemand das Sicherheitsschloss repariert.

Zunächst sah sie ein Handgelenk, dann einen haarigen Arm und schließlich das Gesamtpaket. Sie bekam einen vagen Eindruck von etwas Großem, Bösem und Gefährlichem. Der Mann hielt die Pfanne nach oben, um eine mögliche Attacke abzuwehren, aber eigentlich hätte er sich gar keine Sorgen machen müssen. So auf dem Hosenboden sitzend waren Lilis Superkräfte doch deutlich eingeschränkt. Plötzlich bemerkte sie, wie ihre Angst einer heftigen Scham wich.

»Du hättest mich umbringen können, verdammt noch …«, donnerte der Kühlschrankdieb. Dann klappte ihm der Kiefer herunter. Tja, diesen Effekt hatten knapp bekleidete Superheldinnen nun mal.

Der Eindringling hatte dichtes schwarzes Haar, goldgefleckte grüne Augen und ein Gesicht, das direkt aus einem Renaissancegemälde entsprungen zu sein schien. Das waren seine augenscheinlichsten Merkmale. Einen Ganzkörpercheck verschob Lili erst einmal, da sie in Schwierigkeiten steckte. In großen sogar.

Es war *er*.

Er fasste an seinen Hinterkopf und stellte dann die Pfanne so vorsichtig ab, als handele es sich dabei um eine geladene Waffe.

Nachdem er lässig in Richtung Tresen gewinkt hatte, verstummte die Musik abrupt. Das hatte er wahrscheinlich während seiner Ausbildung bei der dunklen Seite der Macht gelernt.

»Alles klar bei dir, Süße?«, fragte er sie lässig und steckte eine iPod-Fernbedienung in seine Hosentasche, ehe er sich halbherzig in ihre Richtung bewegte. Sie hob die Hand, um ihm zu zeigen, dass alles okay war. *Zu spät.*

Vorsichtig linste sie hinab auf ihre Brüste und atmete erleichtert auf. Zum Glück war kein Nippel zu sehen. Sie sprang auf und rieb sich ihren schmerzenden Hintern.

Yep. Du trägst ein Wonder-Woman-Kostüm und hast gerade einen der berühmtesten Männer der westlichen Hemisphäre ausgeknockt.

Schließlich sah sie ihm ins Gesicht, das mittlerweile einen recht finsteren Ausdruck angenommen hatte.

»Ich bin Jack.«

»Ist mir inzwischen klar.«

Lili wusste, dass sie in ihrem Outfit die Blicke zwangsläufig auf sich zog. Der Sturz auf ihren Hintern hätte ihrem Ego natürlich einen gewaltigen Knacks verpassen können, aber sie wusste zumindest, dass sie verdammt gut aussehend in den Abend gestartet war. Dieser Meinung waren immerhin vier der fünf tonusschwachen Supermänner auf der Party gewesen! Ihre Jahre als übergewichtige Teenagerin lagen längst hinter ihr, und seitdem stand sie voll hinter ihrer Kleidergröße 44. Und an den Tagen, an denen sie sich weniger attraktiv fühlte – und kannte nicht jede Frau solche Momente? –, gab es immer noch genug Freunde, die ihr versicherten, wie unwiderstehlich ihre Kurven waren.

Jack Kilroys ungewöhnlich hübsche Visage war ihr schon lange vertraut gewesen. Nicht, weil sie ein Fan war – um Gottes willen! Sondern weil ihre Schwester ihr permanent damit in den Ohren lag, wie vollkommen er war und außerdem ihr gesamtes Umfeld dazu bewegen wollte, seine Kochshow anzusehen: *Kilroy's Kitchen (Kommt immer Montagabend um sieben auf dem Kochkanal – nicht vergessen, Lili!).* Als megaheißer Brite war er im vergangenen Jahr erst durch seine TV-Show und dann durch seinen Bestseller *Französisch Kochen für Anfänger* bekannt geworden. Sein bezauberndes Lächeln zierte die Cover diverser Lifestyle- und Kochmagazine, und außerdem konnte man ihn immer wieder dabei beobachten, wie er seinen ganz eigenen Foodie-Charme in verschiedenen Talkshows verbreitete. Erst vor Kurzem hatten seine Trennung von einem Soapstar und eine Prügelei mit einem Paparazzo den Klatschspalten und Nachrichtensendern delikates Futter geliefert.

Im Fernsehen mochte es so aussehen, als habe er ein paar Pfund mehr auf den Rippen, aber im echten Leben war Jack Kilroy einfach nur schlank und wahnsinnig heiß. Seine breiten Schultern überraschten sie nicht, wohl aber das Tribal-Tattoo auf seinem rechten Oberarm. Es war so ganz und gar unbritisch und verlieh ihm einen gefährlichen, sexy Touch. Ihr Blick wanderte hinab auf sein Black-Sabbath-Shirt, das sich über seine wohlgeformten, durchtrainierten Brustmuskeln spannte. Bestimmt hatte er das dem jahrelangen Stemmen von schweren Suppentöpfen zu verdanken. Die langen Beine in den lässigen Jeans vervollständigten diesen verlockenden Anblick.

Ja, Jack Kilroy war der leibhaftige Beweis dafür, dass es einen Gott gab.

»Ist das deine übliche Vorgehensweise? Dass du Leuten erst einmal mit einer Pfanne eins überbrätst, ehe du ihnen Fragen stellst?«, erkundigte er sich, nachdem auch er sie einmal von Kopf bis Fuß gemustert hatte. »Und soll ich erst einmal stillhalten, damit du mit deinem Lasso die ganze Wahrheit aus mir herausquetschen kannst?« Er deutete auf das goldene Seil, das in einer Schlaufe an ihrer Hüfte hing.

Falls er annahm, dass er sie mit seinem Fachwissen über Wonder Woman irgendwie beeindrucken konnte, dann hatte er sich geschnitten!

Na gut, ein bisschen beeindruckt war sie schon.

»Ich dachte, du wärst ein Dieb. Ich wollte schon die Polizei rufen.«

»Willst du etwa behaupten, hier gäbe es irgendetwas, das sich zu klauen lohnt?«

Von seinem herablassenden Tonfall wurde ihr ganz heiß vor Wut. Vielleicht lag das aber auch an seinen smaragdfarbenen Augen und seinem unbeirrten Blick.

»Machst du Witze? Diese Küchenausstattung befindet sich schon seit Generationen im Besitz meiner Familie.« Gerade war alles vollkommen chaotisch auf sämtlichen verfügbaren Ablageflächen verteilt. »Wie zum Beispiel die Pastamaschine meiner *nonna*.« Sie deutete auf ein verstaubtes Gerät, das neben dem Gewürzbord auf der Arbeitsfläche stand.

»Du meinst dieses verrostete Teil dahinten in der Ecke?«

»Es ist nicht verrostet, sondern *vintage*. Ich dachte, ihr Briten mögt so etwas?«

»Klar, aber wenn man sich durch diese Teile eine Lebensmittelvergiftung holt, dann endet unsere Liebe auch ganz schnell wieder.«

Protest kam Lili plötzlich sinnlos vor. Immerhin hatte ihr Vater das Ding seit über zehn Jahren nicht mehr benutzt.

»Wenn ich nicht ganz falschliege, musst du Caras Schwester sein. Lilah, nicht wahr?«

»Ja, ich bin Caras Schwester, aber ich heiße Lil…«

»Ich dachte schon, du wärst die Empfangsdame«, unterbrach er sie. »Begrüßt man sich in italienischen Lokalen neuerdings mit Bratpfannen?«

Es ist drei Uhr morgens!, hätte sie am liebsten gerufen. Wahrscheinlich hatte der Schlag auf seinen Kopf doch Auswirkungen auf sein Denkvermögen gehabt. Wie aufs Stichwort rieb er sich den Schädel und umklammerte die Kante der Arbeitsfläche so fest, dass seine Knöchel weiß hervortraten. Er würde doch nicht ohnmächtig werden?

»Ich bin die Geschäftsführerin dieses Restaurants und habe dich nicht erwartet. Wenn ich gewusst hätte, dass *Le Kilroy* uns höchstpersönlich die Ehre erweisen würde, hätte ich natürlich den roten Teppich ausgerollt.«

Sie schlenderte hinüber zur Gefriertruhe und sah sich dann schnell genug um, um Zeugin seines tranceartigen Blickes auf ihren Hintern zu werden. Meine Güte, nicht einmal ein Schlag auf den Kopf konnte diesen Kerl aus seinem ewigen Flirtmodus reißen! Mit wenigen Handgriffen hatte sie eine Kühlkompresse in eine Serviette gewickelt und reichte sie ihm.

»Wie geht es deinem Kopf? Und ist dir das mit dem Duzen eigentlich recht?«

»Klar. Und mit meinem Kopf ist alles in Ordnung. Wie steht es mit deinem …« Er deutete mit einer Hand auf ihren Hintern, während er mit der anderen die Kühlkompresse an seinen Schädel drückte.

»Dem geht es bestens«, fauchte sie.

»Sieht ganz so aus«, grinste er.

Bekam der Typ denn nie genug?! »Das ist also deine übliche Herangehensweise, ja? Nicht zu fassen, dass du in der Damenwelt solch einen Erfolg hast.«

Die Klatschmagazine widmeten seinen ständig wechselnden Liebhaberinnen ganze Seiten. Infrage kamen ohnehin nur Fembots aus Hollywood und ausgehungerte

Models. Um seine Kochkunst ging es ihnen ganz sicher nicht.

»Es kamen noch keine Klagen«, meinte er.

Sie verschränkte die Arme, um ein wenig würdevoller zu wirken. Gar nicht so leicht in diesem Outfit.

»Also, wie wäre es mit einer Erklärung?«, fragte sie dann etwas schnippisch.

»Meinst du, warum noch keine Beschwerden kamen?«

»Nein. Ich will wissen, was du zu dieser unchristlichen Zeit im Restaurant meiner Familie zu suchen hast.«

»In erster Linie habe ich es darauf angelegt, von einer Superheldin überwältigt zu werden.«

Okay, das war ziemlich süß. Lili konnte sich ein Lächeln nicht verkneifen.

»Ich bereite mich auf die Show vor und mache eine Bestandsaufnahme. Hat Cara dir denn nichts davon gesagt?«, erkundigte er sich.

Natürlich nicht. Sonst hätte sie ihn schließlich nicht gefragt!

»Ich habe meine Nachrichten noch nicht gecheckt«, schwindelte sie, weil sie nicht zugeben wollte, dass ihre Schwester sie nicht informiert hatte. »Ich war den Abend über sehr beschäftigt.«

»Damit, Katzen von Bäumen zu retten und in einem einzigen Satz von Hochhaus zu Hochhaus zu springen?«

»Das ist der falsche Superheld«, erwiderte sie, immer noch verärgert, weil Cara sie nicht auf den neuesten Stand gebracht hatte. »Und du hast noch nicht erklärt, warum du dich ausgerechnet hier auf deine Show vorbereitest.« Ihn daran zu erinnern, wie spät es war, war wohl ohnehin sinnlos.

»Weil wir die Sendung hier aufzeichnen, Sweetie. Jack Kilroy macht euer kleines Restaurant richtig berühmt.«

Gut, dass Laurent nicht da war. Wenn er mitbekommen hätte, wie Jack Kilroy von sich in der dritten Person sprach, hätte er sich einfach nur schlappgelacht.

»Hier? Warum sollte deine dämliche Show denn hier gedreht werden?«

Jack überhörte den schnippischen Spruch, obwohl auch ihr Satz zum Thema Damenwelt schon hart an der Grenze gewesen war. Ein wenig heuchlerisch obendrein – sendete diese mit den Hüften wackelnde Frau denn nicht selbst eindeutige Signale?

»Ich habe mir das nicht ausgesucht, glaub mir. Eigentlich ist es hier viel zu eng, und auch die Ausstattung ist für meine Ansprüche viel zu … *vintage.*«

Nichtsdestotrotz gefiel der Ort Jack, ja, er machte ihn beinahe nostalgisch. Die Edelstahltheke war zerkratzt und abgenutzt und zeugte von den vielen erfolgreichen Jahren des Restaurants. Er liebte solche alten Orte. Irgendwie fühlte es sich behaglich an, auf Arbeitsflächen zu arbeiten, die schon so viel erlebt hatten.

Jack ließ seinen Blick wieder zu Caras Schwester wandern und fragte sich, wie es wäre, sie einfach auf den Tresen zu heben und direkt zur Sache zu kommen. Das ultraeng sitzende Kostüm schnürte ihre Taille ein und presste ihre Brüste auf eine Art und Weise nach oben, als wäre sie einem Comicheft entsprungen. In diesem Outfit erinnerte die Figur der Frau an eine Sanduhr – was man jenseits irgendwelcher Burlesque-Shows im Stil der Sechzigerjahre nicht häufig zu sehen bekam. Tja, das war eine wirklich gut gebaute Frau mit einem derart verlockenden Po, dass er jetzt schon wusste, an welcher Fantasie er sich später ergötzen würde. Sein Kopf pochte zwar noch immer schmerzhaft, aber dieser Anblick versprach definitiv Linderung.

Seine Kommentare zur mangelnden Größe des Restaurants und dem Vintagecharakter der Geräte hatten genau die Wirkung, die er sich erhofft hatte. Wilde Gesten, Sticheleien, glühende Augen. Diese Augen waren im Übrigen auch sehr schön. Hatten fast die Farbe von Curaçao-Likör. Sie funkelten so neckisch, dass er Mühe hatte, nicht zu grinsen.

»Die Küche ist nicht zu eng. Sie ist perfekt.« Lili deutete auf die Herde und Öfen, die an der hinteren Wand nebeneinander aufgereiht standen. »In dieser winzigen Küche bereiten wir jeden Samstagabend um die hundertfünfzig Gerichte zu, und was wir nun wirklich nicht nötig haben, ist irgendein kilroysches Gütesiegel. Besten Dank. Wir sind auch ohne diesen Quatsch schon bekannt genug.«

»Ich habe diese Küche nie als winzig bezeichnet, aber ich bewundere es sehr, wie gut ihr mit dem begrenzten Platz zurechtkommt.«

Caras Schwester schnaubte und bewegte sich dann auf den schweren Standmixer zu. Sie würde doch jetzt nicht anfangen zu putzen? Beschwichtigend legte er eine Hand auf ihren Arm.

»Hey, keine Sorge. Ich sorge dafür, dass alles wieder so aussieht wie vorher.«

Sie starrte kurz auf seine Hand, die auf ihrer goldenen Haut ruhte, dann funkelte sie ihn wütend an. *Pfoten weg!* Sie schob sich eine Haarlocke hinters Ohr und begann mit ihrer Mission, die darin bestand, aufzuräumen und ihn wie einen Vollidioten erscheinen zu lassen. Eine Wolke widerspenstigen kakaobraunen Haars verdeckte ihr Gesicht und verlieh ihr einen leicht irren Touch.

Aber es brauchte mehr als einen tödlichen Blick und ein paar wilde Locken, um ihn in die Flucht zu schlagen. Es machte einfach viel zu viel Spaß, sie zu necken!

»Ich bin ziemlich fix, Sweetie. Und wenn wir das mit deinen Superkräften kombinieren, sind wir ruck, zuck fertig.«

Sie warf ihr Haar zurück und sah ihn mitleidig an. »An deiner Stelle würde ich lieber nicht so laut herumtönen, wie schnell du fertig bist. Das hört keine Frau gern.«

Autsch.

Noch ehe er eine schlagfertige Antwort parat hatte, flog auch schon die Küchentür auf und Cara DeLuca, seine Produzentin, stürzte herein. Weder die ungewöhnliche Uhrzeit noch die wüstenähnliche Hitze hielten sie davon ab, einen todschicken cremefarbenen Zweiteiler und Absatzschuhe zu tragen. Laurent, sein Souschef und enger Vertrauter, stolperte träge und mit einem Tablett mit Kaffeebechern in den Händen hinter ihr her.

»Okay, jetzt bringst du mich sicher um«, meinte er Cara murmeln zu hören.

Ganz offenbar drohte ein waschechtes Geschwisterdrama. Da er selbst eine jüngere Schwester hatte, kannte er die Anzeichen dafür nur zu gut.

»Lili, was um alles in der Welt trägst du da bloß?!« Dann winkte Cara ab. »Ach, was soll's.«

Lili. Er hatte sie *Lilah* genannt. Lili passte viel besser.

In Windeseile verschaffte Cara sich einen Überblick über die Situation in der Küche. Seine Producerin war alles andere als langsam. Dadurch war sie einerseits sehr gut in ihrem Job, konnte aber auch ziemlich schnippisch sein. In der Crew war sie auch unter dem Namen *Zitronentarte* bekannt – und das bestimmt nicht, weil sie so süß war.

»Warum hältst du den Kopf so schief?«

Jack linste zu Lili hinüber. Er wollte sie nicht verpfeifen, aber das war auch nicht nötig, weil sie sofort alles zugab. Mehr oder weniger.

»Ich dachte, er gehört zu dieser Bande Klassikrock liebender Ganoven, die so furchtbar schief singen und in ganz Chicago italienische Küchen ausrauben. Und ich war ja sowieso schon perfekt gekleidet, um Verbrechen zu bekämpfen … Da habe ich einfach instinktiv reagiert und deinen Star in die Kühlkammer gesperrt.«

Um ein Haar hätte er losgeprustet, auch wenn sie gerade ziemlich eindeutig seinen Gesang beleidigt hatte.

Auch ihre Mundwinkel zuckten verdächtig.

»Lili, so kannst du doch nicht mit einer Ikone umgehen!«, fauchte Cara.

»Ich finde auch, dass der Hieb mit der Bratpfanne etwas zu weit ging«, ergänzte Jack.

Caras Kopf wirbelte herum, als wäre sie direkt dem Film *Der Exorzist* entsprungen.

»Du hast …?!«

Jack rieb sich den Hinterkopf, um die Sache noch ein wenig dramatischer zu gestalten. »Ich glaube nicht, dass ich eine Platzwunde habe. Aber eine dicke Beule bekomme ich bestimmt.«

Cara streichelte über seinen Kopf und jaulte auf wie ein Hundewelpe. »Gott, Lili! Ist dir klar, was passiert wäre, wenn Jack eine Gehirnerschütterung gehabt und in die Notaufnahme gemusst hätte?«

»Vielleicht wäre das ja gut für seine persönliche Entwicklung gewesen? Eine kleine Lektion in Sachen Demut würde ihm jedenfalls nicht schaden«, erwiderte Lili.

Wieder zuckte ihr Mundwinkel – und er empfand plötzlich große Lust, einmal mit der Zunge darüber zu fahren.

Laurent war verdächtig still gewesen, aber nun trat er einen Schritt nach vorn, und Jack machte sich schon einmal auf eine geballte Ladung gallischen Charmes gefasst. Wie immer wirkte sein Kumpel, dessen sandfarbenes Haar in alle Richtungen abstand, als wäre er eben erst aufgestanden. Seine strahlend blauen Augen blitzten.

»*Bonjour*, ich bin Laurent Benoit. Ich arbeite mit Jack.« Er sprach seinen Namen wie *Zhaque* aus, was faul, sexy und französisch zugleich klang. »Du musst Caras wunderschöne Schwester Lili sein.«

Er reichte Lili die Hand, und sie griff widerstrebend zu, während Laurent sie verführerisch anlächelte. »*Enchanté*«, sagte er und hob ihre Hand an seine Lippen, um sie zu küssen. Lili lachte heiser auf – das war in den gesamten fünf Minuten, die er allein mit ihr verbracht hatte, kein einziges Mal vorgekommen. Der Kerl war einfach unschlagbar.

»Das ist doch mal ein Akzent, mit dem ich was anfangen kann«, murmelte Lili.

Jack seufzte. Laurent – ein brillanter Souschef, gelegentlich bester Freund und heftigster Konkurrent in Sachen Liebe – verkörperte das Bild des französischen Lovers in Perfektion. So gut er in der Küche war, so gut würde er sich auch in jeder Tourismuskampagne für Frankreich machen. Er brauchte nichts weiter als eine Baskenmütze, ein Baguette und eine Packung Kondome.

Jacks Kopf schmerzte immer noch, und er war furchtbar

erschöpft. Er war sich ziemlich sicher, dass er in der Kühlkammer ein paar Sekunden lang das Bewusstsein verloren hatte, und musste gegen den immer stärker werdenden Schwindel ankämpfen. Kaffee. Den brauchte er jetzt. Kaffee und irgendetwas, worauf er sich konzentrieren konnte. Etwas, das nicht so kurvig und weich aussah und diese männerverschlingenden Vibes aussandte.

»Besteht die Chance, dass wir jetzt mit dem ursprünglichen Plan weitermachen?«, fuhr er Cara ein wenig heftiger als beabsichtigt an.

»Na klar, Babe. Du kannst direkt loslegen.« Cara packte Lili am Arm und zerrte sie aus der Küche. »Liliana Sophia DeLuca, wir unterhalten uns jetzt mal im Büro, wenn dir das recht ist.«

Laurent stand mit verschränkten Armen da und ließ die Szene auf sich wirken.

»Ich glaube, ich bin verliebt«, stöhnte er. »Ist sie nicht die süßeste *chérie,* die du je gesehen hast?«

Jack prustete. »Du hast dich in diesem Jahr jetzt schon zum vierten Mal verliebt, und es ist gerade mal Juni!«

»Hast du denn nicht gesehen, wie sie ihre Nase krausgezogen hat, als ich ihre Hand genommen habe? Und dieser liebliche *derrière* ... Was gäbe ich drum, ihn näher betrachten zu dürfen.«

»Kann sein, dass sie einen süßen Hintern hat, aber glaub mir, ihr Bowlingarm ist verdammt gefährlich.« Wieder fanden seine Finger die Stelle, an der die Pfanne seinen Schädel getroffen hatte. Da war definitiv eine Beule.

Jack folgte Laurents Blick zur Schwingtür, durch die Cara und Lili eben entschwunden waren. Plötzlich hatte er eine Vision davon, wie seine Lippen Lilis berührten und ihre wunderschönen Augen ihn dabei voller Leidenschaft ansahen. Es dauerte nicht lang, bis er sich vorstellte, wie er an der Innenseite ihrer Oberschenkel hinaufstrich und dann kurz am Saum ihrer engen, blau schimmernden Shorts verweilte.

Es wurde gerade richtig interessant, als ihn das Aufprallen einer Pfanne auf den Boden zurück ins Hier und Jetzt beförderte. Laurent murmelte eine Entschuldigung, und Jack blinzelte, um seine überbordende Fantasie in Schach zu halten. Immerhin hatte er seine Schmerzen auf diese Weise einen Moment lang vergessen können. Vielleicht sollte er die Kühlkompresse jetzt mal in seinen Schritt drücken?

Evie, seine drachenähnliche Agentin, hatte sich klar ausgedrückt. *Denk an den Vertrag, Jack. Verhalt dich schön unauffällig! Und ganz egal, was passiert: Lass dich auf keinen Fall aufs Personal ein!* Der Deal mit dem Medienkonzern war wie eine Rakete, die seine Marke in die Stratosphäre katapultieren würde. Schluss mit dem mickrigen Fernsehkram. Stattdessen würde er seine Botschaft von einer bezahlbaren Haute Cuisine so weit wie möglich verbreiten und sich dadurch mit Ruhm bekleckern.

Er durfte sich also keinesfalls von Frauen ablenken lassen, selbst wenn es sich dabei um so verlockende Kandidatinnen wie Caras Schwester handelte. Er sollte die Angelegenheit einfach vergessen – besonders nach seiner desaströsen letzten Beziehung. Auch wenn Lili wirklich den schönsten *derrière* des gesamten mittleren Westens hatte.

Lili stolperte hinter Cara her ins Büro, das sich in den Hinterräumen des Restaurants befand, und konzentrierte sich auf den üppigen platinblonden Pferdeschwanz ihrer Schwester. Nachdem sie den Drehstuhl vorsichtig mit einem Taschentuch abgewischt hatte, nahm Cara in ihrem cremefarbenen Seidenrock darauf Platz und strich den Stoff glatt.

»Nettes Kostüm«, kommentierte sie mit einem wissenden Grinsen. »Jack scheint es zu gefallen.«

Die Absurdität dieses Statements tötete das aufregende Gefühl, das Lili unter Jacks begehrlichen Blicken empfunden hatte, sofort wieder ab. Es war richtig gewesen, der Sache nicht zu trauen. Er sah viel zu gut aus, war zu charmant, zu ... *alles.* Ein Mann mit einem solchen Ego brauchte permanent Bestätigung seitens der Damenwelt. Die Erinnerungen an ihren Ex waren noch frisch: So eine Geschichte wollte sie kein zweites Mal erleben.

Lili griff nach ihrem großen Pullover, der an der Tür hing, und zog ihn sich über den Kopf. »Hast du Mom schon gesehen?«

Cara betrachtete ihre Fingernägel. Eine Vermeidungsstrategie, die Lili sofort auffiel, da sie sie selbst gern benutzte. »Ich habe mit ihr telefoniert. Sie klingt eigentlich recht fröhlich. Ich wollte ihr später ein Geschenk vorbeibringen.«

Lili verkniff sich eine schnippische Antwort. Caras Talent, unangenehme Tatsachen zu ignorieren, war wirklich legendär und hatte in letzter Zeit zu einigem Zwist zwischen den beiden Schwestern gesorgt.

Warum sollte man sich auch die Mühe eines Besuchs machen, wenn ein wöchentlicher Geschenkkorb doch ebenso gut folgende Nachricht überbrachte: *Herzlichen Glückwunsch, dass du den Krebs besiegt hast, Mom!* Aber gerade war nicht der richtige Zeitpunkt für eine Konfrontation. Und wie sollte man jemanden hassen, der auf eine so zerbrechliche Art und Weise schön war? Lili musste dringend das Thema wechseln.

»Cara, du hättest mich wirklich vor dieser britischen Invasion warnen können.«

Cara schlug ihre wohlgeformten Beine übereinander und zupfte einen unsichtbaren Fussel von ihrem tulpenförmigen Rock. Wahrscheinlich trug sie Größe 34, auch wenn ihre Schwester ein wenig draller aussah als bei den vergangenen Besuchen. Dass Cara so dünn war, weckte sowohl Lilis Neid als auch ihre Ehrfurcht. Wie schaffte Cara es nur, sich so im Griff zu haben? Manchmal hatte Lili sogar die Vermutung, wenn nicht gar die leise Hoffnung, dass Cara adoptiert war. Wie sonst ließ sich ihre vollkommen unitalienische Haltung dem Essen gegenüber erklären?

Cara zuckte auf ihre ganz eigene nonchalante Art und Weise mit den Schultern. »Ich habe gestern mit Il Duce gesprochen und er ist einverstanden.«

Il Duce war der Spitzname ihres Vaters, der von der erstaunlichen Ähnlichkeit zwischen ihm und einem ehemaligen italienischen Diktator herrührte. Lili war zwar de facto die Geschäftsführerin des Restaurants, solange ihre Mutter sich von der Krebserkrankung erholte, aber eigentlich hatte immer noch ihr Vater das Sagen. Deswegen war es keine große Überraschung, dass er die Entscheidung ohne sie getroffen hatte.

Als Cara einen sanfteren Ton anschlug, wusste Lili, dass sie ihre Verletztheit nicht schnell genug überspielt hatte.

»Es ist eine einmalige Chance für das Restaurant. Erinnerst du dich, dass ich dir erzählt habe, dass wir nächste Woche im *Seraphina's* auf der Randolph Street drehen wollten? Na, und gestern haben wir erfahren, dass sie wegen Verstößen gegen das Lebensmittelgesetz schließen mussten. Ratten!« Sie wedelte mit der Hand vor ihrem Gesicht herum, als hätte sie die Biester mit ihren eigenen unschuldigen Augen gesehen. »Wir haben händeringend nach einer Alternative gesucht, und da habe ich Jack eben unser Restaurant vorgeschlagen. Ehrlich gesagt ist er richtig dankbar, dass Dad ihm aus der Patsche hilft.«

Von Jacks Dankbarkeit hatte Lili vorhin wenig gespürt. Eigentlich hatte er sich eher so benommen, als täte er ihnen einen Gefallen – und wenn sie ehrlich war, stimmte das ja sogar ein bisschen. Ihr Herumgeprahle, wie fantastisch das Restaurant dastand, konnte nicht darüber hinwegtäuschen, dass sie definitiv in Schwierigkeiten steckten. Das lag zum einen an dem Druck von außen, zum anderen an internen Problemen. Sie konnten von Glück sprechen, wenn sie an einem Samstag um die achtzig Gäste hatten. An den Abenden unter der Woche war das Restaurant gespenstisch leer. Die klassische italienische Küche war einfach nicht mehr in, und so köstlich das Essen ihres Vaters auch war, so schwer war es doch, mit all den hippen, trendigen Lokalen mitzuhalten, die überall in Wicker Park wie Pilze aus dem Boden geschossen waren. Lili hatte jede Menge Ideen für neue Konzepte, aber ihr despotischer Vater stellte sich quer.

»Was hältst du denn von ihm?«, fragte Cara. »Jack Kilroy ist ziemlich süß, oder?«

Immer noch besorgt zuckte Lili mit den Schultern. Seit

Caras New Yorker Firma, *Foodie Productions,* im Januar die Zuständigkeit für Jack Kilroys Show übernommen hatte, fuhr ihre Schwester total auf ihn ab. Cara war der Auftrag sehr wichtig, und wenn man ihr glauben konnte, gehörte dieser Show die Zukunft. Es blieb für Lili trotzdem ein Rätsel, warum ausgerechnet ihre Schwester, die sich herzlich wenig aus Essen machte, Kochsendungen produzierte.

»Warum kocht er denn in einer Restaurantküche und nicht in einem Studio – so wie all die anderen Starköche? Es überrascht mich, dass Mr Sexgott sich mit einem solchen Ort überhaupt abgibt.«

»Ab und zu begibt Mr Sexgott sich eben auch mal in niedere Gefilde.«

Sein britischer Akzent jagte ihr einen kalten Schauer über den Rücken. Sie drehte sich um und stellte wieder einmal fest, dass sein Aussehen eine echte Sünde war. Lili konzentrierte sich auf sein Gesicht und nutzte dabei ihren scharfen Fotografinnenblick. Musterte die Sommersprossen auf seiner Nase. Die Narbe an seinem Kinn, die wie aufgemalt wirkte. Seine wundervollen dunklen, seidigen Wimpern, die seine grünen Augen umkränzten. Im echten Leben war Jack noch viel beeindruckender als auf dem Bildschirm.

Ihr fiel viel zu spät auf, dass sie ihn regelrecht angaffte, aber lustigerweise machte er es umgekehrt genauso. War vielleicht eine gute Flirtstrategie, jemandem mit einer Bratpfanne auf den Kopf zu hauen! Sie zog an dem Saum ihres Pullovers und spürte, wie die Wolle an ihrer Haut kratzte. Die glühte unter Jacks Blicken ohnehin schon.

Er blinzelte und hielt ihr den Vespahelm entgegen. »Der gehört dir, nehme ich an?«

Sie nahm ihn mit zittrigen Händen entgegen und stellte erleichtert fest, dass ihre Kamera und ihr Telefon immer noch darin lagen. »Danke«, murmelte sie.

»Du bist in diesem Outfit Motorrad gefahren?«

»Mit dem Roller, um genau zu sein. Und, was ist dabei?«

»Ach, ich versuche es mir nur gerade bildhaft vorzustellen.«

Du lieber … Was soll's. »Wir sollten über die Show sprechen.«

»Also«, sagte Cara. »Ich setze dich mal grob ins Bild.« Sie lehnte sich nach vorn wie bei einem Pitch vor einem Hollywoodproduzenten. »Es geht um ein Kochduell zwischen Jack und einem anderen berühmten Koch, und zwar auf einem Gebiet, auf dem er sich nicht so gut auskennt. Jacks Spezialität ist die französische Küche. Er wird also gegen andere Kochstile antreten, ein brandneues Menü kreieren und das Essen anschließend echten Gästen servieren. In diesem Fall wird er gegen Dad antreten, und wer die meisten Stimmen bekommt, gewinnt. Ganz simpel, oder? Die Show ist noch ganz neu. Sie heißt *Jackpot – Ein Koch für alle Fälle* und die Pilotsendung wird im *Ristorante DeLuca* gedreht!«

Lili lehnte sich an den Schreibtisch und wandte ihre Aufmerksamkeit wieder Jack zu, der lässig am Türrahmen lehnte.

Ihr Vater hatte bereits Preise gewonnen – zum Beispiel die Auszeichnung als bestes italienisches Restaurant vom *Chicago Magazine*, auch wenn das schon zehn Jahre zurücklag – und die Köche kamen von nah und fern, um von ihm die Kunst der richtigen Gnocchi-Zubereitung zu lernen. Er war ein echtes Kochgenie und kein Narzisst, der sich ganz auf seinen Charme und seine hübschen Wangenknochen verließ. Es war höchste Zeit, dass sie diesem eingebildeten Kerl zeigte, wo es langging.

»Du stehst also nicht so auf die italienische Küche, ja?«

Während Jack darüber nachzudenken schien, ergriff Cara wieder das Wort. »Es gibt auch noch einen interessanten Twist bei der Sache. Jack darf seine eigenen Vorspeisen aussuchen und auch das Dessert, aber Dad wählt die Pastagerichte und die Hauptspeisen für beide Köche aus. Jack erfährt erst am Tag des Duells, welche es sind.«

Lili fielen spontan eine Menge Gerichte ein, die in letzter Minute richtig Probleme bereiten konnten. Das würde ein Spaß werden! Ihr Blick wanderte an dem langen, schlanken Körper des britischen Muskelprotzes hinab. Ein Riesenspaß sogar.

»Denkt ihr, ich sollte mir Sorgen machen?«, fragte er in einem Tonfall, der klarstellen sollte, dass er vollkommen entspannt war.

»Oh, und ob. Mein Vater wird es dir nicht leicht machen, Brit-Boy.«

Seine Mundwinkel zuckten. »Mach dir mal keine Sorgen, Süße. Brit-Boy wird es schon hinkriegen, einen Topf Linguine mit geschmolzenem Mozzarella und Kalbfleisch zu zaubern. Die italienische Küche ist nun wirklich nicht die komplexeste – nichts gegen deinen Vater! Und die meisten Restaurants würden dafür morden, Teil meiner Show zu sein. Immerhin könnt ihr euch darauf verlassen, dass ihr das nächste halbe Jahr über ausgebucht sein werdet.«

Wow. Jack Kilroy hatte der italienischen Küche gerade eine echte Abfuhr erteilt, und das setzte ihr tatsächlich zu.

»Wenn du tatsächlich denkst, dass die italienische Küche derart simpel ist, solltest du vielleicht heute Abend zum Essen vorbeikommen. Dann wirst du schon sehen, dass mein Vater besser Käse schmelzen kann als jeder andere dämliche Spitzenkoch. Kann sein, dass ein Teufelskerl wie du dabei nichts Neues übers Kochen lernt. Aber vielleicht ja ein paar Manieren?«

Er öffnete den Mund, schwieg dann aber. Gut so.

Schließlich ging er an ihr vorbei und drückte Cara ein Blatt Papier in die Hand.

»Hier steht alles drauf, was ich brauche. Ich will morgen alle Gerichte probekochen.« Mit diesen Worten verließ er die Küche wie ein Schauspieler die Bühne.

Ungläubig schüttelte Lili den Kopf. »Ich weiß ja, dass der Typ jetzt dein Boss ist, Cara. Aber wie kann er sich nur erdreisten, zu behaupten, die italienische Küche sei nicht raffiniert? Du hättest mal hören sollen, wie er vorhin über unsere Küche und unsere Ausrüstung hergezogen ist. Für wen hält er sich bloß?«

Cara zupfte an ihrer tief ausgeschnittenen Bluse, löste ihren Pferdeschwanz und warf ihr perfektes platinblondes Haar zurück.

»Dieser sexy Typ, kleine Schwester, ist dein Geburtstags- und Weihnachtsgeschenk zugleich.«

2. Kapitel

Lili zog den Pullover fest um ihren Oberkörper und drückte die Tür ins Schloss, während ihr Puls zu rasen begann.

»Mein Geschenk? Bitte sag mir, dass das nicht das heißt, was ich denke.«

»Wow, wie ihr euch gegenseitig aufgezogen habt ... Und diese sexuelle Spannung zwischen euch ... Ich habe wirklich am ganzen Körper Gänsehaut! Ich wusste doch, dass das mit euch ein Knaller wird!«

Ein Knaller? Gut, geknallt hatte es zwischen ihnen tatsächlich. Jack Kilroy war der arroganteste, überheblichste, arroganteste – Moment, das hatte sie schon gesagt – Kerl, der ihr je begegnet war. Dabei gab es solche Typen in der Gastronomie mindestens so häufig wie Tiramisu auf den italienischen Speisekarten. Zudem war er aber auch der heißeste Mann, der ihr je untergekommen war.

Wenn man die grünen Augen und fein gemeißelten Wangenknochen mal ignorierte – und außerdem diesen sexy britischen Akzent –, dann blieb wirklich nicht viel übrig. Nada. Nur ein bisschen schmieriges Charisma, ein Haufen Muskeln und ein durchschnittliches Lächeln. Okay, es war ein umwerfendes Lächeln. Verdammt, Jack Kilroy hatte wirklich etwas an sich, das sie ganz kirre machte.

Wenn ihr Leben nicht so kompliziert wäre – wenn also der Familienbetrieb nicht kurz vor dem Zusammenbruch stünde und sie nicht dermaßen feige wäre –, dann würde sie schneller das Papier von diesem sexy Geschenk reißen, als jemand *Happy Birthday, Lili!* sagen konnte.

Lili starrte neidisch auf die schönen Oberschenkel ihrer Schwester, die sie einer strengen Diät aus Kaffee, Energieriegeln und einer nahezu manischen Liebe zum Laufband zu verdanken hatte.

»Die Show wird Montagabend aufgezeichnet. Jack muss noch mal nach dem Restaurant sehen, das er in Chicago eröffnet, und dann reist er am Dienstag geschäftlich nach London. Ich weiß, du bist ein bisschen aus der Übung … Aber so müsste dir doch genug Zeit bleiben, um alles zu erledigen.« Sie zwinkerte ihr verschwörerisch zu.

Lili unterdrückte den Wunsch, ihr einen gezielten Tritt zu verpassen. »Cara, bist du krank? Oder hast du irgendwelche Drogen eingeworfen?« Sie legte ihrer Schwester die Hand auf die Stirn. Nein, Fieber hatte sie nicht, aber ihre Augen waren groß wie Untertassen. Ja, sie war definitiv high von Jacks Besuch.

»Lili, falls du davon noch nichts gehört hast: Jack Kilroy ist ein richtig schlimmer Aufreißer«, flüsterte Cara. »Er ist so verdammt notgeil, dass er keine Gelegenheit auslässt. Selbst du hättest eine Chance!«

Wie bitte?! »Hey, ich brauche keine Almosen. Ich habe genug Optionen.«

Cara verdrehte dramatisch die Augen, was sie viel jünger als neunundzwanzig aussehen ließ. »Jaaa, klar. Du hast tausend Möglichkeiten. Wie lange seid du und Marco jetzt schon getrennt?«

Lili wand sich ein wenig. Seit Marco und sie sich getrennt hatten, beschränkte ihr Sexleben sich auf die batteriebetriebenen Freuden. Eine Nacht mit einem heißen Typen konnte wirklich nicht schaden, aber ausgerechnet Jack Kilroy? Egal, wie viel Yoga sie vorher machte – sie würde es nie schaffen, ihren Körper in eine angemessene Form zu bringen.

»Es ist jetzt Monate her, und Jack ist wirklich der perfekte Kandidat«, fuhr Cara unbekümmert fort.

»Ich habe doch gesehen, was für Frauen er normalerweise abschleppt.« Die Soapdiva Ashley van Patten war eines von vielen abschreckenden Beispielen. Lili mochte die Art von kurvigem Körper haben, auf die viele Männer standen. Aber ein Sexgott wie Jack Kilroy legte bestimmt ganz andere Maßstäbe an.

»Lili, du bist authentisch und umwerfend und wirklich zehnmal heißer als Frauen wie Ashley. War echt eine gute Entscheidung von ihm, sie zu verlassen, auch wenn sie ihm das in den Interviews ordentlich heimgezahlt hat.« Cara kicherte. »›Schmutzige Nächte mit Kilroy.‹ Er ist deswegen total durchgedreht.«

Plötzlich fielen Lili weitere Überschriften aus den Klatschmagazinen ein. *Duracell Jack. Schmuddelkilroy.* Oder ihr Lieblingstitel: *Red Hot Kilroy Peppers.* Dummerweise regten diese Überschriften ihre schmutzige Fantasie nur noch mehr an. Rasch wischte sie die Gedanken beiseite, indem sie sich an nüchternere Klatschgeschichten erinnerte. Zum

Beispiel an die, in der er einen Paparazzo mit seinen Fäusten bearbeitet hatte, weil der es gewagt hatte, ihn mit seinem Model-der-Woche zu filmen.

»Ich bin mir sicher, dass die Prügelei mit dem armen Fotografen ihn wieder auf die Spur gebracht hat. Und auch dieses Victoria's-Secret-Engelchen, das er dann eine Woche später flachgelegt hat, hat ihm gutgetan.« Ein bisschen peinlich war es ihr ja schon, dass sie so gut über einen völlig fremden Mann Bescheid wusste.

»Ach, wen kümmern schon die Details? Gib ihm einfach ein kleines Zeichen, und schon kommt er angerannt – wetten? Und du weißt ja, was Ashley gesagt hat: Im Bett verfügt er über regelrechte Zauberkräfte«, fügte Cara hinzu.

Lili war sich ganz sicher, dass Jack im Bett über magische Talente verfügte. Es würde leider mehr als ein kleines Zeichen brauchen, um sein Interesse an ihr zu wecken. Ehe er sich über die italienische Küche lustig gemacht hatte, hatte es allerdings tatsächlich einen Moment gegeben, in dem er …

»Warte mal eine Sekunde.« Plötzlich breitete sich Panik in ihr aus. »Weiß er, dass du uns verkuppeln willst?«

»Natürlich nicht! Hältst du mich etwa für eine Art Zuhälter?«

»Puffmutter meinst du wohl.«

Cara schenkte ihr ein wissendes, etwas herablassendes Lächeln. »Lili, du bist erst vierundzwanzig. Du solltest in Clubs gehen, Kerle abschleppen und am nächsten Tag ihre schmutzigen SMS wieder löschen.«

Lili spürte, wie ihr die Tränen in die Augen traten, und sie konzentrierte sich ganz auf den Italienkalender an der Pinnwand. Direkt daneben hing das Notizbrett mit den miserablen Zahlen des vergangenen Abends. Manchmal war ihre Schwester ein echter Trampel! *Atme tief ein und aus,* versuchte Lili, sich selbst zu beruhigen. *Denk an einen schönen, ruhigen Ort. Oder nein, denk lieber an Moms Linguine mit Shrimps und Zitronen-Kapern-Soße und dann direkt noch an ein bis zwei Stücke Ricotta-Käsekuchen.*

Außerdem passte Selbstmitleid überhaupt nicht zu dem Outfit, das sie gerade trug!

»Vielleicht würde ich mehr Zeit in Clubs verbringen, wenn ich mich nicht jeden Tag um Mom kümmern und anschließend die ganze Nacht hier im Restaurant arbeiten müsste!«

Cara legte ihr Kinn auf Lilis Schulter und strich über ihre Oberarme. Diese Geste überraschte Lili so sehr, dass ihre Laune direkt ein wenig besser wurde. Die DeLuca-Schwestern waren normalerweise nicht besonders touchy. Kniffen sich nicht dauernd in die Wange oder lagen sich in den Armen. Aber scheinbar hatte ein halbes Jahr voller Luftküsschen mit Influencern Cara ein wenig weicher werden lassen.

»Es tut mir leid. Ich weiß, dass du irre viel zu tun hattest in den eineinhalb Jahren, in denen du dich um Mom kümmern musstest. Aber sie befindet sich doch jetzt schon seit drei Monaten auf dem Weg der Besserung.«

Das stimmte zwar, aber die Angst hatte Lili immer noch fest im Griff. Zum einen fürchtete sie sich davor, dass die Krankheit ihrer Mom noch einmal ausbrechen könnte. Und zum anderen hatte sie das Gefühl, dass ihr Leben sich gerade in einer Sackgasse befand. Dass ihrem Vater alles missfiel, was die jüngste Tochter tat – von ihrer Art, das Restaurant zu leiten, bis hin zu dem äußerst unpraktischen

Traum, professionelle Fotografin zu werden –, machte die Sache nicht leichter.

»Ich glaube, Jack würde dir guttun«, fuhr Cara unbeirrt fort. »Ein bisschen Sex, um dich von deinen Sorgen abzulenken.«

Lili sah ihre Schwester zornig an, deren wunderschönes Gesicht einen mitleidigen Ausdruck angenommen hatte. Leider konnte es gut sein, dass Cara recht hatte.

»Jetzt, wo es Mom besser geht, kannst du dich wieder um dein eigenes Leben kümmern. Komm nach New York, geh auf die Graduate School, und lass dich nicht länger von Il Duce herumkommandieren.« Cara strahlte sie an. »Ich könnte dir einen Job in meiner Firma besorgen. Wir brauchen immer talentierte Fotografinnen für unser Werbematerial.«

Lili brachte ein schwaches Lächeln zustande. Jetzt, wo all ihre Ersparnisse für die medizinische Versorgung ihrer Mom draufgegangen waren, kam ihr die Graduate School ungefähr so fern vor wie der Mond. Zumindest redete sie sich das immer ein. Klar, wenn sie wirklich alles dafür täte … *Lass es gut sein.* Sie wollte sich nicht schon wieder in die üblichen Selbstzweifel stürzen.

»Ich glaube, so eine Arbeit wäre nichts für mich. Fotos von Pastagerichten und Crème brûlée schießen …« Sie erschauerte.

Cara lachte ihr freches, mädchenhaftes Lachen. »Okay, kann sein. Aber ich glaube, Jack wäre definitiv was für dich. Es muss ja nichts Ernstes sein, nur ein heißer One-Night-Stand.« Sie zwinkerte ihr zu. »Und ich bin sicher, Jack würde sich sehr freuen, wenn du ein Foto von seiner Nu…«

»Cara!« Lili hatte Caras versaute Sicht auf die Welt wirklich vermisst. Oder vielmehr ihre Schwester.

Von dem Gedanken an eine heiße Nacht mit Jack wurde ihr … ziemlich heiß. Was würde Wonder Woman tun? Sie würde das Kommando übernehmen und loslegen! Und bei der kleinsten Gelegenheit Batman den Umhang vom Leib reißen und ihn um den Verstand vögeln. Logisch.

Es entging Jack nicht, dass das *Ristorante DeLuca* um einundzwanzig Uhr nicht gerade rappelvoll war. Es war vielleicht ein Drittel der Tische belegt, und bis jetzt bestand das Publikum hauptsächlich aus älteren italienischen Menschen. Wahrscheinlich handelte es sich bei dem Abendessen um einen besonderen Anlass oder ein Ritual, das einmal im Monat vollzogen wurde – so wohlgekleidet waren die Gäste, perfekt ausgestattet bis hin zu ihren blitzenden Schmuckstücken. Einen kleinen Laden konnte eine solche Stammkundschaft wahrscheinlich gut über Wasser halten, aber dieses Restaurant war dafür definitiv zu groß. Noch dazu in einer Gegend, in der die Fixkosten hoch waren und es eine Menge Konkurrenz gab. Er konnte sich kaum vorstellen, dass an einem solchen Abend fünfundsiebzig zahlende Gäste oder gar hundertfünfzig erschienen, so wie Caras Schwester behauptet hatte.

Trotzdem empfand er auch hier im Restaurant noch die Nostalgie, die bereits beim Anblick der abgenutzten Arbeitsflächen in der Küche und der Küchengeräte in ihm aufgestiegen war. Cara, die bis zu den Spitzen ihrer Designerschuhe ein echter Snob war, hatte so getan, als wäre das Familienunternehmen eine Art Tomatensoßen-Imperium, dessen Tische mit rot-weiß karierten Plastiktisch-

‚n bedeckt waren. Diese Beschreibung hatte wenig mit Wahrheit zu tun. Eigentlich unterschied die Gestaltung ‹es Restaurants sich nicht sonderlich von der der anderen Lokale in der Nachbarschaft. Es gab zwei Räume, die durch einen großen Durchgang miteinander verbunden waren, Tische aus Kirschholz, die mit strahlend weißen Leinentischtüchern bedeckt waren, mit schokoladenfarbenem Leder bespannte Sitzbänke, eine etwa fünfzehn Meter lange Bar und eine mit einem imposanten Fresko bemalte Decke. Ein Hauch von Schwerfälligkeit und längst vergangenen Zeiten lag in der Luft. Vielleicht kam es Jack auch wegen des großen Fotos von Dean Martin, das im Hintergrund prangte, so vor, als steckte er in einem Filmset der späten Fünfzigerjahre fest.

Die künstlerischen Fotos an den Wänden hätten dem Restaurant beim Sprung in moderne Zeiten helfen können, doch sie wirkten irgendwie blass und unauffällig. Trotzdem fesselte ihn irgendetwas an den Bildausschnitten. Die Perspektive auf die Italiener, die italienische Dinge taten, war ziemlich ungewöhnlich. Zum Beispiel waren Boule spielende Männer von oben fotografiert worden. Es gab Schnappschüsse von Kindern, die Spaß mit Inlineskates und Holzreifen hatten, dabei lag der Fokus auf der Bewegung ihrer Beine und Arme. Jack kannte sich mit Kunst nicht aus, er wusste nur, was er mochte. Und obwohl die Bilder eine gewisse Vertrautheit und Behaglichkeit ausstrahlten, so erkannte er in ihnen doch etwas Eigensinniges, den Wunsch, auszubrechen. Cara hatte ihm erzählt, dass ihre Schwester Hobbyfotografin war, aber diese Bilder waren ganz anders als erwartet. Nach ihrer morgendlichen Begegnung hatte er mit etwas Unangepassterem gerechnet.

Wenn man vom Teufel sprach ... Vor ihm stand eine etwas nervös herumzappelnde Kellnerin mit großen Augen und einer noch größeren Haarwolke. Freute sie sich so sehr, ihn zu sehen, oder musste sie einfach dringend auf die Toilette?

»Alles in Ordnung, Süße?«

Sobald sie Jacks Akzent gehört hatte, begann die italienische Schlumpfine nervös ihr Haar zu zwirbeln. Jack ließ den Blick durch den Raum schweifen und stellte fest, dass alle Kellnerinnen gleich aussahen. Wow!

»Ich wollte nur sagen, wie sehr wir uns darüber freuen, dass Sie hier sind, also wegen der Show und allem«, stotterte sie. »Wir sind echt riesige Fans, und alle brennen darauf, Sie kennenzulernen.«

Jack konnte sich kaum vorstellen, dass es immer noch Leute gab, die er nicht bereits kennengelernt hatte. In den vergangenen zwanzig Minuten war sein Tisch regelrecht von Cousins und Cousinen der DeLucas belagert worden. Jack blickte in das lebhafte Gesicht der Kellnerin und setzte das sexy Grinsen auf, das er extra für weibliche Fans reserviert hatte. »Ich bin auch total glücklich, dass ich hier sein kann. Wirklich.«

Laurent schüttelte den Kopf und formte mit seinen Lippen das Wort *Treffer.* Jack grinste und wandte sich wieder an seinen Fan. »Wie heißt du noch mal? Ich darf doch du sagen, oder?«

»Natürlich! Gina. Gina DeLuca. Ich bin Caras Cousine.« Sie deutete auf Cara, die sich gerade an der Bar mit ihrer Schwester unterhielt. Die bezaubernde Lili hatte ihre wohlgeformten Beine und ihren herrlichen Po in eine schwarze Hose verpackt, aber besonders sexy war das eng anliegende

Shirt, das ihren traumhaften Körper verhüllte. Und auch wenn Jack nie gedacht hatte, dass er ein Haar-Typ war – gab es dieses Wort überhaupt? –, machte ihn doch irgendetwas an ihrer wild gewellten Mähne ziemlich heiß. Offenbar hatte sie heute versucht, sie ein wenig zu zähmen.

Er wollte sich noch diesen Abend bei ihr dafür entschuldigen, dass er die Kochkunst ihres Vaters und die italienische Küche schlechtgemacht hatte. Okay, sie war auch nicht zimperlich mit ihm umgegangen, aber seine Reaktion war trotzdem unverschämt gewesen. Und außerdem hatte er Blödsinn geredet. Seine achtzehn Monate in Umbrien hatten ihm schließlich genug über die komplexe Vielfalt der italienischen Küche beigebracht. Irgendwie war es auch berührend und albern zugleich, wie loyal sie ihrer Familie gegenüber war. Von wegen hundertfünfzig Gäste. Was für eine kleine Angeberin!

»Weißt du schon über die Tagesgerichte Bescheid?«, versuchte die Kellnerin seine Aufmerksamkeit wieder auf sich zu ziehen. Ohne seine Antwort abzuwarten, begann sie sie aufzuzählen. »Wir bieten heute zwei besondere Vorspeisen an – einmal *Funghi arrosto,* das sind auf Holz geröstete Pilze mit Pancetta. Und dann haben wir noch *Polpettine Arrabiate.* Kalbfleischbällchen mit einer scharfen Soße.« Sie lehnte sich nach vorn und strich sich das Haar hinter die Ohren, was ihn sofort an Lili erinnerte. So weit war es jetzt also schon mit ihm gekommen? »Die Fleischbällchen sind wirklich spektakulär!«

»Da bin ich mir ganz sicher«, murmelte Jack und gönnte sich einen ausgiebigen Blick in Ginas Dekolleté, ehe er wieder zu Lili spähte.

»Als *Primi Piatti* servieren wir zwei besondere Pastagerichte. Einmal Ricotta-Gnocchi mit Salbei und Buttersoße.« Sie zog eine Karte aus ihrer Schürze hervor und studierte sie, während Jack versuchte, nicht zu kritisch zu sein. Es war nur ein nettes Nachbarschaftslokal, da konnte man nicht erwarten, dass die Bedienung sämtliche Tagesangebote auswendig konnte. »Dann gibt es noch *Penne Strasciate* – das bedeutet ›gemischt‹. In dem Fall sind das frische Penne mit Wurst, Tomaten, Zwiebeln und Thymian. Ist ein ganz altes Rezept aus der Toskana, und Onkel Tony sagt, dass seine Mutter das früher jeden Freitagabend für ihre Familie in Fiesole gemacht hat.«

Jack brannte darauf, Onkel Tony kennenzulernen – er wollte einfach zu gern den Mann in seiner Küche in voller Aktion erleben –, aber Cara hatte gesagt, dass ihr Vater lieber warten wollte, bis die Vorspeisen serviert waren. Wirkte irgendwie wie ein Machtspielchen. Daran war er noch von seinen Besuchen in den angesagtesten Restaurants gewöhnt. Hier hatte er das nicht erwartet.

Der Zwerg bereitete sich indessen auf den kulinarischen Endspurt vor. »So, kommen wir jetzt zu den *Secondi*. *Bisteca fiorentina*, zubereitet mit Chianina-Rindfleisch. Das ist ein Gericht für zwei. Und schließlich haben wir noch *Branzino al forno* im Angebot – also einen ganzen Seebarsch, ebenfalls auf Holz geröstet.« Sie trat näher an den Tisch heran und beugte sich nach vorn, sodass er erneut einen ausgiebigen Blick auf ihren Busen werfen konnte.

Sie senkte die Stimme zu einem lasziven Flüstern. »Mal unter uns, ich hasse Fisch. Und nur, weil man dem Vieh einen italienischen Namen verpasst, schmeckt es noch lange nicht besser.« Sie gluckste, und Laurent fiel in ihr Lachen ein, wahrscheinlich, weil er sich davon etwas erhoffte. Offenbar war ihm der planetengroße Klunker an ihrer linken Hand nicht aufgefallen. Auf alle Fälle ging es Jack gewaltig auf die Nerven, wenn Kellnerinnen ihm ungefragt ihre Meinung über das Essen mitteilten.

Andererseits war die Speisekarte so ausufernd, dass ein Tipp vielleicht nicht schaden konnte. Er beschloss, eine schnelle Entscheidung zu treffen, anstatt sich durch sämtliche Seiten zu kämpfen. »Bring uns bitte von allen Tagesangeboten jeweils eine Portion und dazu eine Flasche Brunello di Montalcino. Und das Steak hätten wir gern *medium*.«

Sobald die Kellnerin verschwunden war, räusperte sich Laurent. »Ich dachte, nach der Sache mit Ashley hättest du dich endgültig von der Frauenwelt abgewandt.«

Abgewandt? Nein, er hatte lediglich einen Keuschheitsgürtel angelegt. Nach der Trennung von Ashley hatte Jack sich gefühlt, als bräuchten sowohl seine Psyche als auch sein Körper eine Entgiftungskur. Er hatte gedacht, dass zwischen ihnen eine echte Verbindung bestand, aber in Wirklichkeit hatte sie ihn nur zu PR-Zwecken benutzt. Und sobald Jack klar war, dass er bekannter für sein Sexleben als für seine Küchenexpertise war, wusste er, dass er ein gewaltiges Problem hatte. One-Night-Stands waren leider nicht mehr drin.

»Meinst du den Zwerg mit dem krassen Vorbau? Keine Chance.« Wieder wanderte sein Blick zu Lili, die einem bildhübschen Rotschopf und ihrem eher unwürdigen Begleiter ihren Tisch zeigte. Endlich mal Gäste unter vierzig!

»Ich spreche von *ma chérie*, Lili.«

»Ach, so nennst du sie jetzt also? Sie ist viel zu jung! Ist wahrscheinlich genauso alt wie meine Schwester.«

»Aber sie ist nicht deine Schwester!«, entgegnete Laurent sofort. Jack hatte ohnehin keine Lust, sich jetzt den Kopf über Jules zu zerbrechen. Während seine zehn Jahre jüngere Schwester furchtbar flatterhaft war und dauernd ihren Job verlor, strahlte Lili eine für ihr Alter bemerkenswerte Verlässlichkeit aus. Seit sie im Restaurant angekommen waren, hatte er sie genau beobachtet und war beeindruckt, mit welcher Leichtigkeit sie sowohl mit den Kunden als auch mit dem Personal umging.

Laurent hustete erneut. »Wenn du also kein Interesse hast, hast du dann was dagegen, wenn ich mal mein Glück versuche?«

»Bittest du mich etwa um Erlaubnis? Das tust du doch nie.«

Laurent grinste, und Jack hatte zum ersten Mal in ihrer fünfzehnjährigen Freundschaft Lust, ihm eine zu kleben.

»Du hast sie zuerst gesehen.«

Jack lachte etwas verkrampft und zwang seine Fäuste zur Ruhe. »Das ist furchtbar großzügig, aber greif ruhig zu. Vielleicht kannst du ihre Plaudertasche von Cousine auch mit einbeziehen.«

Ein paar Minuten später war Cara auch schon zurück, und Gina kämpfte mit der Weinflasche, als wäre sie ihr Endgegner in einem Computerspiel. Sie goss ihm einen Schluck ein, und Jack schnupperte an der Flüssigkeit, nur um das Glas schnell wieder abzustellen. Der Wein roch nach nassem Hund, und das bedeutete, dass der Korken und dadurch auch das Getränk von einer chemischen Komponente verdorben worden war.

»Der Wein korkt.«

Gina sah ihn verwirrt an.

»Er ist schlecht. Abstoßend. Ungenießbar.« Er versuchte, nicht zu genervt zu klingen, aber das war nicht leicht.

Gina linste zur Bar, ehe sie sich ihnen wieder zuwandte. »Bist du sicher, dass du nicht erst mal probieren willst?«

Jetzt machte Jack große Augen. Wenn ein Gast, noch dazu ein Experte, sagte, dass der Wein ungenießbar war, dann sollte das sofort widerspruchslos akzeptiert werden. Laurent stellte sich bereits grinsend auf einen Schlagabtausch ein, aber noch ehe Jack antworten konnte, ging Cara dazwischen.

»Gina, du weißt doch, dass es heißt, der Kunde sei immer König? Nun, das ist natürlich ein riesiger Blödsinn. Aber weißt du, wer wirklich König ist und somit vollkommen recht hat? Ein Starkoch mit diversen angesagten Restaurants in drei verschiedenen Ländern und mit sechs Michelin-Sternen.«

»Sieben«, korrigierte Jack sie unwillkürlich. Eigentlich sollten es acht sein, die Zweisternebewertung für New York wurmte ihn noch immer. Und egal, wie oft er Cara erklärte, dass die Sterne an das Restaurant gingen, nicht an den Koch, brachte sie es einfach immer wieder durcheinander.

»Und wenn Jack sagt, dass der Wein korkt, dann korkt der Wein auch. Also zisch ab und bring uns eine neue Flasche.« Gina schnaubte aufmüpfig und trottete schließlich zur Bar. Jack legte seine Finger auf die pochende Beule an seinem Kopf. Es würde ein langer Abend werden.

»Du musst etwas unternehmen«, murmelte Lilis Cousin Tad, der hinter der Bar stand, und nickte in Richtung des Zapfhahns für das Tafelwasser.

Als ob sie das nicht wüsste. Lili holte tief Luft und

schlenderte hinüber zu ihrer Cousine Angela, die sich die Lippen leckte und Jack lüsterne Blicke zuwarf.

»Wenn du nicht bald in die Gänge kommst, dann landet dein Trinkgeld morgen in der St.-Jude's-Kirche im Klingelbeutel!« Nicht, dass sie selbst zum Gottesdienst ging, aber ihre fromme Tante Sylvia würde das Geld mit dem größten Vergnügen spenden. Angela zog einen Flunsch, während die restlichen Mädchen zu kichern begannen.

Lili führte Mr und Mrs Castillo, die heute ihren fünfunddreißigsten Hochzeitstag feiern wollten, an ihren Tisch und kehrte dann zu Tad zurück.

»Wonder Woman also, hm?«, fragte ihr Cousin und wischte einmal mit einem feuchten Lappen über den Tresen, während er dem großbusigen Rotschopf nachsah, der gerade zur Toilette ging. Ihr Cousin war eben ein echter Multitasker. Als die Frau in Tads blaue Augen sah und ihr Blick auf sein markantes, von einem leichten Dreitagebart bedecktes Kinn fiel, kam das arme Mädchen sofort ins Straucheln.

»Hey, das Kostüm stand mir gar nicht so schlecht«, protestierte Lili.

»Kilroy scheint es auch zugesagt zu haben«, erwiderte Tad. »Bestimmt hat er sich den ganzen Tag vorgestellt, wie er dir das Teil vom Leib reißt.«

»Oh, sei schon still!«

Aber Tad hatte recht. Die Luft stand regelrecht vor sexuellen Botenstoffen. Ein großer Teil davon stammte von den Frauen, die Jack unverhohlen anstarrten, aber auch Jack sandte deutliche Signale aus. An Lili.

»Und, was willst du unternehmen?«, fragte Tad.

»In Bezug auf Kilroy?«

»Auf wen sonst? Cara meinte schon, dass du gute Chancen hättest. Erst dachte ich, dass sie wieder mal gewaltig übertreibt … Aber jetzt, wo ich den Kerl in Aktion erlebt habe, stimme ich ihr zu.«

»Ich bin doch gar nicht sein Typ. Hast du nicht gesehen, wie seine Freundinnen normalerweise aussehen?«

»Klar. Ashley war nicht übel. Und dann das Unterwäschemodel und diese Bikini-Schnitten von *Survivor.*« Wie schön, dass ihr Cousin und Kilroy denselben Frauengeschmack hatten. »Ja, wahrscheinlich hast du recht. Mit solchen Frauen kannst du nicht mithalten.«

Lili wusste ja, wie sarkastisch Tad sein konnte. Dennoch seufzte sie laut auf.

»Baby, ich mache doch nur Spaß«, sagte er und sah sie ein wenig mitleidig an. »Vertrau mir. Alle Männer stehen auf kurvige Frauen. Das ist in unsere DNA einprogrammiert.«

Konnte ja sein, aber Lili war trotzdem skeptisch. Sie hatte einen Nachmittag lang das Internet nach Infos zu Jack durchforstet und wusste jetzt alles über sein Privatleben – Liebesgeschichten mit eingeschlossen. Noch im vergangenen Sommer hatte er sein Dasein als unbedeutender Fernsehkoch auf einem Sender gefristet, der weniger Zuschauer hatte als das *DeLuca* Gäste an einem Dienstagabend. Und dann kam Ashley van Patten des Weges, der Star der ums Überleben kämpfenden Daily Soap *Hoffnung für morgen.* Wahrscheinlich hatte sein Team mit dem von Ashley zu Mittag gegessen und so das nächste Promi-Paar zusammengebastelt. *Jashley*. Oder *Ashlack*. Klang nicht ganz so eingängig wie *Brangelina,* aber der Plan ging trotzdem auf. Ihr Ruhm verdoppelte sich. Seiner verdreifachte sich.

Und während schon das übliche Auf und Ab im Laufe ihrer Beziehung recht spaßig war, so war ihre Trennung sogar richtig unterhaltsam: Es gab einen öffentlichen Streit auf der Party irgendeines Hollywoodmoguls, der damit endete, dass Jacks Kleidung voller Martini war und Ashley immer wieder Chlorwasser heraushustete, nachdem sie in den nierenförmigen Pool gefallen war. Kurze Zeit später hatte er dann einen Fotografen verprügelt, der ihn in London belästigt hatte. Für so viel Drama war Lili nicht gemacht.

»Er starrt dich immer noch an.« Tad grinste, als er ihre besorgte Miene sah. »Hast du Angst, dass deine Geschlechtsteile in Schockstarre fallen könnten? Ich weiß ja, dass es laaange her ist.«

»Schon mal auf die Idee gekommen, dass er vielleicht gar nicht mein Typ ist?!«

»Lügnerin«, sagte er. »Wir könnten es interessant gestalten.«

»Wie denn?«

»Ich wette fünfzig Dollar drauf, dass du es nicht schaffst, ihn flachzulegen, ehe er die Stadt verlässt.«

Sie sah ihn ungeduldig an. »Wie wäre es mit zwanzig Minuten auf deiner Maschine?«

»Ich habe es dir doch schon gesagt, Lili. Ich glaube nicht, dass du mit so viel Power umgehen kannst.«

Ihr Cousin hatte eine Harley, weigerte sich aber, sie damit fahren zu lassen. Außerdem musste sie seine permanenten Seitenhiebe gegen ihre Vespa einstecken, die er gern als *Rostlaube* bezeichnete.

»Vergiss es«, sagte sie und wandte sich ab.

»Okay, zehn Minuten. Aber es ist auch egal, weil du sowieso ein Angsthase bist. Man könnte ihn dir auf dem Silbertablett präsentieren und du würdest dich trotzdem nicht trauen.« Mit diesen Worten ließ er sie stehen, um sich um ein paar flirtwütige ältere Frauen zu kümmern, die bereits ihre Krallen in den Tresen gruben.

Auch wenn sie wusste, dass Tad sie nur aufzog, wurmten seine Worte sie. Jetzt, wo es ihrer Mutter wieder besser ging, sollte sie sich eigentlich ins Leben stürzen und sich als Nächstes um die Graduate School kümmern. Vor zwei Jahren hatte sie noch große Pläne für einen Eisstand gehabt und wollte sich in die Person verwandeln, von der sie damals als dickes, von allen schikaniertes Mädchen immer geträumt hatte. Die zukünftige Lili sollte selbstbewusst und erfolgreich sein. Tatsächlich war sie mit ihrem Körper mittlerweile einigermaßen zufrieden, aber ein letzter Zweifel war immer noch geblieben – in Bezug auf ihr künstlerisches Talent, ihren Selbstwert, ihren Platz in der Welt.

Bis das Restaurant wieder schwarze Zahlen schrieb, gehörte sie eindeutig ins *Ristorante DeLuca*. Sie musste alles tun, was in ihrer Macht stand, um die Zukunft ihrer Familie zu sichern – selbst wenn das bedeutete, dass sie sich noch eine Weile von ihrem Vater knechten ließ. Aber Rom war auch nicht an einem Tag erbaut worden. Es dauerte eben ein wenig, sein eigenes Leben umzukrempeln.

Wenige Minuten später entdeckte Lili auch schon eine zornige Gina mit einer Weinflasche in der einen und einem Korkenzieher in der anderen Hand. Mit ihrem Gesichtsausdruck hätte wahrscheinlich sogar ihr extrem geduldiger Verlobter seine Schwierigkeiten gehabt. Lili legte einen Arm um ihre Schultern, und Gina sprudelte los.

»Sie … sie sollten nicht so mit Leuten reden. Ich weiß

ja, dass er ein Genie ist, aber der Wein war echt teuer. Und dann soll ich mich einfach verziehen. Man muss ja nicht gleich unhöflich werden, oder?«

Lili merkte, wie die Wut in ihr aufstieg. Wenn dieses Großmaul mit seinen überdimensionierten Restaurants und seinem überempfindlichen Weingeschmack dachte, er könnte hier einfach hereinwalzen und mit seiner britischen Arroganz auf alle hinabblicken, dann hatte er sich eindeutig den falschen Abend dafür ausgesucht. Und die falsche Familie. Sie wirbelte herum, nur um direkt in Jack Kilroy hineinzulaufen.

Er trat einen Schritt zurück, als sie eine Hand auf seine Brust legte, um ihn zu stoppen. Zumindest war das der Plan gewesen. Eins musste man ihm lassen: Seine Brust war unglaublich fest, warm und männlich.

Ihr Blick tastete sich von Hemdknopf zu Hemdknopf hinauf, und als sie ihm schließlich ins Gesicht sah, musste sie blinzeln. Er war wirklich der schönste Mann, dem sie je begegnet war. Sein freches Grinsen konnte er sich aber sparen.

»Wenn du dich das nächste Mal mit dem Personal anlegen willst, dann frag doch bitte nach der Geschäftsführerin.« Ihre Wangen glühten. Er öffnete den Mund – seinen höllisch verführerischen Mund –, und sie hob eine Hand.

»Ich hoffe, dass du ein dickes Trinkgeld gibst, Kilroy. Anders kommst du aus dieser Nummer nämlich nicht mehr heil wieder heraus.«

»Lili …«, versuchte Gina sie zu bremsen, aber Lili winkte ab. Sie hatte alles im Griff.

Er beugte sich nach vorn und kam ihr dadurch so nah, dass Lili den Duft seiner Haut einatmen konnte. Er roch irgendwie holzig und nach Zitrone, ein bisschen wie ein sorrentinischer Zitronenhain. Jack fuhr sich mit den Fingern durch sein dichtes Haar.

»Ich wollte mich eigentlich gerade bei Gina entschuldigen. Cara war auch ganz schön hart zu ihr.«

Schluck.

Vielleicht hatte sie die Sache doch nicht im Griff.

Sie funkelte ihre Cousine wütend an, die sie im Gegenzug unsicher anlächelte.

»Es tut mir leid. Ich habe die Situation falsch eingeschätzt«, murmelte Lili, ehe sie ins Italienische wechselte. »Gina, bring eine neue Flasche Brunello an Mr Kilroys Tisch. Und dann sieh bitte mal nach den Toiletten.« Ihre Cousine schlurfte davon.

Lili wandte sich wieder an Jack, der die Arme vor seiner muskulösen Brust verschränkt hatte und offenbar eine nettere Entschuldigung erwartete.

»Du bist ja immer noch hier«, sagte sie.

»Ja.« Er lächelte. »Du wirkst angespannt.«

»Ich habe eine Menge zu tun, und du lenkst hier alle ab.«

»Ich lenke dich ab, Lili?«

Es war das erste Mal, dass er sie bei ihrem korrekten Namen genannt hatte, und sofort begann ihr Herz wie ein Presslufthammer loszulegen. Was war denn nur los mit ihr?

»Nicht mich, aber die gesamte weibliche Belegschaft. Reiß dich doch bitte zusammen, damit wir hier in Ruhe arbeiten können.«

»Wenn du dein Personal nicht im Griff hast, ist das doch nicht mein Problem. Ich fühle mich sowieso schon wie eine Touristenattraktion. Vielleicht solltest du deine Kellnerinnen besser ausbilden.«

Eigentlich war Lili immer stolz darauf gewesen, wie gut sie das Restaurant und dessen Belegschaft im Griff hatte. Aber die Aufregung um Jack hatte die Qualität des Service doch eingeschränkt.

»Mit meinem Personal läuft alles bestens, vielen Dank.«

»Du findest es also gut, wenn die Kellnerin dem Gast mitteilt, wie schlecht der Fisch schmeckt, nur um danach mit ihm über den Wein zu streiten und sich ihm gleichzeitig an den Hals zu werfen? Von Dekolletés habe ich erst mal genug.« Er linste in Lilis Ausschnitt. »Na ja, fast.«

Und wieder schaffte er es, ihren Körper in Flammen zu setzen und gleichzeitig sämtliche Errungenschaften der Frauenbewegung zunichtezumachen. Es hatte ihr tatsächlich die Sprache verschlagen.

Jack legte den Kopf schief. »Ich verstehe ja, dass das hier ein Familienbetrieb ist, aber vielleicht solltest du mal darüber nachdenken, die Fühler etwas weiter auszustrecken. Vetternwirtschaft führt häufig zu einem minderwertigen Produkt.«

»Wir stellen die Leute hier nicht ein, bloß weil sie zur Familie gehören«, erwiderte Lili. Angela war eine Ausnahme. Und Gina. Beide waren streng genommen unvermittelbar. Mist. »Wir stellen Leute ein, die ihren Job gut machen. Wenn du nicht dauernd mit ihnen flirten und sie einfach arbeiten lassen würdest, würde hier alles deutlich besser laufen.«

Er rückte noch ein Stückchen näher, bis er ganz dicht vor ihr stand. »Mach dir keine Sorgen. Die Kellnerinnen interessieren mich nicht die Bohne«, sagte er mit seidenweicher Stimme. »Ich strebe nach Höherem. Vielleicht sogar nach der Empfangsdame.«

Ich bin aber die Geschäftsführerin, du Trottel. Obwohl ihr Herz immer noch raste, setzte sie ein gelangweiltes Lächeln auf. »Du solltest realistisch bleiben, Kilroy. Zu ruhmgeilen Mega-Aufreißern wie dir werde ich mich sicher nicht hinablassen.«

Bingo. Irgendetwas blitzte in seinen Augen auf. Nicht direkt Enttäuschung, eher Zorn, der von einem verletzten Ego zeugte. Männer wie Jack Kilroy hörten selten von jemandem, dass sie nicht gut genug waren. Vor allen Dingen nicht von irgendwelchen Normalos.

»Du glaubst also wirklich alles, was im Internet steht? Schade. Ich glaube, du verpasst was.« Mit diesen Worten wandte er sich theatralisch von ihr ab, stolzierte ans andere Ende der Bar und ließ sich auf einen der Hocker plumpsen.

So, nun hatte sie es ihm so richtig gezeigt. Warum also fühlte sie sich jetzt kein bisschen besser oder selbstbewusster?

Tad hielt die Schlüssel seiner Harley in die Höhe und ließ sie klirren.

»Arme Lili. Sieht ganz so aus, als müsste die Fahrt mit der Harley noch ein Weilchen warten.«

3. Kapitel

Jack stützte seine Ellbogen auf die Bar und verschränkte seine Finger ineinander. Mittlerweile fiel es ihm fast leichter, die Hiebe seiner Mitmenschen einfach einzustecken, als gegen ihre Vorurteile anzukämpfen. Mitläufer. Verräter. Aufreißer. Seit Ashleys medialem Blitzkrieg vermied er es, Artikel über sich zu lesen. Aber es war noch einmal etwas anderes, eine Beleidigung direkt ins Gesicht geschleudert zu bekommen.

Je weniger Zeit er in seinen Restaurants verbrachte, desto mehr Spott wurde ihm zuteil. Eigentlich tat er nichts lieber, als in seinem Restaurant zu arbeiten, dem *Thyme* auf der Forty-Seventh Street. Wieso reiste er also wie ein berühmter Hofnarr durch das ganze Land? Verdammt, er war schrecklich müde. Die Reisen allein waren nicht der Grund dafür. Es war einfach furchtbar anstrengend, die Marke Jack Kilroy zu etablieren und bekannt zu machen. In dem vergangenen halben Jahr hatte er sich mehr als einmal gefragt, wie lange er das noch durchhalten würde.

Aber bei der nächsten Show würde alles anders laufen.

Sie war studiobasierter, weswegen er weniger reisen musste und sich darum kümmern konnte, seine Marke voranzubringen. Er wollte keine Bratpfannen empfehlen, sondern dass ihre Verpackung mit seinem Namen bedruckt war. Und er wollte nicht ein einzelnes Kochbuch herausbringen, sondern direkt zwanzig, die in dreißig Sprachen übersetzt wurden. Am allerliebsten wollte er den Leuten beibringen, wie sie Essen auf Restaurantniveau für wenig Geld selbst zubereiten konnten.

Am besten mit einer Kochausrüstung von Jack Kilroy!

Natürlich hatte so ein Unternehmen auch seine Nachteile. Mangelnde Privatsphäre zum Beispiel. Oder irgendwelche Blutsauger, die ihr Geld damit verdienten, kompromittierende Fotos von ihm zu schießen. Oder von den Menschen, die ihm nahestanden. Vor seinem inneren Auge erschien das verstörte Gesicht seiner Schwester. Es war schon schlimm genug, dass er sie damals im Stich gelassen hatte – und jetzt konnte er sie nicht einmal mehr ungestört zum Essen ausführen. Was für ein wandelndes Klischee aus ihm geworden war! Der erfolgreiche Profi, der sein Privatleben einfach nicht auf die Reihe bekam und Angst vor allen Frauen hatte, die ihn wirklich interessierten.

Caras Schwester hielt offenbar so wenig von ihm, dass er die Sache mit ihr eigentlich gleich abhaken konnte. Warum nur versetzte sie dennoch seinen gesamten Körper in diese kribbelnde Alarmbereitschaft?

Er hatte das Gefühl, das einen befiel, wenn etwas ganz Neues begann, beinahe vergessen. Ein neues Rezept. Ein neues Restaurant. Eine neue Frau. Diese Empfindung war belebend, riss ihn aus seinem Tran. Doch dann fielen ihm die Hinweise seiner Agentin wieder ein.

Lass dich auf keinen Fall aufs Personal ein!

Er spähte zu Lili hinüber. Wenn das Personal doch nur nicht so verdammt verlockend wäre!

Der Barkeeper knallte ihm einen Untersetzer hin und fragte, ob er etwas brauchte. Gute Frage! Ein bisschen Ruhe und sechs Monate Urlaub, um sein Leben zu sortieren – das wäre was. Er musste noch fünf Folgen abdrehen und den Vertrag für seine neue Show aushandeln. Dann musste er sich um die Eröffnung seines Chicagoer Restaurants kümmern und in sieben anderen nach dem Rechten sehen, damit dort die Qualität nicht sank. Jetzt, mit dreiunddreißig Jahren, gelang es ihm tatsächlich, Stroh in Gold zu verwandeln. Wer hätte das gedacht, als er sich damals mit vierzehn in den Straßen von Brixton herumgetrieben hatte, auf dem besten Weg in die Gosse, ins Gefängnis oder gar Schlimmeres? Und jetzt fühlte er sich … Er wusste es nicht.

Müde. Das ja.

Er blickte in die tiefblauen Augen des in die Jahre gekommenen Barkeepers, der wahrscheinlich sofort erkannte, wenn jemanden etwas quälte. Zumindest hoffte Jack das.

»Wie wäre es mit einem Grappa?«, fragte der Barkeeper mit einem schweren Akzent.

Jack hob die Hände. »Na gut. Zeigen Sie mir, was mir bis jetzt entgangen ist.«

Zwanzig Minuten später hatte er drei verschiedene Varianten des Traubenbrandes gekostet und spürte ein angenehmes Brennen in seiner Magengrube. Der Barkeeper hatte ihm erklärt, wie Grappa hergestellt wurde und wodurch die Sorten sich unterschieden. Eine Wissenschaft für sich! Jack lauschte ihm andächtig und sah zu, wie er professionell Cocktails mischte und die Bar managte. Wenn er ein neues Restaurant eröffnete, sollte er diesen Mann sofort abwerben.

Er roch Lili bereits, noch ehe sie vor ihm stand. Ein blumiger, weiblicher Duft mit einer leichten Vanille- und Hibiskusnote. Sofort spürte er das angenehme Kribbeln erneut. Wie jedes alkoholische Getränk machte auch der Grappa ihn großzügiger. Er wollte schon den Mund öffnen, um sich zu entschuldigen, aber ihm fiel gar kein Grund ein. Man brauchte doch einen, oder? Aber irgendein Anlass ließ sich bestimmt finden, gerade bei so einer Frau.

»Deine Vorspeisen sind fertig, und wir servieren sie dir auf gar keinen Fall an die Bar.« Mit diesen Worten machte sie kehrt.

»Warte!« Er berührte sie am Arm.

Mit zu Fäusten geballten Händen blieb sie stehen, und er ließ seinen Blick über ihren angespannten Körper wandern, über ihre Hüften und ihre üppigen Brüste. Wow, was für eine Frau!

»Was ist?«, fragte sie immer noch genervt.

»Ich bin erstaunt, dass du mich höchstpersönlich über meinen ersten Gang informierst«, meinte er. Wobei fünfundzwanzig Minuten für ein paar Vorspeisen ganz schön lang waren.

»Ich will, dass du sie so zu dir nimmst, wie der Koch es beabsichtigt hat. Heiß und nicht kalt.«

»Hör mal, es tut mir leid, dass ich mich heute Morgen über die italienische Küche lustig gemacht habe. Ich bin mir sicher, dass dein Vater ein fantastischer Koch ist, und die Fleischbällchen sind echt großartig.« Irgendwie klang das jetzt sarkastisch, obwohl es ganz und gar nicht so gemeint gewesen war. Lag wahrscheinlich auch am Grappa.

»Er ist wirklich ein fantastischer Koch! Du wirst nirgends in Chicago besseres Essen bekommen«, meinte Lili.

»Das bezweifle ich nicht im Geringsten.«

»Na dann«, sagte sie und wirkte ein wenig besänftigt. Einen Moment zögerte sie, ging dann aber doch.

»Tut mir leid«, sagte der Barkeeper und sah ihn besorgt an. »Normalerweise ist sie nicht so unhöflich.«

Jack winkte ab. »Machen Sie sich keine Sorgen, Kumpel. Ich kenne sie gar nicht anders.«

Schon bekam er einen neuen Shot gereicht. Der Barkeeper wusste wirklich, wie man mit Gästen umging.

»Sie hat allerdings recht«, meinte sein neuer Vertrauter jetzt. »Das Essen hier ist wirklich gut. *Salute!*«

»Ist Ihnen je eine Frau begegnet, die Sie in den Wahnsinn treibt?«, fragte Jack. Leider musste der Barkeeper sich jetzt sein angetrunkenes Gebrabbel anhören. Gehörte das nicht zu seinem Beruf? In Jacks Kopf pochte es heftig, und alles wirbelte durcheinander. Vielleicht hatte er doch schon ein wenig zu tief ins Shotglas geguckt.

»Also … eine Frau, die man wahnsinnig gern berühren will. Oder sie küssen möchte, damit sie einen Moment lang nichts Gemeines mehr sagen kann.« Uff. Vielleicht sollte *er* besser den Mund halten?

Die Miene des Barkeepers verdunkelte sich, und er grummelte etwas auf Italienisch, das wahnsinnig weise klang. Jack zog eine Augenbraue nach oben und wartete auf eine Erklärung.

»Ich habe gerade Folgendes gesagt: ›Wein, Frauen und Tabak lassen einen Mann zu Asche zerfallen.‹ Meine Liliana scheint Sie ja ganz schön beeindruckt zu haben.«

Meine Liliana?! Sofort ging ein Ruck durch Jacks Körper. Dann streckte er dem Mann instinktiv die Hand entgegen.

»Ich bin Jack Kilroy. Freut mich, Sie kennenzulernen.«

Der Mann legte sein Handtuch ab und zögerte einen Moment, ehe er die Hand ergriff.

»Tony DeLuca. Ich bin Caras und Lilis Vater.«

Wow! Das war ein raffinierter Schachzug von ihm gewesen. Auch Tonys Handgriff hatte es in sich. Und so schnell ließ er ihn nicht wieder los. Jack studierte die Kirschholzbar fünf Sekunden lang. Dann zehn. Als er wieder aufblickte, sah er, dass Tony ihn genau musterte, wobei sein Gesichtsausdruck sich nicht deuten ließ.

»Besteht die Chance, dass ich Ihnen mal beim Kochen zusehen darf?«, erkundigte Jack sich und lächelte ihn hoffnungsvoll an.

Tony verzog den Mund. War das schon ein Lächeln? *»Si, naturalmente.«*

Das *O'Casey's* platzte heute Abend aus allen Nähten. Die kleinste irische Bar Chicagos war bei der Belegschaft des *Ristorante DeLuca* sehr beliebt für einen Feierabenddrink. Dank seiner gemütlichen Größe wurde die Stimmung auch dann intim, wenn das Bier mal nicht floss. Nicht, dass das heute Abend der Fall gewesen wäre. Jack gab dem Team eine Runde aus, und alle becherten ordentlich.

Lili warf einen Blick über ihre Schulter. Ihr Ex-Freund Marco unterhielt sich mit Jack Kilroy, der einen ziemlich glasigen Blick hatte. Jack war nicht nur ein paar Zentimeter größer als Marco, sondern auch ein wenig breiter und nahm generell … mehr Raum ein. Sie versuchte die Härchen zu ignorieren, die oben aus Jacks V-Ausschnitt hervorlugten. Oder den Kontrast, den seine gebräunte Haut und das weiße Hemd bildeten.

Seufzend wandte sie sich wieder Laurent zu, der ihr bereits beim Betreten der Bar aufgelauert hatte und nun schon den dritten White Russian hinunterkippte.

So benebelt er auch sein mochte, so fühlte Lili sich von diesem höchst charmanten Verehrer doch geschmeichelt. Bei jeder Gelegenheit berührte er ihren nackten Arm oder linste in ihren Ausschnitt.

»Du und Jack arbeitet also schon lang zusammen?«

»*Oui*. Wir haben uns vor vielen Jahren während unserer Ausbildung in Paris kennengelernt, aber zusammengearbeitet haben wir dann erst ein paar Jahre später, als er für sein erstes Restaurant in London einen Souschef gebraucht hat. Ich war bei allen Restauranteröffnungen dabei, bin jetzt aber fest im *Thyme* in New York installiert.«

»Willst du denn nicht ein eigenes Restaurant aufmachen?« War es nicht frustrierend, immer in Jacks Schatten zu stehen? Andererseits ging es ihr in Bezug auf Cara ja selbst schon seit Jahren so. Manche Menschen waren eben zum Souschef-Dasein geboren.

Er zögerte. »Ich würde gern das *Thyme* übernehmen, aber Jack gibt seine Herrschaft dort nicht so einfach auf. Er möchte eben alles unter Kontrolle haben. Aber ich arbeite gern mit ihm zusammen«, fuhr Laurent fort. »Er ist einer der klügsten und kreativsten Köpfe in unserer Branche.«

Er senkte den Kopf. »Warum interessierst du dich so sehr für Jack? Entscheid dich doch lieber für mich, *chérie*. Standen sich die Italiener und Franzosen nicht schon immer sehr nah?«

Sie richtete ihre Bierflasche auf ihn. »Aber nicht, als die

Römer Frankreich besiegt haben. Und dann war da noch die Sache mit Napoleon oder der Zweite Weltkrieg. Aber davon mal abgesehen haben wir uns immer prima verstanden!« Sie grinste. »Ganz im Gegensatz zu den Briten und den Franzosen. Solltet ihr nicht Erzfeinde sein?«

»Da gab es eine Menge Rivalität, *oui*. Aber nicht zwischen Jack und mir. Er ist mein bester Freund.«

Seine Loyalität berührte Lili. Nach ein paar Minuten weiteren Geplauders entschuldigte er sich und ging auf die Toilette.

Lili sah sich im Raum um und entdeckte Tad, der sich am anderen Ende der Bar mit Shannon unterhielt – der drallen Barkeeperin, die Lili immer an einen weiblichen Bösewicht aus einem James-Bond-Film erinnerte. Ihr Cousin grinste sie ein wenig frech an und deutete mit seinem Kopf in Richtung Jack, der gerade alle Hände voll damit zu tun hatte, die Avancen der DeLuca-Frauen abzuwehren.

Mach schon!, sagte Tads Grinsen.

Nie im Leben!, sollte ihm ihre finstere Miene vermitteln.

Nach all dem, was sie vorher zu Jack gesagt hatte, hatte sie ohnehin keine Chance mehr bei ihm. Außerdem wusste sie gar nicht mehr, wie das mit dem Flirten überhaupt ging. Sie war völlig aus der Übung.

Von Jack abgesehen war die Auswahl an Männern heute Abend nicht besonders gut, aber noch war nicht alles verloren. Ein paar Kekse gab es nämlich. Kekse mit extra viel Schokolade. Und die warteten nicht einmal einen Block entfernt in ihrer Wohnung auf sie. Sie wollte gerade losgehen, als ein schwerer, teurer Herrenduft sie innehalten ließ.

»Hey, Lil.« Marco konnte sich gut anschleichen, das war eines seiner vielen Talente.

»*Ciao,* Marco.«

»Das mit der Show ist echt aufregend, oder? Wird bestimmt gut fürs Geschäft sein.« Neben seinem Lamborghini, seinem italienischen Hemdenhersteller und seinem Eigenkapital gehörte die finanzielle Situation des Ristorante zu Marcos Lieblingsthemen. Er wollte seinen 25-Prozent-Anteil daran so gut wie möglich nutzen, ohne selbst Zeit in die Sache zu investieren.

»Auf jeden Fall«, sagte sie. Marcos Unterton war ihr nicht entgangen. Natürlich dachte er dabei auch an das Geld, das er ihrem Vater zur Abdeckung der Arztkosten ihrer Mutter geliehen hatte – und daran, wann er es zurückbekommen würde.

Während er darüber sprach, dass er die lokale Presse einschalten wollte, ergötzte sie sich an seinem guten Aussehen und dem tiefen Bariton, von dessen Klang sich früher all ihre Nackenhärchen aufgestellt hatten. Wie immer, wenn er aufgeregt war, sprach er zu laut. Im vergangenen Winter hatte sie sich nach einem warmen Körper gesehnt, und Marco hatte sich netterweise zur Verfügung gestellt. Ihr Sexleben war nicht gerade wild gewesen, aber immerhin hatte er sie in seine Arme geschlossen, wenn sie wieder einmal völlig überwältigt vom Zustand ihrer Mutter, dem Restaurant und ihrem Leben im Allgemeinen war. So wie sie es immer machte, hatte sie sich seine Probleme stundenlang angehört und kaum über ihre eigenen Sorgen gesprochen. Dann war das Unvermeidliche geschehen: Sobald Lili ihm nicht mehr genügte, verfiel sie ihm voll und ganz.

Er presste die Lippen aufeinander, was bedeutete, dass ihm etwas missfiel. Das passierte ziemlich oft. »Ich habe gehört, dass du dich an Kilroy herangeschmissen hast.«

Lili fiel fast vom Barhocker. »Wo hast du das denn aufgeschnappt?«

Marco lächelte sie herablassend an. Auch das kam häufig vor. »Na, es führt jemand Buch darüber.«

Madre di Dio, diesem Tad würde sie gehörig die Meinung blasen! Lili ballte vor Wut die Fäuste.

»Ich glaube nicht, dass Kilroy deine Liga ist, Lil. Vielleicht solltest du die Latte nicht ganz so hoch legen.«

Marcos Worte wirkten wie Medizin auf sie. Sie mochten ihr vielleicht nicht schmecken, aber wahrscheinlich waren sie ganz heilsam. Vielleicht war Jack wirklich eine Nummer zu groß für sie.

Plötzlich erschien ein gefülltes Glas vor ihrer Nase, und Shannon zwinkerte ihr zu. Tad prostete ihr aufmunternd mit seiner Bierflasche zu, und Marco zog missbilligend eine Augenbraue nach oben. Lili kippte den Shot hinunter. Igitt, es war Minzschnaps!

Jack stand mittlerweile vor dem Dartboard, umzingelt von einer Horde brünetter und einer blonden Dame. Lili beobachtete, wie er sie loszuwerden versuchte – zum Beispiel durch langsames Nicken oder demonstrative Schlucke aus seiner Bierflasche. Die Blondine hing an seiner Schulter und strich immer wieder über seinen Bizeps. Angela war kurz davor, einfach auf ihn zu klettern. Und Gina versuchte, ihre Cousine mit ein paar geöffneten Blusenknöpfen auszustechen, obwohl sie verlobt war.

Als Jack ihr in die Augen sah, fuhr eine Art Stromschlag durch Lilis Körper.

»Kilroy lässt nichts anbrennen, was? Du hast wirklich keine Chance, Lil«, sagte Marco, wobei seinem gut gelaunten Tonfall noch eine andere Note beigemischt war. Sie sah wieder hinüber zu Jack, der ihren Blick über Angelas Locken hinweg immer noch erwiderte, direkt und aufrichtig. Sein sexy Mund regte sich nicht, aber seine außergewöhnlich grünen Augen versprachen ihr alles. Sofort war all ihr Zögern dahingeschmolzen. Sie wollte nur eine Nacht mit ihm, mehr nicht. Eine Nacht, in der sie die Sterne sehen und sich ganz verlieren würde. Der Schnaps und Marcos schiefes Grinsen bildeten schließlich den Auslöser. Sie hatte keine Lust mehr, tiefzustapeln.

»Man sieht sich, Marco.«

Lili ging um den Fanclub herum und wandte sich dann an Jack. »Hey.«

Seine Augen weiteten sich.

»Selber hey.«

»Wir sollten reden.«

»Sollten wir?«, fragte Jack mit einer so rauen Stimme, dass sofort klar war, dass Reden heute Abend nicht die Priorität haben würde.

»Ja, über die Logistik«, sagte sie und stieg auf das Spiel ein. »Darüber, dass du morgen in der Küche dein Geschirr testest. Solche Dinge eben.«

»Vollkommen richtig, das müssen wir klären.« Er wandte sich an sein Publikum. »Ladys, die Arbeit ruft.«

Die Frauen funkelten Lili wütend an. Jack hakte sich bei ihr unter und führte sie sanft, aber bestimmt an die Bar.

»Ich weiß gar nicht, wie ich dir danken soll«, wisperte er.

Meine Güte, dieser Akzent machte sie fix und fertig!

Lili lächelte ihn an. »Ich bin sicher, dass mir etwas einfällt.«

4. Kapitel

Da es an der Bar ziemlich voll war, standen sie schon bald sehr dicht beieinander.

»Tut mir leid wegen der Mädels«, sagt Lili und klang dabei kein bisschen mitleidig. »Sie sind einfach aufgeregt.«

Er warf verstohlen einen Blick auf die Meute, vor der sie ihn gerettet hatte. *Aufgeregt* schien ihm irgendwie nicht der passende Begriff zu sein – *ausgehungert* traf es besser!

»Wir haben hier nicht oft berühmten Besuch«, fügte sie hinzu. »Du hast ganz schön für Aufruhr gesorgt.«

»So bekannt bin ich doch gar nicht«, sagte er und merkte, wie sich die wohlvertraute Gereiztheit in seine Stimme schlich.

»Sie lassen sich eben leicht beeindrucken.«

Sie selbst war es ganz offensichtlich nicht. Und das machte ihn wahnsinnig an. Lili strich sich eine ihrer dunklen Locken hinters Ohr.

»Also, hat es dir geschmeckt?«, fragte sie ihn mit einem listigen Grinsen.

»Es war fantastisch. Dein Vater ist ein toller Koch.«

Jack war nicht gut in Lippenbekenntnissen. Dabei waren die Pastagerichte außerirdisch gut gewesen, besonders die lockeren Gnocchi-Kissen, die regelrecht im Mund dahinschmolzen. Das Steak war perfekt zubereitet, und das Fischfilet fiel regelrecht von den Gräten. Dennoch machte sich Jack wegen des Wettbewerbs keine allzu großen Sorgen. Schließlich hatte er seine Kochkunst schon seit vielen Jahren perfektioniert.

Was ihm viel mehr zu schaffen machte, war, dass er sich vor Lilis Vater zum Affen gemacht hatte. Warum hatte Cara ihn nicht auf ihre erste Begegnung vorbereitet? Glücklicherweise war Tony ein liebenswürdiger Gastgeber gewesen und hatte ihn durch die Küche geführt, obwohl er sich Jacks angetrunkene Schwärmerei über seine Tochter hatte anhören müssen. Ein bisschen zusätzliche Würze machte sich in der Sendung vielleicht sogar ganz gut, aber er wollte nur ungern auf Tonys Abschussliste stehen. Warum, wusste er selbst nicht genau.

»Und, bist du schon bereit, das Handtuch zu werfen?«, erkundigte sich Lili.

»Ich drücke mich nie vor Herausforderungen.«

Sie gab ein tiefes, kehliges Glucksen von sich, das plötzlich zu einem vollen, rauen Lachen wurde und ihm beinahe den Atem raubte.

Nicht weit von ihnen entfernt stand dieser Maximo-Mario-Typ und funkelte ihn an. Als Jack und Laurent vorhin auf das Personal gewartet hatten, hatte dieser Loser versucht, ihm ein Gebäude für sein neues Restaurant zu verpachten, das er gerade im Chicagoer Viertel West Loop bauen ließ.

»Was ist denn mit dem los?«, fragte er und nickte in seine Richtung.

Lilis Augen glitzerten so stark, als wäre auch sie betrunken.

»Marco? Das ist ein Geschäftspartner meines Vaters.«

»Mein Beileid«, murmelte Jack.

»Und er ist mein Ex.«

Jack verschluckte sich an seinem Bier. »Himmel, also das ist wirklich tragisch.«

Marco telefonierte gerade lebhaft, wobei das Gespräch recht einseitig zu sein schien. Wahrscheinlich hatte er die ersten Takte von Beethovens Fünfter als Klingelton und meldete sich mit *Hallihallo.* Was für eine Flachzange …

Lili setzte ein dünnes Lächeln auf. »So schlimm ist er nicht. Eigentlich ist er sogar ganz süß.«

O nein, das war er ganz und gar nicht. Jack kannte Leute wie Marco. Mit dem Ring an seinem kleinen Finger, der Maniküre und seinen Haifischaugen sah er aus wie ein protziger Schnösel. Und als wäre das nicht genug, so hatte Jack auch das Merkmal entdeckt, mit dem kein Mann über einundzwanzig jemals aus dem Haus gehen sollte – einen Pferdeschwanz. Dass Lili sich auf eine solche Nullnummer eingelassen hatte, fand er wirklich bedenklich.

»Er kann …« Ihre Stimme war so leise geworden, dass er sich zu ihr lehnen musste, um sie zu verstehen. Typischer Bartrick. »Er braucht nur ein wenig Unterstützung.«

»Und das war deine Aufgabe? Du warst die starke Frau hinter dem schwachen Mann?« Wie es wohl war, wenn Lili einem den Rücken stärkte? Wahrscheinlich ziemlich nett. Heimzukommen, mit ihr zu sprechen und dann ihr wunderschönes Lachen zu hören …

Heimzukommen und mit ihr zu sprechen? Bei ihm war wohl eine Schraube locker! Wie sonst war aus der animalischen

Anziehungskraft, die Lili auf ihn ausübte, der Traum vom gemeinsamen Geschirrkauf und Gekuschel auf dem Sofa geworden?

Er fühlte sich schon seit Längerem wieder bereit, sich an jemanden zu binden. Aber jede potenzielle Beziehung war überschattet von der Frage, was die wahren Motive der Frau waren. Nachdem Ashley alles an die Klatschpresse ausgeplaudert hatte – und dabei spielte es keine Rolle, dass das meiste erstunken und erlogen war –, war er wahnsinnig vorsichtig. Zurückhaltender. Er musste seine Gedanken dringend im Griff behalten und durfte sich nicht in irgendwelchen Fantasien verlieren, in denen er an Lilis weichen Körper geschmiegt aufwachte … Himmel!

Sie verzog den Mund, als hätte sie seine Gedanken gelesen.

»Braucht denn nicht jeder starke Mann eine starke Frau oder auch einen starken Mann hinter sich?«

»Und was ist mit der starken Frau? Hat die keine eigenen Bedürfnisse?«

»Doch, die haben wir.« Als sie die Öffnung ihrer Bierflasche mit den Lippen umschloss, entwich ihm jenes Stöhnen, das er den ganzen Abend lang unterdrückt hatte. Sein Penis zuckte. Als wollte er sich selbst foltern, linste er in ihr Dekolleté. Sie trug einen weißen Baumwoll-BH, der nicht besonders aufregend aussah, aber diese Brüste … Sie quollen über die Kanten ihres BHs wie saftige, goldene Pfirsiche. Sein Mund war ganz dicht an ihrem Ohr, und er atmete den Duft ihres Haars ein, als könnte er ihn so einen Tag lang bewahren. Rosmarin und Minze.

»Was für Bedürfnisse hast du, Lili?«, flüsterte er.

»Oh, eigentlich sehne ich mich nur nach einem Kerl, der

noch alle Zähne hat, gute Fußmassagen beherrscht und mir erdbebengleiche Orgasmen beschert. Nichts Besonderes also.«

Jack lehnte sich zurück und sah sie so eindringlich an, wie er nur konnte. Einen Moment lang hielt sie seinem Blick stand, zog dann aber den Kopf ein und nahm einen Schluck Bier.

Zwei Dinge standen fest:

Er hatte viel zu lange keinen Sex gehabt.

Und er hatte ein dickes Problem.

Das Schweigen zwischen ihnen wurde immer mächtiger, und Jack zögerte. Klar, er sendete widersprüchliche Signale. Immerhin verschlang er Lili mit seinen Blicken, das weckte bei einer Frau natürlich gewisse Erwartungen. Er begehrte sie, aber er wollte auch etwas, was er nicht recht benennen konnte. Noch nicht.

Ein paar Herzschläge später glitt sie vom Barhocker und presste sich an ihn, sodass ihre weichen Brüste seine Rippen streiften und sämtliche Nervenenden in Alarmbereitschaft versetzten. Sie drückte ihre Handflächen auf seine Brust und sah ihm tief in die Augen.

»Okay, ich bin raus«, sagte sie.

»Du bist was?«

»Ich bin raus.« Sie lehnte sich zurück und verschränkte die Arme, sodass ihre Brüste noch weiter nach oben gedrückt wurden. »Jack, ich habe keine Lust auf Spielchen.«

»Ich auch nicht.«

»Ach, und warum verschlingst du mich dann mit deinen Blicken, seit ich dir eins mit der Bratpfanne übergezogen habe?«, entgegnete sie.

»Na ja …«

»Da würde doch jede Frau denken, dass du an ihr interessiert bist.«

»Vermutlich schon, aber …«

»Dann sind das hier alles nur leere Worte, nicht wahr? Oder gab es ein kleines Missverständnis zwischen uns?«

»Ich habe angenommen, wir hätten einfach nett miteinander geplaudert«, sagte er und klang dabei wie eine englische Oma beim Teetrinken. *Nett geplaudert?!*

Lili schien von dem netten Geplauder jedenfalls schon genug zu haben und ließ den Blick über die Menge schweifen.

»Ist Laurent noch da?«, fragte sie.

»Ja, schon, aber …« Sein Herzschlag stolperte. »Bist du jetzt etwa beleidigt?«

Lili legte beide Hände auf ihre Taille. »Schau gut hin, Kilroy.«

Er sah sie an.

»Das habe ich alles den Spaghetti zu verdanken.«

»Gute Figur.«

»Sophia Loren«, sagte Lili. »Das ist eine italienische Schauspielerin.« Dachte sie vielleicht, dass er die letzten dreißig Jahre isoliert in einer einsamen Berghütte verbracht hatte? Sie legte eine etwas wacklige Pirouette hin. Ein wunderschöner Anblick.

»Du hattest deine Chance, aber du hast es vermasselt. Ich schätze mal, dein sexy Kollege kriegt es besser hin.«

Sie drehte sich um, und er musste sich sehr beherrschen, um nicht einfach ihren hübschen Hintern zu berühren. Die Hand daraufzulegen und zuzudrücken.

»Au revoir«, sagte sie und lächelte ihn über ihre Schulter hinweg anzüglich an. Lili entfernte sich immer weiter von

ihm und seinem pochenden Penis und ging Richtung Jukebox und … Shit. Laurent.

Das konnte doch wohl nicht wahr sein! Sein Magen verknotete sich, aber er wollte sich nicht eingestehen, dass das möglicherweise Eifersucht war. Laurent war bestimmt sowieso viel zu betrunken, um zu wissen, was er mit ihr anfangen sollte. Er folgte ihrem Lockenschopf mit seinen Blicken, sah zu, wie die Menschenmenge sich vor Lili teilte und wieder hinter ihr schloss wie Treibsand. Er beschloss, ihr zu folgen, und griff nach ihrer Hand, woraufhin sie einen kleinen überraschten Laut von sich gab. Ohne sie anzusehen, zog er sie hinter sich her in den dämmrigen Flur bei den Toiletten und drückte sie an die Wand, ihre Hand immer noch fest umschlossen. Gut, besonders viel Privatsphäre hatten sie hier nicht, aber er war schon mit schlimmeren Orten zurechtgekommen. Weit schlimmeren.

»So, jetzt hör mal zu, du Neandertaler«, keuchte sie. »Für wen hältst du dich eigentlich?«

»Na, für den Typen, mit dem du dich lieber nicht anlegen solltest, Süße.«

Eigentlich gab es so viel, was er ihr sagen wollte. Zum Beispiel, dass ihr Dekolleté gemeingefährlich war. Oder dass sie es sich nächstes Mal lieber zweimal überlegen sollte, ob sie einen solchen Stunt hinlegte oder nicht. Aber die Situation machte ihn tatsächlich ziemlich sprachlos.

Ihre Brüste hoben und senkten sich, und ihr warmer, weiblicher Duft vernebelte seine Sinne. Ihre feuchten Lippen öffneten sich. Eigentlich schien ihr ganzer Körper zu beben.

»Mach das nicht noch einmal«, knurrte er und versuchte weiterhin, sich irgendwie zu beherrschen. Irgendwann hatten ihre Finger sich miteinander verflochten, und er drückte ihre Hände links und rechts neben ihrem Kopf an die Wand … Sie umklammerte seine Hände, eine kleine, intime Bitte. Und er beantwortete sie, indem er den Druck erwiderte. Er wollte sie. Sie wollte ihn. Nicht Laurent oder irgendeine andere Flachzange. Als er sie küsste, blieb irgendetwas in seiner Kehle stecken. Ihr Name vielleicht oder eher ein leiser Fluch. Ihre Lippen trafen aufeinander, sie liebkosten sich, während sie ihre Zungen miteinander verknoteten und die erregende Explosion genossen, die ihre Körper mit einem Schlag quicklebendig werden ließ. Lili gab einen rauen Laut von sich, und sie küssten sich noch heftiger.

Jack ließ seine Hand über ihre Hüfte gleiten, ehe er sie endlich um ihren großartigen Po schließen konnte. Sie öffnete sich ihm, und er hob sie in die Luft und stellte sich zwischen ihre Beine, sodass seine Erektion sich an ihren Schritt schmiegte. Wie gut ihre Brüste sich an seiner Brust anfühlten … Wieder stöhnte sie auf. Sie schien es genauso sehr zu genießen wie er.

Lili schlang ihren Oberschenkel um sein Bein, sodass ihr Fuß eine höchst empfindliche Stelle seines Körpers berührte. Er stöhnte auf. Laut. Wie in Trance versuchte er sich von ihr zu lösen, aber sie hielt seinen Haarschopf fest.

»Gott, du schmeckst wahnsinnig gut«, sagte er und wünschte sich, dass sie den Griff ein wenig lockerte, da sein Kopf wegen der vergangenen Nacht noch immer schmerzte.

Sie blinzelte. »Ich weiß – ich meine, du auch. Du schmeckst auch sehr gut.«

Er leckte sich über die Lippen. Es war so lang her, dass er den Geschmack einer Frau so überwältigend gefunden hatte. Verdammt, eigentlich hatte keine Frau jemals so unwiderstehlich geschmeckt.

»Mehr«, knurrte er.

»Gott, ja …« Aber noch ehe sie den Satz zu Ende gebracht hatte, hatte er schon wieder losgelegt. Und auch wenn er es nie für möglich gehalten hätte, so wurde der Kuss jetzt noch intensiver, erfüllte seinen gesamten Körper mit einem lustvollen Kribbeln. Ihr schien es genauso zu gehen, denn sie stemmte jetzt ihren Fuß gegen seinen Oberschenkel, sodass er erneut aufjapste.

Jack spürte, wie sie mit ihrer heißen Hand über seine Brust strich, über seine Bauchmuskeln und sie dann weiter abwärtswandern ließ. Der Kuss wurde immer härter, inniger und heißer. Ihre Hand verharrte über seinem Hosenbund, und sie begann, an seinem Reißverschluss herumzuspielen. Gott, war das sexy! Kurz schwebte ihre Hand vor seinem Schritt, und plötzlich schien ihm das Paradies zum Greifen nah. *Tiefer!*, feuerten sein Penis und sein Gehirn sie an. *Berühr mich, Baby. Bitte!*

Seine Erektion war mittlerweile richtig schmerzhaft, und er unterdrückte ein lautes Seufzen.

Das musste aufhören! Einer von ihnen musste doch zur Vernunft kommen!

Als beide voneinander abließen und sich nach Luft schnappend ansahen, wurde ihm klar, dass sich die Vernunft längst auf und davon gemacht hatte.

»Lass uns zu mir gehen«, sagte sie langsam. »Ich wohne direkt über dem Restaurant.«

Ja.

Aber.

Plötzlich hatte er Bedenken. Er wollte Lili – und jede Faser seines Körpers stimmte ihm in diesem Punkt zu –, aber er hatte sich in den vergangenen Monaten etwas versprochen. Und ein One-Night-Stand gehörte nun einmal nicht zum Plan. Er brauchte mehr Information.

»Vielleicht sollten wir es etwas langsamer angehen lassen und uns erst einmal unterhalten.«

Sie sah ihn verwirrt an.

»Na ja, hat man sich früher nicht erst einmal richtig kennengelernt?«

Sie lächelte ihn anzüglich und ein wenig herablassend an. »Jack, darum geht es mir doch gar nicht.«

Nein, scheinbar nicht, außer vielleicht im biblischen Sinne. Sie war auf der Suche nach einem Kerl, der wahllos Frauen datete und mit ihnen ins Bett ging. Einem Mann, dessen Leben man auf ein paar wenige Adjektive herunterbrechen konnte, von denen die wenigsten schmeichelhaft waren.

Eigentlich sollte er sich vielleicht darüber freuen, dass es einer Frau mal nicht um seinen Ruhm ging, sondern einfach nur um Sex. Aber stattdessen wallte in seinem Bauch Enttäuschung auf und sogar Wut.

»Lili, das ist keine gute Idee.«

Sie ließ seine Hand los, was sich furchtbar falsch anfühlte. »Nein?«

Er schüttelte den Kopf, was ihm ebenfalls verkehrt vorkam.

»Verpasst du mir etwa gerade … eine Abfuhr?«

»Ich fürchte ja.«

Ihre Lippen formten ein stummes »O«, und sofort war ihm mulmig zumute. Sie schlug sich mit der Hand an die Stirn.

»Aber ich dachte …« Sie sah aus, als hätte sie eben erfahren, dass es den Weihnachtsmann nicht gab. Immer wieder rieb sie mit den Fingerspitzen über ihr Schlüsselbein, als könnte sie sich auf diese Weise einfach fortzaubern.

»Bin ich dir nicht sexy genug?« Ihre Stimme zitterte.

»Süße, das ist es nicht. Vielleicht könnten wir …«

»Nenn mich bloß nicht mehr ›Süße‹!«

Von all den Versprechungen des Abends war nichts als ein Scherbenhaufen geblieben. Sie schob ihn sachte beiseite, und er gab bereitwillig nach.

»Lili, du bist eine wunderschöne Frau. Es geht mir nur alles ein wenig zu schnell.«

»Vergiss es.« Sie strich über ihre vom Küssen leicht geschwollene Unterlippe, als wollte sie Jack einfach abwischen.

Dann marschierte sie an ihm vorbei zur Bar, und nicht einmal ihr gehetzter Gang konnte ihrem sexy Hüftschwung etwas anhaben. Natürlich könnte er ihr nachlaufen und ihr sagen, dass sie gerade noch einmal Glück gehabt hatte. Bestimmt wollte sie nicht Teil des Affenzirkus werden, in den sein Leben sich irgendwann verwandelt hatte. Er könnte ihr die Wahrheit sagen, ihr verraten, dass er genug davon hatte, Frauen zu benutzen und selbst benutzt zu werden, und dass er sie furchtbar gern besser kennenlernen wollte. Nicht, dass sie ihm glauben würde.

Er glaubte sich ja nicht einmal selbst so richtig.

5. Kapitel

Lili zitterte immer noch.

Die Momente mit Jack waren nicht nur die erregendsten, sondern auch die demütigendsten ihres Lebens gewesen. Sie rammte sich die Zahnbürste so fest in ihren Mund, dass sie vor Schmerz aufkeuchte.

Was zum Teufel war nur in Jack Kilroy gefahren?

Sie hatte scheinbar wirklich kein Händchen für Männer. Ein gutes Beispiel dafür war Marco Rossi, dem sie immerhin sechs erbärmliche Monate lang nachgeweint hatte. Sobald er ihr auch nur einen winzigen Blick zugeworfen hatte, hatte sie sich sofort wieder Hoffnungen gemacht, die sich nur allzu schnell wieder in Luft auflösten. Gott sei Dank war sie von ihm endgültig geheilt.

Und dann gab es da noch Jack Kilroy mit dieser fantastischen Brust und seinem unglaublich heißen Mund. Dagegen gab es leider keinen Impfstoff. Er war aus der Kühlkammer direkt in ihr eintöniges Leben marschiert und hatte sie mit seinem süßen Lächeln und diesem dämlichen Akzent schachmatt gesetzt. Cara und Tad hatten sie angestachelt, und sie hatte idiotischerweise sofort mitgespielt.

Wie hatte sie die Situation nur derart falsch einschätzen können? Diese Blicke, mit denen er sie förmlich ausgezogen hatte. Seine Küsse … Seine Berührungen …

Das schrille Türklingeln riss sie aus ihren Gedanken. Sie spülte sich den Mund aus und stellte fest, dass sie ihn immer noch schmecken konnte. Die kilroysche Essenz.

Sie hatte ein wenig mit ihm gespielt, ihn geneckt und leere Drohungen in Bezug auf Laurent ausgesprochen. Und es hatte funktioniert. Jack war sofort darauf angesprungen und hatte sie dann einfach überrumpelt. Und auch wenn sie gemerkt hatte, wie sehr er sie begehrte, stand scheinbar etwas anderes auf seiner Tagesordnung.

Sie hasste Typen mit Tagesordnung.

Wieder klingelte es an der Tür. Wenn man in einer Gegend voller Bars lebte, kamen nachts immer mal ein paar besoffene Witzbolde auf die Idee, ihr einen Klingelstreich zu spielen. Aber ein paar Sekunden später schellte es erneut. Sie wusste, wer es war, noch ehe sie die Gegensprechanlage aktiviert hatte.

»Ja?«

»Lili, ich muss dich sehen.« Da war Jacks Stimme. Forsch, britisch, kein bisschen reuevoll. Nachdem sie einen Moment lang geschwiegen hatte, klingelte er erneut. Sie drückte auf den Knopf und lauschte dem ominösen Knacksen in der Leitung.

»Lili, bitte lass mich rein, damit ich es dir erklären kann.«

Sie biss sich auf die Unterlippe, um nicht laut loszubrüllen. Wieder drückte sie auf den Knopf und hörte, wie er

»… runter und halt die Klappe« sagte und dann irgendetwas Unverständliches vor sich hin murmelte.

»Hast du gerade gesagt, dass ich die Klappe halten soll?«, fragte sie.

»Nein, nicht du.« Er klang fern, ein bisschen so, als befände er sich unter Wasser. Dann klang seine Stimme wieder so klar und deutlich, dass sie zusammenzuckte.

»Süße, ich kann dich atmen hören.« Sie hielt die Luft an. »Warum lässt du mich nicht rein, damit wir uns wie zwei Erwachsene unterhalten können?«

Wie Erwachsene?! Sie hatte ein paar sehr erwachsene Dinge mit ihm vorgehabt! Von dem, was er als Nächstes sagte, verstand sie nur Bruchstücke. Irgendetwas darüber, dass Laurent ins Hotel gehen sollte, und dann irgendein französisches Kuddelmuddel.

»Ich will nicht mit dir reden!«, brüllte Lili, weil es manchmal einfach half, etwas lauter zu werden.

»Ich muss es dir erklären.«

»Ist nicht nötig. Bitte geh.«

Sie hörte ein Rascheln in der Leitung und erneut Worte in einer fremden Sprache. Eine ganze Minute verging.

»Alles klar, das wird dir noch leidtun«, sagte er, woraufhin Lili sofort in Panik ausbrach. Was meinte er damit? Wollte er einbrechen? An die Tür hämmern, bis die Nachbarn die Cops riefen? Wenn es doch nur das gewesen wäre. Denn es kam schlimmer. Viel schlimmer.

Jack Kilroy begann zu singen. Das Gejaule der hoffnungslosesten Kandidaten irgendwelcher Talentshows im Fernsehen war nichts dagegen. Seit sie ihn das letzte Mal in der Küche ein Lied hatte schmettern hören, hatte sich sein Gesang leider nicht verbessert.

»Lili, ich habe eine Frau getroffen, sie heißt Lili …«, interpretierte er den Song *Maria* aus der *West Side Story* mehr als frei.

Jemand auf der Straße jubelte. Motiviert erhöhte Jack die Tonlage gleich einmal um mehrere Oktaven. Eine andere Stimme unterstützte seinen Song mit ein paar Lili-Zwischenrufen, immer knapp am Takt vorbei.

Der Kerl hatte doch wirklich einen an der Waffel! Wobei es auch wunderschön war, von einem solch charmanten, gut aussehenden Mann umworben zu werden. So musste sich Liebe anfühlen – wie dieses schwindelerregende Gefühl im Bauch, wie diese Leichtigkeit in ihrem Herzen und wie das Wissen darum, dass alles möglich war, weil ein Mann beschlossen hatte, einer Frau ein vollkommen schiefes Ständchen zu bringen.

Es mochte dumm sein, aber an dieses Gefühl hielt sie sich, als sie die Treppe hinunterpreschte und immer zwei Stufen auf einmal nahm, um dann die Haustür aufzureißen.

Sie streckte ihren Kopf hinaus und entdeckte Jack sofort. Er lehnte an der Hauswand, als wartete er darauf, zum Tanz aufgefordert zu werden.

»Wieso hast du so lang gebraucht?«, fragte er und schenkte ihr ein unwiderstehliches Lächeln.

Ihre Knie wurden butterweich. Ein paar Kerle, die einander in bierseliger Freundschaft gegenseitig stützten, drehten sich um und brüllten: »Lili!« Jack grüßte sie, als wären sie alle alte Freunde.

»Du bist wirklich ein schrecklicher Sänger«, meinte Lili und unterdrückte ein Lachen. So leicht wollte sie es ihm nicht machen.

Um seine Augen bildeten sich gutmütige Lachfältchen. »Na, mein mangelndes Talent gleiche ich doch immerhin mit Begeisterung wieder aus.«

»Auch das will wirklich keine Frau hören! Kannst du gleich auf deine Liste schreiben.«

Er fuhr sich mit der Hand durchs Haar und wirkte plötzlich ernst. »Ich würde dir gern was erklären.«

Lili winkte ab. »Ach, vergiss es.«

»Ich habe mich total idiotisch benommen.«

»Stimmt, aber scheinbar nicht idiotisch genug.«

Er stieß sich von der Wand ab und trat auf sie zu, um sie von Kopf bis Fuß zu mustern. Als die kühle Nachtbrise über ihren Körper strich, erinnerte sie sich daran, was sie gerade anhatte: eine kurze graue Hose und ein Tanktop aus papierdünnem Stoff, auf das das pinke Logo einer Brustkrebs-Kampagne gedruckt war. Und sie trug keinen BH. Rasch verschränkte sie die Arme vor ihren Nippeln.

»Hey, du kannst mich nicht mehr so angaffen, nachdem du mich hast abblitzen lassen!«

Jack grinste wissend.

»Ich wüsste lieber, warum du mich erst wie ein Besessener angegraben und anschließend geküsst hast wie ein Meeressäuger, nur um mich dann einfach verhungern zu lassen. Gerade als es interessant wurde.« Mit *interessant* meinte sie den Moment, in dem sie ihre Hand beinahe auf diese verführerische Beule zwischen seinen Beinen gelegt hatte. Wäre das nicht für jeden anderen Mann der entscheidende Moment gewesen?

»Ich verstehe schon, was du meinst. Auch wenn ich wirklich besser küsse als ein Meeressäuger.« Er schaffte es doch tatsächlich, sexy und gekränkt zugleich auszusehen.

»Das ist Ansichtssache.«

»Nun, du wirst jedenfalls zugeben müssen, dass du mich provoziert hast.«

»*Ich* soll *dich* provoziert haben?!«

»Ist Laurent noch hier?«, ahmte er sie nach. »Komm, so etwas hält kein Mann aus.«

Lili fehlten wieder einmal die Worte.

»Ich habe nicht aufgehört, weil ich dich nicht attraktiv finde«, fuhr Jack fort. »Oder weil ich dir eine Lektion erteilen wollte – auch wenn du die vielleicht verdient hättest. Immerhin hast du versucht, mich zu benutzen.«

Ihn *benutzen?* Und das aus dem Mund eines Kerls, der Frauen vernaschte wie andere Leute Gummibärchen? In welchem verrückten Paralleluniversum fühlten Männer sich benutzt, wenn Frauen sich ihnen wie auf dem Silbertablett anboten?

»Ich wollte dich nicht … ausnutzen«, sagte sie ein wenig unsicher. »Zumindest nicht mehr als jede andere, die …«

Er zog eine Augenbraue hoch. Tja, was sollte sie sagen? Nicht mehr als jede andere, die wilden, vollkommen unverbindlichen Sex mit einem Halbfremden wollte? Genau das hatte sie eigentlich gemeint, aber selbst in ihren Ohren klang das jetzt irgendwie schäbig. Mist.

Er schnaufte. »Viele Frauen wollen allein deswegen mit mir schlafen, weil ich im Fernsehen auftrete. Nach einer Weile wird diese Art von Sex ganz schön öde.«

Diese Selbstsicherheit konnte sich nur jemand leisten, dem sich permanent die Gelegenheit zu unverbindlichem Sex bot. So ähnlich verhielt es sich, wenn eine furchtbar reiche Person sagte, dass Geld sie nicht interessierte. Aber wenn man keines hatte, dann spielte es definitiv eine Rolle.

»Es ging mir nicht darum, dass du berühmt bist«, erklärte sie und wand sich unbehaglich. Er zog die Augenbraue noch höher.

»Ganz genau. Es ging dir um meinen Körper.«

Ähm, korrekt. Das konnte sie zwar nicht abstreiten, aber vielleicht konnte sie den Spieß einfach umdrehen.

»Willst du damit etwa sagen, dass du dein Leben als Aufreißer aufgeben und ins Kloster gehen willst?«

»Nein. Aber über die Frau, mit der ich schlafe, will ich mehr wissen als nur ihre Körbchengröße.«

Lili verschränkte die Arme vor ihren Brüsten mit Körbchengröße D.

»Lili, jeder Mann könnte sich glücklich schätzen, wenn du dich auf ihn einlässt. Aber One-Night-Stands interessieren mich einfach nicht mehr. Ich hatte tatsächlich schon eine ganze Zeit lang keinen Sex mehr. Mittlerweile will ich eine Frau erst einmal richtig kennenlernen.«

Lili lachte laut auf, merkte aber dann, dass es ihm ernst war.

»Du meinst … eine feste Beziehung? Dates?!«, quietschte sie, als wäre ihr diese Vorgehensweise vollkommen fremd.

Er sah ihr tief in die Augen. »Ja. Oder ist es verboten, mit ruhmgeilen Mega-Aufreißern auszugehen?«

War ja klar gewesen, dass er ihr diesen Spruch noch einmal unter die Nase reiben würde. Gleichzeitig war Lili jetzt völlig am Ende mit den Nerven. Jack Kilroy – *der* Jack Kilroy – hatte sie um ein Date gebeten.

Ein paar Sekunden später hatte sie immer noch keine passende Antwort gefunden und entschied sich dann für eine andere Strategie.

»Ich habe gar keine Zeit fürs Daten«, platzte es aus ihr

heraus. Das stimmte zwar nicht ganz, war aber auch nicht richtig gelogen. Sie hatte nämlich tatsächlich keine Zeit für Männer, deren Ego sie aufpolieren musste. Das kannte sie nur zu gut von Marco. In den paar gemeinsamen Monaten hatte sie sich behütet und … dankbar gefühlt. Dankbar dafür, dass der süße Typ, der sie damals als dicke Teenagerin keines Blickes gewürdigt hätte, ihr zuliebe tatsächlich von seinem Thron herabgestiegen war. Marco hatte ihr sein Siegeslächeln gezeigt, und Lili hatte kurz gedacht: »Wer, ich?!« Und dann viel zu schnell zugegriffen.

Das würde ihr nie wieder passieren.

Irgendwann würde ihr ein einigermaßen gut aussehender Mann begegnen, der eher in ihrer Liga spielte und nicht dachte, er würde ihr einen riesigen Gefallen tun. Sie brauchte etwas Handfestes, keine gefühlsduseligen Träumereien. Ein paar Leute mochten sich von einem Ständchen durch die Gegensprechanlage durchaus beeindrucken lassen. Aber das waren eben hoffnungslose Romantiker. Rasch schob sie die schnulzigen Gedanken beiseite.

»Du wohnst in New York. Ich hier. Das würde doch niemals klappen.« Sofort bereute sie ihre Worte.

»Ganz genau, es kann nicht funktionieren.« Er sah sie nachdenklich an – was dazu führte, dass auch sie sich den Kopf zerbrach. Wow, der Typ war echt gut. Und verdammt charmant. Lili konnte sich nicht erinnern, wann es ihr zum letzten Mal so viel Spaß gemacht hatte, mit jemandem zu diskutieren. Das war noch länger her als dieses kribbelige Gefühl, das sich in Jacks Gegenwart in ihr ausbreitete. Dazu genügte teilweise schon ein einziger Blick.

»Ehe ich gehe, musst du es noch zurücknehmen.«

»Was denn?«

»Das, was du über meine Meeressäuger-Kusstechnik gesagt hast.«

Aha, er brauchte also doch einen kleinen Ego-Push. »Ist das nicht furchtbar subjektiv? Vielleicht funktioniert dieses Gesauge bei manchen Frauen ja ganz gut.«

Er trat auf sie zu und legte seine Hände auf ihre Hüfte. »Gib mir noch eine Chance.«

»Oh«, stieß sie noch hervor, da hatte er auch schon seine Lippen auf ihre gedrückt. Sie war ihm fast dankbar, dass er sie festhielt, so wackelig war sie auf einmal auf den Beinen. Der Kuss machte sie trunken wie ein Glas Bourbon, und mit jedem Ausschlag seiner Zunge verlor sie sich mehr in diesem wunderschönen Gefühl.

Er übersäte ihr Kinn mit kleinen Küssen. »Na? Bin ich schon besser geworden?«

»Hmm. Auf jeden Fall. Du hast jetzt immerhin schon eine Zwei minus«, neckte sie ihn. »Aber ich möchte mich trotzdem noch nicht mit dir verabreden.«

Er lachte sein warmes, schokoladiges Lachen, und sofort hatte sie überall Gänsehaut. »Und ich werde nicht mit dir schlafen. Egal, wie sehr du mich anbettelst.«

»Das werde ich schon überleben. Wir großen Frauen halten so einiges aus.« Sie strich über seinen starken Rücken, die ausgeprägten Muskeln. »Bei dir ist das wahrscheinlich was anderes … Wie lange ist es her, dass du Sex hattest?«

»Vier Monate …« Er knabberte an ihrem Ohrläppchen. »… eine Woche …« Er küsste sie auf die empfindliche Stelle zwischen Hals und Schulter. »… und fünf Tage.«

»Das klingt ja schrecklich«, murmelte sie, während sie ihre Brüste an seiner Brust rieb. Sofort versteiften sich ihre Nippel.

»So schlimm ist es gar nicht«, sagte er mit schwerer Stimme. »Ich kann nur gar nicht anders, als mit tollen Frauen zu flirten.«

Lili konnte seinen steifen Penis an ihrem Bauch spüren. *Jetzt hab ich dich!*, dachte sie. Sie musste ihn nur noch in ihre Wohnung schaffen, dann konnte der Spaß beginnen.

Jacks Gesicht wurde vom Licht der Straßenlaterne erhellt. »Jetzt mal Spaß beiseite, Lili. Das mit dem Date habe ich ernst gemeint ...« Er löste seine Hand zitternd von ihrer Hüfte und legte sie an seine Stirn.

»Jack, ist alles in Ordnung mit dir?« Sie drückte seine muskulöse Schulter und konnte es kaum erwarten, jeden Zentimeter dieses ...

»Mir geht's prima«, sagte er. Doch im selben Moment sackte sein Körper in sich zusammen, und Jack glitt zu Boden. Der Aufprall war erstaunlich leise für solch einen Muskelberg.

Mist.

6. Kapitel

»Wer ist der Präsident der Vereinigten Staaten von Amerika?«

Die Antwort war ein leises Knurren.

Lili öffnete die Vorhänge, und das wässrige Licht des frühen Morgens floss in das Hotelzimmer. Die Sonnenstrahlen ließen die kathedralenartige Fassade des Wrigley-Buildings aufleuchten, und der Chicago River schimmerte so sanft, dass man fast hätte meinen können, man könnte in seinem verdreckten Wasser baden. Die Touristen trotteten auf dem Weg in ein Frühstückslokal die Michigan Avenue entlang oder vertrieben sich die Zeit, bis Niketown seine Pforten öffnete. Gott, sie liebte diese Stadt!

Lili tappte an die Seite des gigantischen Bettes, zwischen dessen Laken aus ägyptischer Baumwolle sich eine Schönheit ganz anderer Art verbarg.

»Ist das deine endgültige Antwort?«, fragte sie fröhlich.

Zunächst erschien Jacks dunkler Haarschopf über der Decke, dann sein ganzer Kopf. »Warum ist es denn nur so hell hier drin?«, fragte er.

»Oh, sorry.« Hastig schob sie die Vorhänge wieder zu, bis nur noch ein schmaler Lichtstreifen ins Zimmer fiel. Der Arzt hatte ihr gesagt, dass er wahrscheinlich eine ganze Weile sehr licht- und geräuschempfindlich sein würde. »Also, wie ist das jetzt mit dem Präsidenten?«

Er lugte unter seinen dichten Wimpern hervor. »Was sind denn das für dämliche Fragen?«

»Ich weiß, ich weiß«, sagte Lili beruhigend.

»Es klingt ganz schön bevormundend, wie du mit mir sprichst.«

»Wenn du einfach das machen würdest, was man dir sagt, würde das die Sache enorm erleichtern.« Sie zog eine Augenbraue nach oben. »Also, der Präsident?«

»Der verdammte Woodrow Wilson.« Er stützte sich auf den Ellbogen ab und rieb sich den Schlaf aus den Augen. Nach zwei Stunden in der Notaufnahme, einer Menge Untersuchungen und der Verabreichung von kiloweise Schlafmittel hatten sie es endlich zurück in sein Hotel geschafft. Der Doktor hatte sie angewiesen, alle paar Stunden ein paar richtig ausgefuchste Fragen zu stellen. *Wie heißt du? In welcher Stadt befindest du dich?*

Jetzt sah Jack zerknittert, mürrisch und gleichzeitig unfassbar heiß aus.

»Wo hast du geschlafen, Mrs Kilroy?«, fragte er mit einem sexy Gähnen.

»Auf dem Sofa im anderen Zimmer«, murmelte sie ein wenig verlegen. Letzte Nacht hatte ein Arzt sie fälschlicherweise für Jacks Frau gehalten, was dieser wahnsinnig komisch gefunden hatte. Lili hingegen war viel zu beschäftigt damit gewesen, lauter kleine Herzinfarkte zu haben. Sie machte sich riesige Sorgen, dass sie durch den Hieb mit der Bratpfanne sein Gehirn beschädigt und so die kulinarische Welt um ihren hellsten Stern gebracht haben könnte. Nachdem er vor ihrer Haustür zusammengeklappt war, war er bereits nach einer Minute wieder bei Bewusstsein gewesen. Es war die längste Minute ihres Lebens gewesen.

»Du hättest hier bei mir schlafen sollen, meine scheue Braut. Das Bett ist so groß, dass wir tagelang darin hätten liegen können, ohne uns zu begegnen.«

»Ich habe mal gehört, dass Menschen mit Verletzungen am Gehirn oft Schwierigkeiten mit der Impulskontrolle haben«, sagte Lili. Oder auch Frauen, die monatelang keinen Sex mehr gehabt hatten. »Wobei ich bei dir wahrscheinlich in Sicherheit gewesen wäre – jetzt, wo du quasi wieder Jungfrau bist und so.«

»Es wäre hart gewesen – schwierig, meine ich«, erwiderte er grinsend. »Aber ich hätte es hinbekommen.«

Er streckte sich, sodass das Laken hinab auf seine Hüfte rutschte und seine beeindruckende, mit schwarzen Härchen bedeckte Brust zur Schau stellte. Bei dem Anblick seiner wohldefinierten Brust- und Bauchmuskeln lief ihr das Wasser im Mund zusammen. Seine Haut war leicht gebräunt – gerade genug, um mit dem Klischee des blassen Engländers zu brechen. Lili hätte zu gern eine Kamera zur Hand gehabt.

»Machst du … machst du Sport?«, fragte sie.

»Muss ich ja. Ich bin schließlich ein Cuisinier. Meistens gehe ich joggen oder schwimmen und …« Er gluckste. »Hey, mein Gesicht ist hier oben.«

Sie griff nach dem Kissen, das er im Schlaf ans Fußende des Bettes befördert haben musste, und warf es auf sein perfektes Gesicht. »Vielleicht habe ich von dem Anblick einfach schon genug!«

Er schleuderte das Kissen zurück zu ihr. »Du könntest auch einen Blick auf einen ganz anderen Teil meines Körpers werfen. Das würde dann zu meiner bevorzugten Sportart führen.« Er zupfte an der Kante des Bettlakens.

»Behalt diesen Anblick mal schön für dich. Nicht, dass ich ohnmächtig werde und wir direkt wieder in der Notaufnahme landen.«

Lachend streckte er sich erneut und wusste natürlich genau, was für einen Effekt das hatte. Fiesling! »Ich sterbe vor Hunger. Bitte sag, dass du dem Zimmerservice schon Bescheid gegeben hast.«

»Natürlich. Das Essen ist schon da.« Da sie nicht selbst bezahlen musste, hatte sie die Karte hinauf und hinunter bestellt. Sie liebte Frühstück!

»Alles klar, dann sei jetzt eine gute Ehefrau und füttere mich.«

Ehefrau. Kurz stolperte ihr dummes Herz.

»Keine Chance, Kilroy. Ich habe die Ehe bereits annulliert.« Sie ging zur Tür und zog an dem Black-Sabbath-T-Shirt, das sie sich von ihm geborgt hatte und an dem sie die ganze Nacht über geschnuppert hatte. Jack betrachtete sie mit glasigen Augen. *Du hast es immer noch drauf, Mädchen!*

Fünf Minuten später trug sie wieder ihre kurze Hose und das Tanktop, und sie frühstückten in einvernehmlichem Schweigen.

Leider war auch Jack wieder in seine Jeans und ein T-Shirt mit dem Logo von The Who geschlüpft. Immer wieder starrte sie auf die rot-weiß-blaue Zielscheibe.

»Wie geht es dir?«

»Ganz gut. Ich fühle mich etwas benebelt, aber es tut

nicht mehr weh. Die Schmerzmittel wirken.« Er nahm einen Schluck Kaffee und ließ sich dann wieder in die Polster des Sofas sinken. »Danke, dass du bei mir geblieben bist. Das übersteigt ja selbst die Pflichten einer Scheinehefrau bei Weitem.«

»Eine gewisse Mitverantwortung trage ich wohl an deinem Zustand …«

»Denkst du, ja? Ich würde sagen, du trägst die volle Verantwortung. Aber du musst dich wirklich nicht entschuldigen oder so.«

»Es tut mir so leid. Als du auf dem Gehweg aufgeschlagen bist, ist mir echt das Herz stehen geblieben.«

»Ich bin dir also doch nicht völlig egal!«

Er lächelte sie an, und ihr Herz schlug einen doppelten Salto. Eine seltsame Mischung aus Übermut und Wohlbehagen erfüllte sie. Was würde ihre Schwester nur sagen, wenn sie sie jetzt sähe?

»Oh, Cara«, murmelte sie. »Ich muss sie anrufen und ihr sagen, dass du noch lebst!« Bis jetzt hatte ihre Schwester auf keine ihrer Nachrichten reagiert, aber das überraschte Lili nicht. Cara nahm nachts immer ein Schlafmittel – andernfalls hätte sie schon längst an Jacks Tür gehämmert, um herauszufinden, wie es ihm ging.

Er knurrte. »Auwei, bitte halt Cara da raus, ja? Ich habe doch schon eine DeLuca-Schwester bei mir, die offenbar genau weiß, was sie tut. Sie dreht sicher sofort durch, wenn sie das Wort *Gehirnerschütterung* hört!« Er schnalzte mit der Zunge und betrachtete die üppige Auswahl auf dem Tisch. »Ich schätze mal, du frühstückst gern?«

»Ich *esse* gern!«, korrigierte sie ihn und kaute an ihrer zweiten Waffel. »Marco hat immer Witze darüber gemacht, dass unser Restaurant deswegen in den Miesen ist, weil ich die gesamten Einnahmen fürs Essen ausgebe.«

»Das ist aber nicht sehr nett von ihm.«

Nein, aber sie war daran gewöhnt, Scherze über ihr Gewicht einfach wegzulachen. Da man sie schon seit der Highschool mit diesen Witzen verfolgte, hatte sie perfekte Verteidigungsstrategien entworfen. Das konnte so weit gehen, dass sie sich bei anderen dafür entschuldigte, wie es ihnen in Bezug auf ihre üppigen Kurven ging. Hm, vielleicht hatte sie diese Entschuldigungen auch vor allem bei Marco vorgebracht.

»Er meinte das nicht so. Ich bin nun mal nicht gerade grazil.«

Es machte sie unsicher, wie Jack sie jetzt betrachtete. Sie versuchte, langsamer zu kauen.

»Du solltest wirklich nicht auf diese Flachzange hören. Du hast eine wunderschöne Figur.«

Er fing schon wieder damit an! *Du schmeckst gut. Du bist eine tolle Frau. Du hast eine wunderschöne Figur.* Endlich konnte sie einmal das Gefühl genießen, höllisch sexy zu sein. *Dein Körper ist gemütlich,* war das Netteste, was Marco je zu ihr gesagt hatte. Als wäre sie ein Couchkissen.

Ihr Haut erglühte von dem Kompliment, aber sie brachte es nicht fertig, selbstbewusst darauf zu reagieren. »Ist eine Flachzange dasselbe wie ein Trottel?«

»Ja, aber Flachzange klingt besser.« Er starrte sie immer noch an. »Du bist ganz anders als Cara.«

Sie schnaubte. »Da könntest du recht haben! Man glaubt uns meistens nicht, dass wir Schwestern sind.«

»In eurer Familie scheinen jedenfalls alle fest zusammenzuhalten.«

»Wir sind ja auch Italiener«, antwortete sie, als würde das alles erklären. Plötzlich wurde ihr klar, dass sie aufgrund der Klatschpresse alles und nichts zugleich über Jack wusste. »Hast du Familie in Europa?«

»Yep, ich habe eine Schwester. Sie ist etwa so alt wie du und macht mich ähnlich wahnsinnig.«

Sie genoss ihre vertraute Neckerei – und das, obwohl sie sich erst seit so kurzer Zeit kannten. »Das ist das Vorrecht des jüngeren Geschwisterchens. Wir müssen die älteren doch ärgern! Was macht deine Schwester denn beruflich?«

»Die meiste Zeit arbeitet sie in Pubs«, sagte er, und seine Miene verfinsterte sich einen Moment lang. »Sie sammelt die Gläser ein. Ich habe schon versucht, ihr bessere Jobs zu vermitteln, aber das scheint sie nicht zu interessieren.«

Er klang jetzt wie ihr Vater, wenn er enttäuscht war.

»Nicht jeder strebt nach Höherem. Vielleicht macht ihr Job sie ja glücklich.«

Er starrte sie an, als hätte sie Sanskrit gesprochen. »Wie könnte er?«

»Du fragst dich, wie sie mit dir verwandt sein und dennoch nicht alles einheimsen kann, was sich ihr in den Weg stellt?«

»Du weißt schon, was ich meine. Sie ist klug, aber sie macht nichts draus. Sie lässt sich einfach treiben.«

»Und das magst du nicht?«

»Ich liebe meine Schwester.« Das leichte Kippen in seiner Stimme ließ Lili ein wenig flau im Magen werden. Er nahm einen Schluck Kaffee und wartete einen Moment. »Ich war in ihrer Jugend nicht viel für sie da, und ich glaube nicht, dass sie das bekommen hat, was sie gebraucht hätte.« Er schüttelte den Kopf. »Wir unterhalten uns nicht wirklich über wichtige Themen. Ich mache mir einfach Sorgen um sie.«

Es schnürte Lili das Herz zusammen. »Bestimmt weiß sie es zu schätzen, dass du dich um sie sorgst. Es kann eben nicht jeder gut mit diesen Gefühlsdingen umgehen.«

Einen Moment lang schwieg er und blickte auf den mit Tellern vollgestellten Kaffeetisch. Sie hätte ihn gern getröstet und ihm das Haar aus der Stirn gestrichen wie in der vergangenen Nacht, als sie ihn gepflegt hatte. Es war eine Rolle, in die sie leicht zurückfiel – Lili, die Trösterin und Unterstützerin, die Pflegerin.

Sein Telefon piepte.

»Das ist bestimmt Cara«, sagte Jack. Er tippte auf dem Display herum und starrte dann einen Moment lang auf sein Telefon. Schließlich sprang er auf und schüttelte sich wie ein Hund, der gerade aus dem Wasser gekommen ist.

»Shit, shit, shit. Das darf doch nicht wahr sein!«

»Was ist los?«, fragte sie besorgt.

Er tigerte durch den Raum und stierte immer weiter auf das Display.

»Ich kann dir sagen, was los ist. Irgendjemand hat uns gestern Abend in der Bar gefilmt, und heute sind wir groß in den Schlagzeilen.«

Das war ja nicht zu fassen! Jemand hatte ihren Kuss gepostet? Auf einen Schlag wurde ihr übel, und sie stellte sich schon einmal darauf ein, dass die Panik sie jeden Moment überwältigen würde. Eins, eintausend. Zwei, zweitausend. Sie war immer noch relativ ruhig, obwohl jetzt all ihre Verwandten und Bekannten Zeugen dieses Kusses geworden sein mussten. Drei, dreitausend. Jack hingegen war kurz davor durchzudrehen.

»Darf ich mich dafür vielleicht bei einer deiner Cousinen mit der Muppet-Frisur bedanken?«

»Was? Nein …« Sie überlegte einen Moment. »Ich kenne niemanden, der so etwas tun würde. Das ist doch so … nein.«

»Das ist das absolute Desaster.« Er fuhr sich ruppig durchs Haar und knurrte.

»Ich kann mir vorstellen, wie das für dich ist«, sagte sie, obwohl sie das überhaupt nicht konnte. Auch wenn sie langsam begriff, weshalb ihre Schwester Jack als Diva bezeichnet hatte.

Er knirschte mit den Zähnen.

»Ich sollte mir eigentlich nichts zuschulden kommen lassen und richtig vorsichtig sein, bis der Vertrag unterzeichnet ist.«

»Was für ein Vertrag?«, fragte Lili.

»Na, für die neue Show, an der ich arbeite. Ich mache Schluss mit dem Kabelfernsehen und arbeite stattdessen mit einem fetten Medienkonzern zusammen. Das ist eine richtig große Sache, und die will ich auf keinen Fall aufs Spiel setzen.«

»Und wenn du eine Frau küsst, dann tust du das? Wir leben doch nicht in den Fünfzigerjahren!«

»Wenn du im Fernsehen bist, dann kümmert es niemanden, was du machst. Aber die Zusammenarbeit mit einem großen Medienkonzern ist noch einmal eine ganz andere Nummer. Das Drama mit Ashley konnte ich damals gerade noch wegstecken, aber diese Show ist familienfreundlich. Da darf ich keine Schlagzeilen machen.«

»Aber so wild kann das doch nicht sein! Was wir gemacht haben, war völlig jugendfrei.« Sie dachte an den

Kuss zurück. Okay, er war heiß gewesen – heiß wie Madras-Curry –, aber mehr auch nicht.

Jack stampfte immer noch durchs Zimmer, den Blick auf sein Telefon geheftet. Mal abgesehen von dem Moment, als er sie in der Bar hinter sich hergezogen und sie um den Verstand geküsst hatte, war er immer wahnsinnig lässig und cool gewesen. Jetzt benahm er sich so … italienisch.

Ein paar Momente später atmete er tief durch und sah sie an. »Ich reagiere ein wenig über, oder?«

»Eine kleine Spur vielleicht, aber es ist sehr unterhaltsam.«

Jack ließ sich neben sie aufs Bett plumpsen. »Schau mal«, sagte er und hielt ihr das Telefon hin.

Die Aufnahme begann etwa ab der Hälfte des Kusses, und wenn sie nicht selbst dabei gewesen wäre, hätte sie noch nicht einmal die Beteiligten erkannt. Jack hatte seine Hand auf ihren Po gelegt – der auf dem kleinen Bildschirm besonders gut zur Geltung kam –, und sie hatte eine Hand in seinem seidigen Haar vergraben. Aus der Ferne erklang Musik von U2, und während das Video weiterlief, stellte sie sich dazu ihr leises Stöhnen und Seufzen vor.

Im Hier und Jetzt presste Jack einen Oberschenkel an ihren, und Lili wurde furchtbar heiß. Auf dem Display sah man unterdessen, wie alle möglichen Körperteile sich miteinander verknoteten und wild herumgeknutscht wurde. Kurz fiel ihr ein, dass man beim Küssen auch Kalorien verbrannte und seine Gesichtsmuskulatur trainierte. Das Kilroy-Kuss-Work-out! Endlich mal eine Sportart, die ihr lag!

»So richtig züchtig ist es nicht, finde ich«, murmelte er. Nein, ganz und gar nicht. Eher höllisch sexy. Jetzt waren sie bei der Stelle angelangt, an der sie ein Bein um seinen Oberschenkel schlang. Wow.

»Deine empfindliche Stelle«, wisperte sie.

»Wie bitte?«

»Als ich das gemacht habe, hast du aufgestöhnt.« Sie traute sich nicht, ihm in die Augen zu sehen.

In dem Video lösten sie sich jetzt voneinander, wechselten ein paar Sätze, an die sie sich nicht erinnern konnte, und knutschten dann sofort weiter.

Jetzt begann ihre Hand ihre unerlaubte Erkundungstour über seine Brust und seine Bauchmuskeln hinab zu seinem Hosenbund. Du lieber Himmel, sie hatte ihn *dort* berührt, und jemand hatte sie dabei gefilmt!

Sie schlug die Hände vors Gesicht und linste dann zwischen den Fingern hindurch zu Jack, der ihr direkt ins Gesicht sah. Ihre Nippel verhärteten sich, ihre Brüste schmerzten. Nie hatte sie einen Mann so begehrt.

Einen Moment tanzten ihre Blicke zwischen dem Mund und den Augen des anderen hin und her. Augen oder Mund. Augen oder – oh, den Oberschenkel gab es ja auch noch. Plötzlich ertönte ein lautes Klopfen an der Tür, und sie zuckten zusammen.

»Jack Kilroy, du machst jetzt sofort auf!« Cara.

Er runzelte die Stirn und atmete tief durch. »Alles klar. Das ganze Haar brauche ich sowieso nicht.«

»Was?«

»Na, mein Brusthaar. Oder die Haut.«

Lili blickte hinab und sah, dass sie mit einer Hand Jacks T-Shirt umkrallt hatte. Seit wann das denn? »Oh, sorry.«

Wieder hämmerte Cara an die Tür. »Jack, wenn du nicht aufmachst, rufe ich die Cops!«

Widerwillig ließ Lili das T-Shirt los, und Jack rieb an seiner traktierten Brust. Dann griff er sich dezent in den Schritt, um alles zurechtzurücken, und öffnete die Tür.

»Bitte. Komm rein«, sagte er zu Cara.

Ihre Schwester trug eine limettengrüne Jogginghose. Es war erst acht Uhr morgens, und sie sah schon umwerfend aus.

»Ist alles in Ordnung bei dir?«, erkundigte sie sich bei Jack. »Ich habe gerade erst Lilis Nachrichten gelesen.« Als sie die Hand an Jacks Wange legte, spürte Lili einen Stich.

»Ach, es war nichts weiter.« Er löste sich aus Caras Griff, und Lili freute sich im Stillen darüber.

»Grazie a Dio«, sagte Cara. »Dann mach dich auf was gefasst.« Sie hielt Jack das Telefon vor die Nase und startete das Video.

»Haben wir schon gesehen«, meinte Jack und nickte zu Lili hinüber.

Caras Gesichtsausdruck war unbezahlbar. »Lili! Was machst du denn hier?!«

»Ich bin bei Jack geblieben, um sicherzugehen, dass er nicht ins Koma fällt.«

Skeptisch blickte Cara auf ihren Star und sein zerstrubbeltes Haar und wandte sich dann wieder an Lili.

»Weißt du, dass du der neueste Twitter-Trend bist, Sis?«

»Gute Güte«, murmelte Jack, als sein Telefon brummte. »Ich muss den Anruf annehmen.« Er hob ab und schlenderte hinüber ins Schlafzimmer.

Cara sah Lili mitleidig an. »Hey, mach dir keine Sorgen wegen dieser Klatschmäuler. Gegen diese Hater im Netz ist echt kein Kraut gewachsen.« Dann grinste sie sie anzüglich an. »Verdammt, Mädel. Du hast also wirklich Jack klargemacht.«

»Cara, ich …«

»Wahrscheinlich tüftelt Jacks Agentin gerade schon einen Plan aus, wie wir die Sache drehen können. Wir müssen nur aufpassen, dass es nicht den Vertrag tangiert.« Ihre Schwester tigerte mit wippendem Pferdeschwanz durch das Zimmer. Sie legte eine grazile Drehung hin, die sie zehn Jahren Ballettunterricht zu verdanken hatte, und wedelte mit dem Finger. »Jack will, dass ich seine neue Show produziere. Das ist meine große Chance, und die lasse ich mir von euren Schweinereien nicht kaputt machen.«

Hatte Cara tatsächlich vergessen, dass ursprünglich *sie* Lili auf Jack angesetzt hatte?

»Mach dir keine Sorgen. Nichts …«

»Tante Sylvia hat schon vollkommen hysterisch bei mir angerufen. In der Messe heute Morgen scheint die Gemeinde kein anderes Thema gehabt zu haben.«

»Tante Syl hat angerufen?« Lili starrte auf ihr eigenes Telefon und legte es dann wie eine Zeitbombe auf dem Kaffeetisch ab. Als in der Ferne leise die Kirchenglocken ertönten, wurde ihre Kehle ganz trocken. Wahrscheinlich erkundigte sich ihre Tante gerade bei Pater Phelan nach den aktuellen Exorzismus-Tarifen.

Wenn Sylvia Bescheid wusste, dann würden auch ihre Eltern davon … Lilis Telefon vibrierte. Yep, sie waren bereits im Bilde.

»Das ist Mom«, sagte Cara, als ihr eigenes Handy *Single Ladies* von Beyoncé abspielte. Das bedeutete, dass es ihr Vater war, der eine Nachricht auf Lilis Telefon hinterließ.

»Ciao, Mom«, sagte Cara.

Lili schüttelte den Kopf, um ihr zu signalisieren, dass sie gerade für niemanden zu sprechen war. Besonders nicht für ihre Eltern. Cara hob ihre rasierklingenfeine Augenbraue und machte einige Male »Aha« und »Mhm«, ehe sie schließlich wieder auflegte.

»Du musst sie anrufen. Il Duce ist fuchsteufelswild.«

»Wer ist Il Duce?«, erkundigte sich Jack, der gerade barfuß über den flauschigen Teppich auf sie zutappte.

»Mein Vater«, erklärte Lili. »Ich habe Schande über die gesamte Familie gebracht.«

Wenn Jack jetzt einen dummen Spruch klopfte, würde sie ihm einen ordentlichen Knuff verpassen. Er sah sie besorgt an, legte einen Arm um ihre Taille und schob seine Finger unter ihren Hosenbund, um sie zu streicheln. Es waren die Hände eines Kochs, vernarbt und schwielig. Nie zuvor hatte sie sich so über die Berührung eines Menschen gefreut. Dann trat er hinter sie und legte die Arme um sie. Normalerweise fühlte sie sich in solchen Momenten immer zu kurvig und ohne jede Anmut, aber nicht mit Jack. Er hatte genau die richtige Größe für sie – und sie für ihn. Lili schmiegte sich an seinen starken, festen Körper und stellte erstaunt fest, dass ihr Zittern rasch nachließ.

»Alles wird gut«, sagte er, und sie spürte seine Lippen an ihrem Ohr kitzeln. Sie glaubte ihm zwar kein Wort, genoss seine Zärtlichkeiten aber dennoch in vollen Zügen. Marco hätte in einer solchen Situation nur wieder einen unpassenden Spruch über ihre so knuddelbare Figur gemacht.

Cara lächelte grimmig. »Es gibt eine Menge zu tun. Jack, du kommst doch heute trotzdem zum Abendessen ins *Casa DeLuca?*«

Auwei. Ihr Vater und der Mann, mit dem sie in aller Öffentlichkeit zugange gewesen war, sollten später an einem Tisch sitzen? Mit frisch geschärften Steakmessern in Reichweite? Sie konnte sich gut vorstellen, wie ihre Mutter sofort Heiratspläne schmiedete und Tante Sylvia inständig zu beten begann.

»Ich kann es kaum erwarten«, meinte Jack lässig.

Cara warf einen Blick auf ihr Telefon. »Also, ihr zwei. Kein Herumgeknutsche in der Öffentlichkeit mehr, klar? Besonders nicht während der Aufnahmen. Wir können ja nicht einfach alle Szenen wieder herausschneiden.« Mit diesen Worten verschwand Cara. Dafür, dass sie so zart gebaut war, hinterließ sie einen recht energischen Luftzug.

Jack hielt Lili immer noch an sich gedrückt, und seine starken Arme fühlten sich so gut an … Ihr Körper prickelte vor Aufregung, aber sie nahm sich fest vor, ihn nicht mehr zu küssen.

»Na, wie geht's?«, fragte er leise und verführerisch.

Plötzlich fiel ihr auf, wie absurd die Situation war, und sie riss sich von ihm los. »Du kannst es einfach nicht lassen, was?«

»Ich habe doch gesagt, dass ich mit heißen Frauen einfach flirten *muss*. Damit wirst du als sexy Lady leider klarkommen müssen. Eigentlich freuen sich die meisten Frauen über meine Aufmerksamkeit …«

Das mochte ja durchaus so sein. Aber jetzt, im schonungslosen Tageslicht, in dem das verlaufene Augen-Make-up und die Laufmasche in der Strumpfhose ihr schmerzhaft bewusst wurden, sah alles schon wieder ganz anders aus. Das hier war keine Bar voller beschwipster Franzosen, umwerfender Briten und notgeiler Italienerinnen, und auch die laue Sommernacht war vorbei. Es war der berühmte Morgen danach. Dieser Brite mochte immer noch heiß sein. Sie aber war nichts weiter als eine Lachnummer im Internet.

»Ich gehöre aber nicht zu den ›meisten‹.« Nein, sie war ganz sicher nicht sexy. »Und ich mache mir jetzt doch Sorgen um meinen Ruf.«

»Du hast deine Meinung ganz schön schnell geändert.«

»Vor zehn Minuten war ich noch irgendeine Unbekannte, die mit Jack Kilroy herumknutscht. Und jetzt bin ich plötzlich berühmt.«

Er knurrte. »Pah, du bist nicht berühmt. Es weiß doch kein Mensch, wer du bist.«

Sobald ihre Cousinen ihre Finger mit im Spiel hatten, würde sich das ganz schnell ändern. Trotzdem konnte sie sie nicht für das Dilemma verantwortlich machen.

»Daran sind allein deine Grapschhände schuld«, fauchte sie.

»Ich würde ja sagen, dass das Internet sich heute Morgen eher für *deine* Grapschhände interessiert hat!«

»O Gott.« Wieder schlug sie die Hände vors Gesicht, und Jack grinste über beide Backen. »Na, kann es vielleicht sein, dass du ein bisschen überreagierst?«

»Mein Leben ist ruiniert!«, grummelte sie.

»Warte mal einen Tag ab. Bald kräht kein Hahn mehr danach.«

7. Kapitel

Eigentlich hätte Jack jetzt schon auf dem Weg ins *Ristorante DeLuca* sein sollen, um seine Gerichte probezukochen. Aber da er gerade zu nichts zu gebrauchen war, kümmerte er sich nach Lilis Aufbruch erst einmal um seine Sprachnachrichten. Die meisten von ihnen waren ziemlich schadenfroh. Scheinbar hatten die Neuigkeiten von der bevorstehenden Vertragsunterzeichnung bereits die Runde gemacht, denn die meisten Nachrichten trieften vor Häme. Ehemalige Kochkollegen, die ihn für einen Verräter hielten, erkundigten sich, ob bei ihm alles in Ordnung war. Es gab traurige Emojis in Textnachrichten. Leise Stimmen, die ihre Genugtuung nur schwer verbergen konnten. Sogar Ashley hatte ihm mit ihrer rauchigen Stimme aufs Band gesprochen, um ihn wissen zu lassen, dass sie für ihn da war. In diesem Moment hätte er beinahe das Telefon an die Wand geschleudert.

Immerhin hatte er nichts von *ihm* gehört. Nett, dass John Sullivan Jacks Warnung beherzigte und sich vom Leben seines Sohnes fernhielt. Wobei sich sein Samenspender, wie er seinen leiblichen Vater zu nennen bevorzugte, wahrscheinlich sofort bei ihm melden würde, wenn er von dem mehrere Millionen schweren Deal mit dem Medienkonzern erfuhr. So eine Gelegenheit würde er sich nicht entgehen lassen. Leider hatte seine Mutter immer die falschen Männer angezogen. Auch die Erinnerungen an ihren zweiten Partner, Jules' Vater, stimmten Jack bitter.

Es wäre so schön gewesen, wenn Lili geblieben wäre. Doch sobald Cara die Twitter-Bombe hatte platzen lassen, hatte sie dichtgemacht. Dabei hatte während des Frühstücks eine wunderbare Leichtigkeit zwischen ihnen geherrscht – fast so, als hätten sie die Kennenlernphase einfach übersprungen, um sich sofort pudelwohl miteinander zu fühlen. Seit er so berühmt war, fiel es ihm normalerweise schwer, Vertrauen zu Frauen zu fassen. Mit Lili war das anders – und natürlich war er unglaublich scharf auf sie. Eine nicht zu vernachlässigende Tatsache.

Als der Anruf, auf den er wartete, nicht kommen wollte, ergriff er selbst die Initiative. In London war es zwar schon vierzehn Uhr, aber seine Schwester brauchte trotzdem fünf Freizeichen, um endlich abzuheben.

»Warum hast du nicht zurückgeschrieben?«, fragte er sie harsch.

»Du weißt doch, dass ich nicht gern Nachrichten schreibe. Ich telefoniere lieber.« Jules war in seinem Umfeld die einzige Person unter dreißig, die nicht gern Nachrichten schickte. Wenn sie sich doch einmal dazu herabließ, ihm zu antworten, tat sie das meist mit irgendwelchen nichtssagenden Emojis. Und wenn sie einen Anruf entgegennahm, hörte man ihr meist an, dass sie gerade erst aufgewacht war. So wie jetzt. Er sorgte sich wirklich sehr um sie.

»Wie ich sehe, hast du schon wieder Schlagzeilen gemacht«, meinte sie gähnend. »Du solltest deine Finger wirklich mal bei dir behalten, Jack.«

»Genug davon, du neugierige Göre. Erzähl mal von deinem Vorstellungsgespräch.« Drückende Stille schlug ihm entgegen, die schließlich von einem Niesen und einem Husten unterbrochen wurde. »Jules, bitte sag mir, dass du Corin wenigstens angerufen hast. Er hat versprochen, die Stelle für dich freizuhalten.« Außerdem hatte Jack seinem alten Kumpel bei *Ecogrand,* einem neuen und total angesagten Biorestaurant in London, versichert, dass seine Schwester perfekt als Empfangsdame geeignet war.

Jules' frisches Gesicht, ihr blondes Haar und ihre grazile Figur schrien förmlich *Salatesserin.* Jack war sich sicher, dass sie eine großartige Ergänzung für das Restaurantteam wäre.

»Jack, ich habe dir schon tausendmal gesagt, dass die Arbeit im Pub besser zu mir passt.«

»Aber das ist so ...« *Unter deiner Würde,* wollte er eigentlich sagen. Seine Schwester hatte wie er die Schule mit vierzehn geschmissen, aber sie war klug, aufgeweckt und lustig. Wo genau ihre beruflichen Talente lagen, war allen ein Rätsel, und sie schien es auch nicht herausfinden zu wollen. *Alles öde* war offenbar ihr Lebensmotto.

»Erniedrigend? Banal? Was für die Arbeiterklasse?«, brachte sie den Satz für ihn zu Ende. Sie kannte ihn eben viel zu gut.

»Ich wollte sagen, dass es gefährlich ist. Ich habe selbst in Bars gejobbt, die sind doch voller Suffköpfe.« Manchmal waren diese Suffköpfe auch ganz liebenswert, aber meistens waren es eben Idioten.

Sie ignorierte seinen Einwand. Es war immer dasselbe Spiel, auch wenn die Themen dabei wechselten. Als Jules' Vater vor ein paar Jahren gestorben war, hatte Jack sie in die Obhut ihrer Tante und ihres Onkels väterlicherseits gegeben. Damals war es ihm nicht so vorgekommen, als würde er sie im Stich lassen – dafür war er viel zu aufgeregt wegen der Chance gewesen, in Paris mit Claude Marchon arbeiten zu dürfen. Den hatte Jack in einem Restaurant kennengelernt, das einem seiner ehemaligen Schüler gehörte. Die Ausbildung war der Beginn von Jacks Karriere gewesen, hatte zugleich aber auch seine Beziehung zu seiner Schwester ruiniert. Jack hatte deshalb immer noch ein schlechtes Gewissen und verhielt sich ihr gegenüber deswegen wie eine Glucke.

Es war ihm klar, dass das so nicht funktionierte. Aber er konnte es nicht ändern.

»Wann kommst du nach London?«, fragte sie ihn nach einer langen Pause. »Oder kannst du dich nicht von deinem neuesten Flittchen losreißen?«

Jules wusste ganz genau, wo sie ihn piksen musste. Normalerweise machten ihm ihre Sprüche über seine Liebhaberinnen nicht so viel aus. Es war ein gutes Training für den ganzen Mist, den die Klatschpresse fabrizierte. Wieder begann es in seinem Kopf zu hämmern, und auch sein Puls beschleunigte sich.

»Sie ist kein Flittchen«, fauchte er wütend, auch wenn er wusste, dass Jules nur Spaß gemacht hatte, »sondern eine wirklich tolle Frau.«

»Ist ja schon gut, beruhige dich. Ich bin mir ganz sicher, dass sie der Hammer ist.«

Er zählte langsam bis fünf. »Ich bin in ein paar Tagen in

London, und dann gehen wir irgendwo nett essen. Nicht in irgendeiner Fish-and-Chips-Bude, sondern in einem Restaurant mit echten Tischdecken und Besteck aus Edelstahl. Und dann reden wir über deine Zukunft.« Beinahe hätte er noch ein *junge Dame* hinzugefügt. Die Gespräche mit seiner Schwester ließen ihn wirklich immer um zehn Jahre altern.

»Richtig, das hat ja beim letzten Mal auch schon so toll geklappt. Ich muss dann mal los.«

Bei der Erinnerung an ihren letzten Besuch in einem feinen Restaurant wurde ihm kurz ein wenig anders zumute. Er atmete tief ein und aus.

Da sie nicht sofort auflegte, fragte er: »Ist bei dir alles in Ordnung, Jules? Du wirkst irgendwie verstört.« Oder eher noch verstörter als sonst.

»Ich bin erst vor einer Minute aufgewacht, das ist alles. Ruf das nächste Mal nicht so früh an.« Mit diesen Worten legte sie auf.

Er hatte kaum Zeit gehabt, dieses Gespräch zu verdauen, als der Anruf auf seinem Bildschirm angezeigt wurde, vor dem er sich schon den ganzen Morgen gefürchtet hatte.

»Hall…«

»Du hast dich nicht an unsere Abmachung gehalten, Jack!«, wetterte Evie, seine Agentin. Ihre Raucherstimme kratzte an seinem geschundenen Gehirn wie eine rostige Harke.

»Ich weiß, ich weiß. Es ist einfach passiert.« Jack schnappte sich sein Sabbath-Shirt, das Lili so gut gestanden hatte, und schnupperte daran. Irgendwie hatte es ihn angemacht, als sie es getragen hatte. Der Stoff duftete nur noch ganz leicht nach ihr, aber es war genug, um wunderschöne Erinnerungen zum Leben zu erwecken. Wie es war, sie zu halten. Sie zu küssen. Und mit seinen Händen …

Seine Fantasie wurde von einem scheppernden Husten unterbrochen, und das Bild von Lili verwandelte sich in einen Drachen mit rotem Lippenstift und Perlenohrringen, der an seiner Zigarette zog. Kein fairer Tausch!

»Gibt es da noch etwas, was ich wissen sollte?«, krächzte Evie.

»Nein.« Er beschloss, ihr nichts von seinem Zusammenbruch zu erzählen, genauso wenig von der Notaufnahme oder der Tatsache, dass Lili in der vergangenen Nacht seine sexy Krankenschwester gewesen war. Das würde sie bestimmt nicht gutheißen.

»Wer ist sie denn nun?«

»Habe ihren Namen vergessen.«

Evie lachte wie eine Hexe aus einem shakespearschen Drama. Wenn sie keine Zigarette zwischen den Fingern gehalten hätte, dann würde sie sich jetzt bestimmt die Hände reiben.

»Ich habe mit Cara gesprochen. Die beiden sehen sich überhaupt nicht ähnlich! Lili hat ein bisschen zu viel Pasta gefuttert, meinst du nicht?«

Einen kurzen Moment sah Jack einfach nur rot, dann presste er zwischen zusammengebissenen Zähnen hervor: »Sie ist eine sehr nette Frau.«

»Nette Frauen machen aber nicht solche Sachen mit ihren Händen. Wobei die Katholiken natürlich immer gut für eine schmutzige Überraschung sind.«

»Hör bitte auf, ja?«

»O Gott, du magst sie«, folgerte sie scharfsinnig. »Sie ist die Tochter des italienischen Kochs, oder? Dein Konkurrent.«

»Ts, das kannst du vergessen, Evie. Da musst du dir keine Gedanken machen.«

»Die Konkurrenz. Essens-Fehden. Die liebenswerte italo-amerikanische Familie trifft auf den arroganten, vom Erfolg völlig verdorbenen Briten. Wenn du dich jetzt auf ein nettes, properes Durchschnittsmädchen einlässt, wäre das großartig für dein Image! Stone Carter von NBN wird diesen Mist lieben!«

Sobald sie den Programmchef von NBN – dem Medienkonzern – erwähnt hatte, war Jack beruhigt. Stone Carter war zwar ein echtes Arschloch, aber aus irgendeinem Grund mochte er Jack und wollte mit ihm zusammenarbeiten. Daran änderte auch ein bisschen heißes Gefummel in einer Bar nichts.

»Aber Jack?«, sagte Evie, begleitet von einem rauen Seufzen.

»Ja?«

»Sag deinem Mädchen, dass sie in der Öffentlichkeit auf das Gegrapsche verzichten soll.«

Als Lili die Küche ihrer Eltern betrat und ihre Mutter allein am Küchentisch vorfand, atmete sie erleichtert auf. Sie küsste Francesca, die gerade eine Zimtschnecke aß, auf den Kopf und strich über den babyblonden Flaum an ihren Schläfen.

»Langsam wächst es dichter nach«, sagte Lili, während sie den Käse vom Bauernmarkt in den Kühlschrank räumte und sich eine Tasse Kaffee eingoss. Als sie am Tisch Platz genommen hatte, holte sie eine Zimtschnecke aus der Schachtel, wobei sie darauf achtete, eine mit besonders viel Zuckerguss zu erwischen. Das Gebäck war immer noch warm. Lili nahm einen großen Bissen und sah erst dann ihrer Mutter direkt in ihre blauen, blitzenden Augen.

»Und, wie geht es Jack so?«, erkundigte ihre Mutter sich mit einem spitzbübischen Grinsen. Sie kam wieder einmal direkt zur Sache.

»Ganz okay«, erwiderte Lili vorsichtig.

»Hm, ich hatte gedacht, dass es einem so gut aussehenden Mann grundsätzlich besser als nur ›okay‹ geht.« Ihre Mutter grinste jetzt noch breiter. »Es freut mich, dass du Spaß mit Jack hast. Er ist wirklich bildhübsch.«

»Mom, hör bitte auf!« Und zwar bevor Lili sich beide Hände auf die Ohren pressen und laut zu singen beginnen musste, um weitere Sprüche ihrer Mutter zu übertönen.

»Ich sage doch nur, dass er ein echter Augenschmaus ist, *dolci* für die Augen! Wenn ich zwanzig Jahre jünger wäre, hätte ich definitiv Interesse. Jetzt, wo ich neue Brüste habe, sollte ich deinen Vater vielleicht mal gegen ein jüngeres Modell eintauschen.«

Bei dem Anblick des inneren Leuchtens, das durch die durchscheinende Haut ihrer Mutter drang, musste Lili lächeln. Die letzten achtzehn Monate über war Francesca durch die Hölle gegangen. Die Operationen, die Chemotherapie, die Bestrahlung. Der Verlust ihres wunderschönen, dichten Haars. Oder die Tage, an denen sie so schwach gewesen war, dass sie nicht einmal selbst ein Glas an ihre trockenen, aufgesprungenen Lippen heben konnte. Es war schön, sie so fröhlich zu sehen.

»Es war doch nur ein Kuss, Mom. Mehr nicht.«

»Ich hatte gehofft, dass du einen Mann kennengelernt hast, der dich auch verdient hat.« Ihre Mutter hatte Marco lediglich als Geschäftspartner ihres Mannes toleriert. Weiter ging ihre Sympathie nicht. »Du hast in letzter Zeit auf so vieles verzichtet, Lili. Ich kann dir gar nicht oft genug sagen, wie dankbar ich dir dafür bin.« Ihre Mutter schluckte, und sofort zog sich auch Lilis Kehle zusammen.

Um nicht loszuweinen, blickte Lili kurz beiseite und legte dann eine Hand auf die ihrer Mutter. »Mom, ich bin froh, dass ich für dich da sein konnte. Vergiss nicht, dass auch ich sehr von der Zeit profitiert habe. Wann hätte ich sonst sämtliche Filme von Johnny Depp gucken können?«

Francesca schob eine widerspenstige Haarsträhne hinter Lilis Ohr. »Du hast schon immer alle Sorgen in dich hineingefressen, genau wie dein Vater. Anstatt darüber zu reden, reißt du Witze oder versteckst dich hinter deiner Kamera. Das ist ja schön und gut, aber es gibt auch andere Wege, sich auszudrücken.«

Himmel, sprach ihre Mutter etwa schon wieder von Sex?

»Er hat kein Interesse an mir, Mom. Und ich schon gar nicht an ihm!«

Das war natürlich eine üble Flunkerei. Sie hatte einfach den Teil ausgelassen, in dem er sie um ein Date gebeten hatte. Wahrscheinlich war es am vernünftigsten, wenn sie für die Frage wirklich seine Gehirnerschütterung verantwortlich machte.

»Auf dem Video hat er einen ziemlich interessierten Eindruck gemacht, würde ich sagen«, fuhr ihre Mutter unbeeindruckt fort. »Und Taddeo hat gesagt, dass er den ganzen Abend über den Blick nicht von dir lassen konnte.«

Francesca war nun mal eine unverbesserliche Romantikerin, die fest davon überzeugt war, dass jeder Topf irgendwann seinen Deckel fand. Die Ehe ihrer Eltern war beneidenswert – eine Liebesgeschichte, die auf einem toskanischen Spielplatz begonnen hatte und mit einer Teenager-Hochzeit besiegelt wurde, sobald beide alt genug dafür waren. Das Glück der Eltern war für die Töchter Fluch und Segen zugleich. Lili und Cara konnten nur davon träumen, eine ähnlich gute Wahl zu treffen.

»Ich kann nicht fassen, dass du dir das angesehen hast, Mom. Das ist mir so peinlich!«

»Die Videoqualität auf dem neuen Telefon, das deine Schwester mir geschenkt hat, war super!« Sie hob ihr neuestes Spielzeug in die Luft. »Und Tante Sylvia ruft mich einmal pro Stunde an, um mir die aktuellen Klickzahlen zu verraten. Das Video ist ein echter Hit.«

Lili seufzte.

»So, Lili.« Francesca legte ihre kühle Hand auf Lilis.

»Ja?«

»Du solltest nicht böse auf Cara sein.«

Ihre Mutter war heute Morgen wirklich voll in Fahrt.

»Das will ich doch auch nicht«, sagte Lili. »Ich wünschte nur, sie würde sich nicht immer vor allem drücken.«

Francesca sah sie nachdenklich an. »Sei gnädig, Lili. Es ist eben nicht jeder so stark.«

Lili hätte ihren viel bewunderten Gleichmut liebend gern für einen Tag in den Manolos ihrer Schwester eingetauscht. Erschöpfter denn je stand sie auf. Sie sollte dringend morgens auf Kohlenhydrate verzichten, besonders jetzt, wo sie all ihre Kraft für die kommenden Tage und den Countdown bis zu Jacks Abreise brauchte.

»Wo steckt Dad?« Je schneller sie es hinter sich brachte, desto besser.

»Da, wo er am Sonntagmorgen immer ist.«

Sie ließ ihre Vespa vor dem Haus ihrer Eltern stehen. Vielleicht würde der kurze Spaziergang zum Andersonville-Park, der nur wenige Meter vom Lake-Michigan-Park entfernt war, ihren Pulsschlag ein wenig beruhigen. Leider funktionierte es nicht. An der Bahn angekommen sah Lili zu, wie ihr Vater sich nach vorn beugte und vorsichtig die Bocciakugel losrollen ließ. Als die Kugel etwa drei Meter vom Ziel entfernt liegen blieb, krümmte sie sich innerlich. Ihr Vater war heute eindeutig neben der Spur, und sie wusste, woran das lag: Seine jüngste Tochter hatte ihn im Stich gelassen.

Tony richtete sich zu seinen knapp eins achtzig auf und studierte die Konstellation der Kugeln. Was mochte ihm gerade durch den Kopf gehen? Noch dazu, wenn die kleine Kugel, die man nach Möglichkeit bei dem Spiel treffen sollte, *Jack* genannt wurde? Wahrscheinlich würde ihr Vater die Kugel am liebsten gegen den nächsten Baumstamm pfeffern.

»Dad!«, rief sie. Er zögerte einen Moment und kam dann herüber, um einmal durch ihren Lockenschopf zu wuscheln. Natürlich würde er sie nicht vor seinen Boccia-Freunden bloßstellen. Die Italiener befolgten in dieser Hinsicht eine Art Code. Die Predigt würde er ihr erst später halten.

»Ich dachte, wir könnten zusammen nach Hause laufen, wenn du fertig bist.«

»Wir können los«, sagte er leise und winkte seiner Crew zum Abschied, ehe sie direkt vom Park in die Sheridan Road abkürzten.

»Wie sauer bist du?«, fragte Lili ihren Vater.

Keine Antwort. Nicht einmal ein Seufzer. Richtig sauer also. Lili wagte einen Blick in seine Richtung und bemerkte die Anspannung auf seinem attraktiven Gesicht und die

Sorgenfalten um seinen Mund, die er vor zwei Jahren noch nicht gehabt hatte.

Anstatt einfach dankbar zu sein, dass ihre Mutter überlebt hatte, begriff ihr Vater jeden weiteren Tag als eine Art Test für die Standhaftigkeit der Familie. Lili kam meistens zu kurz.

»Ich bin nicht wütend, Liliana. Ich bin enttäuscht.«

Oh, nicht das schon wieder. Es wäre ihr lieber gewesen, wenn er einfach herumbrüllen und sie beschimpfen würde. Aber in letzter Zeit bestand ihre Kommunikation eher aus kaltem Schweigen und schnippischen, vorwurfsvollen Kommentaren. Früher hatten die beiden sich sehr nahegestanden. Die Liebe zum Kochen hatte sie fest miteinander verbunden, und Tony hatte gehofft, dass sie eines Tages das Restaurant übernehmen würde. Diese Hoffnung hatte sich allerdings zerschlagen, sobald Lili in der achten Klasse einen Fotografiekurs an ihrer Schule belegt hatte. Sobald sie das Gewicht einer Kamera in ihren Händen spürte, war sie nicht länger Lili, der Fleischklops – ha, diesen Namen hatte sie fast vergessen! Vor der Linse verwandelten die Menschen sich für sie in Objekte, die sich ganz auf ihr eigenes Haar, ihr Lächeln konzentrierten. Ihre Sichtbarkeit. Lili wiederum wurde unsichtbar. Und frei.

Ihrem Vater hatte das gar nicht gefallen; für ihn war die Fotografie ein nettes Hobby, aber keineswegs eine Karriereoption. Ganz zu schweigen von den komischen Typen, die man damit anlockte – Perverse und Missgebildete, die auf Tattoos und unhygienische, schäbige Piercings standen. Selbst den Fotos, die jetzt im Restaurant hingen, war ein erbitterter Kampf vorausgegangen. Ihr Vater hatte erst nachgegeben, nachdem sie sich für eher konservative, das Familienleben preisende Porträts entschieden hatte – und gegen die etwas unangepassteren Studien der menschlichen Schönheit, die zu ihrem Markenzeichen geworden waren.

Brave Mädchen fotografieren keine nackten Menschen, hatte er gesagt.

Brave Mädchen belästigten natürlich auch keine halbfremden Männer in Kneipen.

»Es war nicht geplant, Dad«, sagte sie. Nicht wirklich. Natürlich hatte sie vorgehabt, den notorischen Aufreißer Jack Kilroy zu verführen, und sie hatte auch erwartet, dass er ein guter Küsser sein würde. Ein exzellenter Küsser sogar. Aber die Hitze und das Begehren oder auch die starke Verwirrung, die er in ihr auslöste – die hatte sie nicht geplant. Und es war auch nicht ihre Absicht gewesen, ihn zu mögen.

»Ich hoffe nicht, Liliana. Das *Ristorante DeLuca* ist ein Familienbetrieb, und diese Art von Benehmen schadet dem Geschäft.«

»Es wird dich überraschen, aber vielleicht sind diese Vorfälle sogar gut für unser Business! Die Kochshow natürlich auch.«

»Meine Tochter benimmt sich wie eine …« Er warf die Hände in die Luft, als suchte er nach einer passenden Beschreibung. Ihm fiel keine ein. »Solche Aktionen in der Öffentlichkeit schaden uns, ganz egal, was du denkst.« Er hielt inne und sah ihr schließlich direkt in die Augen. »Und ich glaube wirklich nicht, dass dieser Jack Kilroy etwas taugt.«

Sie kam damit klar, wenn ihr Vater sie kritisierte. Aber auf Jack wollte sie nichts kommen lassen. Zu einem Kuss gehörten schließlich immer zwei, oder nicht? Als sie während all ihrer Flirterei und Neckerei kurz über Jacks

Schwester gesprochen hatten, war da eine Möglichkeit aufgeschienen. *Ein Mann, der dich verdient hat,* hatte ihre Mutter gesagt.

Lili schob die Gedanken beiseite und rüstete sich schon einmal innerlich für einen Streit. Das Familienunternehmen stand am Abgrund. Sie brauchten Jacks Show dringend, und deswegen würde ihr Vater seine Vorbehalte wohl oder übel für sich behalten müssen.

»Dad, die Show wird garantiert ein richtiger Knaller. Dadurch haben wir Zugang zu einem ganz neuen Publikum – Berufseinsteiger, echte Foodies … Ich habe Freunde, die uns helfen könnten, des Restaurant ein bisschen aufzupeppen. Und Tad hat ein paar tolle Ideen für die Cocktailkarte. Wir könnten ein neues, moderneres *DeLuca* zum Leben erwecken.«

»Und was ist mit unseren Stammkunden? Sollen wir etwa die Leute vergraulen, die von Anfang an unsere Gäste waren, nur um angesagter zu werden?« Er seufzte müde und ließ die Schultern hängen. »Wir sehen uns heute Abend zum Dinner. Sei bitte pünktlich.«

Er schlurfte so enttäuscht zum Haus, dass ihr trotz der schwülen Hitze ein kalter Schauer über den Rücken lief. Sie versuchte, sich die Momente in Erinnerung zu rufen, in denen sie auf einer Wellenlänge gewesen waren – in den meisten davon kamen die Küche und ein Teigklumpen vor. Aber dann konnte sie doch nur daran denken, wie er ihre Mutter während der Chemotherapie verängstigt angesehen hatte. Am Ende war es immer die Angst, die siegte.

8. Kapitel

Jack stand vor dem Büro der DeLucas und hatte schon die Hand zum Klopfen erhoben. Er konnte Lilis Stimme klar und deutlich hören. Sie klang ungewohnt düster. »Ich hätte es schon vor Jahren machen sollen, aber ich habe mich eben nicht getraut. Jetzt ist es zwischen uns jedenfalls aus und vorbei.«

Er öffnete die Tür zu dem kleinsten Büro, das er jemals gesehen hatte, und musste sofort lächeln. Lili saß an einem mit Papierstapeln bedeckten Tisch, hatte die nackten, gebräunten Beine übereinandergeschlagen und trug Stiefel, die vorn bei den Zehen ausgeschnitten waren. In der Hand hielt sie einen glasierten Donut und starrte ihn wollüstig und verächtlich zugleich an.

»Machst du gerade mit einem Gebäckstück Schluss?«, fragte er sie. Sie war einfach nur zum Niederknien.

»Ich entferne die schlechten Einflüsse aus meinem Leben. Das schließt auch dich mit ein.«

»Klingt bedrohlich.«

»Willst du wissen, wie bedrohlich es wirklich ist?«, sagte sie und ahmte seinen Akzent nach. »Es gibt eine Facebook-Seite, die ›Ich hasse Jacks Süße‹ heißt. Sie hat schon über tausend Fans. Tausend, Jack.«

All seine Muskeln spannten sich an. »Das war garantiert Min.«

»Wer?«

»Sie ist die Vorsitzende eines meiner Fanclubs.«

»Du hast mehr als einen?«, platzte es ungläubig aus Lili heraus.

»Yep. Aber Mins Club ist der aktivste. Seine Mitglieder hassen jede Frau, mit der ich zusammen bin. Du hättest mal lesen sollen, was sie über Ashley geschrieben haben.«

»Na ja, wir sind zwar kein Paar, aber das scheinen alle zu denken – oder Schlimmeres«, protestierte sie.

Wahrscheinlich wäre es das Beste, locker an die Sache heranzugehen, aber das fiel ihm ziemlich schwer. Er nahm Lili den Donut aus der Hand und gönnte sich einen Bissen. Eine leichte Zimtnote, und die Glasur enthielt ein paar knusprige Stückchen. Lilis wunderschöne Lippen öffneten sich, und wieder machte sich das wohlvertraute Begehren zwischen seinen Beinen breit. Gleichzeitig war er wütend und hatte das dringende Bedürfnis, sie zu beschützen. Wenn das nicht das Rezept für überirdisch guten Sex war!

Der chaotische Schreibtisch wirkte auf Jack immer einladender. Man müsste nur den Papierstapel und den Bleistiftspitzer beiseiteschieben …

Lili stand auf, den Blick immer noch auf den Donut geheftet. Um sie abzulenken, biss er ein weiteres Mal davon ab. Auch er konnte dringend Ablenkung gebrauchen, wenn er sah, wie der geschmeidige Stoff ihres Rocks ihre Hüften umspielte.

»Süße, das tut mir leid. Hast du irgendeine Ahnung, wer das Video gepostet haben könnte?«

»Nein. Ich habe jeden angerufen, den ich an diesem Abend gesehen habe. Keiner will es gewesen sein.« Es machte ihn fertig, sie so niedergeschlagen zu erleben. »Und weißt du, was der absolute Oberhammer ist?«

»Nein?«

Sie funkelte ihn an, und er wusste, dass ihm die Antwort nicht gefallen würde.

»Mein Hintern twittert.«

Okay, vielleicht wollte er doch mehr wissen. »Ähm, wie bitte?«

»Gina hat es mir erzählt. Mein Hintern hat seinen eigenen Twitter-Account.«

»Woher weißt du denn, dass es deiner ist?«, erkundigte er sich vorsichtig. »Es gibt doch bestimmt eine Menge Hintern auf Twitter.«

Sie tippte auf ihrem Display herum und streckte ihm dann das Telefon hin. »Schau, was er gerade zum Besten gegeben hat.«

Ich wünschte, Jack würde gerade meinen Po durchkneten wie Pizzateig, lautete der neueste Tweet von @SüßerArsch. Oh, SüßerArsch, wenn du nur wüsstest!

»Ich werde deinem Hintern auf Twitter jedenfalls täglich einen Besuch abstatten, Lili.«

Sie gab ihm einen spielerischen Klaps. »Wie kannst du nur Witze darüber machen?«

Ihre Stimme überschlug sich leicht, und er merkte, dass ihr die Sache tatsächlich zusetzte. Er selbst war es längst gewöhnt, dass die Medien in aller Öffentlichkeit sein Privatleben zerpflückten. Himmel, er hatte doch gar keines mehr! Und jetzt hatte Lili sich auf die schlimmste Art und Weise in dieses ganze Drama verstrickt.

Er schlang seine Arme um sie und war froh, dass sie sich ihm nicht gleich wieder entzog.

»Was bleibt einem denn anderes übrig, als Witze zu reißen? Wenn man nicht auch die lustige Seite an dem ganzen Schlamassel sieht, dann überlebt man das nicht. Ich lese den Mist, den die Leute über mich schreiben, schon längst nicht mehr.«

Sie hielt sich aufrecht, die Stirn an seine Brust gedrückt, die zu Fäusten geballten Hände an seiner Kochjacke.

»Wann verlässt du Chicago?«, fragte sie.

»Bald.«

»Nicht bald genug.«

Ihre Worte wirkten auf ihn wie eine kalte Dusche. In der vergangenen Nacht und auch am heutigen Morgen hatte er gedacht, dass er womöglich wirklich eine Chance bei dieser Frau hatte. Sie hatte ihn abblitzen lassen, aber er war sicher gewesen, dass er sie noch überzeugen konnte. Jetzt waren sie einerseits untrennbar miteinander verbunden und gleichzeitig weiter denn je voneinander entfernt.

Jack versuchte sich einzureden, dass es so das Beste war. Er würde weiterhin sein glamouröses Leben führen und ihr Hintern sich wieder hinter die Kulissen zurückziehen. Sein Leben ließ sich nun einmal nicht mit einer normalen Beziehung vereinbaren. Er schaffte es ja nicht einmal, sich um seine Schwester zu kümmern! Wie sollte er da eine wundervolle Frau wie Lili beschützen?

Er fuhr wie zufällig mit den Lippen über ihre Stirn und ließ sie dann los. Ein paar Tage in Chicago blieben ihm noch. Am besten hörte er jetzt auf, Trübsal zu blasen, und versuchte stattdessen, mit Lili eine gute Zeit zu verbringen. Und zwar ohne seinen Penis.

»Schade, dass du in Zukunft auf deine Laster verzichten willst.«

Sie sah ihn skeptisch an.

»Ich weiß nämlich, was dir helfen würde«, fuhr er fort.

»Oh, und was soll das sein?«

»Essen, Lili. Das beste Heilmittel überhaupt.«

Als Lili den berauschenden Duft roch und ein Bassgitarrenriff ihr entgegenschallte, wusste Lili, dass Jack in der Restaurantküche zugange war. Sofort fühlte sie sich in glücklichere Zeiten zurückversetzt. Sie musste an die Mahlzeiten ihrer *nonna* in Fiesole denken. Die großen Familienessen, ehe die Krankheit ihrer Mutter ihr Leben auf den Kopf gestellt hatte. Schon als Kind hatte ihr Vater ihr das Kochen beigebracht. Cara hatte sich nie dafür interessiert, und es zählte zu Lilis frühesten Erinnerungen, wie ihr Vater ihr seine Liebe zum Essen vermittelt hatte. Es war unglaublich, wie viel sich im vergangenen Jahr geändert hatte!

Mittlerweile machte sie der Geruch des Essens ihres Vaters unruhig. Die Arbeit im *Ristorante DeLuca* hatte immer aus einer Mischung aus Liebe und Pflicht bestanden, aber seit sie die Position der Geschäftsführerin von ihrer Mutter übernommen hatte, überwog eindeutig der Pflichtteil und verlieh der Arbeit einen bitteren Beigeschmack. Sie wollte sich ja auch nicht ständig beklagen, wenn sie sich aus Unsicherheit dann doch nicht traute, sich von ihren Fesseln zu befreien. Nein, sie wollte die mutige Lili sein, die stolz ihr hautenges Superheldinnenkostüm trug und einem fantastischen Mann klar und deutlich zeigte, dass sie ihn begehrte. Die ihre Zukunft bei den *coglioni* packte.

Aber wohin hatte sie dieser Befreiungsschlag geführt? Über ein paar der richtig fiesen Kommentare im Netz hatte sie gar nicht mit Jack gesprochen, weil sie ihr viel zu peinlich waren. Es gab zum Beispiel Sprüche darüber, dass es beinahe dreist war, wenn jemand wie sie sich an Jack heranmachte.

Lili atmete einmal tief durch und sah sich dann in der Küche um. Wie gern hätte sie sich ein oder zwei Stunden zurückgezogen. Auf jeder Platte stand ein verheißungsvoller Topf, in dem es fröhlich vor sich hin blubberte. Die Arbeitsflächen wirkten wie ein futuristischer Garten in einem Science-Fiction-Film. Überall lagen Kräuter, Gemüse und verschiedene Glas- und Metallbehälter herum.

»Wann ist das denn passiert?«

Jack lehnte sich an einen Tresen und verschränkte die Arme, wodurch sein Bizeps besonders gut zur Geltung kam.

»Cara hat mir gezeigt, wo dein Vater normalerweise seine Lebensmittel einkauft. Wir waren gestern Morgen auch auf dem großen Bauernmarkt im Park.«

»Auf dem Green City Market? Den liebe ich!« Wenn sie im Lincoln-Park war, war ein Besuch auf dem größten Bauernmarkt Chicagos Pflicht. Dass er mit Cara dort gewesen war, machte sie tatsächlich so eifersüchtig, dass sie beinahe einen Bund Karotten auf den Boden gepfeffert hätte. Aber auf dieses Gefühl hatte Lili kein Recht, schließlich war sie nicht mit Jack zusammen. Anstatt ihre Wut also an unschuldigem Gemüse auszulassen, sah sie sich weiter in der Küche um und blieb schließlich an einer der Herdplatten stehen, um herauszufinden, was da so köstlich roch.

»Was ist das?« Sie hielt ihr Haar zurück und beugte sich über einen Topf, der mit etwas Eintopfartigem gefüllt war und sehr verlockend duftete. Vor Hunger wurden ihre Knie ganz weich.

»Geschmortes Kaninchen mit Wein und Thymian. Müsste ziemlich gut zu Pasta passen.«

»*Coniglio*«, murmelte sie anerkennend. »Ich dachte, du darfst deine *primi* und *secondi* nicht selbst aussuchen?« Diesen Eintopf musste sie unbedingt probieren!

»Yep, ich weiß. Die Auswahl trifft dein Vater. Aber ich könnte es ja auch als Vorspeise verwenden und mit Bauernbrot servieren.«

»Hmm«, sagte sie. Plötzlich verstand sie, woher das Wort *Foodporn* kam.

»Willst du mal kosten?«

Lili lief das Wasser im Mund zusammen, und sie tunkte den Löffel in den Eintopf, um ein paar Fleischbrocken mit viel sämiger Soße herauszufischen. Einen herrlichen Moment lang ließ sie die Stückchen auf ihrer Zunge liegen und die wunderbare Soße ihre Wirkung entfalten. Dann kaute sie andächtig, schluckte hinunter und seufzte zufrieden. Es schmeckte genau so, wie bestes toskanisches Essen schmecken sollte – reichhaltig, verspielt und tröstlich. Lebensbejahend.

»Schmeckt es dir?«

»Nicht übel«, meinte sie lässig. »Auch wenn es eher ein Winteressen ist.«

Sie sah, dass Jack über ihren schwachen Versuch, ihre Begeisterung zu verbergen, grinsen musste. Er holte etwas aus dem Ofen, das wie Minipizza aussah, und stellte sie auf das Abkühlgitter. Minipizza?! Ernsthaft? Jeder Italiener, der etwas auf sich hielt, würde die Finger davonlassen. Jack hatte die Pizza mit Käse und Zwiebeln belegt, zwei ihrer Lieblingszutaten.

Er goss ihr ein Glas Wein ein – einen Chianti, der nicht auf ihrer Liste stand. Der Weinkeller der DeLucas war Lord Kilroy also nicht gut genug. Es war ein wenig dekadent, am Sonntag schon um elf Uhr morgens Wein zu trinken. Ein interessanter Ersatz für den Gottesdienst …

»Worauf sollen wir anstoßen?«, fragte er.

»Darauf, dass die italienische Küche die beste von allen ist.«

Er seufzte. »Musst du immer so wettbewerbsorientiert sein? Ich dachte an etwas Schönes. Vielleicht … neue Freundschaften.«

Aha, jetzt kam er ihr mit der Freundschaftskeule. Aber nach dem Drama der vergangenen vierundzwanzig Stunden erschien die Kumpelschiene auch Lili als die vernünftigste Variante.

Aber warum wurde sie das Gefühl nicht los, dass ihr da etwas ganz Besonderes durch die Lappen ging? Und damit meinte sie nicht nur wilden Sex … Sie unterdrückte einen Seufzer und stieß dann mit ihrem Glas leicht an seines.

»Okay. Auf neue Freunde … Möge morgen der bessere Koch gewinnen.« Sie nahm einen Schluck Wein und ließ ihn so in ihrer Mundhöhle rollen, wie ihr Vater es ihr beigebracht hatte. Er schmeckte vollmundig und fruchtig.

Plötzlich hob Jack sie ohne Vorankündigung hoch und setzte sie auf den Tresen. Und er hatte dabei nicht einmal geächzt!

Wie lächerlich, dass sie sich von einer solchen Geste

beeindrucken ließ … Okay, sie war nicht nur beeindruckt, sondern auch richtig aufgeregt.

Er ließ seine Hände locker auf ihren Hüften ruhen.

»Und jetzt werde ich dich füttern«, sagte er mit einer so tiefen, sexy Stimme, dass ihr Körper diesen Satz sofort als *Und jetzt werde ich mit dir schlafen* übersetzte. Trotz der kühlen Edelstahlplatte, die sie an ihren Schenkeln spürte, war Lili plötzlich furchtbar heiß. Langsam strich er von ihrer Hüfte über ihre Schenkel, und sie spreizte erwartungsvoll ihre Beine.

»Fühlst du dich wohl?«, frage er sie und sah sie aus seinen grün-goldenen Augen an.

Ihr Nicken war eine blanke Lüge. Sie fühlte sich ganz und gar nicht wohl, aber sie war es seit Jahren gewohnt, ihre wahren Gefühle zu verbergen.

Jack trat beiseite, und mit ihm verschwanden seine Wärme und der leichte Zitronenduft seiner Haut.

Einen Moment später hielt er ihr die dampfende, nach Kräutern duftende Pizzette hin. Sie nahm sie entgegen und bemühte sich, dabei seine Haut nicht zu berühren. Schließlich war die Erinnerung an die vergangene Nacht und das, was seine Hände da mit ihr angestellt hatten, noch frisch …

Sie spürte das Mehl auf der Unterseite der Kruste und die Hitze, die die Minipizza ausströmte. Die goldgelbe Oberfläche war von kleinen grünen Sprenkeln durchsetzt. Lili kam es so vor, als hätte sie noch nie in ihrem Leben etwas so Schönes gesehen – außer Jack Kilroy vielleicht.

Sie biss ab und lauschte dem leisen, sanften Krachen der Pizza in ihrem Mund. Der Teig war perfekt. Nachgiebig in der Mitte, knusprig an den Kanten. Die süße Note der sautierten Zwiebeln erweckte sämtliche Geschmacksnerven zum Leben und machte Lili rundum glücklich.

»Was schmeckst du?«, fragte er.

»Hm, vielleicht karamellisierte Süßzwiebeln?«, gab sie einen Tipp ab. Jack stand ganz dicht bei ihr und beobachtete ihre Reaktion genau.

»Und?«

»Auf jeden Fall Oregano. Und eventuell Ziegenkäse?« Vielleicht war er auch so gewieft gewesen und hatte Feta verwendet, aber eigentlich glaubte sie das nicht. Der Käse schmeckte nicht salzig und würzig genug, außerdem sah geschmolzener Feta anders aus. »Auf jeden Fall Ziegenkäse.«

»*Oui, le chèvre*. Noch etwas?«

Diese kleine Bemerkung auf Französisch jagte Lili einen wohligen Schauer über den Rücken. Nicht einmal Laurents Akzent hatte einen solchen Effekt auf sie – wobei Jack sie wahrscheinlich selbst mit der Beschreibung eines Fettabschneiders zum Sabbern bringen könnte.

»Lili, bist du noch bei mir?«

Sie blinzelte und sah dann, dass er sie anlächelte.

»Den anderen Geschmack kann ich nicht richtig zuordnen«, murmelte sie nachdenklich.

»Sarriette. Auf Italienisch *santoreggia*. Wir benutzen das ganz viel in der französischen Küche, aber zu Oregano passt es auch gut, oder?«

»Es schmeckt super«, sagte sie, auch wenn er diese Bestätigung bestimmt nicht brauchte.

Und so wurde die Verköstigung fortgesetzt, wobei ein Gericht besser schmeckte als das andere. Es gab ein Tomaten-Consommé mit prallen, stark nach Meer schmeckenden Krabben, die sie sofort an eine Reise nach Cinque Terre erinnerten. Geflügelleber-Crostini mit Feigenmarmelade. Üppig belegte Bruschetta mit Hummer-Crème-fraîche und Schinken. Truthahnbällchen in einer Tomatencremesoße, die so göttlich war, dass sie am liebsten ein Vollbad darin genommen hätte.

Und die ganze Zeit redete er, nonstop. Über das Kochen, seine Lieblingsgerichte und die Freude, die ihn überkam, wenn er ein neues Gericht kreiert hatte. Normalerweise ging es ihr auf die Nerven, wenn ein Mann ohne Unterlass redete – und sie hatte weiß Gott genug von dieser Sorte gedatet –, aber das hier war anders. Es ging in dem Gespräch weniger um ihn als vielmehr um seine Sicht auf die Dinge und seinen Wunsch, die Haute Cuisine für jedermann zugänglich zu machen. Er bezog sie mit ein, fragte sie, welche Geschmacksnoten sie mochte und welche nicht (wobei es von Letzteren nicht viele gab). Im Hotel hatte sie Jack gesagt, dass sie Essen mochte. Das war eine Lüge gewesen, sie *liebte* es. Und abgesehen davon, Essen zu *essen*, waren die Gespräche darüber das Allerbeste.

Moment. Es ging darum, mit *Jack* darüber zu sprechen. Sie konnte sich nicht erinnern, sich je so gern mit jemandem unterhalten zu haben.

Überall in ihr begann es leicht zu pulsieren und zu kribbeln. Es fühlte sich an wie ein Neuanfang, was doch eigentlich keinen Sinn ergab. Sobald die Show im Kasten war, würde Jack nicht länger Teil ihres Lebens sein, welches dann wieder seinen gewohnten Gang gehen würde. Vielleicht würde er ja mal bei ihnen vorbeischauen, wenn er sein Restaurant in Chicago eröffnete. Aber die Intimität, die jetzt zwischen ihnen herrschte, würde nichts weiter als eine schöne Erinnerung sein. Wie ein Geschmack, der einen zunächst überwältigte, nach dem Schlucken noch eine Weile nachhallte und mit der Zeit immer schwächer wurde.

Jack brachte sie zum Lachen, ließ sie sich sexy fühlen. Das würde sie vermissen. Und war es nicht unglaublich ungerecht, dass sie darauf künftig verzichten musste?

»Komm her«, sagte er und riss sie aus ihren Gedanken. Am Herd testete er die Temperatur der Pfanne mit ein paar Tropfen Wasser und fügte dann ein paar Scheiben Butter hinzu. Konzentriert beobachtete er, wie das Fett erst schmolz und dann blubberte. Eilig schälte er den Knoblauch, und Lili stellte sich vor, was für wundervolle Dinge seine Hände mit ihrem Körper anstellen könnten. Als er den Knoblauch in die Pfanne warf, zog sein kräftiges Aroma sie wie magisch an. In der Zwischenzeit hatte Jack eine gehackte Chilischote und ein paar Jumbo-Garnelen hinzugefügt, immer noch mit Schwanz. Die Garnelen nahmen die perfekte Rötung an, und er nahm eine davon, um sie zu kosten.

»Hm, die sind genau richtig«, murmelte er und bot ihr den Rest an. Während sie in die mit einer köstlichen Kruste überzogene Garnele biss, hielten sie sich an den Händen. Gott, war das lecker! Als ein wenig Butter ihren Mundwinkel hinablief, war er sofort zur Stelle und wischte sie rasch mit seinem Daumen ab. Kurz verharrte er an ihrem Mund und zog ihre Unterlippe leicht nach unten. Sofort regte sich in ihr ein wildes, beharrliches Pulsieren.

Jack sah ihr tief in die Augen, und sie entzog sich ihm, wenn auch nur physisch. Ganz langsam leckte er die Butter von seinem Daumen. Wenn er ihn doch nur in ihren Mund stecken würde …

»Es ist okay, es zuzugeben«, sagte er leise.

»Was denn?«

»Dass dir mein Essen schmeckt.« Sie wussten beide, dass er von etwas anderem sprach.

»Es darf auf keinen Fall jemand mitbekommen, dass ich den Feind unterstütze. Es wird das Beste sein, wenn wir es bei der professionellen Ebene belassen, oder?«

»Also kein Flirten?« Er trat einen Schritt auf sie zu.

Sie wich zurück. »Kein Flirten.«

Schon war er wieder bei ihr und umschloss ihr Kinn mit seiner Hand. Seine gespreizten Finger auf ihrem Hals fühlten sich unglaublich sinnlich an.

»Und auch kein Küssen.«

Ihr Körper reagierte sofort auf die Provokation.

»Besonders kein Küssen.« Sie wich zurück. »Hast du es denn noch nicht mitbekommen, Jack Kilroy? Mit dir hat man nichts als Ärger. Steht doch überall im Internet.«

Er sah sie unglücklich an, und sofort hatte sie ein schlechtes Gewissen. Dann aber schob sie die Schuldgefühle beiseite. Es war immer noch besser, jetzt ein wenig harsch zu sein, als später schlimmen Liebeskummer zu haben.

9. Kapitel

Jack lebte in einer Welt voller Schmerz. Jedes Mal, wenn Lili schluckte und er dabei auf die goldene Haut ihres Halses sah, begann sein Körper heftig zu pulsieren. Und jeder anerkennende Seufzer erregte ihn mehr. Lili schien von seinem Essen so angeturnt zu sein, dass es ihn fast in den Wahnsinn trieb. Wenn eine Frau derart stöhnte und dabei weder seine Zunge noch seine Finger oder irgendein anderer Körperteil tief in ihr war, dann erregte es seine Aufmerksamkeit. Die Aufmerksamkeit seines Penis.

Und es war beinahe unmöglich, das vor ihr zu verbergen. Er musste dringend einen Gang zurückschalten, denn es war ihnen beiden gegenüber nicht fair. Außerdem hatte Lili ihm mehr als deutlich gezeigt, dass er sich seine Avancen sonst wohin stecken konnte.

Hastig wechselte er das Thema. »Also, kochst du selbst auch?«

Sie zuckte mit den Schultern. »Manchmal schon, aber wenn man so einen herrischen Vorgesetzten hat, ist es meistens besser, ihn einfach machen zu lassen.«

»Ist Tony in der Küche so ein richtiger Tyrann?«

»Sind das nicht alle Chefköche?«

»Ich nicht. Ich bin eher der Ernährertyp.«

Sie zog die Augenbrauen nach oben, und er lachte. »Na gut, ich kann auch ein Tyrann sein. Ist aber schon eine Weile her.«

Er fragte sich, wie es wohl der Crew im *Thyme* erging, und hatte sofort ein schlechtes Gewissen, wie so oft in letzter Zeit. Clarence, sein Gardemanger, der die beste Entenleberpastete der Welt machte. Derry, sein Poissonnier, der immer schmutzige Witze riss, während er in gerade mal dreißig Sekunden eine Forelle zerlegte. Marguerite, seine Pâtissière, die gerade ihr erstes Kind bekommen hatte. Sie hatte Laurent gefragt, ob er der Patenonkel werden wollte, und obwohl Jack selbst nicht religiös war, war er deswegen etwas gekränkt gewesen. Sein Küchenteam war wie eine richtige Familie für ihn, aber in letzter Zeit war ihre Beziehung ein wenig strapaziert worden. Das lag daran, dass sich sein Leben jetzt immer mehr um die TV-Shows und alles, was dazugehörte, drehte.

»Das Kochen in meinem Restaurant fehlt mir«, sagte er leise. »Ich könnte deine Hilfe gebrauchen«, fügte er dann schnell hinzu.

»Oh?« Sie versuchte zu lächeln, aber es wirkte ziemlich verkrampft.

»Zeig mir doch mal, wie eine echte Italienerin Pasta macht.«

Lili sah ihn skeptisch an. »Ich bin zwar nicht annähernd so gut wie mein Vater, aber wahrscheinlich wohnt meinen italienischen Genen trotzdem eine gewisse Pasta-Zauberkraft inne.«

Innerhalb weniger Minuten hatte sie die Zutaten zusammengesucht – Mehl, Wasser, Salz und ein Ei –, und er sah ihr fasziniert zu, wie sie mit ihren eleganten Händen fachmännisch den Teig zu kneten begann. Da sie mit vollem Körpereinsatz arbeitete, bewegten sich dabei auch ihre Brüste und Hüften im Takt, und Jack stellte sich vor, wie sie statt der Nudelmasse einen ganz bestimmten Körperteil von ihm knetete.

Reiß dich zusammen, du Idiot.

Sie griff nach seiner Hand und drückte sie in den Teig. Jack bekam beinahe einen Herzinfarkt.

»Genau diese Konsistenz braucht man.« Sie legte ihre Handfläche auf seine Fingerknöchel und drückte behutsam zu. »Der Teig muss weich und elastisch sein. Man knetet also besser zu viel als zu wenig.«

»Mhm.« Er zweifelte zwar an der Effizienz dieser zweihändigen Methode, aber darum ging es ja nicht. Scheinbar war sie doch nicht so sauer auf ihn …

Langsam lösten ihre mehlbestäubten Hände sich von dem Teig und schwebten über der Arbeitsfläche, während sie immer wieder ihre Finger ineinander verschränkten und voneinander lösten. Kritiker von drei verschiedenen Kontinenten hatten sein Essen als sexy und sinnlich beschrieben, und in seinen jüngeren Tagen hatte er mit mehr Frauen Sex in der Küche gehabt, als er heiße Mahlzeiten servierte. Dennoch war das hier zweifellos das Schärfste, was er jemals in einer Küche erlebt hatte.

»Ich liebe deine Hände.« Erst als sie zurückwich, merkte er, dass er das laut gesagt hatte. Sie wischte über ihre Augenbraue und hinterließ dabei eine Mehlspur, um die er sich liebend gern gekümmert hätte. Ihre Wangen glühten.

»Jack.«

»Hm?«

»Ist alles okay bei dir? Du siehst aus, als wäre dir schwindelig.« Sie öffnete leicht ihren Mund, sodass er ihre herrliche rosafarbene Zunge sehen konnte. Wie gern würde er seine Zunge jetzt in ihren Mund tauchen … Sie hatte recht, ihm war schwindelig. Schwindelig vor Lust.

»Wir sollten zum Schluss kommen«, sagte er. Also kehrten sie zu ihrem ursprünglichen Plan zurück – sie knetete, er sah ihr verlangend dabei zu. Auch nicht schlecht.

»Was fehlt dir denn an deinem Restaurant?«, fragte sie. Er zögerte kurz, weil er fast zu viel vermisste, um es in Worte zu fassen. Ihm fehlte zum Beispiel jene erste halbe Stunde, in der er die Stimmung im Team prüfte. Oder dieses besondere Gefühl, wenn plötzlich alle Abläufe so perfekt ineinandergriffen, dass es sich anfühlte wie eine Symphonie. Selbst die Abende, an denen einfach alles schiefging und einem am Ende nichts anderes übrig blieb, als sich in dieser Kellerspelunke in der Tenth Avenue hoffnungslos zu betrinken.

»Das Fluchen«, sagte er schließlich. »Das vermisse ich.«

Sie sahen einander in die Augen. Dann nickte sie schließlich, und er war furchtbar erleichtert, dass sie verstand, was er meinte.

»Küchenteams sind wie eine Familie«, sagte sie.

Yep, ganz genau. Gerade für ihn, der seine Mutter so früh verloren hatte und der deswegen nie ein richtiges Familienleben kennengelernt hatte, war das Küchenteam ein willkommener Ersatz für echte Verwandtschaft. Ein wenig beneidete er Lili darum, dass sie beides hatte: die Küchencrew und ihren italienischen Clan.

»Es mischen sich alle dauernd in das Leben der anderen ein, das steht fest«, meinte er leichthin. »Egal, ob es um Hochzeiten, die Fußballspiele der Kinder oder die Frage geht, wer gerade mit wem schläft. Ein Großteil des Teams im *Thyme* hat dominikanische Wurzeln. Ich sag es dir, wenn ich nie wieder zu einer Quinceañera muss, mache ich drei Kreuze.«

Sie lachte ihr raues, kehliges Lachen.

»Du Lügner. Ich wette, du liebst es, mit den Teenagern Line Dance zu tanzen.«

»Hey, natürlich! Solche Moves hast du noch nie gesehen, DeLuca.«

Wieder errötete sie, und Jack wurde klar, dass er nie im Leben etwas so sehr gewollt hatte wie Lili. Aber wie konnte er von einer solch bodenständigen Person erwarten, dass sie ihm zuliebe ihr Leben auf den Kopf stellte?

Lili lächelte ihn ein wenig mitleidig an. Tja, er hatte einfach keine Chance.

Schweigend arbeiteten sie weiter, nur manchmal gab sie ihm Anweisungen, wie man *pappardelle* mit der Walze so dünn wie möglich ausrollte. Er hatte schon Wasser aufgesetzt – Tony DeLuca benutzte natürlich keinen herkömmlichen Nudelkocher –, und ein paar Minuten später kippte Jack die fertig gekochten Nudeln in die Soße und vermischte alles. Gemeinsam trugen sie den Chianti, Teller und einen Korb mit Trüffelöl-Focaccia, das er vorhin zubereitet hatte, in eine der Sitznischen im vorderen Teil des Gebäudes und nahmen Platz.

Jack wickelte die soßendurchtränkte Pasta um seine Gabel und schob sie sich in den Mund. Einen kurzen Moment lang blieb die Welt stehen und setzte sich dann mit einem kräftigen Ruck wieder in Bewegung, als er die Nudeln hinunterschluckte. Er war gestorben und in der Toskana wiedergeboren worden.

»Oh, Baby. Das schmeckt ja wahnsinnig gut«, murmelte er. Die *pappardelle* hatten die perfekte Größe und Konsistenz, um das reichhaltige Kaninchenragù aufzunehmen.

»Du hast mich doch nicht gerade *Baby* genannt?«

»Korrekt, habe ich nicht. Ich habe mit dem Essen gesprochen.«

»Wollt ihr zwei ein bisschen allein sein?«, neckte sie ihn.

»Vielleicht. Wenn ich könnte, dann hätte ich Sex mit diesen Nudeln.«

»So, wie es gerade um dein Liebesleben bestellt ist, wäre das wohl keine schlechte Idee.« Sie leckte sich ein wenig Soße aus dem Mundwinkel.

Heimlich sah er zu, wie sie die Nudeln in sich hineinschlürfte, und beneidete plötzlich die Gabel. Verdammt, war das sexy! Er fand es toll, dass sie alles gegessen hatte, was er ihr heute angeboten hatte, und dass sie ein solch entspanntes Verhältnis zum Essen hatte. Ganz anders als die Frauen, mit denen er sonst zusammen gewesen war. Die hatten immer wieder davon gesprochen, welche Diät sie gerade machten oder dass sie nicht zu viele Kohlenhydrate zu sich nehmen durften. Plötzlich bemerkte Jack diese Ironie: Er hatte sich immer Frauen ausgesucht, die für seine größte Leidenschaft im Grunde nichts als Verachtung übrighatten. Und noch ein Gedanke erregte ihn: Ein gesunder Appetit bezog sich meist nicht nur aufs Essen …

Er liebte Kochen und Frauen und, seit er nach New York gezogen war, auch das Baseballteam der Mets. In dieser

Reihenfolge. Er hatte mit früheren Liebhaberinnen bereits sexy Essensspiele ausprobiert. Aber sich mit einer Frau gemeinsam dem Essen hinzugeben hatte sich noch nie so sinnlich und natürlich angefühlt wie mit Lili.

Um sich von seinen Überlegungen abzulenken, blickte er auf die Fotos, die an den unverputzten Backsteinwänden hingen. »Die Bilder sind gut. Sind die von dir?«

Sie blickte nach oben, als bemerkte sie die Fotografien zum ersten Mal. »Yep. Ein paar davon habe ich in Italien gemacht, ein paar in den Parks von Chicago.«

»Das ist also dein Stil?«

»Nein, das war nur zum Spaß. Ein Versuch, im Stil von Cartier-Bresson zu arbeiten und Menschen in einem entscheidenden Moment abzulichten. Normalerweise interessiere ich mich mehr für Porträts, insbesondere für den menschlichen Körper als Narrativ.«

»Was heißt das genau?«

Sie hielt kurz inne und suchte wahrscheinlich nach einer möglichst idiotensicheren Erklärung.

»Aktbilder, Jack.« Sie lächelte ihn an. »Ich arbeite mit meinem Freund Zander zusammen. Er interessiert sich am meisten für den männlichen Körper, dafür, wie Lichteinfall und Muskeln zusammenspielen, besonders, wenn der Körper unter Stress steht.«

»Unter Stress?«

»Ja, beim Work-out zum Beispiel oder wenn man gefesselt ist. Je mehr die Muskeln in Aktion sind, desto besser für Zander.«

Himmel, mit einem solchen Quatsch kamen auch wirklich nur Künstler durch!

»Arbeitest du auch mit männlichen Modellen?« Eigentlich wollte er, dass Lili nur seine Muskeln in Aktion erlebte …

»Nein. So interessant die männliche Form auch sein mag – die weibliche ist einfach schöner.«

»In diesem Punkt sind wir uns absolut einig«, sagte er und schämte sich fast dafür, wie erleichtert er war. »Cara hat erzählt, dass du vorhast, in New York Kunst zu studieren. An welcher Uni denn?«

»Ich hatte eigentlich die Parsons anvisiert. Die haben einen tollen Kunststudiengang. Aber …« Sie verstummte.

»Du hattest anderes zu tun«, brachte er den Satz für sie zu Ende. Sie nickte knapp, blinzelte einmal und sah beiseite.

»Klingt ganz so, als hättest du ein hartes Jahr gehabt«, sagte er.

Lili gab einen erstickten Laut von sich. »Für Mom war es noch viel härter. Und für Dad auch. Er ist verrückt nach ihr, und ich bin mir nicht sicher, ob er es überlebt hätte, wenn sie gestorben wäre.« Sie zögerte und strich mit dem Finger über den Rand des Weinglases.

»Erzähl es mir, meine Liebe.«

Sie holte tief Luft. »Die Krankheit meiner Mom hat ihn sehr verändert. Man könnte meinen, dass ihre Genesung ihn überglücklich gemacht hätte und dass er jetzt jeden Tag als etwas Kostbares begreifen könnte. Versteh mich nicht falsch, er war auch vorher schon schwierig. Herrisch, traditionell; ein richtiger Oldschool-Italiener, wie man ihn aus den Filmen kennt. Aber jetzt ist er noch härter geworden … Er benimmt sich, als wäre uns nur eine Schonfrist gewährt worden und als könnte das Damoklesschwert jeden Moment auf uns herabstürzen.« Sie blickte ins Leere.

»Er versteht einfach nicht, was es für ein Geschenk ist, dass wir sie immer noch bei uns haben dürfen.«

Seine Brust zog sich schmerzhaft zusammen. Zu gern hätte er Lili jetzt berührt, aber bestimmt würde sie diese Geste falsch verstehen. Außerdem traute er den Reaktionen seines Körpers ja selbst nicht über den Weg.

»Meine Mutter ist gestorben, als ich zwölf war. Meine Schwester war gerade mal zwei«, sagte er. »Mein Stiefvater hat das alles nicht so gut hinbekommen.« Das war die Untertreibung des Jahres. Nachdem ihre Mutter an Krebs gestorben war, hatte ihr Stiefvater alles vernachlässigt – sich selbst, seinen Stiefsohn, seine Tochter. Ein paar Jahre später war er mit einer Flasche in der Hand gestorben.

Tränen traten in Lilis Augen, und sie legte ihre Hand in seine. Als ihre Finger sich ineinander verschränkten, schien ihr ganzer Körper leise aufzuseufzen.

»Das muss so furchtbar für dich gewesen sein.«

Ja, es war die Hölle gewesen. Aber glücklicherweise war Jack kurz darauf von seiner einsetzenden Pubertät abgelenkt worden.

»Für deine Schwester natürlich auch. Sie war so jung! Was war denn mit deinem leiblichen Vater?«

»Er war nie da. Wir haben uns einmal getroffen, aber das lief nicht allzu gut.«

»Was ist passiert?«

»Er hatte kein Interesse an mir.« Die Wiedervereinigung von Vater und Sohn war eine herbe Enttäuschung gewesen. Jack schüttelte die dunklen Erinnerungen ab und konzentrierte sich auf glücklichere Zeiten. Auf die allerglücklichste.

»Aber nicht lang nach dem Tod meiner Mutter habe ich

das Kochen für mich entdeckt. Oder vielleicht hat es eher *mich* gefunden.«

Lili drückte seine Hand, also sprach er weiter.

»Ich habe erst einmal ziemlich viel Mist gebaut. Das gab natürlich Probleme. Ich habe mich geprügelt und habe geklaut, Kinderkram eben. Am Ende hat man mich in ein Programm für jugendliche Straftäter gesteckt, in dem man mir das Kochen beigebracht hat. Mit achtzehn habe ich dann meine Ausbildung in Paris begonnen, mit dreiundzwanzig mein erstes Restaurant eröffnet, und mit vierundzwanzig bin ich zum ersten Mal mit einem Restaurantprojekt gescheitert …« Er grinste schief. »Dann hatte ich noch mehr Erfolg, und das britische Fernsehen wurde auf mich aufmerksam. Ich habe das *Thyme* auf der Forty-Seventh eröffnet, Amerika erobert … Yep, das war's erst mal.«

»Wow, wie die Beatles. Die Vollendung des amerikanischen Traums. Und dank deiner neuen Show wird alles noch besser laufen.«

So hätte er es wahrscheinlich nicht formuliert, aber er ahnte schon, wie sie darauf kam. Geld und Ruhm waren für die meisten Leute ein Anzeichen dafür, dass etwas gut lief.

»Das hab ich toll hingekriegt. Eigentlich haben wir über dich geredet, und nun habe ich doch die ganze Zeit nur von mir erzählt«, meinte er dann.

»Das ist eine meiner Superkräfte.«

Sie hatte das zwar nur so dahingesagt, aber Jack vermutete, dass mehr dahintersteckte. Lili stellte die Bedürfnisse anderer tatsächlich meist über die eigenen. In der vergangenen Nacht hatte sie etwas riskiert, und er hatte sie abblitzen lassen, um sich selbst zu kasteien. Was war er nur für ein Vollidiot!

»Und wie steht es um deine eigenen Märchen? Jetzt, wo es deiner Mom besser geht, könntest du doch noch mal so richtig loslegen und Fotografie studieren.« Der Gedanke, dass Lili in derselben Stadt wohnen könnte wie er, machte ihn richtig aufgeregt. Interessanterweise war diese Aufregung nicht sexueller Natur … oder zumindest nicht nur.

Als sie seine Hand losließ, fühlte er eine seltsame Leere. Und das, obwohl er randvoll mit Nudeln und Brot war.

»Ich trage hier zu viel Verantwortung. Immerhin bin ich die Geschäftsführerin des Restaurants.«

»Klingt nach einer Menge Arbeit.«

»Es ist nicht so schlimm. Nur die Lieferungen am frühen Morgen … Ich bin echt keine Frühaufsteherin!«

Erstaunt sah er sie an. »Du kümmerst dich um die Lieferungen?« Meistens machte das doch der Koch oder der Sous. In seinem Fall hatte er sogar ein ganzes Team, das für die Lieferungen zuständig war.

»Dads Kollege Emilio lebt in einem Vorort von Chicago. Es ist also schwierig für ihn, so früh hier zu sein. Als ich noch zu Hause gewohnt habe, haben wir uns die Aufgabe geteilt. Aber seit ich in der Wohnung über dem Restaurant wohne, mache ich das allein.« Lili klang ein wenig bitter.

»Was machst du noch?«

»Die Terminplanung, Gehaltsabrechnungen, Bestellungen und natürlich die ganze Buchhaltung.« Sie lächelte. »Das Übliche eben.«

Auch wenn er sie noch nicht lang kannte, merkte er, dass ihr Lächeln nicht echt war. »Das ist ganz schön viel für eine Person.« Und dazu hatte sie auch noch die Pflege ihrer Mutter übernommen. Er spürte Bewunderung ihr gegenüber und begehrte sie zugleich – das war wohl genau die Kombination, aus der Verliebtheit bestand.

»Wir helfen uns alle gegenseitig. Ist ja ein Familienbetrieb.«

War es jetzt vielleicht Zeit für einen zweiten Versuch?

»Du hast also viel zu viel zu tun, um dich mit Männern zu verabreden. Oder hast du nur für mich keine Kapazitäten?«

Sie legte den Kopf schief und schenkte ihm diesen ganz besonderen Blick.

»Erzähl mir von deinem letzten Date«, sagte er und betete innerlich, dass es keines mit der Flachzange Marco gewesen war.

»Hm, mein letztes Date …« Sie schüttelte den Kopf. »Du willst also mehr über mein Liebesleben wissen?«

»Nur wenn es unterhaltsam ist. Und peinlich natürlich.«

»Oh, das kann ich dir garantieren. Wie wäre es mit dem Typ, der in Tränen ausgebrochen ist, als die Vorspeise serviert wurde? Der Garnelencocktail hat ihn an seine Ex erinnert.«

»Volltreffer!«

»Dann war da noch der Mann, dessen Bentley auf dem Lake Shore Drive liegen geblieben ist, als wir gerade auf dem Weg ins Restaurant waren. Er hat gefragt, ob ich ihm beim Reifenwechseln helfen kann. Während er im Auto SMS verschickt hat. Im Januar.«

Jack ballte unter dem Tisch die Hände zu Fäusten, aber er versuchte, ganz locker zu klingen. »Du bringst also ein paar nützliche Talente mit zu deinen Verabredungen. Gut zu wissen.«

Sie lachte, aber es klang ziemlich herzzerreißend.

»Was fandest du nur an Nicht-wirklich-super-Mario?«, fragte Jack.

»Er heißt Marco.«

»Ist doch egal.«

»Es war keine lange Beziehung«, sagte sie. War das eine Antwort auf seine Frage? Vielleicht. »Ich war einfach an einem Punkt angelangt, an dem ich mich nach einem Partner gesehnt habe. Nach jemandem, der mich ablenkt. Es war immer klar, dass es nichts Ernstes ist.«

»Aber …«

»Yep.« Sie sah ihn an, und er wollte in ihren Augen versinken. »Unter normalen Umständen würde ich mich auf einen Mann wie ihn nicht einlassen.«

»Bist du noch in ihn verliebt?«, fragte er schärfer als beabsichtigt.

Sie sah ihn perplex an. »Ich wüsste nicht, was dich das anginge. Oder warum das relevant sein sollte.«

»Ich finde schon, dass es mich was angeht. Aber du hast recht, es ist nicht wichtig. Wenn du erst mal eine Weile mit mir zusammen warst, hast du ihn im Nu vergessen.«

Sie grinste ihn amüsiert an. »Ich habe dir doch schon erklärt, warum das keine gute Idee ist.«

»Weil wir in verschiedenen Städten leben? Da finden wir doch eine Lösung.«

Sie verdrehte die Augen, wirkte aber nicht ungeduldig. Das gefiel ihm. »Es ist ja nicht nur die Distanz. Auf den Shitstorm im Netz hätte ich auch gut verzichten können.«

»Ich habe dir doch gesagt, dass der bald abklingen wird. Jetzt denken ohnehin schon alle, dass wir ein Paar sind. Warum sollten wir es nicht probieren?«

»Du akzeptierst wirklich kein ›Nein‹ als Antwort, oder?«

»Vollkommen richtig. Das ist eine *meiner* Superkräfte.«

»Muss ganz schön nervig für dein Umfeld sein.«

Plötzlich ertönten hinter ihnen Schritte. Jack blickte auf und sah Tad, Lilis Cousin, aus der Küche schlendern.

»Was geht ab, Kiddos?« Er legte seinen Motorradhelm auf dem Tisch ab und wollte nach einem Stück Focaccia greifen.

Lili gab ihm einen Klaps auf die Hand. »Hey, frag bitte vorher!«

Tad schnaufte und nahm dann das größte Stück aus dem Korb. Nach dem ersten Bissen sah er aus, als hätte er einen epileptischen Anfall. Yep, das Essen war fantastisch. Sobald er sich davon erholt hatte, sah er zwischen Jack und Lili hin und her.

»Wie geht's, wie steht's?«

Lili lächelte ihn wissend an. »Könnte definitiv schlimmer sein.«

»Mach dir keine Sorgen. *La famiglia* kümmert sich um diese unangenehme Angelegenheit.«

»Auf keinen Fall!« Lilis Lächeln war verschwunden, und sie hielt die Tischkante so fest, dass ihre Fingerknöchel weiß hervortraten. »Ihr mischt euch da nicht ein!«

»Zu spät. Gina mobilisiert schon ihre Truppen auf Facebook und Twitter. Und wenn du noch ein paar Vorschläge zur T-Shirt-Gestaltung hast, dann solltest du sie jetzt äußern.«

Sie sprang auf. »Ich rufe sie besser an!«

Als Tad Lili in seine Arme schloss und ihr etwas ins Ohr flüsterte, überkam Jack eine vollkommen irrationale Eifersucht. Aber war es nicht *sein* Job, Lili zu trösten? Auch wenn im Grunde er an dem ganzen Schlamassel schuld war? Lili atmete einmal tief durch, löste sich dann von Tad und legte ihm ihre Hand flach auf die Brust.

»Benimm dich«, sagte sie leise.

Tad grinste breit. »Tu ich das nicht immer?«

Lili drehte sich um und ging. Wow, was für ein Traumkörper! Sie hatte garantiert mehr Kurven als eine italienische Landstraße. Jack konnte seinen Blick erst losreißen, als Tad sich neben ihn in die Sitznische plumpsen ließ und ihn ähnlich streng musterte wie Tony am Abend zuvor.

»Immer raus mit der Sprache«, sagte Jack.

Tad lächelte ihn kühl an. »Lili weiß schon, was sie tut. Ich frage mich eher, welcher Idiot dieses Video gepostet hat.«

Jack nickte grimmig. »Da haben wir was gemeinsam.«

»Aber das heißt nicht, dass du komplett aus dem Schneider bist. Ich habe gehört, dass du gerade an einer neuen Show arbeitest.«

»Und?«

»Und«, fuhr Tad fort, »nach diesem ganzen kranken Hollywoodscheiß mit deiner schaurigen Seifenoper-Schnitte könnte es ja sein, dass ein nettes Mädel aus der Nachbarschaft deinem Image guttun würde. Ihre nette, TV-kompatible Familie mit eingeschlossen.« Er grinste. »Nicht, dass wir immer besonders nett wären.«

Das war es also, was die Leute dachten? Und, viel wichtiger, was Lili dachte? Evie hatte wirklich keine Sekunde vergeudet. »Das ist eine reichlich zynische Sichtweise, finde ich. Und das Video passt nun auch nicht besonders gut in das mustergültige Werbepaket, oder?« Als er an ihre Hand an seinem Schritt dachte, wurde ihm ganz heiß. Nein, daran war rein gar nichts mustergültig gewesen.

»Kann ja sein. Aber es wird dir auch nicht schaden, oder? Nur dass das klar ist: Wenn ich sehe, dass du auf Lilis Kosten irgendeinen Vorteil für dich aus der Sache ziehst, dann kriegst du richtig Ärger mit mir. Sie ist eine ganz besondere Person, vergiss das nicht.«

»Ich würde ihr nie wehtun.« Himmel, eigentlich wollte er sie vor dem ganzen Medienzirkus doch nur beschützen! Vor jedem Hater, der hinter einer Kamera oder an einer Tastatur saß. Schweiß lief ihm über den Nacken. Er klopfte auf den Tisch und fügte hinzu: »Ich mag sie wirklich.«

»Okay«, sagte Tad grinsend, und mit diesem einen Wort sagte er Millionen Dinge auf einmal – nichts davon wollte Jack hören.

Aber sie kamen sich ein wenig näher. Fein.

»Wie dem auch sei, ich bin nicht der DeLuca, wegen dem du dir Sorgen machen solltest.«

Jack war ihm beinahe dankbar für die kalte Dusche, die er ihm verpasste. Es war höchste Zeit, die rosarote Brille abzusetzen.

»Mach dich schon mal aufs Schlimmste gefasst«, fügte Tad hinzu. »Tony hat deine Eier schneller in den Schraubstock gespannt, als du ein Omelett braten kannst.«

10. Kapitel

Als er an der Türschwelle des eleganten Stadthauses der DeLucas in Andersonville im Norden Chicagos stand, konnte Jack sich plötzlich vorstellen, wie sich die armen Teenagerfreunde der DeLuca-Schwestern gefühlt haben mussten. Tony lauerte ihm in bester Don-Corleone-Manier im Flur auf. Die Hände hatte er zu Fäusten geballt, die Füße auf den Boden gestemmt wie ein Mammutbaum. Seine Lippen waren zu einer grauen Linie zusammengepresst. Lili stand nervös hinter ihm und sah aus, als würde sie am liebsten im Erdboden versinken.

»Jack, das ist meine Mutter Francesca«, sagte Cara. Er blickte auf die wunderschöne, zarte Frau mit den elfengleichen Gesichtszügen und dem Kurzhaarschnitt.

Jack holte innerlich Anlauf und beschloss, es auf die demütige Art und Weise zu versuchen.

»Tony, Francesca, es tut mir so leid, was letzte Nacht passiert ist.« *Aber eure Tochter hat mich so rattenscharf gemacht, dass ich nicht anders konnte.*

Tonys Gesicht spannte sich synchron mit seinen Händen noch heftiger an, und Francesca legte beruhigend eine Hand auf seinen Unterarm. Niemand sprach, also begann Jack einfach loszureden. Das machte er in schwierigen Situationen immer so.

»Ihre Tochter ist eine großartige Frau.« *Und ich will sie so sehr, dass es wehtut.*

»Mein Verhalten ist unverzeihlich gewesen.« *Und ich bereue keinen einzigen Moment.*

Lili nickte kaum merklich. Jetzt ging es ihm schon besser.

»Jack, es ist schon in Ordnung«, sagte Francesca warm. »Sie können ja nichts für die Gesellschaft, in der wir leben.« Jack hätte sie am liebsten geküsst, aber dann würde Tony ihn wahrscheinlich windelweich prügeln.

Der ließ sich natürlich nicht so leicht besänftigen, aber nachdem seine Frau noch einmal seinen Arm gedrückt hatte, reichte er Jack die Hand. Erleichtert atmete Jack aus, und auch Lili wirkte etwas gelöster.

»Na, Gott sei Dank!«, sagte Cara munter. »Ich schätze, wir könnten alle einen Drink vertragen.«

Amen.

Das Abendessen wurde an einem großen Tisch in einem begrünten Innenhof serviert, der ein wenig an den Garten einer italienischen Villa erinnerte. Es roch nach Lavendel und Basilikum. In einer Ecke standen Blumentöpfe aus Terrakotta, der Boden war gefliest, und um die Zweige einiger Bäume waren Lichterketten gewunden. Ein kleines Stück Toskana inmitten der Stadt … Und gleichzeitig erschien die Szene ihm wie ein Märchen, Cinderella inklusive. Lili bediente und räumte ab, während Tony seine Kommandos auf Italienisch brüllte.

»Also, was hast du morgen in der Küche vor, Tony?«, fragte Jack beiläufig.

Tony schwenkte seinen Wein und sah zu, wie der Rotwein dunkle Schlieren auf dem Glas hinterließ. »Habe noch nicht groß drüber nachgedacht.«

Jack glaubte ihm kein Wort. Er hatte auf seinem kurzen Rundgang durch die Küche genug Einblick in den Führungsstil des Maestro bekommen, um zu wissen, dass er sein Menü garantiert längst akribisch vorbereitet hatte, und zwar bis hin zu den Basilikumblättern, mit denen er seine Pasta garnieren wollte. Selbst das einfache Essen, das es am heutigen Abend gab, war perfekt: Bruschetta, *scaloppine alla parmigiana* und hausgemachte Linguine. Bestimmt war die Rettung der Familienehre eine zusätzliche Motivation für Tony.

Den Rest des Dinners über musste Jack ein Kreuzverhör von Tonys unheimlicher Schwägerin Sylvia über sich ergehen lassen. Auch sie hatte einen buschigen Haarschopf und hatte offenbar jede seiner Shows gesehen. Jetzt nahm sie ihn in die Zange wie einen unvorbereiteten Schüler.

»In der Folge, in der du einen Tintenfisch in dem Boot getötet hast, sah es in der nächsten Einstellung so aus, als wäre es nicht mehr derselbe.« Sie klang richtig angewidert ob der Tricks, die das Fernsehen offenbar angewandt hatte.

»Könnte sein.« Er versuchte, Blickkontakt zu Lili herzustellen, um herauszufinden, ob sie wenigstens ein bisschen amüsiert war. Aber die hatte ihn seit seiner Ankunft nicht einmal mehr angesehen.

»Also hast du geschummelt«, stellte Sylvia fest.

»Es ist eben Fernsehen. Da betrügen doch alle«, murmelte er, aber Sylvia verhörte jetzt bereits ihre Nichte.

»Cara, um wie viel Uhr gehst du in New York zum Gottesdienst?«

»Um halb zehn in St. Patrick's Cathedral«, erwiderte Cara wie aus der Pistole geschossen. Kluges Mädchen. Es gingen zwar eigentlich nur Touristen in diese Kirche, aber Sylvia war weder darüber im Bilde noch wusste sie, dass Cara gut vierzig Blocks entfernt wohnte.

»Das machst du viel besser als deine Schwester. Bei der ist offenbar Hopfen und Malz verloren.«

»Ja, sie verbringt zu viel Zeit mit den Atheisten. Diese Künstler«, fauchte Tony, und Lili lief sofort tomatenrot an.

»Tony«, murmelte Francesca. »Nicht jetzt.«

Eigentlich wäre es das Beste gewesen, den Kommentar einfach zu ignorieren. Aber es gefiel Jack überhaupt nicht, was für eine feindselige Stimmung Tony damit verbreitete.

»Atheistische Künstler?«, fragte er unschuldig.

Tony sah ihn gequält an. »Meine Tochter umgibt sich ständig mit völlig unpassenden Leuten.«

»Ist doch schön für sie«, meinte Jack. Tony funkelte ihn wütend an. »Kann doch auch nicht schlimmer sein als die Leute im Restaurant. Zumindest sind meine Angestellten allesamt Schurken und Halunken. Ist bei dir wahrscheinlich dasselbe, oder?«

Tonys Miene war vollkommen versteinert.

Sylvia lehnte sich zu Jack hinüber und gestattete ihm einen sehr direkten Einblick in ihr runzeliges Dekolleté. »Bist du katholisch, Jack?«

»Sylvia«, sagte Francesca warnend.

»Es heißt doch, dass die meisten Menschen ihren Partner am Arbeitsplatz kennenlernen«, sagte sie. »Wo soll Cara ihren Mann denn sonst finden?« Sie sah ihn so anzüglich an, dass ihm ein kalter Schauer über den Rücken lief. »Selbst wenn er ein *donnaiolo* ist, sieht er immerhin gut aus.«

»Cara ist die beste Producerin, mit der ich je gearbeitet habe. In professioneller Hinsicht sind wir ein tolles Team, aber das war es auch schon.«

Cara zwinkerte ihm zu und schenkte ihm ein breites Grinsen. »Danke, Babe. Dein Scheck kommt dann per Post.«

»Wir sind sehr stolz auf Cara«, sagte Tony mit einem aufrichtigen Lächeln. Irgendwie irritierte es Jack – er hatte diesen Mann noch nie lächeln sehen.

»Sie hat noch viel Zeit, ehe sie sich festlegt.«

Es entging Jack nicht, wie geknickt Lili jetzt dreinblickte. Und das alles nur wegen einer ganz bestimmten Familiendynamik, die Jack noch nicht ganz durchschaute. Lili war loyal, arbeitete hart und war in jeder Hinsicht eine wunderbare Tochter. Und dennoch war sie bei ihrem Vater unten durch. Okay, es gab dieses Video. Aber das konnte er ihr doch nicht vorwerfen.

»Also, Jack, bist du denn noch zu haben? Willst du mal heiraten und Kinder bekommen?«, fragte Francesca.

Jack verschluckte sich beinahe an seiner Nudel.

»Mom!«, riefen ihre Töchter entsetzt.

»Es tut mir so leid«, sagte Lili. Es war das Erste, was sie an diesem Abend direkt zu ihm sagte. »Seit meine Mom den Krebs besiegt hat, denkt sie, dass sie sich alles erlauben kann.«

»Ich will eben nicht sterben, ohne alle Antworten bekommen zu haben«, erklärte Francesca mit einem beeindruckenden Lächeln, das Jack an Lili erinnerte. *In zwanzig Jahren hätte sie dieses Lächeln immer noch. Und ihre Kinder. Unsere Kinder … Jetzt reiß dich aber mal zusammen!*

Tony küsste seine Frau sanft auf die Wange und murmelte etwas auf Italienisch.

»*Casa senza fimmina, 'mpuvirisci*. Das bedeutet: *Ein Haus ohne Frau ist ein armes Haus*«, klärte Cara ihn auf.

Da war etwas Wahres dran. Jack erinnerte sich, was Lili über die Liebe ihres Vaters zu ihrer Mutter erzählt hatte. Der Mann mochte einen recht rauen Umgang mit seiner Tochter haben, aber seine Frau liebte er auf eine fast beängstigende Weise.

Lili sprach weiter, und ihre Stimme klang sanft wie warme Butter. Wie schön musste es sein, sich von ihr nach einem harten Tag trösten zu lassen …

»Wenn Jack tatsächlich mal heiraten sollte, dann gibt es wahrscheinlich Krawalle auf der Straße. Frauen auf der ganzen Welt würden sich vor Kummer ihre Haare ausreißen. Am besten ist es also, wenn er Single bleibt. Immerhin hängt davon das Schicksal der gesamten weiblichen Bevölkerung ab, oder nicht?«

»Lili hat vollkommen recht«, meinte Jack. »Meinem Publikum würde es gar nicht schmecken, wenn ich vergeben wäre.«

»Unterschätz mal die Ehe und die Elternschaft nicht«, sagte Francesca weise. »Du wärst überrascht, wie sehr man für seine Mühen belohnt wird.«

»Jack hat bestimmt genug Gelegenheit, Kinder zu zeugen«, sagte Cara und war sich der Wirkung ihrer Worte bestimmt bewusst. Am Tisch hatten jetzt alle aufgehört zu kauen. »Er bekommt doch ständig unmoralische Angebote von irgendwelchen Businessfrauen und New Yorker Prominenten, die sich unbedingt von ihm schwängern lassen wollen. Es wundert mich ja fast, dass er noch keins dieser

Angebote angenommen hat – und sei es auch nur, um sein geniales Erbgut weiterzugeben.«

Jack funkelte seine Producerin wütend an. Eigentlich regte es ihn am meisten auf, dass er es nicht einfach abstreiten konnte. Tatsächlich hatte er mehrere Angebote von Frauen mit Kinderwunsch bekommen, die keine Lust hatten, sich dafür extra einen Ehemann zu suchen. Eins war klar: Er musste sich dieses Plappermaul von Laurent dringen vorknöpfen!

»Also ist deine DNA eine begehrte Ware auf dem New Yorker Babymarkt?«, erkundigte sich Lili zuckersüß.

»Exakt. Die Frauen würden für Kinder mit meinem Knochenbau morden«, scherzte er.

»Morden? Ist so viel Aufwand überhaupt nötig?«, schoss Lili zurück. »Ich habe gehört, dass du so derart mannhaft bist, dass du Frauen schon mit einem einzigen Lächeln schwängern kannst.«

Er legte den Kopf schief und grinste sie an. »Gut, dann gib mir doch schon mal deine Kontodaten für die erste Unterhaltszahlung in neun Monaten.«

Lili prustete vor Lachen, und er stimmte mit ein. Alle anderen Familienmitglieder starrten sie entgeistert an. Klar, ihr Gespräch war vollkommen unangemessen, aber in Lilis Gegenwart konnte er sich nur schwer beherrschen. Sie senkte den Kopf und betrachtete ihr Kalbsschnitzel, das sie bislang kaum angerührt hatte. Aber er konnte sehen, dass sie immer noch stumm in sich hineingrinste. Das war sein Werk! Wie sehr wünschte er sich, endlich mit ihr allein sein zu können …

Und zwar so schnell wie möglich.

Zur Hölle mit der Familie und zur Hölle mit Tonys missbilligendem Gehabe. Er hatte mit dieser Frau geknutscht, nicht den Dritten Weltkrieg angezettelt. Und er hatte dringend vor, es bald wieder zu tun.

»Liliana, das Dessert«, fuhr Tony dazwischen.

»Natürlich, Dad«, erwiderte sie seufzend und verschwand in der Küche. Wieder hatte ihr Vater ihr Leuchten zum Verschwinden gebracht.

Auf dem Heimweg versuchte Lili nicht mehr an Satan aka Jack Kilroy zu denken und sich stattdessen auf die Probleme des Restaurants zu konzentrieren – ohne dabei von der Vespa zu stürzen.

Die Zahl-eine-iss-zwei-Vorspeisen-Aktion am vergangenen Dienstag war ein Erfolg gewesen. Aber das hatte ihrem Vater gar nicht gepasst. Er hasste Verkaufstricks, die, wie er es ausdrückte, die Integrität des Essens gefährdeten. Jacks Versprechen, dass die Show mindestens ein halbes Jahr lang für ein volles Restaurant sorgen würde, war ja schön und gut. Aber wenn ihr Vater so weitermachte, würde das auch nicht viel helfen.

Sie freute sich wahnsinnig auf die Zeit, in der die Aufnahmen endlich im Kasten waren. Dann war Jack wieder weg, und sie musste sich nicht länger den Kopf über sein hinreißendes Lächeln zerbrechen.

Oder darüber, wie er ihren Vater beim Dinner ganz subtil herausgefordert hatte, als er von ihren unpassenden Freunden gesprochen hatte. Sie brauchte zwar niemanden, der sie verteidigte, aber es war nett gewesen. Richtig nett.

Verdammte Cara mit ihren verrückten Versprechungen! Und auch auf Jack war sie wütend, weil er ihr gezeigt hatte, was möglich war.

Nachdem sie die Vespa abgestellt hatte, ging sie auf ihren Wohnblock zu, eine Plastiktüte mit den kostbaren Resten des Abendessens hin- und herschwenkend. Sie würde sich die letzte Folge von *The Bachelor* ansehen und dabei einen Diätjoghurt essen. Waren das nicht verlockende Aussichten?

»Na, hast du ein paar unschuldige Passanten mit deiner Vespa umgenietet?«

Sie sah auf und blickte direkt in ein breites Grinsen und moosgrüne Augen. Jack lehnte elegant an der Mauer ihres Hauses, ganz so, als würde er hierher gehören. Wieder einmal war sie verärgert und fühlte sich gleichzeitig von ihm angezogen. Und wie immer siegte seine Anziehungskraft.

»Nur ein paar. Ich habe es heute langsam angehen lassen«, sagte sie und merkte, dass sie grinsen musste.

Jack löste seine Daumen aus den Schlaufen seiner Jeans und strich ihr eine widerspenstige Locke aus dem Gesicht.

»Wir konnten uns beim Abendessen gar nicht richtig unterhalten«, meinte er. »Du warst viel zu beschäftigt damit, uns zu bedienen.«

Sie zog spöttisch eine Augenbraue nach oben. »Es war mir eine Ehre, euch an unserem Tisch zu wissen, Mylord.«

Er lachte warm auf, und wie immer freute sie sich darüber. Hatte Ashley ihn auch zum Lachen gebracht? Aber eigentlich spielte das keine Rolle. Sie hatte zweifellos andere Talente gehabt.

»Was treiben denn deine Cousinen gerade so?«, erkundigte er sich.

»Ach, die haben jetzt einen Twitter-Account eingerichtet, der ›JacksSüßerockt!‹ heißt. Sie kämpfen auf Twitter für meinen Hintern. Das Übliche eben.«

Jetzt mussten sie beide lachen.

»Und dein Dad? Hat er dir wegen des Videos sehr zugesetzt? Er scheint ...«, Jack verstummte kurz und suchte nach den richtigen Worten, »... ein ziemlich harter Hund zu sein.«

»Na ja, so eine Geschichte wünscht sich wohl kein Vater für seine Tochter.«

Jack zog eine Grimasse. »Richtig, das kann ich auch verstehen. Es tut mir leid, dass ...«

»Tut es gar nicht.«

»Es tut mir leid, dass dir die Sache peinlich ist und du deswegen Schwierigkeiten mit deinem Vater hast«, erklärte Jack. »Aber ich bereue nicht, dass wir uns geküsst haben.« Er schwieg einen Moment lang. »Also, was ist sonst noch los mit deinem Dad?«

»Reicht das nicht?«

Er verschränkte die Arme, und wieder erregte sein Bizeps ihre Aufmerksamkeit. Konnte er die Dinger nicht bedecken?

»Was war das denn für ein Kram über die Künstler? Ist Il Duce kein Fan von nackten Frauen?«

Nein, Il Duce war einfach kein Fan von Lili. »Er ist eben altmodisch. Kunst ist für ihn ein nettes Hobby, nicht das wahre Leben.« Sie winkte ab. »Er versteht nicht, wie sich etwas lohnen kann, das so wenig greifbar ist. Oder wie daraus ein Brotjob werden könnte.«

»Aber Kochshows sind dann wieder in Ordnung, ja?«

Sein herablassender Tonfall gefiel ihr gar nicht. Er sollte sich nicht lustig machen! »Cara macht ihre Sache gut, und meine Eltern sind stolz auf sie.«

Sein Blick wurde ganz weich. »Ich bin mir sicher, dass sie auch auf dich stolz sind.«

Ihre Mutter war dankbar für Lilis Hilfe, das ja. Aber stolz? Das war nicht gerade das Wort, das in ihrem Haushalt oft fiel. Bei ihnen zählte die Erfüllung der Pflichten. Und was genau Erfolg ausmachte, das bestimmte ihr Vater. In den Augen ihrer Familie war Caras glamouröse Karriere das Maß aller Dinge und stellte Lilis Ambitionen in den Schatten. Ein berühmter Mann wie Jack konnte das natürlich nicht verstehen. Es konnte ja sein, dass ihr Vater nicht so erfolgreich war wie er, aber trotzdem waren sie aus demselben Holz geschnitzt. Sie waren arrogant, herrisch und Furcht einflößend selbstbewusst.

Gerade aber sah Jack sie voller Mitgefühl und Verständnis an. Sie hasste das Gefühl, das er in ihr auslöste. Diese Mischung aus Verletzbarkeit, Hoffnung und Begehren. Seine Brust war so stark, seine Schultern so einladend … Wie gern wäre sie ihm in die Arme gefallen und hätte gehofft, dass sich ihre Probleme einfach so in Luft auflösten. Gestern Abend wollte sie mit ihm lediglich ein bisschen Spaß haben. Jetzt wollte sie von ihm umarmt und getröstet werden.

Das war nicht gut. Ganz und gar nicht.

Er griff nach der Einkaufstüte, die neben ihm stand, und holte eine Tupperbox heraus. An dem roten Griff erkannte sie, dass sie aus dem Restaurant stammen musste.

»Ich habe dir was mitgebracht. *Gelato.*«

Dachte er wirklich, dass es so einfach war? Sie konnte durch den Deckel der Box braune Schlieren erkennen, die wie Karamell aussahen. Okay, manchmal war es tatsächlich so leicht.

»Hast du für solche Anlässe etwa einen Kühlschrank in deinem Kofferraum?«, fragte sie.

»Nein, aber ich habe immer etwas Süßes zur Hand. Für den Fall, dass ich eine Frau beeindrucken muss.«

Lachend nahm sie ihm die Tüte ab. »Danke«, sagte sie und wandte sich dann zur Tür.

Schnell nahm er ihr die Tüte ab, und seine Finger berührten ihre. »Nicht so schnell!«

Lili seufzte so gelangweilt wie möglich auf, obwohl diese kleine Berührung ihren ganzen Körper in Aufruhr versetzt hatte.

»Okay, du kannst mit raufkommen. Unter einer Bedingung.«

Er lächelte sie arrogant an. »Und welche soll das sein?«

»Ich möchte dich fotografieren.«

Das hatte er nicht erwartet! Ein weiterer Hieb mit der Bratpfanne wäre ihm wahrscheinlich lieber gewesen. Irgendwie machte ihn genau dieses Zögern noch faszinierender.

Jack ist einfach nur ein Donut mit Glasur, ein Haufen leerer Kalorien, eine fleischgewordene Schlagzeile, versuchte sie sich selbst wieder auf den Boden der Tatsachen zurückzuholen. Sie würde ihn genauso behandeln wie alle anderen Modelle auch. Kühl, klinisch und vollkommen leidenschaftslos.

»Das ist aber kein mieser Trick, um mich endlich nackt zu sehen, oder?«, scherzte er.

»Klingt ganz so, als würdest du dir Sorgen machen, dass meine Kamera deine kleinen Makel festhält? Oder magst du einfach keine Fotografinnen?«

»Nein, ich bin einverstanden«, meinte er und strahlte sie an. »Mach, was du willst!«

11. Kapitel

Der Plan war eigentlich gewesen, sich mit Lili eine Schüssel Eis zu teilen, ab und zu »versehentlich« ihre Hand zu berühren und Lili schließlich zu einem Date zu überreden.

Warum also stand er jetzt in der Mitte ihres winzigen Wohnzimmers wie ein Hummer, der kurz davor ist, in einen Topf mit siedend heißem Wasser geworfen zu werden? Es war doch nur ein verdammtes Foto. Er mochte zwar auch die Shootings für irgendwelche Magazine oder seine Show nicht besonders, aber immerhin machten diese Termine ihn nicht dermaßen nervös.

Vor Lilis Linse zu stehen bescherte ihm hingegen verschwitzte Handflächen und einen beschleunigten Pulsschlag.

Ihre Waffe, die Kamera, lag auf einer Anrichte aus zerkratztem Mahagoni und sah ziemlich Furcht einflößend aus. Sie erinnerte ihn daran, dass er hier war, weil Lili sich von ihm und seinem schönen Gesicht ein paar gute Bilder erhoffte. Das passte ihm eigentlich überhaupt nicht. Er wollte, dass sie hinter die Fassade blickte und dann zu dem Schluss kam, dass er es wert war, ein paar blöde Kommentare im Internet einzustecken.

Während sie in der Küche herumfuhrwerkte, saß er angespannt und aufrecht auf dem abgenutzten Plüschsofa. Der ganze Raum war mit flippigen Kunstwerken vollgestopft. In einer Ecke hing ein Bronzeengel, dessen Flügel aus Ventilatorblättern bestanden. Rechts von ihm stand irgendein komisches Teil, das wie die Überreste eines Teppichs und zerbrochene Eierschalen aussah. Und an der gegenüberliegenden Wand hing eine Fotocollage, die wie ein halb fertiges Puzzle wirkte. Er erkannte darauf Lilis Cousins und Cousinen und die Kellner aus dem *DeLuca*. Alle strahlten gut gelaunt in die Kamera. Von Lili selbst gab es kein einziges Foto. Das war kein gutes Zeichen, was ihre gemeinsame Zukunft im Rampenlicht anging.

Lili erschien an seiner Seite und reichte ihm eine Schüssel mit Eis, in dessen Mitte der Löffel aufragte wie ein … Mist, er brauchte wirklich dringend Sex.

»Die ist cool«, sagte er und nickte zu der Collage hinüber. Wahrscheinlich waren auch die anderen Werke *cool*, aber mit abstrakter Kunst kannte er sich nicht gut aus. »Warum gibt es denn keine Fotos von dir?«

»Ich fühle mich hinter der Kamera deutlich wohler.« Lili seufzte leise auf. »Herr im Himmel, ist das etwa Ziegenkäse?«

Er nickte. Würziges Ziegenkäse-Eis mit Karamell, um genau zu sein. Der Käse brauchte die Süße des Karamells, um den Geschmack auszugleichen.

»So etwas habe ich noch nie gegessen.« Sie ließ sich aufs Sofa plumpsen, als hätte sie Angst, dass ihre Knie jeden

Moment nachgeben würden. Ihr Oberschenkel berührte seinen. Exzellent.

Lächelnd leckte sie den Löffel ab, und sofort begann sein Herz zu flattern. Beim Kochen ging es darum, eine Erfahrung zu kreieren, Leute zu berühren und ihnen eine Freude zu machen. Für Lili oder vielmehr *mit* Lili zu kochen hatte ihn glücklicher gemacht als alles, was er in letzter Zeit sonst erlebt hatte. Jack kochte momentan selten selbst in seinen Restaurants, und es war lange her, seit er zuletzt eine so aufrichtige Reaktion auf sein Essen bekommen hatte. Die Gäste aus den Kochshows zählten nicht.

Ich bin schon lange kein echter Koch mehr. Ich spiele diese Rolle nur noch im Fernsehen.

Lili leckte noch einmal über ihre Unterlippe und erschauerte wohlig, ehe sie die Eisschüssel abstellte und nach ihrer Kamera griff.

»Bist du bereit für eine Nahaufnahme?«, fragte sie und musterte ihn gründlich. Jetzt wurde es professionell.

»Ja, lass uns loslegen.«

Sie begann langsam mit Aufnahmen aus mittlerer Distanz, so als müsste sie sich erst einmal aufwärmen. Jack beobachtete fasziniert, wie sie sich in eine ganz andere Person verwandelte. Fokussiert, vertieft, ganz auf die Aufgabe konzentriert.

»Soll ich irgendwas Spezielles machen?«, fragte er nach ein paar schweigsamen Minuten, in denen nur das Klicken ihrer Kamera und ihre leisen Schritte zu hören waren, mit denen sie auf der Suche nach einem neuen Winkel um ihn herumging.

»Entspann dich einfach.«

Als ob das so einfach wäre. Er rieb seine feuchten Handflächen an seiner Jeans ab und spreizte die Finger. Nach ein paar weiteren quälenden Minuten stellte sie sich neben ihn, drückte auf ihrer Kamera herum und scrollte durch die Aufnahmen.

»Bin ich ein kompliziertes Objekt?«

»Nein.« Sie kniff die Augen zusammen, sah ihn an und blickte dann wieder auf den Bildschirm.

»Du wirkst nur ein wenig angespannt. Stimmt denn irgendetwas nicht?«

»Ach, ich bin nur müde. Letzte Nacht hat mich alle fünf Minuten irgendein Aasgeier geweckt, und ich habe kein Auge zugetan.«

»Undankbarer Schuft. Nächstes Mal lasse ich dich einfach ins Koma fallen«, murmelte Lili.

Er lächelte. »Können wir reden, während du arbeitest, oder lenkt dich das zu sehr ab?«

»Ach, na klar.« Sie atmete rasch ein und begann dann wieder zu fotografieren. »Wie läuft es denn mit deinem neuen Restaurant?«

»Ganz gut! Der Rohbau ist jetzt quasi fertig. Ich hoffe, dass ich in ein paar Wochen, nach meiner Rückkehr aus London und nach dem nächsten Dreh in New Orleans, mit der Einrichtung beginnen kann.« Bei dem Gedanken an das neue Lokal wurde er richtig aufgeregt. Es war jetzt zwei Jahre her, seit er sein Restaurant in Miami eröffnet hatte, und er sehnte sich danach, sich erneut in ein großes Projekt zu stürzen.

»Das Leben eines Spitzenkochs im Jetset. Klingt echt glamourös«, sagte sie in demselben neckischen Tonfall, in dem sie mit ihm über sein allseits beliebtes Sperma gesprochen hatte.

»Ach, so furchtbar aufregend ist das gar nicht. Klar, man ist viel unterwegs und besucht Partys, aber dabei geht es mehr ums Geschäft als ums Vergnügen. Die meiste Zeit verbringe ich damit, zu einem Dreh zu reisen oder in meinen Restaurants nach dem Rechten zu sehen.«

»Aber du wirst doch auch dafür belohnt, oder? Mit den Orten, die du kennenlernst, oder den Menschen, die du triffst. Du bist mit den Reichen und Schönen auf Du und Du.«

Klar, am Anfang hatte ihn die Szene schon fasziniert. Die Partys, die Leute und die Bewunderung, die man ihm entgegenbrachte. Es war ein gutes Gefühl gewesen, am Arm einer schönen, erfolgreichen Frau zu hängen. Erst einmal war ihm das alles ziemlich zu Kopf gestiegen, bis seine Karriere die von Ashley überschattet hatte. Je mehr die Reporter sich für seine Marke interessierten, desto mehr häuften sich ihre Wutanfälle. Im Nachhinein war es ihm fast peinlich, mit welchem Enthusiasmus er sich damals in diese verlogene Welt gestürzt hatte.

»Schon, aber das wird irgendwann auch langweilig. Ehrlich gesagt mag ich es lieber, in meinem Restaurant zu kochen.«

Lili senkte die Kamera und sah ihn neugierig an.

»Hast du auch mal für Ashley gekocht?«

Das war doch eine vielversprechende Frage.

»Nicht, als wir zusammen waren.« Als hätte das jemals passieren können! »Ashley war mal in meinem New Yorker Restaurant zu Gast, ehe wir uns kennengelernt haben. Jemand hat mir erzählt, dass sie zwei Bissen probiert und dann gesagt hat, dass es zwar göttlich schmeckt, sie aber leider kein Milligramm mehr davon essen kann.«

»Wie unverschämt von ihr! Immerhin konntest du dich dafür rächen, indem du erst mit ihr zusammengekommen bist und sie dann in den Pool gestoßen hast.«

»Du solltest nicht alles glauben, was die Klatschpresse schreibt.«

»Hm«, machte sie hinter ihrer Kamera. »Das stimmt also gar nicht? Ashley hat in den Interviews nach eurer Trennung wirklich viel davon erzählt. Auch darüber, wie unersättlich du im Bett bist. Sag jetzt bitte nicht, dass das nicht stimmt!«

Er versuchte seine Gereiztheit zu verbergen. »Ashley war fix und fertig mit den Nerven. Glaubst du denn wirklich, dass ich so etwas tun würde?«

Auf ihrer Fotografinnen-Miene regte sich kein Muskel. Scheinbar war es vollkommen sinnlos, sie vom Gegenteil überzeugen zu wollen. Wie hatte er nur glauben können, dass dieses Experiment zwischen ihnen mehr Nähe erzeugen würde?

Ein paar Minuten später war es vorbei. Sie sahen gemeinsam die Bilder an, Arm an Arm, Haut an Haut. Sie hatte seine verschiedenen Stimmungen festgehalten – zuerst die Unsicherheit, dann die widerwillige Akzeptanz und schließlich seine große Anspannung zum Schluss hin. Beinahe ehrfürchtig fuhr sie mit den Fingern über die Bilder auf dem kleinen Bildschirm.

»Die Sache mit der Prügelei mit dem Fotografen stimmt auf jeden Fall. Das war doch überall in den Nachrichten«, setzte sie das Verhör schließlich fort. »Aber bestimmt hat der Frau dieses Machogehabe gefallen.«

Wieder merkte Jack, wie die Wut in ihm aufstieg, auch wenn er nicht sicher war, ob das an den damaligen Geschehnissen oder an Lilis Unterstellung lag. Er wusste ja, was los war. Sie begehrte ihn, das war ihm mehr als einmal aufgefallen – nicht nur beim gemeinsamen Kochen. Jetzt aber hatte sie beschlossen, eine Mauer zu errichten, um sich selbst zu schützen. Und es war natürlich viel leichter, ihn in irgendwelche Schubladen zu stecken, als herauszufinden, wer er wirklich war.

»Du hältst nicht sonderlich viel von mir, oder?« Der lockere Tonfall, den sie so perfekt beherrschte, wollte ihm nicht recht gelingen. Stattdessen klang er bitter. Jack griff nach den Schüsseln und marschierte in die Küche. Vielleicht hatte sie ja recht. Vielleicht war er wirklich nichts weiter als ein hohler, gut aussehender Spitzenkoch.

»Jack«, rief Lili leise, als sie ihm in die Küche folgte. Vor einer Stunde hatte sie sich noch danach gesehnt, von ihm in seine starken Arme geschlossen zu werden. Jetzt war er einfach nur noch wütend auf sie. War es das, was sie wollte? Ihm so lange mit der Kamera und ihrer forschen Zunge zuzusetzen, bis er sich ganz klein fühlte?

»Es geht dich zwar nichts an«, sagte er und blickte auf die Keksdose ihrer *nonna*. »Aber ich habe mit meiner Schwester in London zu Abend gegessen. Als wir das Restaurant verlassen haben, ist dieses Arschloch von Fotograf über sie hergefallen. Ich habe ihn höflich gebeten aufzuhören, aber das hat er nicht getan.«

O Gott, das war seine Schwester gewesen? Sie konnte sich vage an ein paar verwackelte Handyaufnahmen erinnern. Darauf war eine grazile Blondine zu sehen, die man hin- und herschubste, während Jack versuchte, sie vor den blutrünstigen Kameras zu verteidigen. Natürlich waren die Bilder von seinem ersten vermeintlichen Date nach der Trennung von Ashley ein Riesending gewesen. Und Lili konnte sich noch gut an ihre Aufregung erinnern, als Cara Jack zum ersten Mal kontaktiert hatte. Sie hatte sogar mit Gina darüber gescherzt, dass Cara für Auftritte mit ihrem hitzköpfigen Chef eine Elementarschadensversicherung abschließen sollte.

Um die Details der Geschichte hatte sie sich nie so richtig bemüht, und damit war sie also genauso schlimm wie all die anderen Blutsauger. Nein, eigentlich war sie sogar noch schlimmer. Immerhin wusste sie doch, wie sich Spott anfühlte. War selbst so lange mit gemeinen Spitznamen belegt und gepiesackt worden, bis sie begonnen hatte zu weinen. Und trotzdem dachte sie, sie könnte auf ihn hinabblicken. Weil es ihr Angst machte, wie sehr seine Anwesenheit sie verwirrte.

»Niemand hat geschrieben, dass das deine Schwester ist. Das war mir nicht klar.«

»Nein, das war es nicht.« Er wirbelte herum. »Für Menschen wie dich bin ich nichts weiter als ein Haufen von Tonspuren, Videoschnipseln und reißerischen Schlagzeilen. Gib es doch zu, du dachtest, ich würde sofort mit dir schlafen, weil ich ohnehin ein notorischer Aufreißer bin. Du kannst dir nicht einmal vorstellen, mit mir zusammen zu sein, weil ich für dich gar keine echte Person bin. Nur ein Akteur auf deiner Fantasie-Sexliste.«

Er hatte tatsächlich den Nagel auf den Kopf getroffen. Es war eben leichter so. Leichter, aber auch furchtbar falsch.

»Jack, es tut mir sehr leid. Ich habe dich vorschnell verurteilt.«

»Ist egal«, sagte er mürrisch und wirkte über ihre Entschuldigung nicht weiter erstaunt. Sein Gesicht war jetzt völlig unbeweglich, obwohl er seine Gefühle sonst ganz offen zeigte. Der neue Gesichtsausdruck stand ihm nicht.

»O nein, das ist nicht egal«, beharrte sie, auch wenn es wahrscheinlich sinnlos war. »Wenn ich nervös bin, werde ich manchmal etwas frech. Ich bin es nicht gewöhnt …«

»Was denn? Hinter die Fassade zu blicken?« Er lachte sarkastisch auf. »Schätze mal, das ist ziemlich problematisch für eine Künstlerin.«

Der Satz schmerzte wie eine feste Ohrfeige. Seit sie das Fotografieren für sich entdeckt hatte, hatte sie die Kamera als Schutzschild benutzt. Wenn sie fotografierte, fühlte sie sich unverwundbar. Wenn sie Menschen durch ihren Sucher betrachtete, konnte sie sie fein säuberlich in Schubladen verpacken und einordnen.

Aber die glänzenden Oberflächen und die dunklen Konturen ihrer Arbeit waren zweidimensional, nichts weiter. Dabei war Kunst nicht sauber oder ordentlich; sie war chaotisch und tiefgründig und vor allem menschlich. Als sie Jack heute durch die Kamera betrachtet hatte, war da einen kurzen Moment lang etwas wunderbar Ehrliches in seiner Erschöpfung aufgeschienen. »Jetzt habe ich es«, hatte sie gedacht, aber einen Klick später war der Moment auch schon verstrichen.

»Ich muss los.« Seine Stimme war rau und tief.

Lili hatte einen dicken Kloß im Hals, aber sie nickte.

»Ich weiß«, sagte sie. Als er nichts erwiderte, fügte sie hinzu: »Geh doch einfach.«

Jack aber rührte sich nicht von der Stelle. Er stand in ihrer engen Küche, schön und vital, und erinnerte sie einmal mehr daran, was sie nicht haben konnte.

»Das hier frustriert mich einfach wahnsinnig«, flüsterte er.

Ihr blieb beinahe das Herz stehen. Sie hatte sich doch bestimmt verhört, oder? Eigentlich sollte er längst unterwegs in sein Hotel sein, aber stattdessen stand er immer noch in ihrer Küche und erzählte ihr …

»Es *frustriert* dich?«, fragte sie fassungslos.

»Ja, es ist fast schon ein körperlicher Schmerz«, erwiderte er.

»*Du* hast Schmerzen?«

Er blickte zur Decke, als müsste er all seine Kräfte sammeln. »Lili …«

Sie hatte ihm einen Ausweg geboten. Hatte ihn schäbig behandelt, und er hatte ihre Entschuldigung knurrend akzeptiert. Aber eigentlich hatte er die Lawine zwischen ihnen losgetreten, mit jedem verführerischen Blick mehr. Gestern Nacht hatte er sie abblitzen lassen, obwohl sie es ihm wirklich leicht gemacht hatte.

Jetzt war er einfach mit seinem Ziegenkäse-Karamell-Eis und seinem Strahlegrinsen aufgetaucht und sorgte so einmal mehr dafür, dass sie ihn einfach nicht mehr aus dem Kopf bekommen würde. Und da hatte er den Nerv, sich zu beklagen?

Plötzlich war Lili stinksauer. »Jack Kilroy, du hast den Frust doch nicht für dich allein gepachtet! Was meinst du denn, wie es *mir* geht?!«

Er sah sie ein wenig entnervt an. »Süße, für einen Mann ist das doch noch einmal was ganz anderes.«

»Willst du damit sagen, dass es für einen Mann schlimmer ist?«, fragte sie ihn in warnendem Tonfall.

Er grinste schief. »Ja. Es ist viel, viel schlimmer.«

»Das ist doch totaler Bullshit. Du stolzierst durch die Gegend, küsst mich« – sie verpasste seiner Brust einen Knuff – »neckst mich immer wieder, und davon soll ich mich nicht beeindrucken lassen? Mein ganzer Körper tut weh.«

Du lieber Himmel! Das hatte sie jetzt tatsächlich laut gesagt.

»Er tut weh?«, fragte er mit rauer Stimme. »Sag es mir. Sag mir, wo es wehtut.«

Lili schlug langsam die Augen auf, dann griff sie nach seiner Hand und drückte sie auf ihre empfindliche Brust. Hitze wallte in ihr auf, und im selben Moment begriff sie einmal mehr, wie sehr sie ihn begehrte.

12. Kapitel

Eigentlich sollte er schon längst zur Tür hinaus sein, auf dem Weg zu einer Flasche Scotch und einer ordentlichen Mütze voll Schlaf. Er hätte in dem Moment gehen sollen, in dem ihm klar geworden war, dass die Katastrophe immer nur einen Löffel voll Eiscreme weit entfernt war.

Als er zornig geworden und sie in sich zusammengesunken war, hatte er sich richtig … mies gefühlt. Er hasste es, sie leiden zu sehen. Noch dazu, wenn er der Grund dafür war.

Ihre weiche Brust in seiner Hand zu spüren war allerdings wunderschön. Als ihm das nicht mehr genügte, begann er, sie durch den dünnen Stoff ihrer Bluse und ihres BHs hindurch zu massieren und stellte beglückt fest, dass ihre Nippel sich sofort versteiften.

»Bitte, Jack.« Ihre Augen waren halb geschlossen, ihr Atem ging flach.

Fiebrig fingerte er an den Knöpfen ihrer Bluse herum, um sie ihr auszuziehen. Was für ein unnötiges Hindernis! Schon wenige Momente später glitt das Kleidungsstück wie von selbst an ihren sexy Schultern hinab, und er konnte sich endlich an ihren Brüsten sattsehen, die von der himmelblauen Spitze ihres BHs kaum verdeckt wurden.

Unglaublich schön.

Er zog die BH-Träger über ihre Schultern und schob die Hände unter die mit Spitze verzierten Kanten der Körbchen, um ihre Brüste freizulegen. Schon fiel der BH zu Boden. Und Lili sah genauso umwerfend aus, wie er es sich vorgestellt hatte.

Jack streichelte ihre harten Nippel und presste Lili gegen den Küchentisch. »Und, geht es dir jetzt besser?«

Sie öffnete die Lippen, sagte aber nichts. Irgendwie war ihr Schweigen ziemlich sexy. Sein Pulsschlag beschleunigte sich. Auf dem Tisch stand immer noch die Schüssel mit der Eiscreme, die mittlerweile geschmolzen war. Jack drückte die flache Seite des Löffels an ihre Brust und sah zu, wie ein paar Tropfen der Creme über ihre Haut perlten.

»Oh«, sagte sie, als er mit dem Löffel immer wieder Kreise um ihren Nippel zog. Ihr Atem ging jetzt stoßweise.

»Ist das zu kalt?«, fragte er leise. Lili hatte die Hand auf seinen Nacken gelegt und hob seinem gierigen Mund ihre Brüste entgegen. Stumm flehte sie ihn an, ihr das zu geben, was sie brauchte. Was sie beide brauchten.

Er leckte über ihre Brust, schmeckte die Eiscreme. Lilis Haut schmeckte besser.

Sie stöhnte laut auf, und der Löffel fiel klirrend zu Boden. Jack umschloss ihre Brust mit der Hand und nahm dann ihre Brustwarze in den Mund, leckte und saugte und spielte mit ihr, ehe er sich der anderen Seite zuwandte. Ihr Geschmack und jedes einzelne Stöhnen ließen seinen Penis härter und härter werden. Keuchend fuhr er mit seinen Lippen über die sanfte Biegung ihres Halses. »Wo tut es noch weh?«

Lili packte seine Hand und presste sie zwischen ihre Beine, ehe sie sie spreizte. Er konnte das warme Pulsieren ihres Schritts bereits spüren, aber das genügte nicht. Er brauchte ihre Haut. Also schob er den Rock nach oben und ließ dann langsam die Hände über ihre Oberschenkel gleiten.

»Bitte«, stöhnte sie.

»Ich weiß, meine Liebe. Ich werde mich um dich kümmern.« Als er über ihr Höschen strich, spürte er, wie feucht sie war. Er schob einen Finger unter den dünnen Stoff, und ein seltsamer Laut entwich seiner Kehle.

Sie war wirklich unglaublich feucht.

Jack wollte zu gern in ihr sein, aber um seine Bedürfnisse ging es jetzt nicht.

»Lili, du bist wirklich die heißeste Frau, die mir je begegnet ist«, murmelte er und wünschte sich gleichzeitig, es wäre eine Lüge. Wenn er doch nur vor ihr eine Liebhaberin gehabt hätte, die ihn ähnlich in Fahrt brachte. Oder daran glauben könnte, dass ihm noch einmal eine solche Frau begegnen würde. Wäre es doch bloß nicht Lili, an die er gerade sein Herz verlor. Denn was sie anging, erschien ihm eine Niederlage unausweichlich.

Lili liebte Jacks Hände. Wie rau sie sich an ihren Nippeln anfühlten. Wie die leichten Schwielen an der zarten Haut ihrer Oberschenkel rieben. Und wie feucht ihr Höschen durch ihre Berührung wurde. Schon ein paar Zärtlichkeiten hatten genügt, um aus dem leichten Pulsieren zwischen ihren Beinen ein beinahe schmerzhaftes Ziehen zu machen. Gab es eigentlich irgendetwas, was diese talentierten Hände nicht konnten?

Ihre Augenlider wurden schwer, aber sie schloss die Augen nicht. Seinem bohrenden Blick standzuhalten war mindestens genauso heiß wie das, was er gerade zwischen ihren Beinen anstellte. Nie zuvor war die Begegnung zwischen ihr und einem Mann so intensiv gewesen.

»Jack«, flüsterte sie. Sie wollte mehr von ihm, deswegen musste ihre Unterwäsche dringend verschwinden. Hoffentlich trug sie nicht ihre Oma-Unterhose. Sie linste nach unten und sah einen Baumwollhipster mit Spitzenkante. Es war nicht ihr bestes Stück, aber das Höschen war in Ordnung. Puh!

Jack schob den Rock hinauf auf ihre Hüften, sodass er sie nackt vor sich sehen konnte. Dann schob er einen Finger in ihr feuchtes, lockiges Schamhaar. Fuhr einmal mit dem Finger durch den Spalt, und sofort erschauerte Lili. Jack begann sie zu massieren und zu liebkosen, und Lili seufzte laut auf. Sie hatte keine Lust mehr, sich zu beherrschen.

»Ja, ja. Das ist so gut.« Und es würde noch besser werden. Er schob einen Finger in sie hinein und krümmte ihn, sodass er ihren empfindlichsten Punkt berühren konnte. Eine Welle der Lust überrollte Lili. Kurz darauf nahm Jack einen zweiten Finger dazu und stieß immer wieder in sie hinein. O ja, zwei Finger waren definitiv besser als einer. Gleichzeitig ließ er seinen Daumen um ihre Klit wirbeln. Es fühlte sich unglaublich an … Die ganze Zeit betrachtete er ihr Gesicht genau, als hätte er Angst, etwas zu verpassen. Ihn dabei zu beobachten, wie er sie beobachtete, war das Allerschärfste.

Und dann begann er auch noch Französisch zu reden.

Sie musste gar nicht verstehen, was er da sagte. Klar war nur, dass er diese Dinge niemals auf Englisch zu ihr sagen würde. Vielleicht waren sie zu romantisch. Lili hoffte, dass sie zu versaut waren.

Mit jeder Bewegung, mit jedem geheimen Wort, das er sagte, wuchs ihre Erregung. Das Blut rauschte aus ihrem Kopf zwischen ihre Beine. Sie schrie seinen Namen, flehte ihn an, sie zu erlösen, aber er zog seine Finger aus ihr heraus, langsam und spielerisch und kurz vor dem Höhepunkt, nach dem sie sich so sehnte.

Lili vergrub die Fingernägel in seinem tätowierten Oberarm, als wollte sie ihn markieren. Nein, er würde sie nicht vergessen. Er berührte sie immer noch, langsam, viel zu langsam. Lili packte ihn am Schopf und zerrte an seinem Haar, woraufhin Jack zwar laut seufzte, seine Bewegungen aber dennoch nicht beschleunigte. Wieder trafen sich ihre Münder, und sie begannen sich gierig zu küssen. Lili war mittlerweile so angeturnt, dass sie richtig wütend wurde.

Also biss sie ihn.

Er gab keinen Laut von sich, aber seine Lippen, die ganz geschwollen waren, verzogen sich zu einem Grinsen. Es hatte ihm also gefallen. Und ihr gefiel, dass es ihm gefiel.

Lili bewegte rhythmisch ihre Hüften vor und zurück, während seine Bewegungen sich verlangsamten und dann wieder schneller wurden. Sie war so nah dran. Er zog seine Finger aus ihr heraus, nur um dann umso heftiger ihre Klit zu reiben. Lili wurde beinahe schwindelig, und sie war kurz davor, die Kontrolle zu verlieren. Jacks teuflisches Grinsen wurde noch breiter. Es galt ihr. Und es ließ sie so heftig kommen, dass sie ihm einen Tritt gegen das Schienbein verpasste. Er keuchte auf.

Gut.

Als er sie sanft an sich drückte, traten Lili plötzlich heiße Tränen in die Augen, und sie vergrub ihr Gesicht an seiner warmen Schulter. Er küsste sie auf den Scheitel und hielt sie fest, bis sie sich ein wenig beruhigt hatte. Eine Weile standen beide einfach nur da, atmeten im selben Rhythmus ein und aus. Lili konnte sich nicht daran erinnern, wann sie zuletzt einen derart explosiven Orgasmus gehabt hatte. Wahrscheinlich nie.

Irgendwann hob er ihr Kinn mit seinem Zeigefinger an und küsste sie auf die Nasenspitze. »Ich weiß, dass das ein harter Tag war, meine Liebste.«

Er klang viel mitfühlender und sanfter, als sie es verdient hatte. So hatte noch nie ein Mann mit ihr gesprochen. Und das war fast gefährlicher für ihre psychische Stabilität als der unglaubliche Orgasmus, den er ihr gerade beschert hatte.

»Ich bin es einfach nicht gewohnt, im Mittelpunkt zu stehen«, sagte sie. »Das passt nicht zu mir.«

Er lächelte sie an. »Na, nach unserer Begegnung in der Kühlkammer stehst du auf jeden Fall im Zentrum *meiner* Aufmerksamkeit. Und ich habe nicht vor, dich aus den Augen zu lassen.«

Ihr Herz tat einen Satz. Eine so wunderschöne Aussage musste belohnt werden. Sie bedeckte sein Gesicht mit Küssen und hielt kurz inne, als sie bei seinen Wangenknochen angekommen war. Um seine Nase herum waren zwölf, nein, dreizehn Sommersprossen verteilt. Sie wollte sich jedes Detail einprägen, denn schon morgen würde ihr nichts weiter bleiben als diese Erinnerung. Minutenlang erkundeten sie das Gesicht und den Hals des anderen, die Ohrläppchen, die Augenlider, die Wangen, und jedes Mal, wenn ihre Münder sich begegneten, wimmerten sie leise auf.

Sie fuhr mit der Hand durch sein seidiges Haar, bis sie die Beule gefunden hatte. »Wie geht es deinem Kopf?«

»Ich bin immer noch etwas benebelt.«

Sie fuhr mit dem Finger über seine geschwollene Lippe. »Und wie steht es damit?«

Er lächelte. »Das war ganz schön heiß, aber über den rabiaten Kram müssen wir noch mal sprechen. Ich kann nicht riskieren, dass mein Gesicht irgendwelchen Schaden nimmt! Das ist immerhin mein Ticket zu ewigem Ruhm.«

»Angeber«, sagte sie zärtlich und küsste ihn, damit er nicht weiter über die Zukunft sprechen konnte.

Jack schob seine Hand wieder unter ihren Rock und legte sie auf ihren Hintern, um dort seine kräftigen Handflächen kreisen zu lassen. »Ich liebe deinen süßen Po.«

Po. Warum klang das so viel heißer als *Hintern?* Lag wahrscheinlich an den Lippen, die das Wort ausgesprochen hatten, und an diesem sonoren Bass. Er drückte eine ihrer süßen Pobacken, woraufhin sie leise aufkeuchte. Sie liebte es, wenn ihr Hintern die Aufmerksamkeit bekam, die er verdient hatte. Wobei sie nicht gedacht hätte, dass Jack auf große Hintern stand. Aus irgendeinem Grund brachte sie der Gedanke zum Kichern.

»Was ist denn so lustig?«

»Ich bin doch gar nicht dein Typ, oder?«, murmelte sie in sein Ohr.

»Das klingt ja interessant. Was ist denn dann *mein Typ?*«

»Na ja, schmale Hüften, große Brüste, blondes Haar, zwei Stelzen als Beine. Das ist doch eigentlich dein Beuteschema.«

»Jetzt, wo ich diese sinnliche Brünette mit dem sündigen Mund kennengelernt habe, bin ich wohl für immer verdorben.«

Lili kaute auf ihrer Unterlippe. »Du hast quasi deine Auswahl verdoppelt. Denk doch mal an all die Italienerinnen, Latinas, Hausfrauen aus Jersey …«

»Kein Interesse, danke. Du reichst mir vollkommen aus.« Lili versteifte sich, und Jack hatte es offenbar bemerkt. »Willst du wirklich, dass ich andere Frauen date? Warum willst du das, was wir hier haben, schlechtmachen?«

Weil ein kleiner Regenschauer zwischendurch besser war als eine Sturmflut. Ein einziger Kuss hatte genügt, um sie zur Lachnummer der Klatschpresse zu machen. Wenn sie jetzt mit Jack zusammenkam, würde sie endgültig auf der Abschussliste landen.

Lili atmete tief aus und versuchte, einen möglichst vernünftigen Tonfall anzuschlagen. »Jack. Ich kann dich nicht daten.«

Sie presste die Handflächen auf seine harte Brust und schob ihn weg. Dann wand sie sich in die Bluse und knöpfte sie mit zittrigen Fingern zu. Natürlich verknöpfte sie sich. Typisch.

»Du kannst nicht oder du willst nicht?«

Sie wirbelte auf ihre unnachahmliche Art herum.

»Diese Gehirnerschütterung muss dein Denkvermögen wirklich lahmgelegt haben. Was ist mit deiner rabiaten Fangemeinde?«

»Ich würde dich beschützen.«

»Und wie? Willst du jeden verprügeln, der etwas Gemeines über mich sagt?«

»Es sollte sich niemand mit jemandem anlegen, der mir gehört.«

Lili merkte, wie ihre Knie weich wurden. Hatte sich ein solch besitzergreifender Satz je so richtig und so falsch zugleich angehört?

»Ich gehöre dir aber nicht.«

»Noch nicht.«

Sosehr dem Mädchen in ihr dieser Satz auch gefiel, sowenig durfte sie sich durch dieses Steinzeitgehabe von dem tatsächlichen Problem ablenken lassen. Wenn sie mit ihm zusammenkam, dann konnte es sein, dass sie einen Rückfall erlitt. Und den wollte sie nicht riskieren. Also vergrub sie die Fingernägel in ihrer Handfläche, um sich zurück ins einundzwanzigste Jahrhundert zu katapultieren.

»Ich kann dir kein Date versprechen. Aber ich würde mich freuen, wenn du bleibst.« Sie hoffte, dass ihre Absichten nicht zu offensichtlich durchklangen. Aber die Aussicht auf eine Nacht mit Jack war zu verlockend. In seinen starken Armen aufzuwachen war da nicht das Wichtigste. Ihr ging es eher um die Orgasmen oder Fußmassagen.

Er nahm eine herausfordernde Haltung ein, und sie standen einander gegenüber. Lili bemühte sich, seinem Blick standzuhalten, ohne auch nur zu blinzeln.

»Nein«, sagte er leise.

»Was?«

»Nein.«

Als Lili diese Information einigermaßen verarbeitet hatte, stand er bereits an der Tür.

»Das war es also? Du gehst?«

»Nein, ich tue nur so.« Er drehte sich um und sah ungläubig und frustriert zugleich aus. Lili ging es genauso.

»Ich habe dir doch gesagt, dass ich keine One-Night-Stands mehr haben möchte.«

»Ich habe dich doch in den Magazinen und im Fernsehen mit genug anderen Frauen gesehen, seitdem du nicht mehr mit Ashley zusammen bist.« Sie dachte an all seine hübschen Begleiterinnen. Klar, mit denen konnte sie nicht mithalten. Ihr Blick fiel auf die Unterwäsche, die auf dem Boden lag und sie geradezu zu verhöhnen schien. Jetzt hatte derselbe Typ sie innerhalb von vierundzwanzig Stunden gleich zweimal abblitzen lassen … Ihr kam ein schrecklicher Gedanke.

»War das eben so eine Mitleidsnummer, die man zur Abwechslung ausnahmsweise einer eher üppig geratenen Frau zwischendrin mal gönnt?«

O nein. Das war ein Fehler gewesen. Er stapfte auf sie zu und sah sie so zornig an, dass sie bis an die Tischkante zurückwich. Er packte ihre Hand und presste sie auf seine Brust, hinter der sie seinen wilden Herzschlag spüren konnte.

»Sag so etwas nie wieder. Wie kannst du nur daran zweifeln, dass ich wahnsinnig auf dich stehe? Nach all dem, was gerade passiert ist? Ich kann doch an nichts anderes mehr denken, als mich so tief wie möglich in dir zu versenken.« Er führte ihre Hand erst hinab zu seinem muskulösen Bauch, dann presste er sie auf seine Erektion. Lili schnappte nach Luft. Sein Penis war fest und heiß. Und groß. »Fühlst du das? Ich bin deinetwegen so verdammt hart, dass es wehtut. Aber lieber leide ich, als mit einer Frau ins Bett zu steigen, die nicht mit mir zusammen sein will. Und zwar so richtig. Nicht nur für eine Nacht.«

Es setzte Lili zu, wie entschlossen und flehentlich er

klang. *Und zwar so richtig.* Er wollte, dass jemand ihn als das wahrnahm, was er wirklich war. Nicht als Jack Kilroy, den Star, sondern als den ganz normalen Mann in ihrer Küche. Heute Abend hatte er ihr einen Einblick in sein Innerstes gewährt. Er war nicht nur wahnsinnig attraktiv – er war auch einmalig.

Jack ließ sie los und trat einen Schritt zurück. Lili schlang die Arme um sich selbst und spürte dem Brennen in ihrer Handfläche nach.

»Ja, ich habe nach der Zeit mit Ashley auch andere getroffen, aber ich habe mit keiner von ihnen geschlafen. Ich habe keine Lust mehr darauf, Frauen zu benutzen und selbst benutzt zu werden. Auf dieses respektlose Gehabe. Das Jahr war ziemlich …« Er fuhr sich mit der Hand durchs Haar, sodass seine Frisur wunderbar zerstrubbelt war.

»Ziemlich was?«, fragte sie. Jack sah mit einem Mal furchtbar traurig aus.

»Ach, vergiss es.«

»Du meinst die Trennung von Ashley und all die Interviews?«

»Das auch, aber dann war da noch die Sache mit meiner Schwester, mit meinem Vater …« Er schüttelte den Kopf, als wäre ihm plötzlich eingefallen, mit wem er da sprach. Nämlich mit einer Frau, die nur an schmutzigem Sex interessiert war und sein Vertrauen gar nicht verdient hatte.

»Lili, ich kenne dich nicht sehr gut, aber du bist eindeutig nicht bereit für etwas Ernstes. Vielleicht ist der ganze Aufruhr bei Twitter zu viel für dich. Oder du hast durch die Krankheit deiner Mutter verlernt, zu erkennen, was du wirklich willst.« Er schüttelte traurig den Kopf. »Ich dachte, da wäre was zwischen uns. Aber da lag ich offenbar falsch.«

Seine Worte brachen ihr das Herz. Jack hatte ihre Ausreden satt, und das konnte sie ihm nicht verübeln.

Verwirrt folgte sie ihm zur Tür und fühlte sich wie betäubt. Was hatte sie nur für ein Problem? Sie hatte einen fantastischen Orgasmus gehabt und dafür nicht einmal seinen Penis berühren müssen. War das nicht eine Win-win-Situation für eine Frau? Andererseits wollte sie seinen Penis ja anfassen. Ihm das geben, was er ihr gegeben hatte. Ein bisschen Spaß, ein bisschen Trost, denn den brauchte er genauso sehr wie sie. Und ja, sie wollte mehr. Was genau das war, wusste sie allerdings selbst nicht.

Er stand schon mit einem Fuß auf der Treppe, die hinab zur Straße führte. In zwei Sekunden würde er aus ihrem Leben verschwunden sein. Lili schluckte.

»Ich wurde früher von allen schikaniert.«

Er blieb stehen und drehte sich schließlich mit versteinerter Miene um.

»In der Highschool haben sich alle über mich lustig gemacht, verstehst du? Ich wurde jeden Tag gemobbt und habe mich vollkommen wertlos gefühlt. Es hat Jahre gedauert, bis ich das Gefühl, zu dick zu sein, hinter mir lassen konnte.«

Hatte sie das wirklich?

»Ich habe einen großen Hintern und große Brüste, und ich weiß, dass ich nicht der generellen Schönheitsnorm entspreche. Ich bin vielleicht nicht das, was in den Augen unserer Gesellschaft als perfekt gilt, aber ich mag meinen Körper. Ich mag es, wie ich aussehe.«

Eigentlich hatte sie erwartet, dass er sie mitleidig anblicken würde. Stattdessen aber wirkte er wütend.

»Du bist nicht die Einzige, der dein Körper gefällt.« Seine Stimme war leise und hitzig. Langsam kam er auf sie zu, und Lili wollte zurückweichen, spürte aber schnell wieder den Türrahmen im Rücken.

»Was ich sagen will, ist, dass es eine schwere Zeit für mich war. Aber jetzt geht es mir gut.«

»Richtig gut«, murmelte er, als er direkt vor ihr stand. Gott, war dieser Mann riesig! Und lebendig.

»Wenn ich mit dir zusammen wäre, wäre ich wieder all dem Hass ausgesetzt. Das habe ich nicht verdient.« Ihre Stimme klang unsicher. »Ich will mich nie wieder fühlen wie damals in der Schule. Diese Zeiten sind endgültig vorbei.«

Seine Kiefermuskeln spannten sich an. »Du willst also sagen, dass wir es nicht einmal miteinander versuchen können? Einfach nur, weil ich bin, wer ich bin. Wen kümmert es denn, was die Leute reden? Reicht es nicht aus, dass ich dich wahnsinnig schön und sexy finde?«

Genau das hasste sie an diesen heißen Typen. Dass ihr sofort ganz wohlig zumute wurde, wenn sie Komplimente von ihnen bekam.

»Ich muss nicht von dir hören, dass ich sexy bin«, log sie und spürte, dass ihr jeden Moment die Tränen in die Augen treten würden. »Das weiß ich selbst, und es ging mir wirklich wunderbar, ehe du in mein Leben getreten bist.« Erst als er sie bestürzt ansah, wurde ihr klar, wie vorwurfsvoll das geklungen haben musste. »So habe ich das nicht gemeint.«

Er verschränkte seine wunderschönen Arme.

»Nur damit ich das richtig verstehe«, sagte er. »Wenn ich nicht in eurer Kühlkammer gestanden hätte und du mir nicht um drei Uhr morgens in deinem Wonder-Woman-Kostüm eins mit der Bratpfanne übergebraten hättest …«

Sie öffnete den Mund, um zu protestieren, aber er hob die Hand. Er hob tatsächlich die Hand!

»Oder wenn du mich nicht dazu angestiftet hättest, mit dir in der Bar herumzuknutschen, während halb Chicago uns zugesehen hat, oder wenn ich mir nicht jede Sekunde seit unserer ersten Begegnung vorgestellt hätte, wie du nackt aussiehst …« – er holte kurz Luft – »… dann wäre bei dir alles in bester Ordnung.«

Wow, er hatte die vergangenen achtundvierzig Stunden wirklich gut zusammengefasst. Aber ihr war schon klar, worauf er hinauswollte: Sie war mindestens genauso verantwortlich für die Situation wie er. Und weil sie in seiner Nähe ratzfatz die Kontrolle über sich verlor, war es das Beste, Abstand zu halten und so schnell wie möglich wieder zu ihrem alten Leben zurückzukehren.

»Yep, das wäre es. Und sobald du wieder weg bist …«

»Was übermorgen der Fall sein wird.«

So bald schon? Jack war jetzt wieder so nah an sie herangetreten, dass die Schmetterlinge wie wild in ihrem Bauch umherflatterten. »Ganz genau. Übermorgen ist hier alles wieder in Butter.«

»Wunderbar«, sagte er, das Gesicht jetzt ganz dicht vor ihrem.

»Ja, wunder…«

Noch ehe sie den Satz beendet hatte, hatte er schon seinen Mund auf ihren gepresst. So leicht war das. Sie schloss die Augen, und sie begannen sich stürmisch zu küssen. Jack packte ihre Pobacken. Gott, wie sie das liebte! Sie fühlte sich schön, sexy. Wie etwas ganz Besonderes. Sein Geschmack vernebelte ihr so lange die Sinne, bis es nur noch ihn und sie gab.

Bleib, bat sie ihn mit ihrer Zunge. *Ich werde alles für dich sein, was du willst, alles, was ich kann.* Sie strich über seinen Nacken, und beide erschauerten. *Halt mich fest,* sagten ihm ihre Hände. *Ich will aufwachen und als Erstes dein warmes Lachen hören.* Der Kuss wurde heftiger, tiefer. *Liebe mich,* dachte sie, als ihr Atem sich vermischte. *Ich will heute Nacht nicht allein sein.*

Sie wusste, dass ihre Gebete nicht erhört werden würden. Irgendwann löste er sich mit einem leisen »Verdammt« von ihr. Benommen sahen sie einander an und rührten sich ein paar Sekunden lang nicht von der Stelle.

Dann grinste er sie schief an. »Und du denkst wirklich nicht, dass es sich für manche Dinge zu kämpfen lohnt, Süße?«

Er gab einfach nicht auf!

Wie eine Schlafwandlerin trat sie einen Schritt zurück in die Wohnung und schloss die Tür. Durch den Spion sah sie, wie er noch einen Moment abwartete, wobei sie seinen Gesichtsausdruck wegen des schummrigen Lichts im Treppenhaus nicht genau erkennen konnte. Sie wusste dennoch, dass er lächelte. So wie sie. Nach diesem berauschenden Kuss.

Aber das mit ihnen würde nicht gut gehen. Das konnte es einfach nicht, oder doch? Ihr Lächeln erlosch, und sie sank zu Boden. Ihr Magen war wie verknotet, als sie erneut zu grübeln begann. Wenn sie das bekam, was sie wollte, würde sie ihn verlieren. Oder aber sie gab Jack das, was *er* wollte, und ließ sich dabei das Herz brechen. So oder so wäre es erst einmal wunderschön.

Und danach richtig schrecklich.

13. Kapitel

»Ich bin's!«

Durch die Gegensprechanlage klang Caras Zwitschern noch schriller als gewöhnlich, aber vielleicht lag das auch nur an der unchristlichen Uhrzeit. Schon kam Cara durch die Tür geschwebt, mit strahlenden, perfekt umrandeten Augen. Check. Perfekt geformte Beine, hochhackige Manolos. Check. Blonder Nackenknoten im Grace-Kelly-Stil. Check.

Cara reichte Lili ein kaltes, schokoladiges, koffeinhaltiges Getränk, das sie dankbar entgegennahm.

Nachdem sie Lilis Wohnung, die aus einer bunten Mischung aus gebrauchten Möbeln und zusammengewürfelten Kunstwerken bestand, genauestens inspiziert hatte, lächelte sie ihr ermutigend zu. Sie ließen sich am Küchentisch nieder, dem Tatort der vergangenen Nacht. Lili unterdrückte ein Gähnen. Sie hatte unruhig geschlafen und die ganze Nacht von Jack geträumt.

»Also, wie berühmt bist du heute?«, fragte Cara sie.

Lili hatte langsam schon den Eindruck, vollkommen besessen von sich selbst zu sein. Sie wachte auf. Duschte. Googelte sich. Wie kriegten berühmte Leute eigentlich noch irgendetwas auf die Reihe, wenn es über sie online so viel zu lesen gab?

»Shona Love, die Unterhaltungsreporterin von Channel Five, will mich interviewen.«

Cara runzelte die Stirn. »Ist wahrscheinlich keine gute Idee. Wenn sie wieder anruft, leite sie an mich weiter. Wir müssen uns auf die Show konzentrieren. Sonst noch was?«

Lili seufzte tief. »Mein Twitter-Double SüßerArsch sagt, dass es zu piepen anfängt, sobald ich mich rückwärtsbewege. Wie bei einer Einparkhilfe. Dafür kriege ich aber auch eine Menge Freundschaftsanfragen auf der Facebook-Fanseite, die Gina eingerichtet hat.«

Cara kicherte und lehnte sich nach vorn. »So, und nun spuck es schon aus. Ich will jedes schmutzige Detail! Ist er so gut, wie er aussieht?«

»Ich habe keine Ahnung.«

Cara klappte der Kiefer herunter. »Das kann doch gar nicht sein! Im Hotel muss doch was gelaufen sein?«

»Er hat nur Spaß gemacht. Wir hatten keinen Sex.«

Ihre Schwester zog eine Schnute wie eine nachdenkliche Grundschullehrerin. »Hm. Hast du versucht, lustig zu sein? Das mögen Männer gar nicht.«

»Oh, ich glaube, meine Verführungsversuche fand er tatsächlich urkomisch.«

Cara hatte jede Menge Regeln fürs Dating: niemals dumme Witze reißen, niemals fürs Essen bezahlen oder den ganzen Teller leer essen, niemanden daten, der weniger als fünfhunderttausend Dollar pro Jahr verdient. Wahrscheinlich waren diese Regeln schuld daran, dass ihr Liebesleben ungefähr so erfolgreich war wie Lilis.

»Ist Jack schon im Restaurant?«, fragte Lili so beiläufig wie möglich.

»Er ist mit Dad zum Fleischlieferanten gefahren. Apropos Il Duce …«

»Was ist mit ihm?«

Lili merkte, dass Cara ihre Worte sorgfältig wählte. »Er wirkt noch herrischer als sonst, wenn das überhaupt möglich ist. Ich weiß nicht, wie du das aushältst.«

»Er macht sich eben Sorgen um das Restaurant«, erwiderte Lili.

»Stehen die Dinge wirklich so schlecht?«

»Na ja, gut sieht es nicht aus. Die Show wird natürlich helfen, und auch die aktuellen Schlagzeilen sind wohl nicht schlecht für die Besucherzahlen, aber das wird nicht halten.«

»Können wir uns Geld leihen?«

Lili musste lächeln, als Cara das Wort *wir* benutzte. Es war schön zu wissen, dass Cara sich als Teil der familiären Krise begriff. Zumindest in diesem Fall.

»Bloß nicht. Wir haben vor drei Jahren eine Hypothek auf das Haus aufgenommen, aber das Geld reicht vorn und hinten nicht. Ein Darlehen ist auch keine Lösung. Wir müssen grundlegende Dinge verändern. Die Speisekarte zum Beispiel, um eine breitere Kundschaft anzusprechen.« Lili erhob sich und öffnete den Kühlschrank. Ein einsamer fettfreier Joghurt stand im untersten Fach.

»Dad hält an einem Geschäftsmodell fest, das hoffnungslos veraltet ist. Er kocht für dieselben paar Kunden, die einmal im Monat zuverlässig auftauchen. Und er denkt, dass wir sie verlieren, wenn wir irgendetwas verändern.«

»Na, das Business war nie seine Stärke, Lili. Das Essen

ist seine Religion. Als wir Kinder waren, hatte ich manchmal das Gefühl, dass er in erster Linie Koch ist und erst in zweiter Vater.«

»Essen ist ihm eben wichtig. So wie jedem Küchenchef.«

Cara zuckte mit den Achseln. »Weißt du noch, wie wir Dad nachts immer in der Küche gefunden haben, wenn er Kummer hatte? Er war dann immer umgeben von den Gerichten, die er gerade gekocht hatte. Lasagne und *pollo cacciatore,* so weit das Auge reichte. Du weißt ja, wie er ist, das Kochen ist sein Prüfstein, die Küche seine Kathedrale ... Hey, den Mist sollte ich notieren. Macht sich sicher gut in der Kampagne für Jacks neue Show.«

Sie zog ihr Telefon aus einer sackartigen roten Tasche und begann zu tippen.

Lili hatte die nächtlichen Kochaktionen ihres Vaters ganz vergessen. Durch sie hatte er das Gefühl, immerhin eine Sache im Griff zu haben – auch in jener Zeit, in der ihr Leben wegen der Krankheit ihrer Mutter vollkommen außer Kontrolle geraten war. Sie hatte immer gedacht, dass sie wusste, wie er tickte. Aber Caras treffende Analyse überraschte sie und stieß ihr komischerweise ein wenig sauer auf.

»Und er macht sich Sorgen um Mom«, fuhr Lili fort. »Nächste Woche hat sie einen Nachsorgetermin.« Wenn alles gut lief, war sie dann schon seit drei Monaten krebsfrei. Bestimmt hatte Cara bereits einen Geschenkkorb bestellt.

»Apropos Mom.« Caras Stimme zitterte ein wenig, und sie legte das Telefon weg. »Ich weiß, dass ich da echt versagt habe.«

Lili drückte Caras Schulter und hatte sofort ein schlechtes Gewissen wegen ihrer bissigen Gedanken. Früher war sie nicht so bitter gewesen. Sie hatte Cara nur darum beneidet, dass sie es sich offenbar so leicht machte. »Cara, das ist schon okay.«

»Nein, ist es nicht. Als Mom krank wurde, war das bereits sehr hart für mich. Aber als ihre Behandlung dann losging, hat es mich fast umgebracht. Ich weiß, dass ich nicht für euch da war. Aber ich habe es einfach nicht ertragen, sie so zu sehen. Nur noch Haut und Knochen … Keine Haare … Das klingt wahnsinnig egoistisch, aber … Ich weiß auch nicht, wie ich das erklären soll.« Caras Stimme überschlug sich.

»Warum hast du nie mit mir darüber gesprochen?«, fragte Lili.

»Ich weiß es auch nicht. Jedes Mal, wenn wir am Telefon darüber geredet haben, hatte ich das Gefühl, dass du mich verurteilst. Vielleicht lag das ja auch an meinem verdammten Telefonanbieter.« Sie lachte, schniefte dann aber. »Und ich wusste einfach nicht, was ich sagen soll, als du all die Arbeit übernommen hast.«

Lili hatte plötzlich einen Kloß im Hals. Vielleicht hatte sie es ja doch ein wenig zu sehr genossen, die Märtyrerin zu spielen? Und das nicht nur ihrer Schwester gegenüber.

»Schwesterchen, du warst immer die Stärkere von uns beiden«, sagte Cara und sah sie aus ihren strahlend blauen Augen an. »Schon als wir klein waren, konnte dich nichts aus der Ruhe bringen. Weißt du noch, wie du dir das Bein gebrochen hast, als du auf den Baum geklettert bist? Tad hatte dich herausgefordert.«

»Ich konnte wochenlang nichts machen. Das war der schlimmste Sommer meines Lebens. Und du bist ohnmächtig geworden«, erinnerte sich Lili. Cara hatte wegen ihrer Ohnmacht mindestens genauso viel Aufmerksamkeit bekommen wie Lili für ihren zweifachen Bruch.

»Du hast nicht mal geweint. Hast einfach nur ruhig dagelegen und darauf gewartet, dass Dad dich in die Notaufnahme bringt.« Cara wackelte mit dem Zeigefinger. »Und ich bin ohnmächtig geworden, weil ein Knochen aus deinem Bein hinausgeragt hat. Wie in einem Horrorfilm.« Selbst jetzt verfärbte das Gesicht ihrer Schwester sich bei dem Gedanken daran grünlich.

Lili lächelte sie so mitleidig an, wie sie nur konnte.

»Wir sind einfach verschieden.«

»Ich weiß, dass du mich für eine Prinzessin hältst.«

»Du bist ja auch eine.«

»Okay, kann sein.« Cara reckte ihr Kinn in die Luft. »Aber für mich bist du immer noch die schönste, energischste Person, die ich kenne.«

Reuevoll dachte Lili daran, dass sie und Cara einander früher einmal sehr nahegestanden hatten. Sie sehnte sich immer noch danach zurück.

»Mich auf deinen Boss anzusetzen war also eine Art Buße?«

»Ich dachte, es wäre eine gute Idee, aber …« Sie schenkte Lili ihr typisches, angedeutetes Lächeln. »Vergiss Jack.«

Wie bitte?!

»Ich glaube langsam, dass es das Beste ist, wenn ihr so tut, als wäre nie etwas passiert. War wirklich dumm von mir, dir diesen Floh ins Ohr zu setzen.«

»Ich weiß, dass er nicht meine Liga ist.«

»Das ist nicht der Punkt.«

Lili machte sich auf das Schlimmste gefasst. Ging Jack

vielleicht gern in Swingerclubs? Oder stand er auf perverse Sexpraktiken?

Cara zog eine perfekt gezupfte Augenbraue nach oben. »Es geht nicht darum, dass du nicht gut genug für ihn bist. Er kann *dir* einfach nicht das Wasser reichen.«

»Wie kommst du darauf?«

Cara sah Lili wissend an. Bestimmt würde sie ihr jetzt wieder einmal die Welt erklären. »Jack ist wirklich heiß wie eine Jalapeño und außerdem wahnsinnig charmant, aber er hat überhaupt keinen Tiefgang. Ihm geht es doch nur ums Kochen und um Sex. Für einen One-Night-Stand ist er perfekt geeignet, aber zu einer festen Beziehung taugt er nicht. Er würde dir nur das Herz brechen.«

Wow. Obwohl sie schon so lang mit Jack zusammenarbeitete, hatte Cara keine Ahnung von ihm als Mensch. Sie war auf das Image, das die Medien von ihm kreiert hatten, ebenso hereingefallen wie alle anderen auch. So war es Lili zu Beginn ja ebenfalls gegangen. Sie hatte auf ihn herabgesehen, obwohl sie sich immer für eine selbstlose Person gehalten hatte.

Jetzt aber wollte sie mehr über den Mann wissen, der sich hinter der PR-Fassade verbarg. Über den Menschen, der sich mit seinem Ruhm offenbar gar nicht besonders wohlfühlte.

»Nach alldem, was du in der Highschool durchgemacht hast, will ich auf keinen Fall, dass jemand dir wehtut. Weder Jack noch die Hater aus dem Internet. Pass einfach auf dich auf, okay?« Cara lächelte sie an.

Ja, genau das würde Lili tun. Sie würde auf sich aufpassen. Und auf ihr Herz.

»Kommen wir jetzt mal zu den wichtigen Dingen«, sagte

ihre Schwester, und Lili war sich zu hundert Prozent sicher, dass sie damit nicht das Essen meinte. »Was ziehst du heute Abend zum Dreh an?«

Im *Ristorante DeLuca* war der Teufel los. Die Fernsehcrew wuselte durch die Räume und stellte Geräte auf, die Lili für unerbittlich grelle Scheinwerfer und Galgenmikrofone hielt, die jede noch so leise Bemerkung über den Küchenchef aufzeichneten. Aus der Küche hörte sie Cara irgendwelche unverständlichen Kommandos brüllen. Noch war sie für den Trubel nicht bereit. Lili ging also erst einmal hinab in den Keller, ehe es richtig losging.

Es war nicht so, dass sie sich vor Jack verstecken wollte. Nein, auf keinen Fall.

Tad hatte im vergangenen Jahr viel Zeit damit verbracht, den Weinkeller herzurichten. Jetzt war er so gut in Schuss, dass selbst ein richtig schickes Restaurant stolz auf ihn sein könnte. Lili stieg in die kühle Höhle hinab und betrachtete die langen Regale, die sich an den Wänden entlangzogen, und das Bedienungsfeld, an dem man die Temperatur einstellen konnte und das so aussah, als könnte man damit ein Raumschiff steuern. Schließlich entdeckte sie ihren Cousin, der gerade eine Flasche im untersten Regalfach prüfte.

»Besteht die Chance, dass sich hier unten eine millionenschwere Flasche befindet?«, fragte sie nur halb im Scherz.

Tad sah auf und lächelte.

»Wenn hier irgendwo eine Flasche Château Lafite aus dem Jahr 1787 aufgetaucht wäre, dann würde ich doch längst mit einem von Kilroys Unterwäschemodels am Strand herumliegen. Anstatt zu entscheiden, welchen Wein wir während der Aufnahmen empfehlen sollen.«

Einen Versuch war es doch wert gewesen. Gedankenverloren malte Lili ein Herz in die staubige Oberfläche einer Flasche und setzte dann noch ein *J* hinein, ehe sie schnell alles wieder wegwischte.

»Die Show hilft uns auch nicht richtig weiter, oder?«

Tad richtete sich zu seinen vollen eins neunzig auf und rollte so lange mit den Schultern, bis seine Wirbelsäule knackste. »Sie wird natürlich nicht schaden, aber wir brauchen eine langfristige Strategie. Es wäre schon mal ein Anfang, wenn Tony die Speisekarte verknappen würde.«

Darüber hatte sie mit ihrem Vater ja längst diskutiert, aber es war hoffnungslos. Seine Küche war für andere tabu, und er weigerte sich, auf irgendwelche Ratschläge zu hören.

Tad zuckte mit den Achseln. Auch er wusste, dass dieses Thema eine Sackgasse war. »Aber warum konzentrieren wir uns auf unseren finanziellen Ruin, wenn es doch viel aufregenderen Klatsch gibt? Als ich gestern Abend das Restaurant verlassen habe, habe ich etwas *molto interessante* gesehen.«

In Lilis Brustkorb begann es zu flattern. »Ja?«

»Schulde ich dir etwa doch eine Fahrt auf meiner Harley?«

»Ich habe ihn nur fotografiert«, wich Lili seiner Frage aus.

»War das vielleicht der alte Trick, bei dem man jemanden in sein Studio lockt, um ihm die Negative zu zeigen? Das habe ich schon seit meinem ersten Jahr auf dem College nicht mehr probiert!« Er lachte. »Ich konnte jedenfalls aus zehn Meter Entfernung sehen, dass Jack grinst wie ein Honigkuchenpferd. Der steht wahnsinnig auf dich.«

Irgendwie machte es Lili Mut, das zu hören. Sie studierte die Regale, die eine ganze Wand des Kellers einnahmen, und sah ihrem Cousin dann direkt in die Augen. »Ich weiß.«

»Warum so traurig? Ich dachte, du willst das?«

»Er will etwas Festes mit mir.« Zumindest *wollte* er das. »Und solange ich nicht zustimme, gibt es auch kein Stelldichein.«

»Komische Strategie, um die Weiber ins Bett zu bekommen, aber okay. Und das ist ein Problem, weil …«

»Hast du etwa nicht mitbekommen, was die letzten vierundzwanzig Stunden über los war? Ich habe ihm gesagt, dass ich das nicht kann, und dann ist er auf Abstand gegangen.«

Tad schnaubte ungläubig. »Okay, du speist ihn also erst mit einem Haufen Entschuldigungen ab und bist dann sauer, dass er dich nicht weiter auf Knien anfleht, dein hübsches Anhängsel sein zu dürfen?«

»Nein«, meinte sie verlegen.

»Frauen. Ihr habt doch wirklich keinen blassen Schimmer, was ihr wollt. Kilroy hingegen schon.« Tad schmunzelte. »Ich wette, ich könnte von ihm noch einiges lernen.«

»Ich soll also mit ihm zusammenkommen, damit du eine Art Mentor in der Familie hast?«

»Nein. Sondern weil er dich mag und du ihn. Hör endlich auf, alles zu zerdenken!«

Bei dem Gedanken daran, wie sehr Jack sie begehrte und wie leicht es ihm fiel, ihr das zu zeigen – ganz im Gegensatz zu Marco –, begann ihr ganzer Körper zu prickeln. Sie dachte daran, wie er sie ansah. Daran, wie er Französisch gesprochen hatte. Und an seine rauen Finger, mit denen er ihren Körper in Flammen gesetzt hatte.

Tad beobachtete sie neugierig. »Ich frage lieber nicht, weshalb du jetzt so dunkelrot angelaufen bist.«

Lili versuchte, sich ein wenig zu beruhigen. Sie hatte sehr gute Entschuldigungen – nein, es waren sogar gute Gründe! –, warum sie keine Beziehung mit Jack wollte. Wenn die Leute schon nach einer wilden Knutscherei die Messer wetzten, dann würde eine echte Liebesgeschichte Jacks Fanclub vollkommen durchdrehen lassen. Wäre das nicht Lilis sozialer Selbstmord?

»Es geht nicht nur darum, ob wir uns mögen. Du hast doch gehört, was die Leute sagen. Für jemanden wie mich ist Jack der schlimmste Partner, den ich nur finden kann.«

Tad zog sein Telefon aus der Hosentasche. »So, schau dir das mal an.«

Er deutete auf ihre Fanseite auf Facebook, und obwohl sie bei ihrem Anblick immer noch zusammenzuckte, so war sie doch insgeheim begeistert, wie sehr ihre Familie sie unterstützte.

»Was ist damit?«

»Diese Seite ist mittlerweile beliebter als die von den Hatern.«

»Okay«, sagte sie langsam und versuchte, diese Information zu verdauen.

»Die Leute identifizieren sich mit dir, Lili. Die Seite von Gina hat schon neunzehntausend Fans, und es werden stündlich mehr. Drück dich nicht davor! Du solltest es einfach genießen, wie verdammt umwerfend du bist.« Er strahlte sie mit dem typischen DeLuca-Lächeln an, das bei den Männern noch einmal viel besser aussah. »Wollte ich nur gesagt haben.«

»Aber er lebt über dreitausend Kilometer entfernt«, griff Lili das Thema Jack erneut auf.

»Zwei Stunden mit dem Flugzeug. Telefonsex.«

Natürlich war ihr dieser Gedanke bereits gekommen. Schmutzige Wochenenden im Big Apple. Fantastischer Telefonsex. Bei ihrem Pech würde sich garantiert jemand in ihren Sex-Chat einhacken.

»Er kann ganz schön fordernd sein. Das ist total scharf und alles, aber ich weiß nicht, ob ich seinen Ansprüchen genügen kann.«

Jacks Ansage kam ihr in den Sinn. Er wollte mit ihr zusammen sein. *Und zwar so richtig.* Wie konnte sie einen so leidenschaftlichen Mann dauerhaft befriedigen und vor allem dafür sorgen, dass er nicht das Interesse an ihr verlor? Er wollte schließlich eine Frau, die ähnlich lebenshungrig war wie er. Nicht irgendein bescheidenes Mauerblümchen.

Tad seufzte. »Ich weiß, wo das Problem liegt.«

»Natürlich!«

Er küsste sie auf die Stirn, und sie wischte sich mit dramatischer Geste über die Stelle, was ihn zum Grinsen brachte. Es war eine Art Running Gag zwischen ihnen.

»Jetzt hör mal deinem Lieblingscousin zu, der dich besser kennt als du selbst. Du hast Angst.«

»Wow, was für eine atemberaubende Erkenntnis!«

»Nein, hör zu, es geht nicht nur um diesen Mist, der gerade im Internet abgeht. Du hast es dir hier einfach sehr gemütlich eingerichtet. Klar, das Geschäft geht den Bach runter, und Tony könnte selbst Dschingis Khan das Fürchten lehren, aber hier hast du deine kleine Nische gefunden.

Als Francie krank geworden ist, hast du das Kommando übernommen, und alle haben sich auf dich verlassen. Das mag schmeichelhaft sein, aber es schränkt dich natürlich auch ein. Es ist Zeit, dass du dich von den Ketten befreist, Baby. Lern endlich zu fliegen!«

Er machte mit seinen Armen flatternde Bewegungen, und Lili schlug sie weg. Als ob das so einfach wäre!

Erst Cara, dann Tad. Alle wollten sie ihr gegenüber gerade die Hobbypsychologen geben.

»Was denkst du denn, was ich im *O'Casey's* mit Jack gemacht habe? Ich habe versucht, meine Komfortzone zu verlassen und etwas zu riskieren. Er hat mir eine Menge leerer Versprechungen gemacht, zumindest nonverbal, und hat mich dann einfach abblitzen lassen. Am Ende war ich dann die große Lachnummer.«

Tad blinzelte. »Himmel, du brauchst wirklich dringend Sex. Jack fordert dich also heraus. Das ist doch schon mal ein super Ausgangspunkt.« Er widmete sich wieder dem Abstauben eines köstlichen Supertoskaners und stellte die Flaschen auf der untersten Stufe ab.

»Du bist ein richtiger Idiot«, sagte sie, aber sie klang dabei nicht unfreundlich. Jack Kilroy mochte sie, und sie mochte ihn. Vielleicht war es dumm, sich Hoffnungen zu machen. Aber irgendwie fiel ihr das hier in dieser kühlen, von der Außenwelt abgeschnittenen Höhle merkwürdig leicht. Zusätzlich zu der Hoffnung machte sich aber noch ein anderes Gefühl in Lili breit: Sie war der Person, die sie während ihrer grauenvollen Highschool-Zeit hatte werden wollen, schon einen guten Schritt näher. Sie wollte cool sein, selbstbewusst und aufgeschlossen. Das Gefühl erinnerte sie an den Moment, in dem sie zum ersten Mal eine

Kamera in der Hand gehalten hatte und es ihr vorgekommen war, als eröffneten sich ihr plötzlich Millionen von Möglichkeiten.

»Los, mach ihm ein Angebot, das er nicht ausschlagen kann«, forderte Tad sie auf.

Sie knurrte. »Wie lange wolltest du diesen Satz schon sagen?«

»Schon mein ganzes Leben, Baby.«

14. Kapitel

Jack befand sich jetzt offiziell im neunten Höllenkreis. Da er nicht so genau wusste, wer die Kreise in Dantes *Inferno* offiziell bevölkerte, dachte Jack sich jetzt eigene Bewohner aus. Der siebte Kreis war für Typen reserviert, die seit Monaten nicht mehr flachgelegt worden waren. Der achte für die Idioten, die sich nach Sex sehnten und sogar das Interesse einer umwerfenden Frau geweckt hatten – in der Hoffnung auf ein echtes Date aber dennoch vorerst Verzicht übten. Und der neunte Höllenkreis war den armen Schluckern gewidmet, die in denselben Schwierigkeiten steckten und obendrein eine Oper hören mussten.

Jack *hasste* die Oper.

Aber da in Tonys Küche nun einmal seine Regeln herrschten, musste Jack den nervtötenden Gesang von Pavarotti – oder wer auch immer das sonst sein mochte – über sich ergehen lassen, während er die Zutaten vorbereitete. Und es sah schwer danach aus, als würde das noch den gesamten Tag und Abend über so weitergehen.

Jack hatte nur wenige, unruhige Stunden geschlafen,

weil er die ganze Zeit an Lili denken musste. Er konnte immer noch ihren Kuss auf seinen Lippen spüren, ihre Nippel an seiner Zunge, ihre feuchte Wärme an seinen Fingern … Sie gestern in den Armen zu halten, während sie kam, war so erregend gewesen, dass er allein von dem Gedanken daran sofort wieder eine Erektion bekam.

Dass Lili in der Highschool gemobbt worden war, war eine furchtbare Vorstellung. Aber dass diese Erfahrung sie davon abhielt, ihm eine Chance zu geben, machte ihn wirklich fertig.

Er hatte immer geglaubt, dass er sich der Öffentlichkeit ausliefern musste, wenn er seine Marke noch bekannter machen wollte. Die Frau an seiner Seite brauchte also wirklich ein dickes Fell. Er konnte nicht von Lili verlangen, ihm zuliebe ihr Leben auf den Kopf zu stellen. Außerdem würde seine Bekanntheit durch die Show weiter steigen. Die Zusammenarbeit mit einem Medienkonzern war einfach noch mal eine andere Nummer.

Selbst wenn sie wirklich kein Paar werden sollten, wünschte er, sie könnte sich selbst so wahrnehmen wie er sie: lustig, loyal, schön, sexy. Himmel, so was von sexy! Als sie ihn gebissen hatte, wäre er fast in seine Unterwäsche gekommen, und das war ihm seit Teenagertagen nicht mehr passiert.

»Was grinst du denn so?«, riss ihn Caras kühle Stimme aus seinen Fantasien. Er musste wirklich aufhören, so dümmlich vor sich hin zu grinsen.

»Nichts.« Er griff nach einer der Speisekarten, die sie mitgebracht hatte, und überprüfte sie auf Fehler. Das Menü wollte er mit einem Bruschetta-Trio eröffnen: drei verschiedene Toppings auf selbst gemachtem, geröstetem

Brot. Eines bestand aus Tomate, Basilikum und Mozzarella, eines aus dem Kanincheneintopf und das dritte aus Schinken und Hummer-Crème-fraîche. Tony hatte sich nach den Regeln der Show gerichtet und für Jack Risotto und für sich selbst Gnocchi ausgesucht. Für Jack war es ein großer Nachteil, keine Nudeln kochen zu können – Risotto hatte seine Tücken. Aber größeres Kopfzerbrechen hatte ihm die Frage bereitet, welche Vorspeise Tony aussuchen würde. Hätte er sich für etwas entschieden, das stundenlang auf niedriger Stufe köcheln musste, wäre Jack in die Bredouille gekommen.

Glücklicherweise war sein Gastgeber gnädig gewesen und hatte Lammkeulen ausgewählt, wobei Jack die Art der Soße selbst bestimmen durfte. Er hatte den ganzen Morgen damit verbracht, etwas Neues zu kreieren, und war mit dem Ergebnis sehr zufrieden: eine Salsa Verde, die den Geschmack des Fleisches wunderbar zur Geltung brachte. Zum Abschluss gab es ein weiteres Trio, dieses Mal ein süßes: eine Schokoladentorte, gesalzenes Karamelleis und Zabaglione mit frischen Beeren der Saison.

Das mochte zwar alles ganz köstlich schmecken, war aber nichts gegen den Geschmack von Lilis vollen, üppigen Brüsten. Bestimmt schmeckte sie überall fantastisch.

»Hör mal, wir müssen uns unterhalten«, platzte es aus Cara heraus. Sie hatte die Hände auf die schmalen Hüften gestemmt und balancierte auf gefährlich hohen Absätzen. Gleichzeitig betrachtete sie ihn so streng, als hätte sie ihn bei der Lektüre eines Pornohefts erwischt.

»Dann lass mal hören.«

»Worauf hast du es angelegt, Jack?«

Ihre Wortwahl überraschte ihn. »Wie meinst du das?«

»Gestern beim Dinner habe ich beobachtet, wie du die Augen nicht von meiner Schwester lassen konntest. Wehe, du nutzt sie irgendwie aus! Als ich ihr vorgeschlagen habe, dass sie ein bisschen Spaß mit dir haben soll, hätte ich nie erwartet, dass es zwischen euch so ... ernst wird.«

»Warte mal einen Moment«, sagte er. »Wie genau meinst du das?!«

Cara stellte den Fuß ab. »Jack, hast du ernsthaft gedacht, dass sich meine sehr junge, sehr unerfahrene Schwester dir einfach so an den Hals werfen würde? Sie hatte ein hartes Jahr mit ihrer Mutter und Marco und hat sich noch dazu hier im Restaurant für meinen Vater kaputt gearbeitet. Ich habe ihr versprochen, dass sie mit dir ganz unverbindlich eine ... gute Zeit haben kann.« Sie blickte zur Decke und schüttelte ungläubig den Kopf. »Und nicht einmal das hast du hingekriegt.«

Jetzt war es an ihm, völlig fassungslos zu sein. Eigentlich überraschte es ihn am meisten, dass er überhaupt überrascht war. Lili hatte ihm von Anfang an klar zu verstehen gegeben, dass es ihr nur um das eine ging. Gestern Abend aber hatte sie sich ihm gegenüber geöffnet, sich von ihrer verletzlichen Seite gezeigt.

Shit. Es hatte nur drei Tage gebraucht, um sein Gefühlsleben völlig aus dem Gleichgewicht zu bringen.

Cara tobte weiter. »Ich weiß nicht, was du dir von der Sache erwartest, aber du bist einfach nicht gut genug für meine Schwester.«

»Aber für ein bisschen Spaß genügt es, ja?!«

Cara wurde blass. »Sie ist nicht wie wir, Jack. Wenn du ihr wehtust ...«

»Cara, kümmere dich um deine eigenen Angelegenheiten.« Er und seine Producerin waren schon öfter aneinandergeraten, aber noch nie war es so persönlich geworden. Ach, in ihren Augen war es das wahrscheinlich auch jetzt nicht. Für sie war er nur eine Geldquelle, eine Chance, Karriere zu machen, aber keine echte Person mit echten Gefühlen. War denn noch niemand auf die Idee gekommen, dass bei dieser Angelegenheit auch *seine* Gefühle verletzt werden konnten?

»Wenn du ihr wehtust«, wiederholte Cara mit eisiger Stimme, »werde ich dir die *coglioni* abschneiden und sie an die Eichhörnchen im Park verfüttern.« Mit diesen Worten stürmte sie aus der Küche.

Was. Zur. Hölle.

Er wollte doch nur ein Date. Ein bisschen Zeit, um diese Frau besser kennenzulernen. Er schüttelte den Kopf, konnte sich aber trotzdem nicht von dem Schock erholen.

Jetzt musste er erst einmal die DeLuca-Frauen vergessen, die furchtbare Opernmusik ausblenden und sich auf das Spiel konzentrieren. Vielleicht würde Joggen ihm guttun. Oder er knallte seinen Kopf ein paarmal gegen einen Müllcontainer.

»Ich brauche eine Pause«, sagte er zu Laurent, der so hingebungsvoll mit einem der unheimlichen Lockenköpfe geflirtet hatte, dass er von Caras Auftritt gar nichts mitbekommen hatte. Jack stürzte durch die Küchentür und lief direkt der nächsten Furcht einflößenden DeLuca in die Arme. Lili.

Er runzelte die Stirn und merkte gleichzeitig, wie sein Herz einen Satz tat. »Was machst du hier?«

»Ich arbeite hier.« Sie legte den Kopf schief. »Stimmt was nicht?«

»Doch, doch.« Außer dass ihr Outfit – hautenge Jeans und ein knappes Top – ihn beinahe umbrachte.

»Okay.« Sie spähte über seine Schulter hinweg durch das Türfenster in die Küche. »Ist Cara da?«

»Nein. Ich vermute mal, sie brüllt gerade wieder jemanden an und sorgt dafür, dass er sich sehr, sehr klein fühlt.«

»Ich habe mich immer gefragt, worin so die Aufgaben einer TV-Producerin bestehen.«

Er schob sicherheitshalber seine Hände in die Hosentaschen.

»Jack, wegen gestern Abend …«

Er hielt den Atem an. Meistens folgte einer solchen Einleitung nichts Gutes.

»Ich wollte einfach nur sagen … danke. *Grazie*.«

Das war doch schon mal ein Anfang. Jack lächelte. »Mochtest du mein Eis?«

»O ja, das war unwiderstehlich.« Lili blickte errötend zu Boden. »Wie laufen denn die Vorbereitungen?«

»Das Menü steht. Dein Vater kam kurz wegen der Beauty-Shots vorbei und ist dann wieder verschwunden, er scheint sich also seiner Sache sicher zu sein.«

»Beauty-Shots?«

»Die perfekt inszenierten, fertigen Gerichte. Die montieren sie dann später beim Schneiden in die Sendung hinein.« Plötzlich kam ihm ein brillanter Gedanke. »Ich würde dir gern was zeigen.«

»Klingt vielversprechend.«

»Das hättest du wohl gern.« Er nahm ihre schmale Hand in seine. *Zing*. So war es jedes verdammte Mal. Ihre harten Nippel zeichneten sich unter dem dünnen Stoff ihres Tops ab. Und auch sein Penis wurde hart. Na klasse.

»Lass uns hier für eine Weile verschwinden.«

Jack nickte in Richtung Küche. »Wollen wir durch die Gasse fliehen?«

Zehn Minuten später parkte er seinen Mietwagen vor einem unscheinbaren Gebäude auf der West Loop Street in Fulton Market, auf der sich viele der feinsten Restaurants Chicagos sowie diverse Kunstgalerien und schicke Lofts befanden.

Als sie sich dem Eingang des Hauses näherten, hellte ihr Gesicht sich auf. »Ist das dein neues Restaurant?«

Er lächelte sie an und war plötzlich richtig stolz. »Yep. Ich habe noch sechs Wochen Zeit, um alles in Form zu bringen, aber das schaffe ich.« Die größtenteils polnischstämmige Bauarbeitercrew kümmerte sich heute um die Elektrik, und aus den aufgerissenen Wänden ragte ein wüster Kabelsalat. Lili tat einen Schritt nach vorn, aber Jack zog sie zurück ins Foyer.

»Geh nicht weiter. Hier kann man sich leicht wehtun.«

Das Gebäude war kleiner als seine anderen Restaurants, und die achtzig Jahre alte verschnörkelte Stuckdecke und die warmen Backsteinmauern erzeugten eine Intimität, die man in den anderen Projekten von Jack umsonst suchte. Während Lili den Raum inspizierte, erklärte Jack ihr, wo sich Küche und Gastraum befinden würden. Noch war alles im Entstehen begriffen, aber ihre Meinung interessierte ihn brennend.

»Nett, aber wie sieht es mit dem Essen aus?« Klar. Seinem Mädchen ging es um das Wesentliche.

»Neue amerikanische Küche mit Einflüssen der französischen Landküche. Viele kleine Gerichte, keine Hauptspeise über fünfzehn Dollar.«

»Gibt es auch die Geflügelleber-Crostini?«

»Die mit der Feigenmarmelade? Haben sie dir geschmeckt?«

»Hmm.« Ihre Augen begannen zu glänzen.

Er sprach noch eine Weile über seine Ideen und steigerte sich mit jedem Gericht. Dabei beobachtete er ihre Reaktionen ganz genau. Nach jeder Beschreibung gab sie ein sexy, anerkennendes Summen von sich oder leckte sich über die Lippen, was ihn wahnsinnig erregte. Warum klang sein Essen so viel vielversprechender, wenn er mit ihr darüber redete? Und was könnte es Besseres geben, als erst für sie zu kochen und später mit ihr zu schlafen und dabei die Aromen seines Essens auf ihren Lippen zu schmecken?

In der Zwischenzeit war Lilis Gesichtsausdruck ernst geworden. »Warum hast du das gemacht?«, fragte sie.

»Was denn? Tolles Essen kochen?«

»Na, warum hast du dich aufs Fernsehen eingelassen? Auf diesen ganzen Promi-Industriekomplex?« Sie sah ihn so eindringlich an, dass er sich wie im Schraubstock fühlte. »Du hast doch gesagt, dass du viel lieber in deinem Restaurant stehst und kochst. Dass es dir fehlt. Bis auf die anstrengenden *quinceañeras* natürlich.«

Sein Magen verknotete sich, weil sie ins Schwarze getroffen hatte. Die Arbeit im Restaurant fehlte ihm tatsächlich, aber das hieß nicht, dass er plötzlich auf die Bremse treten konnte. Wenn man süchtig nach Erfolg war, dann gab es nun mal kein schöneres Gefühl, als welchen zu haben. Das war fast so gut wie Sex.

»Ich mache das, weil es nie genug sein kann. Ich bin nun mal gierig.« Wieder leckte Lili sich über die Lippen. Sie waren rosa und feucht und ließen seinen Schwanz hart werden. Ob sein Blick ihr vermitteln konnte, wie unendlich seine Gier war?

Lili zog nur skeptisch eine Augenbraue nach oben. »Ich dachte schon, du würdest sagen, dass du die Menschheit an deinem Genie teilhaben lassen musst.«

»Das natürlich auch.« Er zuckte mit den Schultern. »Ich schaffe ja auch Arbeitsplätze. In der Werbung, im Fernsehen, in der Klatschpresse. Cara kommt mit mir zu NBN, weißt du?«

»Schön, dass wenigstens eine der DeLucas Ende des Jahres noch einen Job hat.«

»Wie meinst du das?«, fragte er alarmiert.

»Ach, ist egal.« Sie wandte sich zum Ausgang. »Wir sollten los.«

Nicht so schnell. Er zog sie an sich und atmete ihren Duft tief ein. »Erzähl es mir, meine Süße.«

Als sie schwieg, begann er, ihren Rücken zu streicheln. Sie im Arm zu halten fühlte sich vertraut und richtig an. Ein paar Minuten blieben sie so stehen. »Wir stecken in Schwierigkeiten. Das *Ristorante DeLuca* läuft nicht so gut.«

»Was für Schwierigkeiten sind das?«

»Die Behandlungskosten meiner Mutter haben unser Konto ziemlich strapaziert. Und du hast ja gesehen, was Samstagabend im Restaurant los ist. Es ist nicht gerade brechend voll.« Mit feucht glänzenden Augen sah sie zu ihm auf. »Aber die Show wird helfen, oder?«

Klar, die Show würde Aufmerksamkeit erregen, aber er bezweifelte, dass sie dem Restaurant langfristig gesehen Aufschwung brachte. Jack hatte genug Erfahrung, um zu wissen, dass die Wirkung einer solchen Art von Werbung rasch verpuffte.

»Was ist denn mit Maximo?«

Jetzt musste sie lächeln. »Du meinst Marco.«

»Ist doch egal.«

Sie schüttelte den Kopf. »Der ist im Prinzip selbst pleite. Marco verbringt viel Zeit in Vegas und hat das schlechteste Pokerface der Welt. Selbst mein achtjähriger Cousin Freddie könnte ihn abzocken.«

Hm, ein Grund mehr, weshalb er Marco mit Fug und Recht als Flachzange bezeichnen konnte. Jack griff nach Lilis Hand und strich mit dem Daumen über ihre Innenfläche. »Darf ich fragen, um wie viel es geht?«

»Marco hat uns fünfzigtausend für meine Mutter geliehen, aber jetzt müssen wir jede Woche Geld abstottern, und wir stoßen an die Grenzen unseres Dispokredits.«

In Jacks Kopf schwirrte es nur so. Es war machbar, aber wenn er jetzt Geld in das Restaurant pumpte, war das nur eine Art Erste-Hilfe-Maßnahme. Wieder sah sie ihn aus ihren großen blauen Augen an, und er versank einen Moment lang in ihrem Blick, ehe er sich von ihr löste. Es fühlte sich einfach zu gut an.

»Du willst was sagen«, meinte sie.

»Das *Ristorante DeLuca* ist zwar nicht mein Restaurant …«

»Nein, red weiter. Ich würde gern deine Meinung hören«, sagte sie.

Er überlegte, wie er das Ganze so diplomatisch wie möglich formulieren konnte. Andererseits würde sie die Wahrheit schon verkraften.

»Also: Ihr habt zu viel Personal, seid zu teuer, ihr habt zu viel Vorrat, und eure Speisekarte ist viel zu umfangreich. Ihr habt mindestens einen Postenchef zu viel, vielleicht sogar zwei, und dein Vater wäre in der Küche besser aufgehoben als an der Bar, wo er unschuldige, gehirngeschädigte Köche fertigmacht.« Jack versuchte, seine Worte mit einem Lächeln abzumildern. »Aber ich schätze mal, das weißt du alles selbst.«

»Mein Vater ist eben echt oldschool. Es gäbe so viele Möglichkeiten zu sparen oder neue Kundschaft anzulocken, aber davon will er nichts hören. Und er will überall seine Finger mit im Spiel haben.«

Jack verkniff sich einen Kommentar über Tonys eisernes Regiment. Außerdem verstand er den Wunsch nach Kontrolle sehr gut. Es gab die Bezeichnung *Chefkoch* ja nicht umsonst.

Lili lächelte. »Immerhin musst du nicht mit deiner Familie arbeiten. Sosehr ich sie liebe – es kann schon auch verdammt anstrengend sein.« Sie hatte die Worte kaum ausgesprochen, als sie ihn auch schon verlegen ansah. »Sorry, das war unsensibel.«

»Ja?«

Auf ihrem Dekolleté breitete sich eine leichte Röte aus. »Gestern hast du von deiner schwierigen Beziehung zu deiner Schwester gesprochen und auch über deinen leiblichen Vater. Dass er kein Interesse an dir hat.«

Er hatte ganz vergessen, dass er ihr das erzählt hatte. Wenn er das nächste Mal eine Gehirnerschütterung hatte, würde er nicht noch einmal Schmerzmittel mit Wein kombinieren! Auch wenn Jules ihn gern als Plappermaul bezeichnete, breitete er für gewöhnlich nicht schon beim ersten Date seine ganze Lebensgeschichte vor einer Frau aus. Andererseits war es ja auch kein Date gewesen, und er würde Lili nach dem Dreh – also schon in drei Stunden – nie wieder sehen. Warum also wollte er ihr trotzdem so gern mehr erzählen? Vielleicht, weil auch sie sich ihm anvertraut hatte, auch wenn es ihr schwerfiel. Oder weil er diesen intimen Moment noch ein wenig ausdehnen wollte.

Langsam schien er sich im neunten Höllenkreis ja richtig wohlzufühlen.

»Bis ich zehn war und meine Mutter meinen Stiefvater geheiratet hat, gab es nur uns beide. Sie war Irin und ist nach England ausgewandert, als ihre Familie sie mit sechzehn rausgeworfen hat, weil sie schwanger war. Ihre Wehen mit mir begannen auf den Docks von Liverpool.«

»Wow, ein dramatischer Start ins Leben. Wie passend!«

Er lächelte über ihren Versuch, die Stimmung aufzulockern. »Sie hat nie von ihm gesprochen. Vielleicht dachte sie, ihr bliebe mehr Zeit … Sie war ja erst achtundzwanzig, als sie gestorben ist.« Kurz flackerte vor seinem inneren Auge ein Bild von seiner Mutter in einem verblichenen Nachthemd und mit einer schlecht sitzenden Perücke auf dem Kopf auf. Schnell blinzelte er die Erinnerung weg.

»Als ich dann vor neun Jahren meine ersten Auftritte im britischen Morgenfernsehen hatte, ist mein Vater wie aus dem Nichts aufgetaucht und wollte Geld von mir.«

»Oh.« Lili rieb sich den Nacken. »Und wie hast du reagiert?«

»Ich habe es ihm gegeben. Und dann habe ich ihm gesagt, dass ich ihn nie wieder sehen will.«

Das leise Jaulen einer Bohrmaschine lieferte den perfekten Soundtrack. Lili trat näher zu ihm und legte ihre Hand in seine. »Was ist denn genau passiert?«

»Genau?« Er drückte ihre warme Hand. »Ich hatte gehofft, ich könnte ihm mein neues Restaurant in Covent

Garden zeigen, aber sein Rückflug nach Dublin ging noch am selben Tag, und er hatte keine Zeit. Wir haben uns also stattdessen in einer Bar in London Paddington getroffen.« Er konnte sich noch zu gut an diesen Tag erinnern. An das Gewusel im Bahnhof, die Lautsprecheransagen. Jack war eine halbe Stunde zu früh da gewesen und hatte sofort einen doppelten Scotch hinuntergekippt, um dann Papierservietten zerfetzend auf den Expresszug von Heathrow zu warten.

Eine *Stippvisite* hatte sein Vater seinen Besuch genannt und Jack angegrinst. Es hatte ausgesehen, als sähe er sein eigenes Lächeln in einem verzerrten Spiegel. Für einen gemeinsamen Spaziergang war keine Zeit. Auch nicht, um über seine Mutter zu sprechen oder zu fragen, warum dieser Kerl, dessen Erbgut er in sich trug, sich all die Jahre nicht hatte blicken lassen. Es blieben lediglich ein paar gehetzte Momente, um mit dem Whiskyglas anzustoßen (natürlich gingen beide Runden auf Jack), dann war sein Vater direkt zur Sache gekommen.

»Er fing mit ›Jack, mein Sohn, ich hatte wirklich eine Menge Pech …‹ an. Hat mich tatsächlich ›Sohn‹ genannt. Das war ganz nett, schätze ich.«

Es war zwar schrecklich gewesen, die wahren Absichten seines Vaters zu erkennen, aber die Wahrheit war immer noch besser, als sich an irgendwelchen Kindheitsfantasien festzuklammern.

»Seitdem hat er noch ein paarmal versucht, mich telefonisch zu erreichen, aber ich habe nie zurückgerufen.« Das letzte Mal hatten sie vor sechs Monaten voneinander gehört. Als sein Vater ihm von seiner Krankheit erzählt hatte, hatte das Jack völlig kaltgelassen. »Ich weiß, dass das für jemanden, dem Familie so viel bedeutet, ziemlich brutal klingen muss.«

Ihre Hand umkrampfte seine. »Du hast getan, was du tun musstest, Jack. Manchmal muss man sich von Menschen lösen, die einem nicht guttun. Um sich selbst zu schützen.«

War es nicht das, was Lili in Bezug auf ihn versuchte, seit das Video veröffentlicht worden war?

Es hätte ihm helfen sollen, ihr davon zu erzählen. Besonders, weil Lili ihn deswegen vielleicht noch einmal in ihre warmen, weichen Arme schließen würde. Aber mit diesem Unsinn musste jetzt Schluss sein.

»Und wieder rede ich nur von mir«, knurrte er.

»Ich könnte dir den ganzen Tag zuhören«, antwortete sie voller Mitgefühl. Jacks Brust zog sich zusammen, und er räusperte sich. »Ich werde auf jeden Fall noch Kunstwerke für die Wände brauchen. Interesse an einem Auftrag?«

Lili verzog überrascht den Mund, weil er so abrupt das Thema gewechselt hatte. »Ich bin mir nicht sicher, ob meine Arbeit geeignet ist. Sie ist …«

»Ein bisschen zu *pornös?*«, scherzte er, um die Stimmung aufzulockern.

Sie verpasste seinem Arm einen Knuff.

»Nein!«, sagte sie. »Ich wollte sagen, dass meine Bilder viel zu anspruchsvoll für dein Restaurant sind. Die passen nicht zu amerikanischem Essen mit französischem Touch.«

»Wie wäre es dann mit jungfräulichen Milchmädchen mit großen Eimern?«

»Oder wir nehmen eine Bäuerin mit dem großen … Messer ihres Ehemannes in der Hand«, sagte Lili und lachte ihr schmutziges Lachen. Die Anspannung hatte sich in

Luft aufgelöst und einem süßen Ziehen in seiner Brust Platz gemacht.

Plötzlich ertönte im hinteren Teil der Baustelle ein lautes Rumpeln.

»Wir sollten los«, sagte er und nahm sich fest vor, in Bezug auf Lili künftig einen kühlen Kopf zu bewahren.

»Wir haben noch etwas Zeit, oder?«

»Kommt drauf an, was du vorhast.«

Auf dem Weg zum Ausgang berührte sie ihn leicht. Das war garantiert Absicht gewesen.

»Jetzt, wo du mir deins gezeigt hast, will ich dir auch meins zeigen.« Sie sah ihn mit großen Augen an. Was wollte sie ihm damit sagen? Ein warmer Schauer lief ihm über den Rücken. So viel zum Thema *kühler Kopf!*

15. Kapitel

In dem Atelier, das sich im vierten Stock des Flatiron Arts Buildings in Wicker-Park befand, war es brütend heiß. Der Raum, den Lili sich mit Zander teilte, war klein und vollgestopft, aber immer noch groß genug, um genug Abstand zu Jack zu halten.

Anscheinend hatten aber beide ganz andere Pläne.

Sie umkreisten einander, ohne sich zu berühren. Es war, als zögen sie sich magnetisch an. Wenn er nicht neben ihr stand, kam sie zu ihm. Wenn sie kurz allein war, so dauerte es nicht lang, bis er sich wieder zu ihr gesellte und ihr Herz zum Flattern brachte.

Während er Zanders lebensnahe Aktfotografien betrachtete, die an der Nordseite des Raums an der Wand hingen, legte er den Kopf schief und verzog den Mund.

»Und der Typ verkauft erfolgreich seine Bilder?« Er blickte auf das kleine Preisschildchen unten in der Ecke. Dreitausend Dollar.

Sie nickte. »Ja. Er war letzten Herbst im Museum of Contemporary Art Teil einer Ausstellung namens *New Artists.*«

Jack ging um Lili herum zum nächsten Bild. Sofort stellten sich ihr sämtliche Nackenhaare auf. »Ich wette, du hast mich nicht hierhergebracht, damit ich mir nackte Männer anschaue. Nicht, dass ich was dagegen hätte.«

Sie schluckte. Es gab eigentlich keinen Grund, nervös zu sein. Ihre etwas konservativeren Bilder aus dem *Ristorante DeLuca* kannte er ja schon und auch die Collage in ihrem Wohnzimmer. Der Punkt war, dass sie ihre Bilder nur selten Leuten zeigte, von ihren Künstlerfreunden einmal abgesehen. Jene *unangemessenen* Freunde, die die Schönheit und den Schmerz verstanden, die in den Bildern steckten.

Von Schönheit hatte Jack sicher Ahnung, und auch vom Schmerz konnte er bestimmt ein Lied singen, nicht zuletzt wegen seines Vaters. Vorhin hätte sie ihn am liebsten an sich gezogen und ihn mit einer langen Umarmung getröstet. Ihm gezeigt, dass er ihr vertrauen konnte. Er hatte sofort wieder dichtgemacht – aber konnte sie ihm das verübeln, so, wie sie ihn vorher behandelt hatte?

Mit zitternden Fingern riss sie die oberste Schublade des Aktenschranks auf. Welches Bild sollte sie ihm zuerst zeigen? Ihre Gedanken rasten, während sie sich durch die Fotos blätterte. Da gab es diese lichterfüllten Schwarz-Weiß-Aufnahmen von ihrer Mutter, die während ihrer Behandlungen auf diese schonungslose Art schön gewesen war. Aber für diese Bilder fühlte Lili sich heute nicht stabil genug. Sie wollte Jack Arbeiten zeigen, die sie zum Lächeln brachten. *Sadie Number Three.*

Sie hielt es ihm hin und versuchte, ihre Überraschung zu verbergen, als er ihr das Foto direkt abnahm. Dass er vorsichtig sein und keine Fingerabdrücke hinterlassen sollte, musste sie ihm nicht sagen. Ein Mann mit solchen Händen wusste, wie man ein Bild hielt. Oder eine Frau. Sanft und sicher.

Er betrachtete das Foto ausgiebig, dann ging er hinüber zu Zanders Arbeitstisch und legte es in einer Ecke ab.

»Mehr«, sagte er, den Blick immer noch auf das Foto geheftet. Das hatte er auch geknurrt, als sie sich zum ersten Mal geküsst hatten. Diesen kurzen Austausch hatte sie ganz vergessen gehabt. Er hatte ihre Antwort nicht abgewartet, sondern sich einfach genommen, was er wollte.

Genau das liebte sie an ihm.

Mit beschleunigtem Puls holte sie noch mehr Bilder aus ihrer Sammlung. Sie arrangierte sie auf dem Tisch und stand dann abwartend da.

Er schob ein paar Fotos hin und her, und sie ermahnte sich seufzend zur Geduld. Ein Genie durfte man nicht bei der Arbeit stören. Die Minuten vergingen, während unter ihnen auf der Straße der Verkehr rauschte.

Er zog eine Augenbraue nach oben. »Warum verkaufst du die nicht?«

Sie kicherte nervös. »Du hast wirklich keine Ahnung von Kunst, oder?«

»Nein, habe ich nicht. Man muss mir da alles ganz langsam und in leicht verständlichen Worten erklären. Aber was ich mag, das weiß ich durchaus.«

»Fotos von halb nackten Frauen?«

»*Deine* Fotos von halb nackten Frauen, obwohl die Bilder so, wie du sie komponiert hast, viel mehr nach *Vanity Fair* als nach *Playboy* aussehen. Sie sind wunderschön, und du solltest sie lieber verkaufen oder sie ausstellen, anstatt sie hier in einer Schublade zu verstecken.« Er schüttelte den Kopf. »Wie willst du das denn machen, wenn du auf der Graduate School bist? Dich in einer Dachkammer verstecken und nie deine Arbeit zeigen?«

»Ts, natürlich nicht. Aber so weit bin ich noch nicht. Ich muss noch so viel lernen.«

Er runzelte die Stirn. »Du musst dich hinaustrauen und auch ein paar Niederlagen in Kauf nehmen. Das gehört zum kreativen Prozess dazu. Wie wäre es, wenn du diesem Banausen mal erklärst, was er selbst nicht sehen kann?«

»Es soll eigentlich für sich selbst sprechen«, erwiderte sie nervös. »So wie dein Essen.« Mann, war das dämlich! Sie konnte sich nun wirklich nicht auf eine Stufe mit Jacks Kochkunst stellen!

»Ich beschreibe mein Essen aber in den Shows und den Kochbüchern die ganze Zeit. Und Kunststudenten müssen ihre Abschlussarbeit auch verteidigen, oder nicht? Mündlich.« Es klang, als würde er das letzte Wort in seinem Mund herumrollen lassen. Bei der Erinnerung an seine hungrigen Lippen auf ihren Nippeln begannen ihre Brüste sofort zu kribbeln. Nervös wandte sie ihren Blick ab und musterte den Fußboden.

»Also, diese rothaarige Rock-Mieze zum Beispiel.« Er deutete auf *Sadie Number Three.* »Was sollte ich hier sehen?«

Lili war sich auch nicht sicher, weshalb sie dieses Bild so mochte. Sadie, die Kassiererin aus einem Plattenladen um die Ecke, war ein unerschütterlicher Rotschopf mit ausladenden Kurven, was schon mal ein Pluspunkt war. Außerdem gab es da dieses raffinierte Muster aus blauen Rosen, das einen Großteil ihrer linken Flanke bedeckte und dessen gewundene Ranken bis auf ihr wohlgeformtes Bein hinabreichten. So wie sie ihren Arm vor ihre schönen Kurven hielt und wie der Winkel gewählt war, lebte das Bild eher von Andeutungen als von expliziten Details.

Es war ein exquisiter Anblick. Atemberaubend. Ein wahres Vergnügen für Lilis Kamera. Alles gute Gründe, das Bild zu lieben. Sie aber hatte einen anderen.

»Kraft.« Lili hustete und sah verlegen beiseite. »In ihren Augen liegt so eine irre Kraft. Als würde sie sagen: ›Hey, ich bin verdammt schön, und jetzt verneig dich vor mir.‹ So einen Blick kann man nicht vortäuschen.« Lili war immer noch stolz, dass sie selbst Zeugin dieser Kraft geworden war und dass es ihr gelungen war, sie auf einem Bild festzuhalten.

Aus dem Augenwinkel heraus sah sie Jack nicken, und sie begann ihm zu erklären, was sie noch auf den Bildern sah. Jenny, die sie halsaufwärts fotografiert hatte und die einen so grimmigen Blick hatte, dass sie damit einen Quarterback hätte umlegen können.

Kayla mit den Sommersprossen und dem selbstbewussten Blick. Detailaufnahmen von Lilis Lieblingsstellen am weiblichen Körper: die verführerische Kuhle am Halsansatz, die verletzliche Stelle hinter dem Knie, eine ausladende Hüfte. Nahaufnahmen von Schultern, die das Gewicht einer Familie, der Liebe und eines intensiven Lebens trugen.

Jede einzelne Frau war ein Beispiel für die Stärke und Großartigkeit des weiblichen Geschlechts. Jede von ihnen war stolz auf ihren Körper, egal ob er zierlich oder groß war, dünn oder üppig. Was Lili nicht sagte, war, dass all diese Frauen mutiger waren als sie. Sie täuschte ihre Tapferkeit nur vor, indem sie Superheldinnenkostüme trug.

Was ihre Arbeit anging, war sie nie besonders selbstbewusst gewesen, obwohl sie manchmal, mit etwas Abstand, durchaus zu dem Schluss kam, dass sie wirklich gut war. Immerhin hatte sie Geld für die Graduate School gespart. Dennoch machte sie nie den nächsten Schritt. Ihre Mutter war krank geworden, ihr Vater merkwürdig schweigsam, sie wurde im Restaurant gebraucht … Nichts als Entschuldigungen. *Ich mache das, weil es nie genug sein kann. Ich bin nun mal gierig.* Das hatte Jack gesagt. Wenn sie doch nur einen Moment ebenso sicher sein könnte wie er, so leidenschaftlich. Sie lehnte ihren Kopf an seine starke Schulter und wünschte sich etwas.

Er legte den Arm um ihre Taille und küsste sie auf die Schläfe. »Hör auf, dich zu verstecken, Süße. Deine Arbeit ist fantastisch, und du bist es auch.«

Jack Kilroy, der Frauenflüsterer.

Sie wollte es versuchen. Wollte ein Foto von sich selbst ansehen und Kraft und Stolz daraus ablesen. Ein bisschen mehr sein wie Sadie und nicht wie eine kleine graue Maus. Plötzlich war die Panik, etwas zu verpassen, stärker als ihre Feigheit. Wer nicht wagt, der nicht gewinnt.

Sie murmelte etwas vor sich hin, so undeutlich, dass sie nicht einmal sicher war, ob sie es wirklich gesagt hatte.

»Ich habe dich nicht verstanden.«

»Ich glaube, wir sollten es miteinander versuchen. Mal miteinander ausgehen«, sagte sie eilig, ehe sie es sich anders überlegen konnte.

Er ließ sie los und trat mit einem seltsam unbewegten Gesichtsausdruck ein paar Schritte zurück. Das war nicht ganz die Reaktion, die sie erwartet hatte. Plötzlich hatte sie Angst, einen Fehler gemacht zu haben. Aber jetzt war es zu spät für einen Rückzieher.

»Ich meine es ernst«, protestierte sie.

»Wodurch hat sich denn deine Meinung geändert? Waren es meine stümperhaften Bemerkungen zur modernen Kunst?«

»Sagen wir mal so: Ich habe letzte Nacht nicht besonders gut geschlafen«, erklärte sie und hoffte, dass er sie verstand.

»Ich schlafe nicht mehr gut, seit ich dich zum ersten Mal gesehen habe, Lili.« Er sah verwirrt aus. »Und der ganze Internetkram? Kommst du damit klar?«

Auf gar keinen Fall! »Ich will das mit uns«, sagte sie.

»Ich kann dir nicht garantieren, dass eine Beziehung mit mir ein Picknick ist. Aber ich werde alles tun, was in meiner Macht steht, um dich zu beschützen.«

»Versprichst du mir das?«, fragte sie. Aber nicht, weil sie die Bestätigung brauchte oder tatsächlich glaubte, dass er das konnte. Sondern weil sie ihn so gern mit seiner rauen Stimme diese neandertalerhaften Dinge sagen hörte.

Seine Augen wurden dunkler und ihr Höschen feuchter. O ja.

»Jeder, der sich mit meiner Frau anlegt, kriegt es mit mir zu tun.«

Sofort hatte sie einen kleinen Orgasmus.

Jack sah sie nachdenklich an. »Die nächsten Tage über bin ich auf Reisen, aber unser erstes Date kann von mir aus überall stattfinden. In London, Paris, Rom ... Das überlasse ich dir.«

London, Paris, Rom ... Du meine Güte. »Ich kenne da einen netten Hotdog-Laden«, sagte sie.

Sein Mund zuckte. »Klingt nach einer ganz besonders feinen Adresse.«

»Manchmal bin ich so fein, dass ich es selbst kaum aushalte. Es gibt dort jedenfalls den besten Chili-Hotdog in ganz Chicago. Die Pommes frites braten sie in Entenfett. Und die Bar hat die ganze Nacht geöffnet.«

»Du willst mich also erst abfüllen und mit Fast Food vollstopfen und hoffst, dass danach noch was zwischen uns laufen wird?«

Sie strich mit den Lippen über seine Bartstoppeln, bis sie an seinem Ohr angekommen war. »Der Hotdog ist wirklich fantastisch, Jack.«

Er lachte kehlig, und sofort begann ihr Herz schneller zu klopfen. Sie war einfach absolut verrückt nach ihm.

Jetzt, wo sie es miteinander versuchen wollten – o Gott, sie hatte sich wirklich auf diesen Irrsinn eingelassen! –, traute sie sich, ihn einfach zu berühren. Sie strich über seine Brust und dann über seine Brustwarze, die sich sofort verhärtete. Als sie an seinem Hosenbund angelangt war, griff er nach ihrer Hand und führte sie an seine Lippen.

Halleluja.

»Ein bisschen mehr Selbstkontrolle, meine Süße.« Er küsste ihr Handgelenk.

Sofort erwachte jede ihrer Zellen zum Leben, und die Stelle, die er geküsst hatte, wurde ganz heiß. Ihre Wangen glühten.

»Ich liebe es, wenn du rot wirst, Lili. Wenn deine Lippen sich öffnen …« Wie aufs Stichwort schnappte sie nach Luft. »Ich muss die ganze Zeit daran denken, wie schön du aussahst, als du letzte Nacht gekommen bist.«

Apropos kommen … »Wann beginnt eigentlich der Dreh?«, fragte sie.

Er gab einen erstickten Laut von sich. »Wir haben nicht genug Zeit, Liebste.«

»Ich habe nichts dagegen, wenn es schnell geht. Schnell kann auch heiß sein.« Klang sie zu verzweifelt? Sie berührte mit der Zungenspitze seine Wange. »Sehr heiß.«

Wieder seufzte Jack leise auf. »Was mir vorschwebt, ist langsam und quälend und wird die ganze Nacht dauern. Wir brauchen auf jeden Fall ein Bett dafür.«

Nach diesem fantastischen Orgasmus, den sie in der Küche gehabt hatte, machte er jetzt plötzlich wieder einen auf traditionell?

»Betten werden vollkommen überbewertet«, murmelte sie.

»Das wirst du nicht mehr sagen, wenn du erst einmal eine Nacht mit mir in einem Kingsize-Bett verbracht hast.«

Sofort breitete sich in ihrem ganzen Körper ein süßes Kribbeln aus, und ihr Atem ging stoßweise. Als sie seine Bartstoppeln an ihrem Kinn spürte, wuchs ihre Erregung nur noch mehr. Gestern Nacht hatte er sie verwöhnt. Jetzt war er an der Reihe.

»Jack. Lass mich dich berühren. Bitte.« Sie legte eine Hand auf seine Brust und bewegte sie dann langsam immer weiter nach unten. Jack presste sich an sie, sodass sie seine Erektion spürte. Plötzlich konnte sie nur noch daran denken, wie sie ihn in den Mund nahm.

Jack schloss die Augen, ganz offensichtlich darum bemüht, die Fassung zu wahren. Als er sie wieder öffnete, wirkte er richtig entschlossen. Mist.

»Hände weg von meinem besten Stück, DeLuca.« Er legte die Hände auf ihre Schultern und schob sie Richtung Studio-Ausgang.

»Wir müssen uns jetzt um die Show kümmern.«

»Du Sadist!«

Er seufzte. »Das ist …«

»Für dich ist es noch viel schwerer als für mich, ja, ja. Die alte Leier.«

Während des kurzen Spaziergangs zum *Ristorante DeLuca* vergrub Jack seine Hände tief in den Hosentaschen und bemühte sich darum, Lili nicht anzusehen. Als sie dort ankamen, standen Marco und Tad bereits plaudernd an der Bar. Wenn man es genau nahm, redete eigentlich nur Marco auf Tad ein, der ihm skeptisch schweigend zuhörte.

»Lil«, sagte Marco fröhlich, doch als er Jack bemerkte, verfinsterte sich sein Gesichtsausdruck.

»Na, seid ihr zwei jetzt schon wieder in der Öffentlichkeit zugange? Die Gerüchteküche wird noch vor Ende des Tages zu brodeln beginnen.«

»Marco«, seufzte Lili nur erschöpft.

Ihr Ex hob versöhnlich die Hand, aber sein Blick blieb unnachgiebig. Er war doch tatsächlich eifersüchtig auf Jack! Scheinbar war nichts attraktiver, als für jemand anderen begehrenswert zu sein.

»Ich will mich ja nicht beklagen«, bemerkte Marco dann ein wenig schmollend. »Ihr zwei seid super fürs Geschäft.«

Sie hörte Jack leise knurren, ehe er besitzergreifend seinen Arm um ihre Taille legte. Plötzlich war es also vollkommen in Ordnung für ihn, sie zu berühren. Ach, diese Männer!

Cara streckte ihren Kopf um die Ecke. »Wo zum Teufel wart ihr? Du hast versprochen zu helfen, Lili. Und du …«, Cara deutete auf Jack, »… musst in die Küche. Jetzt. Laurent dreht wegen der Salsa für die Lammkeule gerade völlig durch.«

»Dann gehe ich mal besser«, meinte Jack. Vielleicht war das gar nicht schlecht, denn die Stimmung zwischen ihm und Marco war derart angespannt, dass Lili eine Prügelei nicht für ausgeschlossen hielt. Allerdings würde Jack garantiert gewinnen. Der legte jetzt seine Hände auf ihren Hintern und zog sie an sich, um sie zu küssen. Der Kuss dauerte ein paar Sekunden lang und war heiß und rau. Jack strich mit seinen Lippen über ihr Kinn, bis er bei ihren Ohren angekommen war.

»Heute Nacht, liebe Lili DeLuca, gehören du und dein süßer Po allein mir.«

Wow. O du meine Güte. Er drückte noch einmal sanft zu und verschwand dann in die Küche, natürlich nicht ohne Marco auf dem Weg wie zufällig anzurempeln. Tad pfiff leise durch die Zähne, während Cara sich ein paar andere Mitarbeiter vorknöpfte. Die konnten einem wirklich leidtun!

Sie und Jack hatten sich nur zu einem Date verabredet. Dennoch fühlte es sich an wie etwas viel Größeres. Wie ein Neubeginn, die Erfüllung all dessen, was das Leben zu bieten hatte. Heute Abend würde die Show dem Restaurant zu neuem Aufschwung verhelfen, und später … später würde Jack ganz ihr gehören.

16. Kapitel

Showtime!

Das Restaurant hatte noch nie besser ausgesehen, und auch wenn es diese Tatsache dem Kochsender zu verdanken hatte, war ein voll besetztes *Ristorante DeLuca* doch ein wunderschöner Anblick.

Und obwohl Lili wusste, dass Jack die Hauptattraktion war, wurde auch ihr eine Menge Aufmerksamkeit zuteil. Zwei Typen hatten ihr ihre Nummern zugesteckt, und eine Frau hatte sie gefragt, ob sie nicht zufällig bisexuell sei. Vielleicht stimmte Tads Theorie ja tatsächlich, laut der Lili ein Art Vorbildfunktion für kurvige Frauen einnahm. Sie konnte den heißen Typen haben und trotzdem Kuchen essen. Perfekt!

Sie duckte sich unter der Fernsehkamera weg, die förmlich an ihrem Hintern zu kleben schien, und ging noch einmal das Menü ihres Vaters durch. Auf die Fleischbällchen folgten seine berühmten Gnocchi mit brauner Butter und Salbei. Als *carne* gab es ein saftiges Steak. Beinahe tat Jack Lili ein wenig leid, weil ihm die Lammkeule zugewiesen worden war. Die Kundschaft, die zum heutigen Dreh in Scharen erschienen war, liebte nun einmal Steak. Der Nachtisch bestand aus cremigem Haselnusseis und Himbeersorbet. Das ideale Menü, um die Kochkunst ihres Vaters zu feiern.

Vielleicht reichte es sogar für einen Sieg.

Lili war so in Gedanken versunken, dass sie gar nicht gehört hatte, dass Tad nach ihr rief.

»Schau dir das mal genauer an.« Er nickte in Richtung des Zapfhahns für das Tafelwasser.

Lilis Blick fiel auf Gina, die offensichtlich gerade viel zu abgelenkt war, um sich um die Wasserversorgung der Gäste zu kümmern. Sie ging hinüber und tippte auf Ginas Schulter, woraufhin diese sofort schuldbewusst in die Luft hüpfte.

»Himmel, Lili, könntest du das bitte lassen?«

Lili spähte über die fluffige Haarwolke ihrer Cousine hinweg und entdeckte einen Teller mit Jacks Lammkeule und Kartoffeln in Rosmarin-Trüffel-Öl.

»Ich hoffe, es war gut.«

Gina blies ihre Wangen auf. In diesem Moment bemerkte Lili die große Meersalzpackung, die hinter dem Teller stand.

»Jetzt sag nicht, dass du Jacks Essen sabotierst!«

»He, sei bloß still! Es sind ja nur ein paar Teller hier und da. Um die Chancen ein wenig anzugleichen.«

»Bist du denn völlig verrückt geworden?!« Panisch scannte Lili den Raum nach Ginas siamesischer Zwillingsschwester Angela ab. Ihre gefügige Cousine hatte diesen Mist garantiert nicht allein geplant.

»Ist doch keine große Sache! Marco meinte, es wäre besser fürs Geschäft, wenn wir gewinnen.«

»Marco!« Lili schnappte nach Luft. Schweiß sickerte zwischen ihren Brüsten nach unten, und ihr Magen verkrampfte sich. Sie packte Gina bei den Schultern und drückte sie hinunter, wodurch ihre eins fünfzig große Cousine noch einmal ein Stückchen kleiner wurde.

»Wie viele Gerichte hast du ruiniert?«

Ihre Cousine wand sich, aber Lili ließ sie nicht los. »Zwei oder drei. Es ging auch nichts zurück und keiner hat was gemerkt.«

»Du dummes, dummes Mädchen!« Es klang ein wenig lächerlich, da Gina vier Jahre älter war als sie. »Hast du überhaupt die leiseste Ahnung, in was für eine Position du uns Jack gegenüber bringst? Er hätte sich jedes Restaurant für den Dreh aussuchen können, und das ist unser Dank!«

»Oh. Em. Gee«, kam es gedehnt von Gina. »Du bist jetzt also auf Jacks Seite, nur weil ihr ein paar Körperflüssigkeiten ausgetauscht habt? Wie wäre es mit ein bisschen Respekt dafür, dass wir dich im Internet verteidigen?«

Lili stellte sich vor, wie Qualm aus ihren eigenen Ohren austrat. Ginas erbärmliche Haltung und ihr mangelndes Talent machten sie ohnehin zu einer Wackelkandidatin. Jetzt blieb Lili leider nichts anderes mehr übrig.

»Du bist gefeuert.«

Ihre Cousine quietschte amüsiert auf, und ihr Haarschopf wippte auf und ab. »Der war gut, Lili!«

»Ich meine es ernst. Gib mir deine Schürze. Ich übernehme deinen Posten.« Sie streckte ihren Arm aus und merkte, dass sie zitterte. »Jetzt.«

Ginas Augen wurden immer größer. »Ich … ich kann nicht fassen, dass du dich auf Jacks Seite und gegen deine

Familie stellst. Ich wollte dich eigentlich fragen, ob du meine Trauzeugin sein willst!«

Ach, das war so süß, und sie hätte Angelas Gesichtsausdruck zu gern gesehen, die ganz sicher annahm, das sei ihr Privileg … *Lass dich jetzt nicht von ihr einwickeln!*

»Ich will dich nicht mehr in der Nähe des Essens oder der Kunden sehen.« Als Gina sich immer noch nicht vom Fleck rührte, fügte Lili noch hinzu: »Oder soll ich Dad holen?«

Die Drohung wirkte. Ginas Eltern lebten nicht mehr, daher waren ihre nächsten männlichen Verwandten ihr Bruder Tad und ihr Onkel Tony, den sie sehr verehrte. Vielleicht dachte dieses dumme Mädchen tatsächlich, dass sie ihrer Familie mit der Schummelei einen Gefallen getan hatte. Aber die Erwähnung des Patriarchen genügte, um ihr klarzumachen, dass sie es verbockt hatte. Und zwar so richtig.

Langsam reichte sie Lili die Schürze. »Die Hauptspeisen wurden schon serviert. Der Nachtisch sollte in zehn Minuten kommen.«

Ein wenig zittrig band Lili sich die Schürze um und versuchte, sich nicht von den Tränen beeindrucken zu lassen, die ihrer Cousine in die Augen getreten waren. Dieses Miststück wusste genau, welchen Effekt ihre Wasserwerke auf Lili hatten.

»Es tut mir leid, Lili. Das schwöre ich bei Gott.« Bei dem Wort *Gott* überschlug sich ihre Stimme.

»Mir auch. Und jetzt hol deinen Kram und geh heim.«

Gina sah sie noch einmal aus feucht glänzenden Augen an, blinzelte und verkrümelte sich dann.

Lili kehrte an die Bar zurück und brachte Tad auf den neuesten Stand. Sie war dankbar, dass er auf ihrer Seite war, auch wenn sie es ihm nicht verübelt hätte, wenn er ein gutes Wort für seine Schwester eingelegt hätte.

»Du weißt, was zu tun ist, oder?«, fragte er sie mit besorgtem Gesichtsausdruck.

Lilis Kopf fühlte sich an, als wäre er zu schwer für ihren Hals. Wenn der Abend doch bloß schon um wäre und sie und Jack sich in die Arme schließen könnten. Aber diese Vorfälle konnte sie nicht verschweigen. Vielleicht würde der Dreh abgebrochen werden, und der Ruf ihrer Familie wäre ruiniert, aber wenn sie die Sache ihrem Vater und Jack gegenüber verschwieg, wären die Konsequenzen womöglich noch viel schlimmer.

Da entdeckte sie plötzlich eine Frau, die Richtung Toilette eilte. Sie war groß wie ein Model, hatte langes, blondes Haar und trug die Art von lässigem Outfit, dessen Zusammenstellung sehr viel Zeit erforderte und das Hunderte von Dollar gekostet haben musste. Am meisten aber fiel Lili ihr entschlossener Gang auf. Obwohl ihr halbes Gesicht von einer gigantischen Sonnenbrille verdeckt wurde, strahlte sie ein gewaltiges Selbstbewusstsein aus.

In dem Moment prallte die Frau gegen einen Barstuhl, sodass ihre große karamellfarbene Handtasche hinunterfiel und sich ihr gesamter Inhalt auf den Boden ergoss.

»Lassen Sie mich Ihnen helfen!« Eilig ging Lili in die Hocke, um die Utensilien der Frau zusammenzuklauben – ein Telefon, Taschentücher, einen Gepäckschein –, und bemerkte dann, dass die Hände der Blondine zitterten. Ganz so cool war sie offenbar doch nicht.

»Ist alles in Ordnung mit Ihnen?«, fragte Lili, erstaunt darüber, wie vertraut diese Frau ihr war. Diese Wangenknochen, das Kinn …

Die Blondine ignorierte die Frage, raffte ihre Habseligkeiten zusammen und verschwand.

»Wow. Wer ist das?«, fragte Tad und sah seiner zukünftigen Ex-Freundin hinterher.

Die Frau näherte sich den Toilettenräumen, schwenkte dann aber Richtung Küche. Sofort flitzten Lili und Tad ihr hinterher.

Der Abend war ein absolutes Desaster. Jack hatte zwei Portionen Risotto verkocht, und die Salsa Verde für die Lammkeulen schmeckte nach Essig. Er zog es vor, die Beengtheit in der Küche für das misslungene Ergebnis verantwortlich zu machen, und nicht die Tatsache, dass Laurent nur ausnahmsweise bei dieser Show eingesprungen war. Die beiden Köche, die normalerweise ein perfektes Team waren, hatten nun schon über ein Jahr nicht mehr miteinander gekocht. Die Kommunikation holperte. Der Rhythmus. Einfach alles.

Aber all das spielte keine Rolle, weil sein Dessert heute aus einer heißen, kurvigen Frau bestand. Allein der Gedanke machte ihn ganz kribbelig und zauberte ihm ein breites Grinsen aufs Gesicht.

»Hallo, Jack.«

Die Fleischzangen entglitten ihm und fielen scheppernd zu Boden. Er blinzelte ein paarmal heftig, als könnte er dadurch besser hören. An jedem anderen Tag hätte er gedacht, dass er träumte. Aber irgendwie passte diese Begegnung zu diesem chaotischen Abend wirklich wie die Faust aufs Auge.

»Was machst du denn hier?«, brüllte er seine Schwester an.

Jules schob sich ihre Sonnenbrille ins Haar und legte ihre Tasche auf dem Tresen ab, als hätte sie vor, eine Weile zu bleiben. Hinter ihr erschienen eine besorgte Lili und ein amüsierter Tad.

Nachdem Jack Jules dermaßen angefahren hatte, waren alle Mitarbeiter kurz erstarrt. Ein knapper Befehl von Tony aber genügte, um sie wieder in Schwung zu bringen. Sogar Laurent gehorchte.

Jack warf ein Handtuch beiseite und ging auf Jules zu. Sie hatte dieselbe Adlernase, dieselben Wangenknochen, dieselben grünen Augen. Der einzige Unterschied zwischen ihnen war, dass sie so blond war wie er dunkel. Und sie war ihrer Mom wahnsinnig ähnlich.

Er packte Jules am Arm und führte sie weg aus dem Gang, damit sie den Kellnern nicht im Weg stand. »Jules, ich habe dir doch gesagt, dass ich morgen in London bin!«

»Das hier konnte nicht warten.« Ihre Stimme klang so rau, als wäre sie gerade eben aufgewacht.

Sein Griff lockerte sich. Plötzlich machte er sich Sorgen.

»Ist alles okay mit dir? Woher wusstest du überhaupt, wo ich bin?«

»Es ist nicht schwer, das rauszukriegen. Deine Fans geben permanent deinen aktuellen Standort durch.« Sie fuhr sich mit den Fingern durchs Haar, sodass ihre Sonnenbrille hinunterfiel. »O Gott«, murmelte sie dann, und ihre Augen begannen zu glänzen.

Jetzt war Jack wirklich alarmiert. Irgendetwas stimmte hier ganz und gar nicht. »Jules, Liebes, was ist los? Bist du krank?«

»Ich habe Mist gebaut«, sagt sie mit einem erstickten Schluchzen.

Urplötzlich hatte er die Eingebung, dass er lieber gar nicht wissen wollte, was sie als Nächstes sagen würde.

»Ich bin schwanger«, platzte es aus ihr heraus.

Ach, du großer Mist! Er hatte schon bei ihrem gestrigen Telefonat geahnt, dass etwas im Argen lag. Ein wenig ruppiger als geplant schob er sie Richtung Büro und beförderte sie auf einen der Drehstühle.

»Wie ist das passiert?«

»Na ja, du weißt ja, die Sache mit den Bienen und Blum…«

»Lass den Quatsch! Wer hat dir das angetan?«

Sie begann hysterisch zu lachen. »Niemand! Das habe ich mir wirklich selbst zuzuschreiben.«

Oh, toll! Eine unbefleckte Empfängnis also. »Was sagen Daisy und Pete dazu?«

Ihre Tante und ihr Onkel mochten vielleicht nicht die engagiertesten Betreuer gewesen sein, aber sie waren alles, was Jules nach dem Tod ihres Vaters, seines Stiefvaters, geblieben war. Da war sie fünf gewesen und Jack fünfzehn. Während Daisy sich des blonden Sprösslings ihres toten Bruders mit Freuden angenommen hatte, war sie auf seinen Stiefsohn Jack weniger erpicht gewesen. Als sie einmal dachte, er sei außer Hörweite, hatte sie ihn als »den Bastard dieses irischen Mistkerls« bezeichnet. Die nächsten drei Jahre über hatte er mehr Zeit auf den Sofas von Freunden verbracht als bei seiner Tante und seinem Onkel. Sobald er aber begonnen hatte, sie mit regelmäßigen Unterhaltszahlungen für seine Schwester zu unterstützen, waren sie alle dicke Freunde geworden. Damals hatte er zum ersten Mal begriffen, dass man Zuneigung kaufen konnte.

Jules zog die Schultern nach oben, während gleichzeitig ihre Mundwinkel nach unten gingen. Sie griff nach einer Büroklammer und bog sie auseinander. »Das ist ihnen egal. Die sind gerade auf ihrer jährlichen Pilgerreise an die Costa del Sol.«

»Ich rufe sie auf der Stelle an«, drohte er. Er wollte seinen Frust zu gern an den Menschen auslassen, die für seine kleine Schwester verantwortlich waren. Jack hatte sich nie daran gewöhnen können, dass Jules jetzt tatsächlich erwachsen war – so verantwortungslos, wie sie sich benahm. Außerdem nahm sie nie die Hilfe an, die er ihr anbot. Dass sie hier war, bedeutete, dass sie ernsthaft in Schwierigkeiten steckte. Vielleicht war die Schwangerschaft nicht die einzige schlechte Nachricht.

»Du wirst sie nicht erreichen. Ihre Telefonverträge gelten im Ausland nicht.«

Das klang zunächst plausibel – normalerweise rief er sie zu Hause auf dem Festnetz an –, aber ganz sicher konnte er nicht sein. Seine Schwester nahm es mit der Wahrheit nicht so genau. Sie sah ihn an, und wie so oft erinnerten ihre Augen sie an die ihrer Mutter. Jules wirkte ziemlich verängstigt und verwirrt.

Gegen ihre Verwirrung konnte er vielleicht nichts tun, aber gegen die Angst konnte er etwas unternehmen.

»Wer ist es? Kenne ich ihn?« Er merkte, wie er immer zorniger wurde.

»Du kennst ihn nicht«, murmelte Jules.

»Ich kenne eine Menge Leute. Wetten?« Dieser Vollpfosten, der seine Schwester geschwängert hatte, sollte sich gefälligst seiner Verantwortung stellen!

»In London leben acht Millionen Menschen, Jack. Nicht einmal du kannst alle kennen.« Sie zwinkerte ihm zu.

Lili stellte ein Glas Wasser auf dem Schreibtisch ab und

zog einen anderen Stuhl hervor, den sie von hinten gegen seine Beine drückte. War wahrscheinlich eine Aufforderung, sich hinzusetzen. Sobald er Platz genommen hatte, entspannte Jules' Haltung sich sichtbar. Scheinbar hatte er ihr Angst gemacht, als er sich so vor ihr aufgebaut hatte. Er war wirklich der schlimmste Bruder aller Zeiten.

»Wie geht es dir?«, fragte er Jules.

»Ich bin ein bisschen müde«, antwortete seine Schwester und griff mit zitternden Händen nach dem Wasserglas.

Sobald sie einen Schluck getrunken hatte, nahm er ihre Hände in seine. Am liebsten hätte er sie an sich gedrückt, aber sie war kein Fan solcher öffentlicher Zuneigungsbekundungen. Während er am liebsten tobte und schrie und hinterher Umarmungen verteilte, richtete sie ihre Aufmerksamkeit nach innen und machte dicht. Von ihrer optischen Ähnlichkeit einmal abgesehen war es wirklich schwer zu glauben, dass sie miteinander verwandt waren.

»Wir kriegen das hin, meine Kleine.« Wann hatte er sie zum letzten Mal so genannt? Es musste Ewigkeiten her sein.

»Ich gehe nicht zurück nach London, Jack«, sagte sie abwehrend und zog ihre Hände aus seinen. Sie wusste, dass das sein erster Vorschlag sein würde. »Tut mir echt leid, dass ich hier so hereinplatze, aber ich habe es nicht mehr ausgehalten.«

Er musste sich nicht umdrehen, um zu wissen, dass Cara und die Crew seinen Rücken förmlich mit ihren Blicken durchbohrten, damit er endlich zurück in die Küche kam.

»Kannst du hier warten, solange der Dreh läuft?«

Nicht, dass es einen Ort gegeben hätte, an den sie gehen konnte. Trotz ihrer beeindruckenden Größe wirkte ihr Körper gerade beinahe knochenlos und klein – und keineswegs bereit dazu, ein Kind zu gebären. Sein Herz explodierte beinahe vor Liebe zu seiner Schwester. Schließlich bedeutete Jack Lili, ihm zu folgen, und ging aus dem Büro.

Draußen standen sie einander gegenüber und versuchten, dem metallisch klirrenden Gewusel in der Küche einen ruhigen Moment abzutrotzen. Sie strich vorsichtig über seinen Handrücken, und dann atmeten sie gleichzeitig aus und wieder ein. Es war fast, als lernte er erst langsam wieder, richtig zu atmen. Lili war seine Lehrerin.

Sie streichelte mit ihren sanften Fingern rhythmisch über seinen Oberarm, von seinem Ellbogen bis hinab zu seinem Handgelenk. Auch wenn sie kein Wort sagte, so trösteten ihre Berührungen ihn doch sofort.

Wie sehr sehnte er sich danach, eng umschlungen mit ihr unter einem kühlen Laken zu liegen und eine ganze Woche lang einfach nur zu schlafen.

»Was für ein verdammter Mist«, knurrte er irgendwann. »Sie hasst mich.«

»Weil es immer nur um dich geht, Jack Kilroy.«

Autsch. Das hatte gesessen.

Lili drückte seine Hand. »Sie steckt in Schwierigkeiten und ist deshalb zu dir gekommen. Zu ihrem großen Bruder.«

Er atmete tief aus, als wollte er sich diese Möglichkeit nicht recht eingestehen. »Kannst du dich ein bisschen zu ihr setzen? Ich will nicht, dass sie allein ist.« Seine Wut war mittlerweile verpufft, und er fühlte sich nur noch hilflos. Dieses Gefühl kannte er nicht. Normalerweise löste er die Probleme, und es gab kaum eine schwierige Situation, mit der er nicht umgehen konnte.

Das Mitgefühl in Lilis Augen gab ihm beinahe den Rest.

»Klar. Komm, bring den Dreh zu Ende. Ich kümmere mich um sie.«

»Sie sollte etwas essen«, meinte er. Das war immerhin ein Gebiet, auf dem er sich auskannte. Jack, der Versorger.

Ein leichtes Lächeln umspielte ihre Lippen. »Ich besorge ihr ein paar Gnocchi. Wenn sie schon mal hier ist, sollte sie wenigstens richtiges italienisches Essen bekommen, nicht deine Pampe.« Jetzt musste er doch grinsen. »Und ich bringe sie nach Hause zu Mom«, fügte Lili hinzu.

»Zu deinen Eltern?«

»Jack, sie hat einen langen Flug hinter sich, ist müde und aufgewühlt. Sie braucht was in den Magen und eine ordentliche Mütze voll Schlaf.«

Jules hätte in erster Linie eine Mutter gebraucht. Ihre Tante war nie besonders mütterlich mit ihr umgegangen, auch wenn es ihr vor Jahren gelungen war, ihn vom Gegenteil zu überzeugen. Damals hatte sie ihm gesagt, dass ein anmaßender Achtzehnjähriger keinesfalls die Verantwortung für ein achtjähriges Mädchen übernehmen konnte. Sie hatte ihm eingeredet, dass Jules mit ihnen besser dran war. Und er hatte sich leicht überzeugen lassen.

»Ich will Francesca nicht damit belasten«, entgegnete er halbherzig, auch wenn er wusste, dass Lilis Vorschlag vorerst die beste Lösung war.

»Ach, das stört sie nicht. Italienische Mütter leben doch genau dafür. Und wenn Jules sich erst mal erholt hat und ...«, sie spielte an den Knöpfen seiner Kochjacke herum, »... du ein wenig ruhiger bist, dann könnt ihr zwei alles besprechen.«

Natürlich hatte sie recht. Er war nicht in der richtigen Verfassung, um mit Jules zu sprechen, und jedes Gespräch zwischen ihnen würde zwangsläufig zu Vorwürfen und Beleidigungen führen. Er trat näher an Lili heran und roch diesen Duft aus Vanille und Hibiskus, von dem ihm ganz schwindelig wurde. Selbst in einer verfahrenen Situation wie dieser genoss er ihre Nähe.

»Danke«, sagte er erleichtert. Es machte eigentlich keinen Sinn, aber irgendwie fühlte er sich allem besser gewachsen, wenn Lili bei ihm war.

»Jack, es gibt da etwas, was du …«

»Ich störe wirklich nur ungern, aber es gibt da immer noch eine klitzekleine Show, die wir drehen müssen.« Cara stand plötzlich neben ihnen und funkelte Jack warnend an.

An ihnen liefen Kellner mit Tonys Dessert vorbei. Sobald Jack sich von Lili und ihrer Wärme gelöst hatte, fehlte sie ihm sofort. Würde das jetzt immer so sein, wenn er nicht bei ihr war? Bestimmt nahm es ein böses Ende, wenn man etwas zu sehr wollte.

»Gott sei Dank ist der Abend fast vorbei«, sagte Laurent und wischte sich über die verschwitzten Augenbrauen. »In der Küche ist alles wie verhext! Sachen fallen runter, Essen geht zurück. Eigentlich kosten wir alle Gerichte, ehe sie serviert werden. Ich habe keine Ahnung, was los ist. Wir wirken wie die absoluten Amateure.«

Lili zog die Nase kraus und räusperte sich. »Nun, dazu muss ich noch was sagen. Wir haben ein Problem.«

Sofort war Jack alarmiert. »Was für ein Problem?«

»Gina hat sich da zu etwas hinreißen lassen. Sie hat ein paar eurer Gerichte nachgesalzen.« Sie verzog den Mund. »Eine falsche Interpretation von Loyalität der Familie gegenüber.«

»Oh.« Der Magen sackte ihm in die Kniekehlen. »Wie lange weißt du das schon?«

»Ich bin gerade gekommen, um es dir zu sagen, als deine …«

»Vor etwa vierzig Minuten kamen nämlich die ersten Mahlzeiten zu uns zurück.«

Ihre Verblüffung wirkte echt. »Angeblich waren es nur ein paar Portionen, und mir wurde gesagt, dass nichts zurückging.«

»Tja, das stimmt leider nicht.« *Nur ein paar?* Mindestens zehn Mahlzeiten waren zurückgeschickt worden, und das waren nur die, bei denen die Gäste sich zu diesem Schritt entschlossen hatten. Ob auch die essiglastige Salsa das Ergebnis von Sabotage war? Eine kleine Handbewegung reichte dazu schon aus.

»Sobald ich Gina mit dem Salz erwischt habe …«

»Du meinst eine deiner Topangestellten? Schieb das nicht ihr in die Schuhe, Lili. Du schmeißt den Laden hier, da solltest du hinterher wenigstens die Verantwortung übernehmen.«

Ein paar Kellner blieben stehen, um Zeuge dieser Szene zu werden. Jerry, ein dreister Kameramann, hatte beschlossen, dass sich hinter den Kulissen besonders spannende Aufnahmen machen ließen.

Und aus den Augenwinkeln konnte Jack erkennen, wie Tony durch die Küchentür spähte. Er wirkte besorgt – und dazu hatte er auch allen Grund!

»Was zum Teufel ist hier los, Lili?«

Sie leckte sich mit der Zunge über die Unterlippe und blickte nervös über seine Schulter. »Können wir irgendwo ungestört darüber reden?«

»Nein, das können wir nicht. Ich möchte wissen, weshalb deine Familie es für nötig hält, mich zu sabotieren. Ganz egal, wer gewinnt, für euer Restaurant ist es so oder so eine Werbeveranstaltung. Diese Aktion war vollkommen unnötig.« Irgendetwas musste ihm entgangen sein. Jack legte eine Hand unter ihr Kinn. »Es war also allein Ginas Idee, ja?«

»Jack …«

Er versuchte zu schlucken, aber seine Kehle fühlte sich an, als steckten lauter Scherben in ihr. Scheinbar hatte er die ganze Situation völlig falsch eingeschätzt. Das hier war Lilis Leben, ihre Familie, ihr Daseinsgrund. Marco und seine Spielsucht. Lili und ihre Abhängigkeit von ihrer Familie. Ehemalige Liebespartner, vielleicht auch aktuelle, die zusammenarbeiteten, um Werbung für ihr Baby zu machen.

Er hatte die DeLucas bereits verdächtigt, bei der Sache mit dem Video die Finger im Spiel gehabt zu haben, aber Lili hatte das sofort als Blödsinn abgetan. Jetzt wusste er es besser.

Plötzlich wurde ihm so übel, als hätte er einen ganzen Haufen verdorbener Krabben gegessen. Hatte Lili die ganze Zeit Bescheid gewusst? Hatte sie ihre Cousine dazu angestiftet? Caras Worte gingen ihm durch den Kopf: *Als ich ihr vorgeschlagen habe, dass sie ein bisschen Spaß mit dir haben soll …* Und ihre Cousinen und Cousins, die die T-Shirts entworfen, die Facebook-Seite ins Leben gerufen und eine Medienkampagne gestartet hatten, hatten Lili in Windeseile berühmt gemacht. Selbst eine New Yorker PR-Agentur hätte sich von ihrem Vorgehen eine Scheibe abschneiden können.

Diese Erkenntnis war derart niederschmetternd, dass er sich krümmte.

Und alle beobachteten sie. Die Kellner, das Küchenpersonal und das Fernsehteam, alle standen da und warteten ab, was geschehen würde. Cara baute sich zornig vor ihnen auf.

»Können wir bitte endlich die verdammte Show in den Kasten bringen?«, rief sie laut genug, um alle aus ihrer Starre zu reißen.

Auch der Kloß in Jacks Kehle löste sich endlich.

»Die Show ist vorbei.«

Stille senkte sich über den Raum, und er blickte in eine ganze Reihe ausdrucksloser, leerer Gesichter. Nicht einmal sein eigenes Team schien ihn ernst zu nehmen.

»Jerry, mach die Kamera aus. Jetzt.«

»Yep«, erwiderte der Kameramann lakonisch. Er legte einen Schalter um, und das rote Licht über der Linse wurde erst schwächer und erlosch dann ganz.

»Jack, es tut mir leid«, sagte Lili mit zitternder Stimme.

Was genau ihr leidtat, war ihm bereits egal, als er Richtung Küche stürmte.

»Mir auch.«

17. Kapitel

Jack lehnte sich an den Tresen in der Küche des *Ristorante DeLuca* und hatte die Augen geschlossen. Das war immer noch besser, als Cara dabei zuzusehen, wie sie die Stimmen auszählte. Oder Lili, wie sie Kreise auf die abgenutzte Arbeitsfläche malte, die er vor drei Tagen noch so bewundert hatte. War seitdem wirklich erst so wenig Zeit vergangen? Neben den Kochplatten sandte Tony dermaßen negative Schwingungen aus, dass Jack fast mit einer Detonation rechnete, sollten sie seine eigenen berühren. Bis jetzt hatte Tony noch kein Wort gesagt, aber wahrscheinlich würde er jeden Moment die Nerven verlieren. Jack hätte es ihm keineswegs übel genommen.

Seine Muskeln schmerzten, und seine Knochen fühlten sich an, als hätte sie jemand durch eine Nudelwalze gezogen. Ansonsten war er wie betäubt. Jules war schwanger, und sie hatte es für nötig gehalten, es ihm hier während des Drehs mitzuteilen, anstatt bis zu ihrer morgigen Verabredung in London zu warten. Und Lili hatte ihm ohne Vorwarnung ein Messer in die Brust gerammt.

Cara hatte ihn angefleht, das Dinner noch zu Ende zu bringen *(Tu es für die Kunden, Jack!)*. Er hatte nachgegeben, und bis Laurent ihm beschwichtigend eine Hand auf den Arm gelegt hatte, während er das Dessert vorbereitete, dachte Jack noch, dass alles reibungslos ablaufen würde. Vollkommen abwesend hatte er eine Pyramide aus Eis gebaut, die bei einem Zusammensturz eine ganze Großstadt dem Erdboden gleichgemacht hätte.

Cara strich die Wahlzettel glatt und sah Jack aus ihren eisblauen Augen an. »43 für Kilroy. Und 62 für DeLuca. Jack, es liegt jetzt ganz bei dir. Wir können noch ein paar kreative Änderungen bei den Nahaufnahmen einbauen, in denen die Gäste auf das Essen reagieren …« Sie spähte zu ihrem Vater, der eine säuerliche Miene zog. Wäre das nicht auch ein tolles Motiv? »Und dann erklären wir dich zum Sieger. Die Schlussredaktion überlassen wir ganz dir.«

»Und ich kann auch entscheiden, ob diese Sendung überhaupt ausgestrahlt wird«, sagte Jack.

Cara sah ihn an, als wäre er derjenige, der es unnötig kompliziert machte. Wow, diese Familie wollte wirklich die ganze Bäckerei, nicht nur ein Stück vom Kuchen.

»Klar, wenn du es auf diese Weise spielen willst«, sagte seine Producerin.

Jack arbeitete schon lang genug mit ihr zusammen, um die Panik aus ihrer Stimme herauszuhören. Cara hatte Angst. Der Erfolg der Show, ihr Job und die Zukunft des Restaurants standen auf dem Spiel. Das erzeugte natürlich eine Menge Druck.

Lili rieb an ihrem Schlüsselbein, so wie sie das immer tat, wenn sie nervös war. Sie sahen sich an, und er meinte aus ihrem Blick die Bitte um Verständnis herauszulesen.

Zu dumm, dass ihm die Gründe ihrer Familie piepegal waren.

»Geht es meiner Schwester gut?«, bellte er.

Lili nickte und schlang die Arme um sich selbst, als müsste sie sich vor seiner Kälte schützen. »Mom ist vorbeigekommen und hat sie abgeholt. Wahrscheinlich schläft sie schon.« Durch die Hitze und die Feuchtigkeit in der Küche war ihr Haar noch voluminöser geworden, und auf ihrem Gesicht lag ein feuchter Film. Sie anzusehen war, als schaute man direkt in die Sonne. Er wollte sie immer noch, alles an ihr, und er hasste sich dafür. Jack merkte, wie eine heiße Wut in ihm aufstieg. Jemand hatte seine Schwester benutzt, und Lili hatte dasselbe mit ihm versucht. Eigentlich kannte er das Business doch gut genug, um auf so etwas vorbereitet zu sein. Seiner Ex war es nur um Publicity und ihren eigenen Ruhm gegangen. Seine Schwester kam nur zu ihm, wenn sie in der Klemme steckte. Sein Vater … Himmel, der wachte doch nur mal kurz aus seinem Rausch auf, wenn ihm der Whisky ausging. Und jetzt hatten Lili und die hinterhältigen DeLucas sich nicht mit der kostenlosen Werbung zufriedengegeben, die die Show ihnen ohnehin brachte, sondern wollten ihn auch noch vor aller Welt demütigen.

Tony trat vom Herd weg. »Ich wusste von Anfang an, dass das Ärger geben würde«, sagte er und blickte zu Jack. »Wir hätten die Werbung und diese Show überhaupt nicht gebraucht.«

Wie großzügig, dass Tony sich doch noch zu einem Kommentar herabgelassen hatte. Gott sei Dank ballte Jack gerade seine Fäuste, ansonsten hätte er womöglich begonnen, ironisch zu applaudieren.

Lili sah ihn panisch an. »Dad, wir haben durch die Show jetzt schon jede Menge Aufmerksamkeit bekommen.«

Auf jeden Fall, Süße. Und wie viel davon haben wir la famiglia und Co. zu verdanken?

»Jeder weiß, dass die Folge hier aufgenommen wurde. Wenn sie nicht ausgestrahlt wird, wirft das Fragen auf, Gerüchte darüber, was passiert sein könnte. PR-technisch gesehen wäre das ein Desaster. Wir brauchen die Show, aber Jack sollte auf jeden Fall gewinnen.«

»Danke, dass du mir hilfst, mein Gesicht zu wahren, Liebste«, murmelte Jack. Als sie ihn verletzt ansah, wurde er nur noch wütender.

Tonys Gesicht hatte mittlerweile die Farbe einer Aubergine angenommen.

»Du bist nicht in der Position, Entscheidungen zu treffen, Liliana. Was ist nur in letzter Zeit in dich gefahren? Das wäre alles nie passiert, wenn deine Mutter zuständig gewesen wäre und das Personal im Auge behalten hätte, anstatt sich ablenken zu lassen.«

Vor einer Stunde hatte Jack in etwa dasselbe zu ihr gesagt. Lilis Gesicht war so von Schmerz verzerrt, dass Mitgefühl in ihm aufstieg. *Reiß dich zusammen, Kilroy.* Wenn sie in Tränen ausbrach, wollte er sich nicht davon beeindrucken lassen.

»Dad, sobald sie erfahren hat, was passiert ist, hat sie Gina gefeuert«, schaltete Cara sich ein.

Jack riss den Kopf nach oben. »Hast du?«

»Spielt doch keine Rolle«, meinte Lili dumpf und sah zu Boden. Scheinbar hatte Tonys Ansage ihr sämtliche Energie geraubt.

Cara drückte den Arm ihrer Schwester. »Lili hat alles

getan, um den Schaden zu begrenzen. Trotzdem bringe ich den kleinen Giftzwerg Gina um, sobald ich sie sehe! Ich denke, wir sind uns alle einig, dass das ein sehr ungewöhnlicher Abend war.« Sie warf Jack einen bedeutungsvollen Blick zu. Wollte sie damit sagen, dass auch er nicht ganz unschuldig an dem ganzen Chaos war, weil seine Schwester ausgerechnet heute aufgetaucht war? »Jack, Babe. Jetzt liegt es bei dir.«

Ihre Schmeichelei brachte jetzt auch nichts mehr. »Cara, denk ja nicht, dass du dich aus der Affäre ziehen kannst. Du hast mich in diese Situation gebracht, ohne die finanziellen Probleme deiner Familie zu erwähnen oder zu sagen, wie heiß ihr alle auf ein bisschen Fame seid.«

Dass sie ihrer Schwester dazu geraten hatte, sich mit ihm zu amüsieren, als wäre er irgendein Spielzeug, erwähnte er nicht. Tony hielt bereits eine Shotgun in der Hand, da musste Jack ihm nicht auch noch die Munition liefern.

»Jack, wir hatten doch sowieso schon Probleme mit der Show«, erklärte Cara in dem besänftigenden Tonfall, der Lilis so ähnlich war. »Wir haben eine andere Location gebraucht.«

»Denkst du denn, ich kenne nicht genug Chefköche in Chicago, die sofort alles stehen und liegen lassen würden, um bei *Jackpot – Ein Koch für alle Fälle* dabei zu sein? Ich habe mich auf deine Einschätzung verlassen, Cara, aber hey, um mich ging es bei der Sache ja auch nicht. Spielt eben keine Rolle, was ich denke.«

»Mir ist vollkommen egal, wer gewinnt«, warf Tony ein. »Mir geht es nur darum, was richtig ist.«

Alle Blicke richteten sich auf ihn. Jack konnte ihm nichts vorwerfen; auch er war ein Opfer dieser Schmierenkomödie geworden. Seine Exzellenz in der Küche wurde nur von seinem Ehrverständnis und seiner Liebe zu seiner Familie übertroffen. Heute Nacht schlief Jules in einem Bett der DeLucas, ohne dass irgendjemand ein Aufheben darum machte. Sosehr Jack die Intrigen der jüngeren Generation verachtete – Tony bewunderte er trotzdem.

»Das Ergebnis steht fest«, sagte Jack. »Tony ist der Sieger.«

Er redete sich selbst ein, dass seine Entscheidung nichts mit Lili zu tun hatte. Morgen würde er mit Jules abreisen, das Pastamehl von seinen Füßen schütteln und diese ganze durchgeknallte Truppe einfach vergessen.

Tony warf angespannt die Hände in die Luft. »Nein! Ich werde auf keinen Fall von dem unwürdigen Benehmen meiner Familie profitieren!«

»Dad, das ist Jacks Entscheidung«, sagte Cara besorgt und sammelte eilig die Wahlscheine ein, ehe ihr Boss seine Meinung ändern konnte. »Wir haben alle lang genug warten lassen und sollten die Situation nicht noch schlimmer machen, als sie ohnehin schon ist.«

Lilis erleichterter Gesichtsausdruck machte Jack gleichermaßen wütend und glücklich. Klar, es war alles total vertrackt, aber so war das nun mal, wenn man dermaßen hingerissen war, dass man nicht mehr klar denken konnte. Wenn man verliebt war.

Heilige Scheiße!

Das war wirklich … völlig unpraktisch.

Und unmöglich! So etwas konnte doch nicht innerhalb von drei Tagen passieren. Man konnte begeistert sein, sexuell hörig, meinetwegen. Aber doch nicht verliebt. Das war verdammt unwahrscheinlich.

Er hatte doch nur ein Date gewollt!

»Das ist vollkommen inakzeptabel«, dröhnte Tony. Ganz genau. In Lili verliebt zu sein war nicht akzeptabel.

»Tony und ich müssen uns mal unter vier Augen unterhalten«, sagte Jack. In erster Linie brauchte er Abstand zu Lili. Seine Haut fühlte sich an, als wäre sie zu eng für ihn; sein Atem ging schwer. Er sah hinüber zu Cara, die nickte und dann mit Lili in den Speisesaal ging. Lili schenkte ihm einen dankbaren Blick, den er weder verdient hatte noch brauchte.

»Tony, du hast diesen Sieg wirklich verdient. Dein Menü war einsame Spitze, und ehrlich gesagt sollten deine Gnocchi den *BPW*-Preis bekommen. *Beste Pasta Weltweit.*«

Tonys Gesicht zuckte. Er würde doch nicht etwa … lächeln? Aber natürlich ließ Il Duce sich nicht von Komplimenten einwickeln. Jack holte tief Luft, um sich dann auf sichereres Terrain zu bewegen.

»Mir gefällt die kleine Intrige deiner Familie ganz und gar nicht, aber ich weiß, wer hier der Sieger ist. Und glaub mir, die Leute lieben es, wenn einem Starkoch mal ordentlich eins vor den Latz geknallt wird. Wenn ich in der ersten Folge verliere und dann auch noch gegen den Vater von …«

Er verstummte, als ihm klar wurde, was er gerade fast gesagt hätte. *Der Vater der Frau, die ich … halt bloß die Klappe, Kilroy!*

»Das wirkt sich super auf die Einschaltquoten aus, da bin ich sicher. Du würdest mir auf jeden Fall einen Gefallen tun.«

So wie er daherredete, bestätigte er Tony ganz bestimmt in seinem negativen Bild. Er war eben ein ruhmgeiler Mega-Aufreißer, der das Ansehen von Tonys Tochter mit Füßen trat. Es ging immer nur um die Einschaltquoten. Aber Jack würde seine Entscheidung nicht zurücknehmen. Er wollte in dieser Schmierenkomödie immerhin das Sagen haben – was blieb ihm schon anderes?

Tony legte die Handflächen auf die abgenutzte Arbeitsfläche. Eigentlich sollte Jack diese Küche hassen, aber aus irgendeinem seltsamen Grund war seine Zuneigung zu ihr eher gewachsen.

»Danke, ich werde deine Entscheidung akzeptieren. Unter einer Bedingung«, sagte Tony.

Unglaublich. Wie konnte es so weit kommen, dass Tony jetzt auch noch Bedingungen stellte?! Jack seufzte.

»Halt dich von meiner jüngsten Tochter fern.«

Es hätte nicht wehtun sollen, aber dennoch hatte Jack das Gefühl, Tony hätte ihm mit seinen Worten das Herz aus der Brust gerissen. Was hatte er denn erwartet? Dankbarkeit dafür, dass Jack den Shitstorm verhindert hatte, der ansonsten über das Leben dieses Mannes hereingebrochen wäre? Dafür, dass Jack letztlich sein Geschäft vor dem Ruin bewahrt hatte? Aber nein. Tony hütete seine Familie wie seinen Augapfel, und Jack würde das respektieren müssen.

Außerdem war diese läppische Bitte des älteren Mannes ja auch keine große Sache.

»Kein Problem.«

Lili war sich nicht sicher, wie viel Zeit vergangen war, seit die beiden Teams – das vom *Ristorante DeLuca* und das vom Fernsehen – das Restaurant verlassen und in *O'Casey's Tap* weitergezogen waren. Jetzt wollte sie nur noch nach oben in ihre Wohnung und mindestens eine ganze Packung Eis verputzen.

Was für ein Fiasko! Die Vorwürfe ihres Vaters waren hart gewesen, aber sie konnte seinen Zorn verstehen. Sie hatte sich mit Jack herumgetrieben, während sie eigentlich dem Personal auf die Finger hätte schauen sollen, damit es keine Dummheiten machte. Tony würde sich irgendwann wieder einkriegen, wenn auch nicht ganz ohne Weiteres. Aber irgendwie würden sie das überstehen.

Was Jack anging ... Oh, Jack. Der Schmerz in seinem Gesicht war unerträglich für sie gewesen. Und als er dann in diesem wahnsinnig ehrenwerten, selbstlosen Akt die Abstimmung akzeptiert hatte, hatte sie das vollkommen niedergeschmettert. Die Zukunft ihrer Familie hatte in seiner Hand gelegen, und Jack hatte sich auf ihre Seite gestellt, obwohl sie ihn übers Ohr gehauen und fuchsteufelswild gemacht hatte. Vor lauter Wut hatte er sich nicht einmal verabschiedet.

Jetzt, wo Lili allein war, drehte sie ihre übliche Abschlussrunde durch das Restaurant. Ihr fiel der abgenutzte Bartresen auf, die Tische ohne Tischdecken, die so sofort moderner aussahen, und die Lederbänke, die an den Kanten schon ausfransten. Das silberne Klebeband auf dem Boden war der einzige Beweis dafür, dass die Show hier überhaupt stattgefunden hatte. Und natürlich dieser dumpfe Schmerz in ihrer Brust.

Erst als ein Scheppern aus der Küche ertönte, wurde ihr klar, dass sie doch nicht allein war. Vorsichtig lugte sie durch das Fenster in der Küchentür und erwartete eigentlich, Emilio oder einen der Postenchefs zu sehen, die noch einmal alles überprüften.

Mit Jack hatte sie nicht gerechnet.

Sofort begann ihr Herz zu rasen, fast so wie drei Nächte

zuvor, als sie durch die Gasse auf das Restaurant zugegangen war. Eigentlich hätte Jack längst fort sein sollen, aber da war er, und einen Moment lang stieg eine leise Hoffnung in ihr auf. Er trug jetzt nicht mehr seine Kochklamotten, sondern eine ausgewaschene Jeans und dazu ein noch ausgewascheneres T-Shirt von Pink Floyd, das sich an seinen muskulösen Rücken schmiegte. Natürlich sah er wieder einmal unglaublich heiß aus.

»Du bist hier«, sagte sie.

»Ich packe nur alles zusammen«, meinte er, ohne sie anzusehen. Dann schrubbte er weiter an einer Pfanne herum, obwohl das Personal das ebenso gut am nächsten Tag hätte erledigen können.

»Können wir reden?«

»Ich habe nichts mehr zu sagen.« Seine moosgrünen Augen hatten jetzt ein dunkles Jagdgrün angenommen.

Die Hitze und die Intensität, die sie lieben gelernt hatte, waren wie weggeblasen. Geblieben war ein vorwurfsvoller, harter Gesichtsausdruck, der sie erschreckte. Lili wollte, dass er sie mit seinem Blick wärmte, mit seinen Berührungen. Sie wollte *ihren* Jack.

»Jack, ich kann dir kaum genug dafür danken, was du heute getan hast. Du kannst dir nicht vorstellen, wie viel mir das bedeutet.«

Statt einer Antwort ertönte nur das kratzende Geräusch der Stahlwolle auf der Pfanne. Sie tat einen wackligen Schritt auf ihn zu. Vielleicht konnte ihre Nähe ihn ja ein wenig besänftigen, so wie vorhin nach dem Gespräch mit Jules. Er schrubbte noch fester.

»Ich will mir gar nicht ausmalen, was du jetzt über uns denkst.«

Er stellte die Pfanne auf dem Regal über den Spülmaschinen ab und sah sie dann so kalt und wütend an, dass sie zusammenzuckte.

»Ich denke gar nichts.«

Das bezweifelte sie stark. »Okay, du hast jedes Recht …«

»Ja, weil ich nämlich gar nicht denken soll, stimmt's? Ich soll nur die Klappe halten und meine Rolle spielen. Immerhin weiß ich jetzt, warum du nicht mit mir ausgehen wolltest. Du wolltest mich einfach hinhalten, bis ich wieder weg bin. Hast mir Honig ums Maul geschmiert, damit ich nach deiner Pfeife tanze.«

»Jack, ich habe nicht mit dir gespielt und hatte auch nicht vor, dich auszunutzen. Ich wollte mit dir ausgehen. Das will ich immer noch.« Ihre Worte klangen zu schwach für diesen Moment. Nicht dringlich genug, um gegen seine Anschuldigungen anzukommen.

»Oh, wirklich? Bist du jetzt doch zu dem Schluss gekommen, dass eine Beziehung mit mir gut fürs Geschäft wäre? Es haben schon viele Menschen versucht, mich zu benutzen, aber von dir hätte ich das einfach nie erwartet.«

Er sagte das so, als würde er sie kennen. Eine Zeit lang hatte sie das tatsächlich geglaubt.

»Ich habe mich dir anvertraut, Lili, habe dir von meinem Vater und von Jules erzählt. Diese Dinge weiß sonst keine Menschenseele.« Er warf das Geschirrtuch Richtung Spüle. Es verfehlte das Ziel und segelte traurig zu Boden.

»Hast du jetzt genug Informationen für die Klatschpresse gesammelt? Richtig exklusives Material! Dazu noch deine superpersönlichen, selbst geschossenen Nahaufnahmen von mir und ein paar spannende Details, um die Sache abzurunden. *Sein Vater ist nicht an Jack interessiert und seine Schwester spricht nur mit ihm, wenn sie richtig tief in der Scheiße steckt.* Dieser Mist schreibt sich doch wie von selbst. Jack Kilroy, ein Star in der Küche und im Bett, aber ein echter Versager im wahren Leben.«

Langsam wurde Lili klar, dass es hier um viel mehr ging als nur um die Show. Sie wollte ihn in die Arme schließen und ihm sagen, dass er ganz falschlag. Dass er ihr ebenso vertrauen konnte wie sie ihm.

»Jack, ich habe dich nicht hintergangen. Das musst du mir glauben. Ich weiß, wir hatten einen schlechten Start, und da wirkte es vielleicht so, als wollte ich von dir nur das eine. Aber das ist jetzt anders. Ich schwöre es dir.«

Doch offenbar hatte es bereits zu lange in ihm gebrodelt, als dass er sich jetzt noch von seiner Version hätte abbringen lassen. Der Zorn hatte sich in seine Gesichtszüge eingegraben.

»Ich hatte Mitleid mit dir. Ich dachte, die Sache mit dem Video hätte dir sehr zugesetzt und natürlich all die gemeinen Kommentare. Du hast ordentlich auf die Tränendrüse gedrückt, und ich bin darauf reingefallen. Treffer, versenkt. Aber nein, dir ging es um etwas ganz anderes, und es war dir vollkommen schnuppe, ob dabei jemand verletzt wird. Ich bin eben der Typ mit den heißen Händen und dem Ständer, ein narzisstischer Mega-Aufreißer, der dafür prädestiniert ist, sofort den Verstand zu verlieren, wenn ihn eine sexy Frau in der Bar anmacht. In einer Bar voll von deinen Freunden, Verwandten und Kollegen, die alle das große Geschäft wittern.«

Das war nicht sein Ernst. Er fing wirklich schon wieder mit dieser lächerlichen Anschuldigung an?

»Du hast das vollkommen falsch verstanden, Jack. Ich

habe dir doch schon gesagt, dass meine Familie nicht für dieses Video verantwortlich ist.« Plötzlich zweifelte sie selbst daran. Sie wusste einfach nicht mehr, was sie denken sollte.

»Sag doch mal: War das Video eher eine spontane Idee oder haben Marco und du das von langer Hand geplant? Und als das nicht genügt hat, wolltet ihr auch noch den Sieg eures Vaters herbeimogeln.«

Lili brauchte einen Moment, um zu verstehen, was er da gerade gesagt hatte. Er dachte, sie hätte das Video geplant – mit Marco? Dass sie sich freiwillig zum Gespött aller Leute gemacht hatte und willentlich diese Flut von Hasskommentaren herbeigeführt hatte? Und wozu? Für ein paar Tischreservierungen mehr?

Jack lag auf so vielen Ebenen falsch, dass sie gar nicht wusste, wo sie anfangen sollte. Aber das musste sie auch nicht. Plötzlich erschien er ihr noch breiter und größer – was daran lag, dass er näher an sie herangetreten war. Er ragte über ihr auf, und alle dreizehn Sommersprossen, die sie mit ihrem Mund liebkost hatte, waren wegen der dunklen Farbe seines Gesichts beinahe unsichtbar geworden.

Es war auch sinnlos, die Geschehnisse bis ins Detail zu zerpflücken. Sie hatte Gina zwar aufgehalten und sogar gefeuert, aber dass ihre Familie Jacks Essen hatte sabotieren können, war dennoch ihre Schuld.

»Ich hatte mit dem Video nichts zu tun. Meine Familie hat einen Fehler gemacht, und ich übernehme die volle Verantwortung.«

Einen Moment lang leuchtete in seinen Augen etwas von dem Jack auf, den sie kannte. Aber es verschwand zu schnell, als dass sie es hätte festhalten können.

»Welchen Teil meinst du, Lili? Welcher Teil war ein Fehler?« Er kam noch näher, sodass ihre Körper sich berührten und er sie mit seinen Oberarmen zwischen sich selbst und dem Tresen einklemmte. Sein Körper strahlte Hitze und eine rohe Kraft aus, während um seinen Mund immer noch ein grausamer, unversöhnlicher Zug lag. Er war trotzdem noch schön. Das war er immer.

Er strich mit der Daumenkuppe über ihre Lippen, sanft und brutal zugleich, und sie keuchte leise auf. Sie gestand es sich nur ungern ein, aber eine einzige Berührung von ihm genügte immer noch, um ihren ganzen Körper in Aufruhr zu versetzen.

»Was war der Fehler, Lili? Mich in der Bar um den Verstand zu küssen? Im Hotel die sexy Krankenschwester für mich zu spielen? Mich dich so lange liebkosen und necken zu lassen, bis du es kaum mehr ausgehalten hast? Mich zu beißen, als ich dich nicht schnell genug gevögelt habe? War das ein Fehler, ja?«

Er schob den Daumen zwischen ihre Lippen, und Lili merkte, wie sehr sie ihn wollte. Begehrte. Sie stöhnte auf.

In diesem Moment ließ er die Hand sinken, als ekelte er sich vor ihr. Seine Augen verdunkelten sich.

»Ich glaube, der Fehler war schlicht und einfach, dass ich es herausgefunden habe. Ich war für dich immer nur Mittel zum Zweck. Um dein Restaurant bekannter zu machen. Marco zurückzugewinnen. Such dir was aus. Und wenn du dir dabei auch noch ein bisschen die Hörner abstoßen konntest, umso besser. Cara hat mir alles von dem Plan erzählt. Davon, dass du dir mit mir eine gute Zeit machen solltest.«

Als Lili jetzt aufkeuchte, geschah das nicht vor Lust, sondern vor Schreck. Es gelang ihr kaum noch zu atmen.

»Wir hätten zusammen so gut sein können. So verdammt …« Er strich sich blitzschnell durchs Haar, aber sie bemerkte dennoch, dass seine Hand zitterte. »Ich hätte dich einfach vögeln sollen, als du dich mir an den Hals geworfen hast.«

Ein erstickter Schluchzer drang aus ihrer Kehle. Sie fühlte sich vollkommen leer. In ihrem Brustkorb war nichts mehr, kein Herz, kein Atem.

Und dann war er weg.

Sie wischte sich die Tränen aus den Augen und lehnte sich erschöpft an den Küchentresen. Dort, wo sein Daumen sie berührt hatte, glühte ihre Haut.

Vor ein paar Stunden hatte sie noch geglaubt, dass sie zu allem in der Lage war. Irgendwie hatte seine Nähe diesen Effekt auf sie gehabt. Sie hatte sich vorgenommen, das Restaurant wieder in Schwung zu bringen und sich an der Graduate School zu bewerben. Sie dachte, dass sie die Beziehung zwischen Jack und seiner Schwester kitten und sich schließlich dem aufregendsten Mann hingeben könnte, der ihr je begegnet war. Der Gedanke daran, ihn besser kennenzulernen, hatte ihr auch ein wenig Angst gemacht, aber sie konnte vieles ertragen – selbst die Beleidigungen und den Spott von vollkommen fremden Leuten. Aber nicht von ihm. So stark war sie nicht.

Wäre sie stärker, dann käme es ihr jetzt nicht so vor, als läge ihre gesamte Welt in Trümmern und als würde der einzige Mensch, der ihr hätte helfen können, sie aus tiefstem Herzen verachten.

18. Kapitel

Diese Hotelsuite ist viel zu klein, entschied Jack. Und im Fernsehen lief auch nur Mist. Nachdem er kurz in *Kilroy's Kitchen* hineingezappt hatte, schaltete er den Fernseher sofort aus. Im Moment konnte er sich selbst ohnehin nicht ausstehen, da war es noch schlimmer, sich auf diesem kleinen Bildschirm zu sehen.

Seit er vor ein paar Stunden aus dem *Ristorante DeLuca* gestürmt war, hatte er immer wieder an Lilis verletzten Gesichtsausdruck denken müssen. Entweder war sie eine wahnsinnig gute Schauspielerin, oder er hatte tatsächlich alles gründlich missverstanden.

Aber er täuschte sich doch nicht, oder? Sie hatte den Betrug ihrer Familie als Fehler bezeichnet. Und dennoch war jetzt er derjenige, der sich wie der letzte Dreck fühlte. Diese Art von Mathematik ergab keinen Sinn. Offenbar funktionierte das Gehirn nach mehreren Monaten ohne Sex nicht mehr richtig. Lili war die erste Frau, die während seines lächerlichen Sexentzugs sein Interesse geweckt hatte, und so hatte sie ihm viel zu schnell die Sinne vernebelt.

Nie.

Wieder.

Er musste wirklich ein Masochist sein. Das Objekt seiner Begierde verachtete ihn nicht nur, sondern hatte ihn obendrein auch noch benutzt. Genau wie Ashley, die alles an die Presse weitergegeben hatte. Oder wie John Sullivan. Eigentlich hätten diese furchtbaren Enttäuschungen ihn doch lehren müssen, sich keine falschen Hoffnungen mehr zu machen.

Aber sie hat Gina rausgeschmissen.

Na und? Sie hatte eben Marco beschützen wollen. Bestimmt drückte er sie gerade schon fest an seinen Armani-Anzug.

Du hast sie in seine Arme getrieben.

War ja auch nicht schwer gewesen, oder? Als ihre Mutter krank geworden war, hatte sie sich auch sofort dieser Flachzange an den Hals geworfen. Und jetzt … jetzt musste er dringend sein Gehirn zum Schweigen bringen und einen ganzen Bottich Scotch in sich hineinkippen, ehe er auf die Idee kam, direkt zu ihrer Wohnung zu fahren und ihr erneut ein Ständchen zu bringen.

Vielleicht sollte er dieses Mal etwas aus *Les Misérables* singen?

Seine Haut schmerzte, als hätte jemand Bleichmittel über ihm ausgekippt. Jede Geste, jedes Wort, das er gesagt hatte, machte ihm jetzt zu schaffen. Hatte er es vermasselt? Wäre ja nicht das erste Mal. Jules spielte immer noch die Hauptrolle, wenn es um sein schlechtes Gewissen ging. Jules mit den Augen ihrer Mutter.

Sein Stiefvater hatte ihn nur einmal mit in das heruntergekommene Krankenhaus genommen, in dem seine

Mutter lag. Die Wände waren schmuddelig, die Gesichter der Menschen verlebt und schlaff, als wären die Patienten direkt einem Dickens-Roman entsprungen. Und der stechende Geruch des Desinfektionsmittels schaffte es kaum, den süßlichen Krankheitsgeruch zu überdecken. Aus irgendeinem kindischen Grund war er so wütend auf seine Mutter gewesen, dass er sich geweigert hatte, sie zu umarmen. Mit zwölf war er zu alt für mütterliche Zärtlichkeiten und zu beschäftigt mit seinen eigenen Bedürfnissen gewesen. Wenn er gewusst hätte, dass es ihr letztes Treffen war, dann hätte er sich so lange an ihren zerbrechlichen, krebsgeschundenen Körper geklammert, bis sie ihn von ihr weggezerrt hätten.

»Kümmere dich um deine Schwester, Jack«, hatte sie mit dem sanft rollenden irischen R gesagt, als er ihr bereits den Rücken zugewandt hatte. Als sein Stiefvater ein paar Jahre später gestorben war, war Jack immer noch vage bewusst gewesen, dass er Jules' Vormund werden sollte, sobald er volljährig war. Aber er hatte andere Dinge zu tun. Brockte sich Ärger ein und musste irgendwie sein Leben auf die Reihe bekommen. Tat er seiner Schwester denn nicht sogar einen Gefallen, als er sie bei Pete und Daisy unterbrachte? Wie hätte sein erbärmlicher Lebenswandel sich denn mit den Bedürfnissen eines Kindes vereinen lassen?

Und jetzt bekam er von Jules die Abrechnung für all die nicht eingehaltenen Versprechen. Nie zuvor hatte er sich so nutzlos gefühlt, bis Lili vorhin das Kommando übernommen hatte. Besonnen, kompetent und zielgerichtet. Dazu diese sexy Stimme … Lili war eine Frau, die wusste, was Familie bedeutete, und ihm dabei helfen konnte, die Codes zu übersetzen. Mit ihr gemeinsam hatte er das Gefühl, ein besserer Koch, ein besserer Bruder, ein besserer Mann werden zu können.

O ja, und wie sie sich mit Familie auskannte! Deswegen hatte sie ihrem Clan zuliebe auch betrogen, gelogen und ihn ausgenutzt. *Und was ist mit Gina, du Idiot?!*

Es war jetzt zwei Uhr morgens, und Chicago war eine lebendige, kosmopolitische Stadt. Irgendwo musste doch noch irgendeine heruntergekommene Bar geöffnet haben, in der sich die ewigen Selbstvorwürfe betäuben ließen. Er rappelte sich vom Sofa auf, öffnete die Tür und erlebte die Überraschung seines Lebens.

Lili.

Sie hatte die eine Hand noch erhoben, als wollte sie gerade anklopfen. In der anderen hielt sie ihren Rollerhelm unter ihren wogenden Busen gedrückt. Mit den orangefarbenen Flipflops an den Füßen und der Haarwolke um ihren Kopf sah sie aus wie eine zürnende Göttin. Ihre Augen funkelten vulkanisch, und Jack fühlte sich plötzlich, als flösse Lava durch seine Adern anstatt Blut.

Fieberhaft betrachtete er ihren Körper. Ein türkisfarbener BH-Träger war über ihre Schulter gerutscht und bildete einen starken Kontrast zu dem gelben Sommerkleid, das sich an ihre Kurven schmiegte und oberhalb des Knies ein Stück ihrer herrlichen Beine zeigte. Wie immer musste er sofort daran denken, wohin diese Beine führten. Aber konnte man mit Flipflops überhaupt Roller fahren? Und sollte sie nicht einen Pullover tragen, damit sie nicht fror?

Hör auf, dir Sorgen um sie zu machen, du Schwachkopf. Lili konnte sich wunderbar um sich selbst kümmern.

Er ließ den Blick über ihre Brust hinweg zu ihrem Gesicht wandern. Da war kein Groll mehr, stattdessen waren ihre Augen voller Liebe. Sie biss sich auf die Unterlippe.

»Lili …« Er brachte den Satz nicht zu Ende. Er war doch sonst nicht auf den Mund gefallen! Meine Güte, immerhin war er Brite.

»Warum bist du hier?«, würgte er schließlich hervor.

»Ach, ich hatte Lust auf ein paar weitere Beleidigungen.« Sie knallte ihm den Helm an die Brust. »Was denkst du denn, weshalb ich gekommen bin? Du hast mir vorhin ein paar ziemlich heftige Vorwürfe gemacht. Wir müssen das klären.«

»Es gibt nichts zu klären. Du hast mich benutzt. Punkt.« Er presste die Zähne so fest aufeinander, dass sie um ein Haar in seinem Mund zersplittert wären. Weniger als sechs Meter entfernt stand ein gut gekleidetes Paar am Aufzug. Sie verrenkten sich die Köpfe, um ja nichts zu verpassen. In ein paar Minuten würde sich die Szene zwischen ihm und Lili im ganzen Hotel herumgesprochen haben, wenn nicht sogar schlimmer.

Er zog sie in sein Zimmer und knallte die Tür hinter ihr zu. Natürlich nur, um ihre Privatsphäre zu schützen. Aber plötzlich stand sie in dem engen Eingangsbereich so nah bei ihm, dass er sie hätte schmecken können, hätte er nur gewollt.

»Du hast dich auf Marcos Seite gestellt. Er hat das Video hochgeladen, und wer weiß, welchen Mist er noch gebaut hat.«

»Du hast doch keine Ahnung, ob er wirklich dahintersteckt.« Sie klang nicht sonderlich überzeugt. »Das mit dem Salz, okay, aber …«

»Aha, du verteidigst ihn immer noch. Bist immer noch Hals über Kopf in ihn verliebt.«

»Das bin ich nicht«, sagte sie mit lauter, klarer Stimme. »Ich glaube, das war ich nie. Nicht wirklich.«

»Sag ihm das mal! Wie er dich anschaut …« Jack schnaubte.

»Ich kann nichts dafür, wie er mich ansieht. Wie schaut er denn?«, fügte sie leise hinzu.

»Als könnte er nur noch daran denken, dich auszuziehen und deine Haut zu berühren. Deinen Körper zu erkunden. Dich ganz für sich zu haben.«

Mit zitternden Händen verschränkte sie die Arme unter ihrer Brust. Scheinbar hatte nicht nur er Mühe, sich im Griff zu behalten.

»So sieht nicht Marco mich an, sondern du.«

Was für ein Vorwurf! Und wie recht sie damit hatte.

»Wir stecken nicht unter einer Decke«, sagte sie. »Ich schwöre dir, dass ich keine Ahnung hatte, was Gina im Schilde führt. Sobald ich es gemerkt habe, habe ich sie gebremst. Ich wollte dir gerade davon erzählen, als plötzlich deine Schwester aufgetaucht ist und alles …«

»… plötzlich wie verhext war?«, brachte er den Satz seufzend zu Ende.

Sie nickte. »Es mag so ausgesehen haben, als hätte ich ihn verteidigt. Aber ich hatte einfach Angst, dass du völlig durchdrehst und ihn windelweich prügelst.«

Diese Befürchtung war nicht ganz unberechtigt gewesen. Tief in sich drin wusste er, dass sie recht hatte.

»Ich weiß, dass es schwer ist, den Menschen zu vertrauen, wenn man so lebt wie du, Jack. Die eine Hälfte der Menschheit möchte mit dir schlafen, die andere will so sein wie du. Du bist reicher als Gott und mindestens zehnmal so arrogant, und jeder will ein Stück davon abhaben. Aber das ist mir alles vollkommen egal. Mir geht es nicht darum, irgendeinen Profit aus unserem Verhältnis zu schlagen. Mir geht es einzig und allein um dich.«

Ihre Worte schmeichelten ihm. Das war Lili, *seine* Lili. Die Frau, die die Bedürfnisse anderer immer über ihre eigenen stellte. Die ihn ihrer Familie vorgezogen hatte, als sie Gina gekündigt hatte. Shit, das hatte sie tatsächlich fertiggebracht! Wie hatte er je an ihrer Loyalität zweifeln können?

Sie näherte ihr Gesicht seinem, und er tat es ihr zögernd gleich. Wenn sie so weitermachten, würden sich ihre Gesichter frühestens zu Weihnachten berühren.

»Meinst du das ernst? Du willst mich, nicht …« Er traute sich kaum, den Satz zu beenden. *Nicht die Marke Jack Kilroy, nicht sein Image, nicht diesen anderen Kerl.*

»Ja. Nur dich.«

Er zog sie an sich. Weihnachten fand dieses Jahr offenbar doch früher statt. Mit einem leisen Geräusch prallte der Helm auf den Teppichboden, und sie schlang die Arme um seine Taille.

»Ich weiß, dass ich Fehler gemacht habe. Aber ich bin auch nur ein Mensch.« Er spürte ihre nasse Wange an seiner Kehle. »Und dann kommst du mit deinen filmtauglichen Brustmuskeln und deinem heißen Mund und diesem einschüchternden Selbstbewusstsein. Ich will nicht den Mann von den Plakatwänden oder den Magazincovern oder den aus dem Fernsehen. Den überlasse ich gern den anderen. Ich will den Mann, der mir das Gefühl gibt, dass nichts unmöglich ist.«

Es kam ihm vor, als rastete sein Herz plötzlich an der richtigen Stelle ein wie das letzte Puzzlestück. War ihr nicht klar, dass er längst ihr gehörte?

»Verzeih mir, Lili. Was ich da zu dir gesagt habe … Ich stand vollkommen neben mir.« Er zog sie näher an sich und murmelte immer weiter liebevolle Worte vor sich hin, ohne sich den einen Satz zu gestatten:

Ich liebe dich.

Er küsste sie noch nicht und wollte sie auch noch nicht mit übertriebenen Liebesbekundungen verschrecken. Dafür hatten sie später noch genug Zeit. Einige Minuten vergingen, ehe ihr Atem sich wieder beruhigt hatte.

»Ich kann nicht fassen, dass du Gina rausgeschmissen hast.«

Tränen traten ihr in die Augen, und sofort wurden seine Knie butterweich. »Es ging nicht anders. Sie hat die Grenze überschritten.« Schniefend wischte sie sich über die Wange. »Und ich kann nicht glauben, dass du eifersüchtig auf Marco warst.«

Komischerweise beruhigte es ihn, dass sie es laut aussprach. »Ich hätte ein bisschen erwachsener sein sollen.«

»Na ja, die Neandertaler-Nummer funktioniert ganz gut bei mir. Du bist verdammt heiß, wenn du laut wirst.«

Da war sie wieder, ihre große Klappe.

Er legte eine Hand an ihre Wange und strich mit dem Daumen über ihre bebende Unterlippe. Mehr als dieses leichte Zittern brauchte er nicht als Einladung. Ihre Münder trafen aufeinander, und sie begannen sich fiebrig zu küssen. Plötzlich lösten sich all seine Probleme in Luft auf. Er zog sie näher an sich und spürte, wie ihre Wärme durch den Stoff seiner Jeans drang. Kurz löste sie sich von seinen gierigen Lippen.

»Jack, sind wir jetzt zusammen?«

Er gluckste. In Wahrheit wollte sie doch garantiert wissen, ob sie Sex haben würden. »Ja. Ja, das sind wir.« Dann fiel es ihm wie Schuppen von den Augen. »Mist, ich habe keine Kondome bei mir.«

Er hatte schon seit Monaten keine mehr in der Hosentasche. Es war ein guter Trick, um sich von kopflosem Sex mit Produktionsassistentinnen oder sonst irgendwelchen Frauen, mit denen man ein bisschen unverbindlichen Spaß haben konnte, abzuhalten. Konnte er beim Zimmerservice Kondome ordern? Ging das? Natürlich nicht. Und selbst wenn, wäre es keine gute Idee gewesen. Er würde sich von ihr losreißen und draußen welche holen müssen.

Lili griff ganz langsam in ihre Tasche und zog eine viereckige, blau glänzende Packung heraus. Jack hatte in seinem Leben noch nie etwas Schöneres gesehen. Außer Lili natürlich.

»Hm, denkst du denn, dass eines reichen wird?«

»Wenn eine Frau mehr als ein Kondom bei sich trägt, riskiert sie einen schlechten Ruf.« Sie holte erst ein zweites Kondom und dann noch zahlreiche weitere aus der Tasche und ließ sie in einer Kaskade zu Boden fallen. Sie hätte einen ganzen Swingerclub damit versorgen können.

»Die andere Hälfte habe ich verloren, als ich mit der Vespa in ein Schlagloch auf der Michigan Avenue gefahren bin.«

Sie schlug sich verschmitzt die Hand vor den Mund, und ihre Wangen färbten sich rosa. Sie war ein wenig beschämt, aber Jack zweifelte nicht länger an ihr. Er wusste nicht einmal, ob Liebe die passende Bezeichnung für seine Empfindungen war. Vielleicht war diese Frau auch einfach sein Ruin.

»Du bist ja ganz schön selbstbewusst«, scherzte er.

Lili ging an ihm vorbei in Richtung Suite und schob ein paar Kondome in seine Hosentasche.

»Ich bin einfach eine hoffnungslose Optimistin. Nachdem du mich schon zweimal abgewiesen hattest, dachte ich, ein dritter Versuch bringt vielleicht Glück.«

Und wie er Glück gebracht hatte! Jack war der glücklichste Mann der Welt.

»Lili«, sagte er und suchte nach den passenden Worten. *»Grazie.«*

Sie zog eine Augenbraue nach oben. »Danken kannst du mir auch anders.«

Als er sein T-Shirt über den Kopf zog, konnte er einen Moment lang nichts erkennen. Sobald er wieder freie Sicht hatte, sah er Lili vor sich hergehen, die gleichzeitig ihr Kleid ablegte. Strip-Walking. Wow. Wie sie es schaffte, einen so perfekten Hüftschwung ganz ohne hohe Absätze hinzulegen, war ihm ein Rätsel.

Sie drehte sich um und präsentierte ihm ihre atemberaubenden Brüste, die über den mit Spitze besetzten Rand ihres BHs quollen. Dazu trog sie ein Höschen, das wie eine kurze Hose aussah.

»Was ist los?«, flüsterte sie. Sie klang ernst.

Er versuchte, wieder zu Atem zu kommen. »Du bist so wunderschön, Lili. Deine Brüste, deine Haut, dein …«

»Wie lange willst du noch herumstehen und reden?«

Er hätte ihr Ewigkeiten einfach nur zusehen können, aber sein Penis würde mit dieser Idee nicht einverstanden sein. Vorhin war ihm die Suite noch zu klein vorgekommen, aber plötzlich erschien sie ihm viel zu groß. Noch ehe Lili es sich versah, hatte er sie auch schon hochgehoben, und sie schlang ihre Beine um seine Hüfte.

»Oh«, seufzte sie. »Jack, du solltest nicht – o Gott, ich liebe es, wie stark du bist!«

Er durchschritt das erleuchtete Schlafzimmer, während sie ihren Mund auf seinen Nacken presste und an seiner Haut saugte, die sofort zu kribbeln begann. Er ließ sie auf das Bett gleiten, was ihm ein weiteres anerkennendes »Oh« einbrachte. Einen Moment lang betrachtete er Lili, die vor ihm lag. Es war ein solch einladender Anblick … Er wusste gar nicht, wo er beginnen sollte. Wenn er doch nur mehr Hände zur Verfügung gehabt hätte!

Plötzlich stemmte Lili einen Fuß gegen seinen Bauch.

»Warte«, sagte sie. Sie stand auf und legte die Hände auf seine Brust. »Lass mich dich erst einmal ansehen.«

Damit wollte sie sagen, dass er es langsamer angehen lassen sollte. Langsam war gut. Auch wenn er selbst es kaum mehr abwarten konnte. Jack sah zu, wie Lili andächtig mit den Händen über seinen Körper strich.

»Und, welche Note gibst du mir?«

»Eine Zwei plus, würde ich sagen.«

»Ich verbessere mich also«, stellte er fest, als ihm ihre Benotung seiner Kusstechnik in der ersten Nacht einfiel. Lili stand jetzt hinter ihm, so dicht, dass die Spitze ihres BHs seinen Rücken kitzelte. Zärtlich streichelte sie ihn, malte Kreise auf seine Schulterblätter und seinen muskulösen Rücken, sodass es zwischen seinen Beinen glühend heiß wurde. Sie liebkoste seinen Bauch, strich sachte durch die Härchen über seinem Nabel, und er konnte sich nur mit viel Mühe davon abhalten, ihre Hand hinab an seinen Penis zu führen.

Lili übersäte jetzt seinen Rücken mit kleinen Küssen, und er hörte sie leise aufseufzen, als sie die Wange an seine Haut drückte.

»Jack«, flüsterte sie so leise, dass er sie wegen seines stoßweise gehenden Atems kaum hörte.

»Ja, Lili?«

»Was magst du?«

Seine Haut begann zu kribbeln, und seine Erektion drückte gegen seinen Reißverschluss. Er musste seinen Penis dringend befreien, aber die Vorfreude war genauso schön und auf eine ganz exquisite Art und Weise schmerzhaft.

»Was ich mag?« Sie. Das hier. Sie und das hier.

»Ja. Gibt es da etwas Spezielles?«

Lili trat vor ihn, und als er das metallische Ratschen seines sich öffnenden Reißverschlusses hörte, verlor er beinahe die Nerven. Sein Penis bäumte sich gegen den Stoff seiner Boxershorts und gegen ihren Bauch.

»Zu den Feinheiten kommen wir später. Gerade will ich einfach nur in dich eindringen und nie wieder fort von dir.«

Sie machte große Augen. »Ich dachte, du willst vielleicht etwas …«

»Etwas Schmutziges? Nicht beim ersten Mal, meine Süße.« Plötzlich kam ihm ein unangenehmer Gedanke. »Lili, du weißt doch, dass all der Onlineklatsch über mein Sexleben Blödsinn ist, oder?«

»Klar«, meinte sie und klang fast ein wenig enttäuscht.

Er lachte und küsste sie innig. »Wir kriegen das schon raus. Was du magst. Was ich mag. Was wir beide mögen. Gerade sind in diesem Raum nur du und ich.« Es war schlimm genug, permanent von seinem Ruf aus der Klatschpresse verfolgt zu werden. Da wollte er wenigstens im Schlafzimmer seine Ruhe haben! Er schlüpfte aus seiner Jeans und seinen Boxershorts und kickte sie beiseite. Lili tat es ihm gleich und zog ihr Höschen aus.

»Wow.« Sie saß jetzt vor ihm auf dem Bett, während er so vor ihr stand, dass seine Erektion direkt auf ihren Mund zeigte. Lili betrachtete seinen Penis von allen Seiten, als wäre er ihr nächstes Kunstprojekt oder ein Motiv für ein Playboy-Poster.

»Damit muss ich leben, seit ich dich kenne, Lili.«

»Du armer Kerl«, murmelte sie, während sie ihre weichen Hände um seinen Schwanz legte. Schon bei der ersten Berührung stöhnte er auf und wurde plötzlich nervös. So etwas hatte er seit seiner Jugend nicht mehr erlebt! Diese Frau hatte einen nahezu magischen Effekt auf ihn.

»Ich kann nicht glauben, dass ich ihn endlich anfassen kann«, flüsterte sie mit gespielter Ehrfurcht. »Jack Kilroys glanzvollster Bestandteil.«

»Mein was?«

»Na ja, du warst da immer ziemlich zimperlich. Ich durfte ja nie mit ihm spielen, immer hieß es, dass ich mich gedulden soll. Deswegen habe ich schon halb damit gerechnet, dass er vergoldet oder mit Juwelen besetzt ist.«

»Du bist ganz schön frech«, sagte er, während sie mit ihren Händen die unmöglichsten, wundervollsten Dinge anstellte.

Lili strich mit dem Daumen über seine Eichel und verteilte so die Flüssigkeit, die bereits ausgetreten war. Dann beugte sie sich nach vorn und fuhr unschuldig mit den Lippen über seine Spitze, so überraschend, dass er zusammenzuckte. Dann aber sah sie ihn aus diesen strahlend blauen Augen an, und die Unschuld war wie weggeblasen. Vielmehr war ihr Blick ziemlich verdorben.

Lili leckte sich über die Lippen, wobei sie seinen Lusttropfen darauf verteilte und sofort aufstöhnte. Sie mochte seinen Geschmack, und das turnte ihn so sehr an, dass er zu zittern begann. Lili war der feuchte Traum eines Chefkochs. Sein feuchter Traum. Sie war eine Frau, die das Süße und das Salzige mochte, den Geschmack seines Essens und den seines Körpers.

Wieder schwoll sein Penis an, und Lili ließ sich vor ihm auf die Knie sinken. Sie hätte einfach auf dem Bett sitzen bleiben können, aber diese simple Geste machte ihn fix und fertig.

Zunächst bedeckte sie seinen Oberschenkel mit zarten Küssen, dann leckte sie immer wieder langsam mit ihrer samtweichen Zunge an seinem Penis, bis sie ihn schließlich ganz in den Mund nahm. Herr im Himmel, jetzt musste er nur aufpassen, dass er nicht sofort kam! Ein Rezept. Er würde in Gedanken ein Rezept durchgehen. *Gougères. Man nehme ein wenig Butter, Milch und Salz …*

»Lili.« Er packte ihren Kopf und hatte sie eigentlich von sich lösen wollen, um einigermaßen bei Verstand zu bleiben. Stattdessen hielt er sie einfach nur fest und bemühte sich um einen sicheren Stand, vergrub seine Zehen in dem weichen Teppich. Hauptsache, er begann jetzt nicht, in sie hineinzustoßen, denn damit würde er nicht wieder aufhören können. Und er wollte nicht, dass das hier schnell vorbeiging. Sie sollten beide ihren Spaß haben! Ihr Mund, warm und feucht, glitt immer wieder in einem delikaten Rhythmus an seinem Penis hinauf und hinab. Jack strich ihr widerspenstiges Haar zurück, um einen besseren Blick auf ihren Mund und ihre Wangen zu haben, während sie an ihm saugte. Es sah wunderschön aus.

»Das ist es, meine Liebste. Genau das.«

Er konnte immer noch nicht glauben, dass sie noch einmal vorbeigekommen war. Dass sie mutig genug gewesen war, hinter seine Fassade zu blicken und ihn zu konfrontieren. Denn wenn er ehrlich war, dann war eine Beziehung mit ihm kein Spaziergang. Er hielt nichts von halben Sachen und brauchte deswegen eine Frau an seiner Seite, die mit ihm aufs Ganze ging. Eine Frau, die verstand, dass er von ihr ebenso viel Leidenschaft und Energie erwartete. Er kannte es eben nicht anders.

Wenn das mit ihnen schiefging, dann würde ihn das umbringen.

So oder so wusste er, wie er sich ihr gemeinsames erstes Mal vorgestellt hatte. Und sosehr er genoss, was sie da mit ihrem Mund anstellte, wollte er auf keinen Fall auf diese Weise kommen. Kurz bevor es zu spät war, drückte er ihren Kopf von sich weg.

»Süße, ich will in dir sein.« Er zog ein Kondom aus der Hosentasche seiner Jeans.

»Lass mich das machen.« Sie nahm es ihm ab und bedeutete ihm, sich auf den Rücken zu legen, sodass sie sich rittlings auf ihn setzen konnte. Ihre Bestimmtheit überraschte ihn und turnte ihn gleichzeitig noch mehr an. Wenn das so weiterging, würden seine Eier sich nie davon erholen. Geschickt rollte sie das Kondom über seinen Penis.

»Ich dachte, es wäre schon eine Weile her«, sagte er.

»Oh, ich bin in Übung geblieben. Habe an Bananen trainiert.«

Er lachte laut auf und staunte selbst darüber, was sie hier machten. Vor Lili hatte er beim Sex nie gelacht, aber ihr ruhiger, trockener Humor bereitete ihm ebenso viel Vergnügen wie ihre talentierten Hände und ihr sinnlicher Körper.

»Zieh deinen BH aus.«

Während sie ihn aufhakte, wandte sie keinen Moment den Blick von ihm ab und entblößte schließlich ihre perfekt geformten Brüste.

»Wie schön du bist.« Das war sie wirklich. Beinahe so schön, dass es wehtat. Er begann, ihre Brüste zu streicheln, und liebte die Art, wie sie auf ihn reagierte.

»Oh Jack«, murmelte Lili und klang dabei so verletzlich, dass ihm beinahe das Herz überging.

Er stützte sich auf den Ellbogen ab und zog ihren Kopf an seinen. »Du machst mich fertig, Lili. Völlig fertig.«

Lili hielt den Atem an, und Tränen stiegen ihr in die Augen, sodass die Tropfen wie Diamanten in ihrem unteren Wimpernkranz hängen blieben. Dann aber beherrschte sie sich, und sofort trat wieder dieser sehnsüchtige und zugleich selbstbewusste Glanz in ihre Augen.

»Jack, ich brauche dich.« Mit diesen Worten ließ sie ihre Hüften hinabsinken, nahm ihn in sich auf, so langsam, dass Jack es beinahe nicht ertrug. Er packte ihre Hüften und zog sie noch ein paar entscheidende Zentimeter hinunter, woraufhin Lili beglückt aufstöhnte.

»Hör nicht auf«, sagte er. »Das fühlt sich so gut an.«

Sie nahm ihn noch ein wenig tiefer in sich auf und keuchte, während ihr Körper langsam nachgab und sich an seinen anpasste. Sein Penis war so steif, wie er es nie für möglich gehalten hätte. Ihre enge, feuchte Hitze umschloss ihn, ihr Feuer, ihr Körper, seine Lili. Alles auf einmal.

Endlich wusste er, wohin er gehörte.

19. Kapitel

Lilis Körper war hypersensibel, alle ihre Nerven waren hellwach. Nie hatte sie sich so begehrt gefühlt. Jack hatte monatelang keinen Sex mehr gehabt und hätte jede Frau haben können, aber er hatte sich für sie zurückgehalten. Er kannte sie erst seit drei Tagen, aber trotzdem!

Sobald er ihr die Tür geöffnet hatte, war ihre Wut im Nu verpufft. Wenn Menschen verletzt waren, benahmen sie sich manchmal vollkommen verrückt, und während sie selbst ihren Schmerz eher nach innen richtete, trug Jack eben sein Herz auf der Zunge. Seine Leidenschaft war so roh, dass es ihr Angst machte, aber sie wusste, dass sie die Richtige war, um ihn von seiner Trauer zu befreien. Sie konnte ihm geben, was er brauchte, und umgekehrt dasselbe von ihm zurückbekommen.

Als sie die Hüften bewegte, bäumte er sich ihr entgegen und hielt sie so fest, dass sie später bestimmt Kratzer auf der Haut haben würde. Sie spannte ihre Muskeln um seinen Schaft herum an, Muskeln, die sie lang nicht mehr benutzt hatte.

Jack strich sanft mit seinen Fingerknöcheln über ihre Brüste. Sie mochte es, wenn er sie neckte, aber gerade brauchte sie es etwas härter. Lili lehnte sich seiner Berührung entgegen und forderte mehr Druck ein, woraufhin er mit seinem Daumen über ihre Nippel strich und sie im Kreis rollte. Lili wäre vor Lust beinahe vergangen. Er schob die Hände unter ihren begehrenswerten Po und hob ihn ein kleines Stück an, um sie daran zu erinnern, wo sie gerade war. Was sie gerade tat. Jack war in ihr, und nie hatte sich der steife Schwanz eines Mannes so gut angefühlt.

»Beweg dich mit mir«, keuchte er.

Langsam ließ sie sich an ihm hinauf- und hinabgleiten und wurde dabei immer schneller, passte sich den gierigen Bewegungen seiner Hände an. Sie spürte, wie feucht, wie nass alles war, wie alles an ihr glühte und pulsierte.

Er legte die Hände auf ihren Nacken und zog sie näher zu sich. Wie ausgehungert trafen ihre Lippen aufeinander, und ihre Zungen begannen miteinander zu ringen. Lili fuhr mit der Zungenspitze an seinem stoppligen Kinn entlang, an seiner Narbe, an seinem herrlichen, frechen Mund. *Jack à la carte*. Sein Brusthaar kitzelte ihre Brüste, was sich in dieser lustvollen, verdorbenen Situation seltsam tröstlich anfühlte. Immer wieder hob und senkte Lili ihre Hüften, genoss es, seinen langen, dicken Penis an ihrer Klitoris zu spüren. Ihre Lust wurde immer intensiver, immer dringlicher, sodass sie überrascht aufstöhnte.

»Besser«, sagte er. Das war keine Frage, das war eine Feststellung.

»Ja.«

Er kannte sich aus mit den richtigen Winkeln, den richtigen Bewegungen und dem richtigen Druck. Er kannte ihren Körper und wusste, was sie brauchte, fast so, als könnte er ihre lüsternen Gedanken lesen. *Ja, genau da. Baby, das ist so gut. Hör bloß nie auf damit.*

Sie liebte es, wie er sich anfühlte, wenn sie auf ihm saß und er ganz, ganz tief in ihr war. Es war immer schon ihre Lieblingsposition gewesen, aber meistens war sie zu schüchtern dazu, sie richtig zu genießen oder auch nur danach zu fragen. Aber nicht jetzt. Sie merkte Jacks Blick an, wie sexy er ihren Körper fand. Genau das hatte ihr immer gefehlt.

Wieder und wieder stieß er jetzt von unten in sie hinein, bis ihre Sicht verschwamm. Es war wunderschön, aber irgendwie war ihr das noch zu beherrscht. Zu ... britisch. Sie brauchte mehr.

»Jack?«

»Ja, Liebste?« Fasziniert sah er auf die Stelle, an der ihre Körper miteinander verschmolzen. Dann hielt er einen Moment lang inne und lehnte sich so weit zu ihr, dass sie jede einzelne seiner wunderschönen Wimpern sehen konnte.

»Ich bin ein großes Mädchen. Sei nicht so sanft.«

Er gab ein sehr männliches Knurren von sich, das kaum noch menschlich, aber immer noch sehr nach Jack klang. Er drehte Lili auf den Rücken, ohne dabei aus ihr hinauszugleiten. Das hatte sie nicht erwartet. Auch nicht dieses Gefühl, das sie überkam, als er so tief wie möglich in sie eindrang. Sie packte seine herrlich muskulösen Pobacken und krallte ihre Finger hinein. Vielleicht verletzte sie ihn damit, aber das war ihr egal. Sein Stöhnen klang auch nicht so, als würde sie ihm wehtun.

Sie liebte Männer, die ihre Kommandos befolgten.

Wieder und wieder stieß er in sie hinein, und sie passte

die Bewegungen ihrer Hüften seiner an. Die Lust breitete sich wellenförmig in ihr aus; sie begann dort, wo ihre Körper aufeinandertrafen, und wanderte dann weiter in ihren Bauch, ihren Rücken, ihre Brüste und ihre Zehen.

»Ja, das ist … o ja«, stöhnte er, und ihr Körper pulsierte zustimmend.

So heiß war es noch nie es ist so heiß heißer kann es nicht mehr werden.

Kaum hatte sie das gedacht, legte er auch schon eines ihrer Beine über seine Schulter und erzeugte auf diese Weise einen Winkel, der sie vollkommen kirre machte. Mit der anderen Hand streichelte er ihre Wange und drehte ihr Gesicht so, dass sie ihm in seine grüngoldenen Augen schauen musste.

Sie gab auf. Sie musste einfach kommen, auch wenn es dann vorbei war. Und auch mit ihr war es dann vorbei – weil sie Jack nach einem Orgasmus noch hoffnungsloser verfallen sein würde, als das ohnehin schon der Fall war.

»Lili, bitte.«

Seine Stimme traf sie mitten ins Herz. Sie beide brauchten einander so sehr und erlebten gemeinsam ein schier endloses Begehren. Lili öffnete die Augen und legte ihr Schicksal in die Hände dieses Mannes. Ihres Mannes.

Ihre Erregung wuchs und wuchs, und Gedanken und Worte waren nicht länger nötig. Stattdessen übernahmen ihr Blut, ihre Haut und ihre Nerven das Kommando. Langsam hob er seine Hüfte an, ohne seinen Blick von ihr zu lösen. Sie wollte, dass er sie für immer so ansah. Und plötzlich erreichte sie den Siedepunkt und schrie laut auf, während ihr Körper sich aufbäumte und all ihre Nervenenden gleichzeitig explodierten.

Während sie die sanfter werdenden Schübe ihrer Lust genoss, stieß er ein letztes Mal in sie hinein. Sein Kiefer und seine Nackenmuskeln spannten sich an, und allein dieser Anblick war wie ein weiterer Höhepunkt. Sie spürte, wie er erbebte und losließ, ehe er schließlich auf ihr zusammenbrach.

Ruhig lag sie da und gab sich ganz seinem Gewicht hin, seinem Geruch, seinem Schweiß und seinem Atem. Wie gut ihre Körper zusammenpassten! Er war immer noch in ihr, und nach einer Weile legten sie sich so hin, dass sie einander ansehen konnten. Lili rückte ein wenig zurück und vermisste sofort seine Wärme. Er aber legte eine Hand auf ihren Po und ihr Bein über seines.

»Bleib.« Noch immer hatte er sich nicht aus ihr zurückgezogen. Das war so sexy! Die meisten Männer hätten sich längst an das andere Ende des Kingsize-Bettes verkrochen.

Für immer, hätte sie beinahe gesagt. Sie schnurrte zustimmend und driftete dann in einen Dämmerzustand ab, wobei sie immer noch vage seine Lippen an ihrem Kinn und seine Hände auf ihren Kurven spüren konnte. Er prägte sich ihre Formen ein, schmiedete bereits Pläne für später. Als sie die Augen wieder aufschlug, hatte er sich ein Stück entfernt, aber ihr war nicht kalt. Das Licht der Nachttischlampe malte die Schatten seiner Wimpern auf seine Wangen und erleuchtete sein breites, glückseliges Grinsen.

Blinzelnd speicherte sie diesen Anblick ab, dann schmiegte sie sich an ihn.

»Warum grinst du so?« Zugegeben, sie fischte völlig schamlos nach Komplimenten.

Er drückte sie fest an sich. »Ich hatte gerade Sex, und der war beinahe perfekt.«

»Nur beinahe?«

»Na ja, mir ging es etwas zu schnell, aber das ist ja verständlich, wenn man bedenkt, wie ausgehungert du warst. Nächstes Mal lassen wir es langsamer angehen.«

Sie zwickte ihn zur Strafe in seinen Bizeps, aber er zuckte nicht einmal mit der Wimper. Seine Muskeln waren eben geradezu lächerlich hart.

»Aber mal im Ernst«, begann er. »Ich kann mich nicht daran erinnern, jemals so guten Sex gehabt zu haben.«

»Ein bisschen Abstinenz kann wahre Wunder bewirken.«

»Ich habe das nicht einfach so dahingesagt, Lili.«

Sie hob das Kinn und musterte ihn. Ja, er hatte es ernst gemeint. Er war der ehrlichste Mensch, der ihr je begegnet war, aber sie durfte sich jetzt auf keinen Fall auf diese postkoitale Gefühlsduselei einlassen. Irgendwer musste schließlich einen klaren Kopf bewahren.

»Du hattest Sex mit …« Vielen Frauen? War vielleicht besser, nicht genauer nachzufragen. »… mit vielen Frauen. Da kannst du doch nicht wirklich denken, dass es mit mir am allerbesten ist.«

»Du bist die heißeste, attraktivste Frau aller Zeiten, Lili, und ich liebe es, was du mit mir anstellst.« Er strich ihr das Haar aus dem Gesicht und grinste sie verschmitzt an. »Ich sage das auch nicht, um dir irgendein Geständnis abzuringen. Es ist, was es ist.«

Sprachlos legte sie ihre Wange auf seine Brust und lauschte seinem Herzschlag, dem besten Lügendetektor. Es galoppierte genauso schnell wie ihr Pulsschlag. Ihr ging es wie ihm, auch wenn sie nicht so viele Vergleichsmöglichkeiten hatte. Niemand hatte ihr je so viel Lust bereitet oder ihr so sehr das Gefühl gegeben, etwas ganz Besonderes zu sein. Dafür war sie niemandem wichtig genug gewesen.

Sie streichelte seine Brustwarzen und küsste sie, als sie hart wurden. Dann küsste sie ihn an der Stelle, hinter der sich sein Herz befinden musste.

»Habe ich dich verunsichert mit dem, was ich gesagt habe?«, fragte er, als sie aufseufzte.

Sie nickte und legte dann wieder ihre Wange auf seine Brust. Nackt dazuliegen war nicht ihre größte Stärke. Jahrelang hatte sie versucht, möglichst wenig Aufmerksamkeit auf sich zu ziehen, dadurch hatte sie Mechanismen ausgebildet, an denen selbst Freud verzweifeln würde. Als sie wieder zu ihm aufblickte, sah er ihr tief in die Augen.

»Lili, wenn ich etwas will ... dann kann ich ganz schön impulsiv sein. Ich weiß, dass dir das Angst macht. Stimmt's?«

»Ja«, gab sie leise zu.

»Gut. Angst haben ist gut.« Er nickte ein paarmal bekräftigend. Sie hatte nicht gedacht, dass er ihr noch attraktiver erscheinen könnte, aber ihn so nackt und verletzlich vor sich zu sehen verstärkte ihre Gefühle für ihn.

Vor drei Tagen hatte sie die Sache mit Jack noch für einen Flirt gehalten, der sie ein wenig aus ihrem Trott reißen würde. Sie hatte auf eine heiße Nacht gehofft, die sie eine Weile von ihren Problemen ablenkte. Und jetzt lagen sie da und jagten sich gegenseitig eine Heidenangst ein.

»Jack«, flüsterte sie. Sie musste ihm sagen, dass auch sie ihm verfallen war. Voll und ganz.

Aber er reagierte nicht. Sie hob den Kopf und musste lächeln. Seine Brust hob und senkte sich, und sein Atem ging regelmäßig. Nein, heute würde es keine postkoitalen Geständnisse mehr geben. Nach ein paar schlaflosen Nächten und einem sehr befriedigenden Orgasmus war Jack Kilroy tatsächlich ins Reich der Träume entglitten.

Er war also doch ein Normalsterblicher.

Jack bemühte sich, seine Schwester nicht anzubrüllen. Zum einen hatte sie den Schwangeren-Bonus. Zum anderen standen Francesca und Tad nur ein paar Schritte entfernt in der Küche der DeLucas und konnten jedes Wort hören.

Jules saß auf der Terrasse auf einem Sofa und hatte die Beine unter sich gezogen. »Ich habe dir doch schon gesagt, dass ich nicht mit dir nach London komme.«

»Du kannst nicht einfach vor deinen Problemen davonlaufen, Jules.«

Sie grinste ihn triumphierend an. »Francesca und Tony haben mir angeboten, eine Weile hierzubleiben.«

Obwohl er bereits in den Plan eingeweiht war, spürte Jack Ärger in sich aufsteigen. Als er hier eingetroffen war und Francesca mit den Worten »Hier bei uns ist sie in Sicherheit« ihre Hand auf seinen Oberarm gelegt hatte, hatte er sie vor Dankbarkeit so fest an sich gedrückt, dass sie beinahe zu Boden gestürzt wären. Jetzt allerdings kamen ihm Zweifel.

»Du kannst dich hier nicht einfach einquartieren. Das sind doch fremde Leute!«

»Ehrlich, Jack? Ich würde sagen, dass du mindestens ein Familienmitglied schon ganz gut kennengelernt hast.« Ihre Augen glänzten wie Goldmünzen, und sie lächelte noch immer verschmitzt. Ja, Jules hatte ihren Spaß. Saß schwanger in einer fremden Stadt, hatte sich bei fremden Leuten eingenistet und genoss es auch noch. Dennoch konnte er nicht anders, als ihr Lächeln zu erwidern. Lili kannte er jetzt tatsächlich recht gut, und die Erinnerung an ihren Orgasmus würde ihm noch tagelang Auftrieb geben, auch wenn sie ihn im Bett ganz schön rangenommen hatte. Er würde im Flugzeug wunderbar schlafen.

»Lili wirkt doch ganz nett. Hattet ihr es schön?«, fragte sie ihn immer noch breit grinsend.

»Das geht dich gar nichts an! Zurück zu dir, Fräulein.«

»Ich werde noch hier sein, wenn du wiederkommst.« Offenbar dachte sie, dass er sie mit nach New York nehmen würde und sich all ihre Probleme einfach so in Luft auflösen würden.

»Du weißt doch, wie viel ich zu tun habe. Wie viel ich reise. Wäre es nicht besser, wenn du bei Pete und Daisy bleiben würdest? Die können sich um dich kümmern.« Er jedenfalls war dazu nicht imstande. Das hatte er zahllose Male bewiesen.

»Ich weiß, dass du mich für eine Last hältst«, antwortete sie und machte ihm sofort ein schlechtes Gewissen. »Aber ich könnte mir einen Job besorgen.«

»Du könntest hier gar nicht legal arbeiten. Und du kannst nicht lange am Stück stehen, wenn du schwanger bist.«

Ihre Lippen begannen zu zittern. »Jack, ich bin kein kleines Mädchen mehr. Ich kann mich gut um mich selbst kümmern, aber ich muss weg aus London.«

Wieder beschlich ihn dieses diffuse, bedrohliche Gefühl.

»Warum?«

Sie sah ihn unsicher an. »Einfach so. Ich brauche eine Veränderung.«

»Ist der Vater ...« Er deutete auf ihren Bauch und konnte

immer noch nicht recht fassen, dass das hier wirklich passierte. Selbst wenn er es Hunderte Male laut vor sich hin sagte, konnte er es einfach nicht begreifen. Seine kleine Schwester würde ein Baby bekommen. »Macht er … Probleme?«

»Ich habe es ihm nicht erzählt.«

Natürlich nicht. »Wer ist es?«

»Ich habe dir doch gesagt, dass du ihn nicht kennst.«

»Jules!«, knurrte er warnend.

»Er ist verheiratet«, platzte es aus ihr heraus. Sie hob beschwichtigend die Hand, was eher den gegenteiligen Effekt auf ihn hatte. »Und ehe du fragst, kann ich dir gleich sagen: Ich wusste es nicht.«

»Verheiratet? Oh, Jules.« Bei dem Gedanken daran, dass dieses Arschloch sich einfach aus der Affäre ziehen konnte, wurde ihm ganz heiß vor Wut. »Verheiratet oder nicht, er muss Verantwortung übernehmen.«

Jules' Gesicht wurde ganz leer und ausdruckslos, eine Miene, die er noch aus ihren Teenagerzeiten kannte. Wenn sie ihn so ansah, war klar, dass das Gespräch beendet war. Vielleicht war sie hier, bei dieser großzügigen, liebevollen Familie, gut aufgehoben – und vielleicht gelang den DeLucas etwas, wozu er selbst nicht in der Lage war. Wieder einmal hatte er versagt. Wütend erhob er sich und hätte am liebsten einen großen Blumentopf umgetreten.

»Lass uns in ein paar Tagen noch einmal reden, Jack«, sagte sie und klang plötzlich erwachsener als er. Na toll. »Und bring ein bisschen anständigen Tee mit. Das Zeug hier schmeckt wie Katzenpisse.«

20. Kapitel

Lilis Augenlider schienen zusammengeklebt worden zu sein, aber irgendwann gelang es ihr, sie zu öffnen. Ein Blick auf ihren Wecker verriet ihr, dass sie wieder einmal lang geschlafen hatte.

Sie suchte nach einem sauberen Höschen, fand aber keines. Nicht einmal einer dieser Omaschlüpfer, die sie normalerweise ganz hinten in ihrer Schublade aufbewahrte, war noch übrig. Tja, das passierte, wenn man drei Wochen lang den Wäscheberg ignorierte. Sie warf ein zerknittertes T-Shirt über, zog einen Rock an und hüpfte dann fröhlich zur Schlafzimmertür.

Ihre Wohnung war von einem Duft erfüllt, der ihr sofort das Wasser im Mund zusammenlaufen ließ. Wow, dieser fantastische Brite wusste wirklich, welche Knöpfe er bei ihr drücken musste. Diesen Morgen hatte er sich richtig ins Zeug gelegt und nicht nur ihre geliebten Zitronen-Ricotta-Pancakes gemacht, sondern auch den mit Apfel geräucherten Bacon, den sie gestern auf dem Green-City-Markt gekauft hatte. Köstlich.

Sie ging um die Ecke und hielt wie jedes Mal kurz den Atem an, als sie ihn barfuß am Herd stehen sah. Die verblichene Bluejeans saß tief auf seinen Hüften. Während er den Bacon bearbeitete, bewegte sich seine Rückenmuskulatur leicht. Und er hatte nun einmal den heißesten Hintern der Welt.

Daran würde sie sich nie sattsehen!

Obwohl er zwischen seinen Drehs immer nur ein paar Tage frei hatte, hatten die vergangenen zwei Wochen ihren Erwartungen voll und ganz entsprochen. Die Morgen verbrachten sie wie zwei Figuren aus einem französischen Nouvelle-Vague-Film. Sie aßen, schliefen miteinander und planten Banküberfälle. Na ja, Letzteres vielleicht nicht, aber es war bei ihnen trotzdem mindestens genauso aufregend!

Er wollte all ihre Geschichten hören, von Anekdoten über ihre peinlichen Verwandten (eine schier unerschöpfliche Quelle) bis hin zu ihren Ideen für künftige Kunstprojekte (er fand, dass sexualisiertes Gemüse durchaus seinen Reiz hatte). Wenn er auf Reisen war, rief er sie an und verkündete zum Beispiel lässig, dass er die Challenges seiner Kochshow in New Orleans und in Austin gewonnen hatte. Scheinbar schummelten nur die Italiener. Und auch wenn der Telefonsex mit ihm bombastisch war, so konnte er den leibhaftigen Jack doch nicht annähernd ersetzen. Davon wach zu werden, wie Jack in sie eindrang, war besser als jeder Wecker.

Sein Gesangstalent ließ leider immer noch zu wünschen übrig, aber irgendwo musste man eben Abstriche machen. Gerade quietschte seine Stimme entsetzlich, als er versuchte, ein paar hohe Töne zu treffen, die selbst den Bee

Gees Schwierigkeiten bereitet hätten. Sie unterdrückte ein Kichern und griff nach ihrem Telefon, das auf der Granit-Arbeitsfläche lag. Sie hatte die zwanzigste Sprachnachricht innerhalb von zwei Wochen von Love bekommen, der Unterhaltungsreporterin von Channel Five, aber ansonsten war auf ihrem Telefon nichts passiert.

»Wo willst du denn hin«, fragte er sie, ohne sich umzudrehen.

»Ich habe die Fleischlieferung verpasst. Sal wird mich umbringen.« Eigentlich war Sal das geringste Problem. Es ging eher um ihren Vater.

»Setz dich, Lili. Ich habe mich schon drum gekümmert.«

»Ehrlich?« Letzte Woche war er schon um sechs Uhr morgens aufgestanden und hatte verschlafen und mit sexy zerstrubbeltem Haar neben ihr gestanden, während sie das Fleisch inspiziert und das Formular unterschrieben hatte. Jetzt wusste sie, warum.

Um ein Haar wären ihr die Tränen in die Augen getreten, und sie blinzelte sie weg. Wie schnell sie begonnen hatte, sich auf ihn zu verlassen! Dass sie ihn so sehr brauchte, war schlimm genug. Da durfte sie nicht auch noch zur Heulsuse werden.

Lili schlang von hinten ihre Arme um seine Taille und drückte ihr Gesicht an seinen starken Rücken. Sofort reagierte sein Körper auf ihren flatternden Atem. So war es jedes Mal – als bekäme er nie genug von ihren Berührungen. Ob das wohl möglich war?

»Ich muss in einem früheren Leben ein sehr guter Mensch gewesen sein.« Ihre Kehle fühlte sich rau an.

Er drehte sich zu ihr um. »Ja, denn in deinem jetzigen bist du es definitiv nicht!«

Sie atmete seinen Geruch ein und lauschte dem Trommelwirbel seines Herzens. Er war schnell und vital, genau wie ihr eigener. Jack strich ihr übers Haar.

»Es ist dir vielleicht entgangen, aber während ich bei euch war, habe ich mehrere Lieferungen empfangen. Das sollte wirklich nicht immer nur an dir hängen bleiben. Tad könnte mehr machen oder deine anderen Cousinen und Cousins.«

Dass auch ihr Vater die Aufgabe übernehmen könnte, sagte er nicht. Zwischen Jack und Tony herrschte immer noch dieselbe Art von Konkurrenz wie damals beim Dreh. Wenn sie nicht gerade versuchten, den anderen mit Geschichten über das ekelhafteste Essen, das sie je zu sich genommen hatten, zu überbieten – derzeit führte Jack mit frittierten Wasserwanzen, einer Delikatesse aus Thailand –, bekriegten sie sich in der Küche der DeLucas und trieben sich gegenseitig zu immer neuen Kreationen an, während Jack darauf wartete, dass seine Küche in Chicago fertiggestellt wurde, und seine neue Speisekarte plante. Und auch wenn ihre Kleinkriege stets zivilisiert abliefen, spürte Lili doch Jacks Drang, in allen Bereichen ihr Held zu sein.

»Jack, es ist mein Job. Und es ist meine Familie.«

Er zog eine Augenbraue nach oben.

»Und wir werden dein Geld nicht annehmen«, fügte sie hinzu, weil sie wusste, dass er dieses Thema als Nächstes ansprechen würde. Jack hatte vorgeschlagen, ihnen finanziell unter die Arme zu greifen, aber Lili hatte ihn sofort gebremst. Es war keine Lösung, noch mehr Schulden anzuhäufen, solange ihr Vater sich so hartnäckig gegen die nötigen Veränderungen sträubte. Außerdem wollte sie nicht, dass ihr reicher und berühmter Freund sie aus dem Schlamassel holte. Das würde ihr im Netz nur neue schreckliche Spitznamen bescheren!

Glücklicherweise hatte das Interesse an *Lilack* im Laufe der vergangenen Wochen stark nachgelassen, hauptsächlich deshalb, weil sie sehr diskret waren. Sie versteckten sich zwar nicht, aber sie posaunten ihre Liebe auch nicht lautstark hinaus.

Sanft führte er sie an den Tisch. »Lass mich für dich sorgen. Ich möchte das.«

Sie wollte das auch, aber das bloße Wollen verwandelte eine schöne Fantasie noch lange nicht in die Realität. Jack jede Woche für ein paar Tage in ihrem Leben zu haben war so viel mehr, als sie sich je erhofft hatte, und sie musste sich permanent daran erinnern, dass er höchstwahrscheinlich nicht für immer bei ihr bleiben würde. Er war eben eine Art Flirt de luxe. Auch wenn es ihr schwerfiel, versuchte sie, die Sache gelassen anzugehen. Es konnte jeden Tag passieren, dass er den Vertrag mit dem Medienkonzern unterzeichnete, und das wäre das Ende von *Lilack*. Aber gerade wollte sie den guten Sex und die Geborgenheit einfach nur genießen.

Als sie Platz genommen hatte, erschien eine Tasse Kaffee vor ihrer Nase, und Jack ließ sich neben ihr auf einen Stuhl plumpsen. Sofort war sie von seiner monumentalen Brust abgelenkt. Er bestand darauf, mit freiem Oberkörper zu kochen, auch wenn er dabei wegen des spritzenden Fetts Verbrennungen riskierte oder sich das Brusthaar versengen konnte. Aber er behauptete, Lili in sexueller Hochspannung zu halten, sei ihm das Risiko wert.

Sie genossen ihr Rührei mit den duftenden Trüffelspänen und seufzten zufrieden. Lili nahm einen Schluck Kaffee, der mit eineinhalb Süßstofftabletten gesüßt war. Perfekt.

»Danke, dass du die Lieferung angenommen hast. Und hierfür.« Eigentlich wollte sie ihm für alles danken. Dafür, dass er in ihr Leben getreten war und ihr klargemacht hatte, wie viel schöner es war, wenn jemand einem den Rücken freihielt.

»Komm her«, sagte er mit ernster, sexy Stimme. »Hast du dir schon den Prospekt angesehen, den ich dir von der Parsons mitgebracht habe?«

Sie nahm auf seinem Schoß Platz und blickte auf die glänzende Broschüre auf der Arbeitsfläche. Sie war sich immer noch nicht sicher, ob es süß von ihm war, dass er sie ihr von seinem letzten Besuch in New York mitgebracht hatte, oder eher manipulativ. Wahrscheinlich beides.

»Solche Broschüren unterstützen das Baumsterben«, sagte sie lächelnd. »Du kennst schon dieses Ding namens Internet, in dem sich alle Informationen dieser Welt befinden?«

»Das Internet, soso. Wüsste nicht, dass das jemals irgendjemandem etwas Gutes getan hat.« Wenn sie so an die Abenteuer der letzten Monate dachte, musste sie ihm tatsächlich recht geben. Er zwickte sie sanft in die Taille. »Manchmal wirkt etwas realer, wenn man es in den Händen hält. Erreichbarer.«

Wenn sie Jack im Arm hielt, fühlte es sich deswegen noch lange nicht real an. Gab es in ihrer Wohnung denn noch nicht genug Realität? Sie strich mit dem Finger über das Tattoo auf seinem Arm und versuchte, sich zu sammeln. »Ich habe dir doch schon gesagt, dass das mit der Graduate School erst mal vom Tisch ist. Ist einfach kein guter Zeitpunkt, jetzt, wo das Restaurant derart in den Miesen ist.«

»Ich weiß, dass du Angst hast, Liebste. Aber irgendwann musst du diesen Sprung wagen. Du scheinst das Restaurant zu benutzen, um dich vor der Entscheidung zu drücken.«

Gar nicht! Sie studierte ihre Fingernägel, aber er legte einen Finger unter ihr Kinn, sodass sie ihn ansehen musste.

»Träume erfüllen sich nicht von selbst, Lili. Du musst etwas für sie tun! Denkst du denn, es hat mir keine Angst gemacht, nach Paris zu gehen, mein erstes Restaurant zu eröffnen und mich in dieses neue Projekt zu stürzen? Du musst dir nehmen, was dir zusteht. Zuerst einmal musst du dir natürlich klarmachen, was du willst und brauchst.«

Wie hatte sie je denken können, dass Jack ein oberflächlicher Kerl ohne Tiefgang war? Mit diesem wissenden Blick und seinem einschüchternden Selbstbewusstsein verunsicherte er sie immer wieder und forderte sie heraus. Sie war sich nicht sicher, ob sie auf die Dauer mit ihm mithalten konnte.

»Glücklicherweise habe ich ja dich, um meine Bedürfnisse zu befriedigen«, sagte sie verführerisch. Okay, das war ein billiger Trick, aber langsam gewöhnte sie sich an die Macht, die sie über ihn hatte.

Er runzelte die Stirn. Mist. Sie rutschte ein wenig auf seinem Schoß hin und her, und er zog eine Augenbraue nach oben. Chancenlos.

»Hör auf, mich so zu drängen, Jack.« Sie wollte aufstehen, aber er hielt sie fest. Normalerweise fühlte sie sich in seinen Armen sicher, jetzt aber merkte sie, wie Jack Druck auf sie ausübte, und wollte, dass sie seine Erwartungen erfüllte. Natürlich rührte es sie, wie sehr er an sie glaubte. Aber noch war sie nicht bereit, sich Jacks Tempo anzupassen und ihr Leben selbst in die Hand zu nehmen. Plötzlich brachte sie kein Wort mehr heraus.

»Süße, ich mag es gar nicht, wenn du so still wirst. Da ist es mir wirklich lieber, wenn du mich anbrüllst und mir sagst, was für ein Vollidiot ich bin. Dann habe ich immerhin das Gefühl, dass wir kommunizieren. Du verbringst viel zu viel Zeit in deinem Kopf.«

»Stimmt nicht«, protestierte sie schwach.

»Doch. Und Besuch bekommst du da drin auch nicht gern. Rede mit mir.«

Sie wollte ehrlich zu ihm sein, weil sie seine direkte Art respektierte. Auch wenn es ihr nicht leichtfiel.

»Jack, die letzten Wochen waren mit die härtesten und demütigendsten meines Lebens.«

Seine Miene verfinsterte sich. »Lili, Liebste, ich weiß, dass es schwer war und dass es mit mir auch nicht immer leicht ist …«

Lili legte den Zeigefinger auf seine sinnlichen Lippen. »Aber es waren auch die heißesten und aufregendsten. Ich liebe es, Zeit mit dir zu verbringen, aber *madre di Dio,* können wir es bitte ein wenig langsamer angehen lassen?«

»Ich bin nicht so gut in Langsamkeit«, sagte er. »Nur wenn es darauf ankommt.«

Ja, Jack konnte das Tempo verringern, wenn ihm gerade danach war. Im Bett profitierte sie eindeutig von dieser Fähigkeit.

»Das Gespräch ist noch nicht beendet.« Er hatte seinen Willen zwar nicht bekommen, blieb aber gelassen und strahlte sie an. Lili merkte, wie die Spannung aus seinem Körper wich – nur an einer Stelle nicht. Sie spürte seine Härte an ihrem Po.

»Also, was steht heute auf der Karte?«, fragte sie, erleichtert, einer handfesten Auseinandersetzung entkommen zu sein.

»In Milch geschmorte Schweineschulter mit gestampften Knoblauchkartoffeln«, sagte er und küsste sie ganz leicht aufs Schlüsselbein. »Frühlingsplatterbsen mit Speckstreifen und Pfefferminze.« Noch ein Kuss. »Und Portobella-Champignons mit Apfel-Chutney-Füllung.« Noch ein Kuss, ein Stöhnen. Letzteres kam von ihr.

»Hör auf, du turnst mich an!«

Er vergrub den Kopf in ihrem Nacken. »Ich weiß, bei dir hat man wirklich leichtes Spiel. Als meine offizielle Vorkosterin musst du später unbedingt vorbeikommen und mir deinen Segen geben. Was hast du heute geplant?«

»Yogakurs, Sex, Schichtpläne, Papierkram, Sex, noch mehr Papierkram ...« Sie grinste. »Ich dachte, ich gehe heute mal mit Jules shoppen und zeige ihr ein paar meiner liebsten Vintage-Läden.«

»Ich finde es toll, dass du dir solche Mühe mit ihr gibst. Sie kann wirklich gerade eine Freundin brauchen.« Wieder spannte er sich an. »Wird Tad ihr wie üblich hinterherschnüffeln?«

»Er ist eben ein bisschen verknallt in Jules. Ihr Kilroys seid nun mal unwiderstehlich.«

Lilis lockerer Tonfall änderte nichts an seinem ernsten Gesichtsausdruck. Wann immer Jack die DeLucas besucht hatte, war Tad ihm bereits zuvorgekommen. Ihm passte die Vorstellung ganz und gar nicht, dass Jules sich einem nahezu fremden Mann anvertraute anstatt ihm. Er wollte doch nur das Beste für seine Schwester!

»Ich hoffe, dein Cousin nutzt die Situation nicht aus«, knurrte er. »Sie ist zurzeit sehr verletzlich.«

Lili war klar, wie labil Jules gerade war. Sie versuchte, sie kennenzulernen, und hatte ihr sogar ein paar Schwangerschaftsratgeber geschenkt, aber Jules hatte die Bücher kaum eines Blickes gewürdigt. Ihre gleichgültige Haltung einem so einschneidenden Ereignis gegenüber machte Jack Sorgen, und auch Lili fand den Kontrast zwischen den beiden Geschwistern erschreckend. Jack war so offen und emotional im Vergleich zu seiner zugeknöpften Schwester.

»Irgendetwas oder irgendjemand ist ihr in London zugestoßen«, sprach Jack frustriert weiter. »Ich bin mir nicht sicher, warum sie hier ist, wenn sie gar nicht drüber reden will.«

»Gib ihr ein bisschen Zeit. Das kommt schon noch.« Geduld war nicht gerade Jacks Stärke. Vielmehr ging er davon aus, dass sich alles klären ließ, meist mit reiner kilroyscher Willenskraft. Aber das hatte seine Beziehung mit Jules in eine seltsame Art von Stillstand befördert.

Sie weigerte sich hartnäckig, über ihre Bedürfnisse zu sprechen, was Jack so sehr frustrierte, dass er noch mehr Druck ausübte. Ein Teufelskreis.

Lili knabberte an seinem Ohr, um ihn ein wenig zu entspannen. Sie wusste mittlerweile, dass das eine seiner empfindlichsten Stellen war, und als sie auch noch mit dem Hintern wackelte, bekam sie die ersehnte Reaktion.

»Lili«, sagte er mit tiefer, wollüstiger Stimme. »Du böse Frau.« Er schob seine Hand unter ihren Rock und strich über ihren Schenkel, bis er ihren Schritt berührte. Gott, das fühlte sich so gut an! Lili schmolz dahin wie Butter in einer heißen Pfanne.

»Keine Unterwäsche? Und so wolltest du die Lieferung entgegennehmen?«

Lili bewegte die Hüfte so, dass die Reibung noch intensiver wurde. »Irgendwie müssen wir unsere Rechnungen doch bezahlen.« Sie machte natürlich nur Spaß, aber Jack runzelte die Stirn. Er war noch immer sofort alarmiert, wenn sie einen anderen Mann erwähnte – nicht, dass Sal mit seinem Bierbauch und seinen acht Enkelkindern überhaupt richtig zählte. Aus irgendeinem Grund machte dieser besitzergreifende Jack sie ziemlich an. Ihr Gehirn fand sein Verhalten zwar keineswegs immer gut, aber ihr restlicher Körper war einverstanden damit.

Mittlerweile hatte er einen Finger tief in sie hineingeschoben. »Zeit, den nächsten Liefertermin zu vereinbaren!«

Lili prustete vor Lachen. »Wow, der Spruch war ja richtig daneben, selbst für deine Verhältnisse!«

Jack schob die Teller beiseite, die hinter ihr auf dem Tisch standen, und hob sie in einer geschmeidigen Bewegung auf die Platte. Seine Kraft beeindruckte sie immer wieder.

Dann stand er vor ihr und öffnete eine Keksdose, deren Kante mit blauen Schneeflocken verziert war. Sie hob schon lange keine Süßigkeiten mehr darin auf. Wozu sollte das auch gut sein, wenn sie ohnehin am liebsten alles direkt aus der Packung aß? Jack aber holte keinen Keks aus der Dose, sondern ein Kondom, das er geschickt überstreifte.

»Die Keksdose meiner *nonna*, Jack? Ernsthaft?«

»Berühmte Köche wissen eben, wie wichtig gute Vorbereitung ist«, murmelte er, während er in sie eindrang und alles um sie herum zu glitzern begann.

Gott, sie liebte diesen Tisch!

Jack brummte der Kopf, wenn er an all die Dinge dachte, die er zu erledigen hatte. Er musste die Vorstellungsgespräche für das Team in Chicago zu Ende bringen. Und die Verhandlungen für den Deal mit dem Medienkonzern. Seine kaputte Beziehung zu seiner Schwester reparieren. Und das *Ristorante DeLuca* retten, ohne seine Freundin zu verärgern.

Kinderspiel.

Er hatte sich perfekt an Lilis Leben angepasst. Sie hatten eine Fernbeziehung, und er bemühte sich, all ihre Bedürfnisse zu erfüllen und sie von ihren Problemen abzulenken. Auf lange Sicht würde das so aber nicht funktionieren. Lili mochte es vorziehen, Dinge langsam auf kleiner Flamme gar zu kochen, aber Jack servierte lieber so schnell wie möglich. Je eher die Sache mit dem Restaurant geklärt war, desto früher konnte sie sich auf ihr eigenes Leben konzentrieren. Und auf ihre Beziehung.

Als Jack an diesem Morgen in die Restaurantküche marschierte und Tony mit trübseliger Miene an der Spüle stand, beschloss er, dass er den Tag direkt mit der Lösung des schwierigsten Punktes auf seiner To-do-Liste beginnen würde. Das wäre doch ein toller Start – wenn auch nicht ganz so toll wie später der Mittagspausen-Sex mit Lili.

Tony blickte ihn finster an.

»Tony.«

»Jack.«

Sie tauschten einen kräftigen Händedruck aus, dann schob Tony Jack ein paar Selleriestangen und ein Messer zu. Jack begann zu schneiden, spürte aber Tonys prüfenden Blick. Wie machte er das nur, wenn er gleichzeitig blitzschnell eine Zwiebel klein hackte, vermutlich für ein *soffrito*, also die italienische Variante einer Röstgemüsemischung? Sie kannten sich jetzt schon seit drei Wochen, und er fühlte sich immer noch wie der notgeile Teenager, der von dem überängstlichen Vater in die Zange genommen wurde.

Aber um dieses Problem würde er sich später kümmern. Heute wollte er etwas anderes mit Tony besprechen.

»Du weißt doch, dass ich ein Kochbuch habe, oder?«

Tony blickte vom Schneidebrett auf, und die Schlitze seiner Augen waren schmal wie Messerklingen. »Du hast ein paar gute Ideen, aber du lässt die Rinderbouillon nicht lang genug köcheln. Es sollten sechzehn Stunden sein, nicht zwölf.«

Okay. Immerhin hatte Tony Jacks Rezepte gelesen. Diese Tatsache milderte Tonys Spruch ein wenig ab. Irgendwie.

»Ich habe gerade ein neues in Arbeit und habe mich gefragt, ob du vielleicht an einem gemeinsamen Projekt interessiert wärst.«

Der ältere Mann spitzte den Mund und hackte weiter auf die Zwiebeln ein. »Und was hättest du davon?«

»Wenn ich es allein mache, wird es fad. Ich halte dich für einen tollen Koch und würde mich bei diesem Projekt gern mit dir zusammentun.«

Tony seufzte laut auf, als hätte Jack ihn beleidigt. »Denkst du etwa, du kannst dir meinen Segen kaufen?«

»Darum geht es doch gar nicht, Tony«, sagte Jack und war überrascht, wie schnell er die Kontrolle über dieses Gespräch verloren hatte. Warum machte dieser Mann es ihm bloß so verdammt schwer? »Ich dachte, du hättest vielleicht Lust, deine Rezepte mit einem breiteren Publikum zu teilen.«

»Danke für das Angebot, aber ich möchte deine Verbindung zu meiner Familie lieber nicht noch weiter intensivieren. Es ist in Ordnung, dass du meine Küche mitbenutzt, und meiner Frau tut die Gesellschaft von Julietta gut. Sie ist ein reizendes Mädchen. Aber da hört es dann auch auf.«

Wow, diese kleine Ansprache hatte wirklich einige Höhepunkte. Und Jules war also bereits auf einen italienischen Namen umgetauft worden. Schön für sie.

»Ich bin euch wirklich dankbar dafür, dass ihr euch um meine Schwester kümmert, während ich reise. Dafür werde ich euch auch gern finanziell …«

Tony winkte großzügig mit dem Messer ab. Oder wollte er ihm drohen? »Heb das Geld mal lieber auf, falls du wegen deines Temperaments wieder in Schwierigkeiten kommst und verklagt wirst. Meine Tochter trägt eine große Verantwortung, und diese Sache lenkt sie nur von dem ab, was wichtig ist. Das Restaurant, ihre Mutter.«

»Und ihre Kunst?«

Tony zuckte nur mit den Achseln. »Ist ganz gut für sie, ein Hobby zu haben, denke ich.«

»Es ist mehr als nur ein Hobby, Tony. Sie ist sehr talentiert.«

»Du musst mir wirklich nicht erklären, wie meine Tochter ist. Ich kenne sie ihr Leben lang, du erst seit ein paar Minuten.«

Jack spürte, wie die Wut in ihm aufstieg. »Du erwartest zu viel von ihr. Sie ist deine Tochter, nicht deine Bedienstete. Außerdem hörst du doch sowieso nie auf sie.«

Tonys Hand erstarrte inmitten einer Hackbewegung. Er legte vorsichtig das Messer ab, ganz so, als würde es sonst womöglich zum Leben erwachen.

»Und du solltest dich um deine Angelegenheiten kümmern«, sagte Tony mit eisiger Stimme. »Zum Beispiel darum, dein eigenes Haus in Ordnung zu bringen, ehe du dich in meines einmischst.«

Okay, das hatte er verdient. Niemand wusste besser als Jack selbst, dass er Jules im Stich gelassen hatte. Dieser Kommentar nahm ihm sofort jeglichen Wind aus den Segeln. Tony griff nach dem Messer und teilte die Zwiebel so schnell, dass es Jack fast ein wenig mulmig wurde.

»Schneid den Sellerie nicht so dünn«, fügte er hinzu, ohne aufzusehen.

Wow. War er versehentlich in Tony Sopranos Küche gelangt anstatt in der von Tony DeLuca? Normalerweise wollten die Familien seiner Freundinnen ihm nicht die Beine brechen oder ihn in Zement einmauern, wenn er ihre geliebte Tochter nicht richtig behandelte.

»Tony, mir ist klar, dass ich nicht deine erste Wahl für Lili bin.«

Tony schnaubte. »Aha, du verstehst es also, bist aber immer noch hier, obwohl wir uns darüber einig waren, dass du dich von ihr fernhältst. Die Sache mit dem Video und all die grausamen Dinge, die über sie gesagt wurden … Das wäre alles nicht passiert, wenn du nicht in ihr Leben getreten wärst.«

»Tony, ich weiß, dass du sie nur beschützen willst.«

»Irgendwer muss es ja machen.« Aufgewühlt drehte er sich um. »Es ist nicht das erste Mal, dass Leute sie schikanieren und verspotten. Ihre Schulzeit war ein Albtraum, und jetzt ist alles wieder hochgekommen. Was tust du, um sie davor zu bewahren?«

Vielleicht nicht genug, aber immerhin nahm er sie in den Arm und sagte ihr jeden Tag, wie großartig sie war – anstatt sie wie ein verdammter Drillmeister zu behandeln.

»Tony, ich liebe deine Tochter und werde alles tun, um sie zu beschützen.« Das war nicht wirklich eine Antwort auf seine Frage, aber sobald Jack den Satz gesagt hatte, leise und bestimmt, wusste er, dass es stimmte. Es hatte gar nicht so seltsam geklungen, wie er befürchtet hatte. Eher wunderschön.

Die Worte hatten ihm schon so oft auf der Zunge gelegen, meistens, wenn er gerade mit Lili schlief, sie ihn aus ihren strahlend blauen Augen ansah und er vor Glück beinahe platzte. Aber es war das erste Mal, dass er sie laut ausgesprochen hatte.

Jetzt bist du dran, Il Duce.

Tony sah Jack an. Es konnte sein, dass in seinem Blick ein Hauch von Respekt lag, aber vielleicht überlegte er auch nur, wie er Jacks Leiche möglichst schnell in Stücke hacken konnte. Ein paar angespannte Sekunden vergingen, ehe der Maestro wieder etwas sagte.

»Als ich Lilis Mutter zum ersten Mal gesehen habe, war es *colpo di fulmine*.« Er blickte auf sein Schneidebrett. »Liebe auf den ersten Blick.«

Jack schluckte. Laut. War das ihr erster intimer Moment?

»Natürlich war ich damals erst zehn Jahre alt.«

Alles klar, sie näherten sich einander wirklich an!

»Empfindet meine Tochter dir gegenüber denn dasselbe?«

Da war sie, die Frage aller Fragen. »Ich habe keinen blassen Schimmer.«

Tony lächelte. Der alte Gauner lächelte doch tatsächlich! »Ich verstehe.«

Jack war sich nicht sicher, was hier gerade passiert war, aber vor lauter Erleichterung darüber, dass er endlich offen über seine Gefühle gesprochen hatte, war ihm ganz schwindelig. Schade, dass er diesen Moment an einen Mann verschwendet hatte, der die Kombination aus Jack und Lili für die schlechteste Idee seit der Erfindung von Cola light hielt.

Jack merkte, wie sich ein dümmliches Grinsen auf seinem Gesicht ausbreitete, aber er drehte sich schnell um, damit Tony es nicht sehen konnte. Am liebsten hätte er laut hinausposaunt, wie glücklich er war. Und er hätte zu gern seinem künftigen Schwiegervater – auch zu dieser fantastischen Erkenntnis war er gekommen – mitgeteilt, dass er ihn um sein Leben und seine Familie beneidete und so etwas auch mit Lili erschaffen wollte.

Am Ende sagte er nur: »Sellerie.«

Tony reichte ihm knurrend die Stängel.

Früher war das hier sein absoluter Lieblingsort gewesen. Als Jack durch die Türen des *Thyme* trat, wartete er darauf, dass der übliche Zauber einsetzte. Die Eröffnung des Restaurants vor zehn Jahren war sein Start in sein New Yorker Leben gewesen – und ein Schlag ins Gesicht des Establishments, das behauptete, die französische Küche könne nicht gleichzeitig hochwertig und erschwinglich sein. Jetzt hielt nur noch seine unregelmäßige Anwesenheit im vergangenen Jahr das Restaurant vom dritten Michelin-Stern ab, zumindest nahm er das an. Küchenchefs waren eben anfällig für Verschwörungstheorien.

Laurent hing an seinem üblichen Stammtisch in der Ecke über seinem Laptop, eine Espressotasse in der Hand. Wahrscheinlich plante er gerade die neue Speisekarte, und wie er seinen Freund so kannte, würde sie sehr winterlich ausfallen. Jetzt war Mitte Juli. Jack schlenderte zu ihm hinüber, nur um beinahe von einem Mann zu Boden gerissen zu werden, der wie ein Berglöwe hinter der Bar hervorsprang.

»Jack, es ist so schön, dich zu sehen!«, sagte der Fremde mit einem irischen Akzent. Er griff nach Jacks Hand und hörte gar nicht mehr auf, sie zu schütteln. Der Mann war groß, hatte dunkelbraunes, zerwühltes Haar und sah aus wie ein Azubi, obwohl er mindestens Mitte zwanzig sein musste.

»Kennen wir uns?«

»Noch nicht.« Er ließ Jacks Hand los und sah hinüber zu Laurent, als erhoffte er sich Unterstützung von ihm. Laurent aber grinste nur schief.

»Ich bin Shane. Shane Doyle. Ich wollte mich vorstellen.«

Der neue Pâtissier. Laurent hatte erwähnt, dass er ihn angestellt hatte, nachdem der Kerl ihnen im vergangenen Jahr einmal pro Monat seine Bewerbung zugeschickt hatte.

Er hatte fünf Jahre als Konditor in Restaurants in Irland und dem United Kingdom gearbeitet. Hatte eine Zeit bei Lenôtre gelernt, einer Kochschule in Paris. Dann hatte er achtzehn Monate mit Anton Baillard im Maison Rouge an der Upper Westside zusammengearbeitet. Er war mehr als qualifiziert, aber das *Thyme* hatte schon seit Jahren keine freie Stelle mehr gehabt, bis seine Pâtisserie-Assistentin, Marguerite, vor einem Monat in den Mutterschutz gegangen war. Außerdem war es für Nicht-US-Bürger immer schwierig, ein Visum zu bekommen. Der Typ aber hatte darauf bestanden, hier zu arbeiten und nicht in seinem Londoner Restaurant.

»Ich hoffe, du hast dich schon gut eingewöhnt«, sagte Jack und wollte gerade dafür sorgen, dass der arme Kerl sich etwas entspannte, als er merkte, dass das gar nicht nötig war. Shanes Augen funkelten, und Jack hielt überrascht inne. Er konnte sich nicht daran erinnern, wann er das letzte Mal so erfreut gewesen war, als es daranging, einen neuen Küchenchef kennenzulernen.

»Ja, alle waren total nett zu mir«, erklärte Shane und zog übermütig eine Augenbraue nach oben.

»Es freut mich jedenfalls, dich kennenzulernen.« Jack warf Laurent über seine Schulter hinweg einen Blick zu.

»Oh, klar.« Er grinste Jack noch breiter und beinahe ein wenig unverfroren an, ehe er hinaus auf die Straße ging. Wow. Vielleicht war Shane vom großen Jack Kilroy gar nicht so beeindruckt, wie er gedacht hatte. Jack ließ sich müde neben Shane auf einen Stuhl fallen.

»Viande fraîche«, sagten beide gleichzeitig. Frischfleisch. Jack hatte schon seit einer Weile nicht mehr mit Laurent gesprochen. Der Franzose war in den letzten Shows nicht mehr sein Sous gewesen, weil er lieber seinen Pflichten in New York nachgehen wollte. Es war eine Erleichterung, wieder in ihrem üblichen, kumpelhaften Ton miteinander zu reden.

»Weißt du noch, wie es war, als wir so jung waren?«, fragte Jack.

»Jünger. Der Kerl ist genauso ehrgeizig wie du. Er macht jetzt schon Vorschläge«, ließ Laurent ihn missmutig wissen. Er war nun mal altmodisch und zog es vor, wenn die Neulinge sich mindestens ein Jahr lang in Zurückhaltung übten.

Während der ersten Tage seiner Ausbildung in Paris hatte Jack kaum Béchamel von Karamell unterscheiden können und dachte, dass *Mother Soße* irgendein seltsamer Slangausdruck sei. Aber das konnte er immer mit einem lässigen Spruch oder einem anmaßenden Grinsen wieder wettmachen. Damals gab es keine Situation, aus der er sich nicht wieder herausreden konnte. Wenn es doch bloß immer noch so einfach wäre.

»Ich war ein arrogantes Arschloch«, räumte Jack weise ein und spürte, wie ihm von der Erinnerung ganz warm im Bauch wurde.

»Stimmt, aber du konntest es immer wiedergutmachen. Hast sämtliche Stationen in drei Monaten abgehakt, obwohl du kaum Französisch konntest. Dein Akzent ist übrigens immer noch *merde*.«

Jack begann herzhaft zu lachen. Sein Freund hatte ihm wirklich gefehlt.

»Ich hatte gar nicht erwartet, dich heute zu sehen«, meinte Laurent. »Hat der Chicagoer Liebeszauber etwa nachgelassen?«

»Ganz und gar nicht.«

»Jetzt ist es also so weit. Der große Jack Kilroy wurde von einer großen Haarwolke und einer niedlichen, krausgezogenen Nase schachmatt gesetzt.« Er seufzte. »Dabei hätte sie so leicht mein sein können. Wir haben uns in der Bar bestens verstanden, ehe du dazwischengefunkt hast.«

»Pech gehabt, *mon ami.*«

Laurent verengte die Augen zu Schlitzen. »Und wo steckt sie heute? Ich dachte, sie wäre bei dir.«

Da hatte er richtig gedacht, aber langsam fragte Jack sich schon, ob er und Lili jemals so richtig zusammengehören würden. Würde sie es je wagen, ihm auf halber Strecke entgegenzukommen? Oder brauchte sie ihn nur, um ihr schwaches Selbstbewusstsein zu stärken? Er wusste ja, dass er ihr etwas bedeutete, aber all die Schwierigkeiten – mit ihrer Familie, ihrer Vergangenheit, ihre Angst vor Veränderungen – waren Gift für eine gemeinsame Zukunft. Wenn er auch nur vorsichtig fragte, was sie als Nächstes vorhabe, machte sie sofort dicht und verwandelte sich in Lili, die Verführerin. *Denk an deine Bedürfnisse, Süße.* Ihre Hände wurden zu einer Art Folterwerkzeug. *Wie sieht es mit der Graduate School aus?* Schon begann sie an seinem Ohrläppchen zu knabbern und zu lecken.

Um ihre Unsicherheiten wirklich abzulegen, brauchte es mehr als ein paar charmante Worte von Jack. Er wollte, dass alles unter Dach und Fach war, ehe er den Vertrag unterschrieb. Andernfalls würde sie es als Ausrede dafür benutzen, sich zurückzuziehen.

Wütend auf sich selbst griff er nach dem Zettel, auf den Laurent seine Notizen in seiner ausladenden, kaum lesbaren Schrift geschrieben hatte.

»*Canard à l'orange*? Ich weiß ja, dass retro in ist, aber ein Michelin-Stern kann genauso schnell wieder verschwinden, wie er gekommen ist.«

Laurent grinste ihn an. »Vertrau mir. Ich habe was ganz Besonderes vor.«

Daran hatte Jack keinerlei Zweifel. Laurents Genie war

von leiser und methodischer Art, und Jack fragte sich oft, warum er all die Jahre hier im Restaurant geblieben war, anstatt seinen eigenen Laden zu eröffnen. Er würde sofort in jedes Projekt seines Kollegen investieren, aber zu Jacks großem Glück schien Laurent bei *Thyme* am zufriedensten zu sein.

Nostalgisch ließ Jack den Blick durch den Raum schweifen und genoss den Anblick des glänzenden Holzes und der Messingbeschläge, die alle im Stil einer Pariser Brasserie des neunzehnten Jahrhunderts angefertigt worden waren. Er und Laurent hatten die Einrichtung gemeinsam bis ins letzte Detail geplant, von den Kupferpfannen, die sie aus Marseille importiert hatten, bis hin zu den Lampen, die exakte Repliken der Leuchtkörper waren, die sie einst an den Wänden eines heruntergekommenen Pariser Bistros entdeckt hatten. Es war ihr Baby gewesen, ihr großer Coup in New York, aber sosehr er das *Thyme* auch liebte, so genau wusste Jack auch, dass er nicht mehr richtig hierher gehörte.

Laurent hatte Jacks Gesichtsausdruck offenbar bemerkt. »Das Mittagessen beginnt in einer halben Stunde. Wolltest du heute die Küchenleitung übernehmen?«

In Jacks Magengegend begann es zu zwicken. Er hatte schon seit einem Jahr keine *echte* Küche mehr geleitet.

»Würde ich furchtbar gern, aber ich habe einen Termin mit meinem Agenten.«

Laurent zog eine Augenbraue nach oben. Er hatte seinem Kumpel seinen Erfolg nie missgönnt, sondern sich stattdessen stets darüber lustig gemacht. Jetzt aber sah er Jack missbilligend an.

»Du solltest hier sein«, meinte er ernst. »Die aktuelle

Show macht dir doch gar keinen Spaß. Warum solltest du dann direkt eine neue starten?«

Jack lachte bellend. »Warum denkst du, dass mir die Show nicht gefällt?«

»Weil der Jack Kilroy, den ich kenne, niemals gegen Tony DeLuca verloren hätte.«

Jack starrte ihn an. Blinzelte. Starrte weiter. »Du warst während des Drehs vielleicht ein wenig verkatert, aber du erinnerst dich doch sicher daran, dass unsere Gastgeber gemogelt haben, oder?«

Laurent gab einen Laut von sich, den Jack nur als *französisch* bezeichnen konnte. »Du bist der beste Chefkoch, mit dem ich je zusammengearbeitet habe, aber irgendwie hast du gerade keinen Biss mehr. Keines deiner Gerichte an diesem Abend war auch nur halb so gut wie das Essen, das ich sonst von dir kenne. Betrug hin oder her, Tony hat den Sieg verdient. Vor einem Jahr aber hätte er keine Chance gegen dich gehabt.«

Woher kam das denn jetzt? Jack war tatsächlich aufgefallen, dass er nicht mehr so gern kochte wie früher, aber er hätte nicht gedacht, dass seine Arbeit darunter litt. Nicht wirklich. Das Wissen darum, dass die verminderte Leidenschaft sich genau da manifestierte, wo es wirklich zählte – nämlich beim verdammten Essen –, kratzte an Jacks Ego wie ein rostiger Nagel. Als er aber während der vergangenen Wochen die Speisekarte für sein Restaurant in Chicago geplant hatte, hatte er gemerkt, wie die Freude am Kochen zurückkehrte. Und das lag in erster Linie daran, dass er für Lili kochte und in sie verliebt war.

»Ich dachte, es hätte dir gefallen, dass ich weg war. So konntest du mal all die jungen Hüpfer herumkommandieren«, sagte Jack halb im Scherz. Eigentlich wollte er nur überspielen, wie unangenehm ihm die treffende Einschätzung seines Freundes war.

Laurent zuckte mit den Schultern. Eigentlich war er der wahre Leiter der Küche im *Thyme*, auch wenn sein Name nicht auf der Speisekarte stand. Er hatte es nie verlangt, was Teil des Problems war. Er hatte nicht den nötigen Drive und war viel zu verträumt.

»Du brauchst das Geld nicht und ganz sicher auch nicht noch mehr Verehrerinnen«, gab Laurent neckisch zurück. »Kümmere dich wieder um das, was du wirklich liebst.«

Tja. Also ums Essen, um Jules und um Lili. Das war es, was wirklich zählte. Und er würde bis zu seinem letzten Atemzug dafür kämpfen.

21. Kapitel

»Die Ratschläge deiner Eltern bedeuten dir also nichts?« Cara fuhr mit dem Finger an der Kante ihres Martiniglases entlang und sah sie anklagend aus ihren saphirblauen Augen an.

Lili verbarg ihr Lächeln hinter dem Hals einer Bierflasche und sah sich in der schicken Bar um, die vor Kurzem in ihrer Nachbarschaft eröffnet worden war. Überall saßen knabenhafte Frauen in schrillen Klamotten und bärtige Hipster in Bowlinghemden und mit Trilbys auf dem Kopf herum, weil das ihrem merkwürdigen Verständnis von Ironie entsprach. Normalerweise ließen diese hippen Kneipen Lili völlig kalt, aber Cara besuchte nur Bars, deren Barkeeper ihr Handwerk wirklich verstanden.

»Ich bin doch nicht mit Jack zusammen, um euch zu ärgern. Ich mag ihn zufälligerweise.«

Caras Gesicht wurde so unbeweglich, als hätte ihr jemand zu viel Botox gespritzt. »Wie sehr?«

Lili stellte sich vor, wie sie die Arme so weit ausbreitete, wie sie nur konnte. *So sehr.*

»O Gott.«

»Das war alles deine Idee, Cara.«

»Hey, ich habe dir zu einem heißen One-Night-Stand geraten.« Sie legte den Kopf schief, und das gedämpfte Licht der Wandbeleuchtung ließ um ihren Kopf herum eine Art Heiligenschein entstehen. Sie war so schön.

»Heiß. Schmutzig. Und nicht so Unser-Zweitwagen-ist-ein-Volvo-mäßig. Auch nicht Vergiss-nicht-die-kleine-Emily-vom-Geigenunterricht-abzuholen-haft. Du bist losgezogen und hast genau das gemacht, wovon ich dir abgeraten habe.« Sie senkte die Stimme. »Du hast dich in ihn verliebt.«

Was Cara nicht sagte! Natürlich hatte Lili sich in ihn verliebt, und zwar Hals über Kopf. Dennoch wollte sie sich nichts vormachen … Auch wenn Jack gesagt hatte, dass er sie in seine Glitzerwelt integrieren wollte, wusste sie doch, dass das Verfallsdatum ihrer Beziehung immer näher rückte.

»Ich bin doch nicht blöd. Ich bin mit offenen Augen an die Sache herangegangen, und auch wenn er mir mehr bedeutet, als vielleicht gut für mich ist, breche ich nicht zusammen, wenn es irgendwann vorbei sein sollte.«

»Moment mal – vorbei?« Cara zog eine Augenbraue nach oben und wandte den Blick von ihrem Drink ab. »War der Mistkerl etwa abweisend dir gegenüber? Du denkst doch nicht mehr, dass du nicht gut genug für ihn bist, oder?«

In sexueller Hinsicht dachte Lili das nicht. Die emotionale Ebene war allerdings eine ganz andere Nummer. »Nein, er sagt mir die ganze Zeit, wie heiß ich bin. Er begehrt mich sehr – mehr als je ein Mann zuvor.«

»So soll es auch sein.« Cara legte den Kopf schief. »Also, was ist das Problem?«

Lili musste über Caras Unterstützung lächeln. »Es fühlt sich einfach nicht real an, eher wie ein Fiebertraum, aus dem ich noch nicht aufgewacht bin.« Aber das würde sie bald, und Jack würde das vielleicht sogar noch früher passieren. Wenn sie aus ihrer Zeit mit Marco eines gelernt hatte, dann, dass heiße Typen sich schnell langweilten.

»Eines Tages werden wir vielleicht getrennte Wege gehen, und dann ist wieder alles beim Alten.«

Cara sah sie besorgt an. »Die letzten Jahre über hat Dad dich herumkommandiert, und du hast dich um Mom gekümmert. Im Vergleich zu dir hat der Rest von uns wie Abschaum gewirkt.« Als Lili den Mund öffnen wollte, hob Cara die Hand. »Und dafür werde ich dir ewig dankbar sein. Ist es also nicht an der Zeit, dass du mal an dich selbst denkst? An die Graduate School und all deine Hoffnungen und Träume. Und wenn Jack ein Teil davon sein soll, dann lass ihn nicht mehr los, Lili! Niemand erwartet mehr von dir, dass du in deinem Leben die Stopptaste gedrückt hältst. Jetzt bist du dran!«

Eigentlich war dieser Satz genau das, was Lili sich seit dem Ende ihrer Highschool-Zeit immer wieder selbst sagte. Nur leider war das alles gar nicht so leicht!

»Ich dachte, du wärst gegen unsere Beziehung. Was hast du noch mal über ihn gesagt? Er interessiert sich nur fürs Kochen und fürs Vö…«

»Vielleicht war ich etwas zu kritisch«, unterbrach Cara sie mit einem schiefen Grinsen. »Ich muss schon sagen, dass du viel selbstbewusster wirkst, seit du mit Jack zusammen bist. Und er benimmt sich bei den Drehs mittlerweile auch weniger divenhaft. Schätze mal, das haben wir dir zu verdanken! Ihr tut einander gut.« Seufzend drehte sie ihr Glas an seinem Stiel zwischen den Fingern hin und her. »Wahrscheinlich ist er wahnsinnig gut im Bett.«

Lili biss sich auf die Unterlippe. »Vergiss es, Cara.«

»Verdammt, Mädchen. Ich würde es dir erzählen.«

»Lügnerin. Du erzählst mir nie von deinen Typen. Da gibt es so viele heiße Kerle im Big Apple, und du rückst einfach nicht mit den schmutzigen Details raus.«

Zu Caras vielen Regeln in Bezug auf Männer gehörte auch, dass sie kaum etwas über ihr New Yorker Singleleben verriet. Vielleicht ging es in Caras glamouröser Welt ja gar nicht so perfekt zu, wie sie es die Leute glauben lassen wollte. Allein die Tatsache, dass sie im vergangenen Monat zweimal in Chicago gewesen war, ließ darauf schließen, dass bei ihr irgendetwas im Argen lag. Allerdings konnte Lili nicht sagen, was es wohl war.

»Es ist unmöglich, in New York einen festen Freund zu finden. Alle haben ständig zu tun und denken, sie finden noch etwas Besseres.« Kurz sah Cara etwas unglücklich drein, setzte dann aber sofort wieder ein Lächeln auf. »Liegt natürlich auch an der neuen Show. Da arbeite ich teilweise achtzehn Stunden pro Tag und muss ein Team im Griff haben, das so groß ist wie der komplette DeLuca-Clan! Ich habe keine Zeit für Männer, also muss ich furchtbar keusch leben. Komm, wirf mir alten Jungfer einen Knochen zu und erzähl mir etwas Versautes!«

Lili lehnte sich nach vorn und leckte sich über die Lippen. »Er redet ziemlich viel.«

Cara verdrehte die Augen. »Warum wundert mich das überhaupt nicht? Der Typ kann auch am Set nie die Klappe halten.«

»Manchmal spricht er auch Französisch. Das ist so sexy!

Und dann macht er diese Sache mit seiner …« Sie nahm einen großen Schluck aus der ausgefallenen Bierflasche, um sich ein wenig abzukühlen. »Ach, das interessiert dich bestimmt nicht.«

Cara klappte der Kiefer herunter. »Doch! Das interessiert mich sogar sehr!«

Lili prustete los, und ihre Schwester stimmte in ihr Lachen ein. Für einen Moment war alles vollkommen in Ordnung. Mit dem Restaurant ihrer Familie ging es bergab, und Jack Kilroys Fanclub holte wahrscheinlich schon Angebote von Auftragskillern ein, aber davon abgesehen war das Leben gar nicht so übel.

»Noch eine Runde?« Lili hob ihre Flasche an die Lippen, um sie leer zu trinken, aber noch ehe Cara etwas erwidern konnte, fiel ein Schatten auf ihre Sitznische. Sie hob den Blick und sah direkt in das wunderschöne Gesicht ihres Freundes. Ein Schwall Bier spritzte aus ihrer Nase. Wahnsinnig elegant! Anstatt sie aber amüsiert anzusehen, wirkte Jack groß, düster und ziemlich sauer.

»Hey«, sagte sie, woraufhin er nur kurz nickte.

Lili wischte sich das Bier von der Nase und spürte, wie eine heiße, stachlige Panik in ihr aufstieg. Jack ließ sich neben ihnen in der Sitznische nieder.

»Ich hatte dich erst morgen erwartet«, sagte sie vorsichtig. »Woher wusstest du, wo wir sind?«

»Ich bin bei deinen Eltern vorbeigefahren, um Jules zu besuchen. Francesca hat mir gesagt, dass ihr hier seid.«

»Ist mit Jules alles in Ordnung?«

»Ich nehme es an«, sagte er resigniert, und sofort zog sich Lilis Herz zusammen.

»Und ist bei *dir* alles okay?«

»Mir geht's prima.« Als er das zum letzten Mal gesagt hatte, war er danach auf dem Bürgersteig zusammengebrochen. Die jetzige Situation kam ihr ähnlich bedrohlich vor. Am Nebentisch flüsterte jemand Jacks Namen, und Lili konnte förmlich spüren, wie sich die Neuigkeit über Jacks Ankunft in der Bar verbreitete.

»Du wirkst nicht so, als ginge es dir gut«, meinte sie.

»Liegt es am Vertrag?«, erkundigte sich Cara.

Er funkelte sie an. »Mit dem ist alles in bester Ordnung.«

»Ich hole mal die nächste Runde«, flüsterte Cara überdeutlich.

Nervös sah Lili sich um. In Ruhe reden konnten sie hier trotzdem nicht. »Ist was passiert?«, fragte sie, sobald ihre Schwester weg war.

»Mein Anwalt hat mich darüber informiert, dass der Erste Zusatzartikel der Verfassung es mir unmöglich macht, Unterlassungsanordnungen für Facebook-Seiten und Twitter-Accounts durchzusetzen.«

»Unterlassungsanordnungen? Du hast versucht, die Seiten zu deaktivieren?« Sie brachte kaum ein Wort heraus, weil ihre Kehle sich immer mehr verengte. »Jack, du kannst doch nicht einfach das Internet lahmlegen!« Sie hatte seinen Beschützerinstinkt vollkommen unterschätzt. Er konnte von allem Möglichen ausgelöst werden – von Paparazzi, die Jules belästigten, einer abfälligen Bemerkung in einer Bar, einem fiesen Kommentar auf Twitter oder sogar noch deutlich Geringfügigerem.

In ihrer Brust prallten Schuldgefühle und Liebe aufeinander. Er hatte ihr zuliebe das Wort erhoben und alles aufs Spiel gesetzt, um sie zu beschützen. Wie konnte sie das zulassen, wenn sie ihn liebte?

»Jack, so kann das nicht weitergehen.«

»Mach dir keine Sorgen. Das wird sich alles klären.«

»Das hast du nach dem Video auch gesagt, und es hat nicht gestimmt. Das Internet ist explodiert wie eine Konfettibombe! Mein Vater hat fast einen Herzinfarkt bekommen.«

»Und er weiß jetzt, dass ich dich beschützen kann. Jeder, der dir wehtun will, bekommt es mit mir zu tun!«

Es würde nie aufhören. Jack würde immer einen Krieg gegen jeden führen, der ihr irgendwie blöd kam. Lili wollte nicht verantwortlich dafür sein und hatte außerdem Angst, dass Jack sie irgendwann nur noch als Belastung empfinden würde.

»Ich bin doch kein armes, hilfloses Geschöpf. Du musst nicht meine Kämpfe für mich ausfechten, Jack.«

»Ehrlich, Lili? Ich habe das Gefühl, dass du dich so viel um andere kümmerst, dass deine eigenen Kämpfe oder Bedürfnisse viel zu kurz kommen. Du kannst dich ja nicht einmal deinem Vater gegenüber behaupten, wie sollst du da je in der Außenwelt für dich selbst eintreten?«

»Das … das hat doch nichts mit meinem Vater zu tun!«, hielt Lili schockiert dagegen.

»O doch. Du lässt dir von ihm diktieren, was du zu tun hast. Mit dem Restaurant, aber auch mit deinem Leben. Selbst jetzt zerbrichst du dir noch den Kopf darüber, was er denken könnte.«

Das war zwar nicht ganz falsch, aber davon wollte sie sich jetzt nicht aus dem Konzept bringen lassen. »Ich soll also einfach einen Tyrannen durch den nächsten ersetzen? Denn genau das bist du, Jack. Du erwartest, dass jeder sofort deine Perspektive annimmt, und von Kompromissen scheinst du wirklich rein gar nichts zu halten. Aber genau das ist so wichtig für Familien, Freunde und Liebespaare. Dass sie Kompromisse finden.«

Angespannt sah er sie an. »Genau, mit Kompromissen kennst du dich bestens aus! So gut, dass du vergessen hast, was du selbst eigentlich willst. Wer du sein willst.«

Sie schluckte. »Ich will nur nicht, dass du deine Karriere ruinierst.«

Er gab einen verächtlichen Laut von sich. »Nein, darum geht es dir nicht. Du suchst nach einem einfachen Ausweg, weil du Angst hast, etwas zu riskieren und dabei zu scheitern. Himmel, du hast ja sogar Angst davor, es überhaupt zu probieren und womöglich wirklich Erfolg zu haben! Egal, ob es um deinen Vater, deine Kunst oder um uns geht. Ich weiß genau, was du denkst, Lili. Ich habe es immer gewusst.«

Ihr Oberschenkel begann heftig zu zittern, und sie ballte die Hände in ihrem Schoß zu Fäusten, um irgendwie die Ruhe zu bewahren. Woher wusste er das alles bloß?

»Lass mich dir sagen, was ich denke. Du wolltest mich nicht beschützen, sondern lediglich dein Revier markieren.«

»Ich würde es anders formulieren und sagen, dass ich dich als meinen Besitz kennzeichnen wollte. Aber du kannst es natürlich nennen, wie du willst.«

Seine Formulierung klang, als wäre Lili eine Erweiterung seines Imperiums. Und das war gut so, weil er ihr auf diese Weise noch mehr Zündstoff gab.

»Von der Minute an, in der wir uns kennengelernt haben, hast du nichts anderes gemacht, als mich einzuschüchtern und Forderungen zu stellen. Wenn ich deinem Willen nicht nachgebe, dann eben Jules oder eine Million anderer Leute, von denen du erwartest, dass sie vor dem großen Jack Kilroy katzbuckeln. Nur weil du alles so charmant und mit deinem blöden Akzent einforderst, macht es das noch lange nicht weniger manipulativ. Ich habe dir doch gesagt, dass ich es langsam angehen lassen will! Du aber machst immer weiter Druck.«

»Das ist immer noch besser als Stillstand.«

Seine Worte durchfuhren sie wie Messer. Sie hatte immer gewusst, dass sie nicht für Jacks Welt geschaffen war, in der er sich mit Lichtgeschwindigkeit fortbewegte und stets nach Exzellenz strebte.

»Sorry, dass ich nicht schnell genug für dich bin.«

Er lachte kurz und bitter auf. »Oh, damals in der Bar warst du sogar blitzschnell, Lili. Und auch, als du nach dem Dreh in meinem Hotelzimmer erschienen bist, warst du nicht gerade eine lahme Ente. Scheint ganz so, als würdest du für ein paar Dinge durchaus etwas riskieren. Für Sex zum Beispiel. Aber wenn es ernst wird, drehst du sofort durch und suchst nach Entschuldigungen.«

Lili konnte ihr Erstaunen nicht verbergen. »Nicht alle sind so selbstbewusst wie du, Jack. Und nicht jeder springt mit einem fertigen Plan zur Erringung der Weltherrschaft aus dem Mutterleib.«

Er lehnte sich zu ihr. »Immerhin sage ich offen, was ich will. Und was ich brauche. Ich werde dich nicht anbetteln, Lili. Entweder du bist dabei oder eben nicht.«

»Wie könnte ich solch ein attraktives Angebot ablehnen?«

»Ganz recht, du kleiner Spaßvogel. Mach dich nur wieder drüber lustig.« Er grinste beinahe höhnisch. »Was auch immer dir dabei hilft, es dir leichter zu machen. Ich bin zu herrisch, und du hältst es nicht aus, wenn jemand Druck auf dich ausübt. Oder du opferst dich auf, damit ich nicht gezwungen bin, jemandem den Kopf abzureißen und meine Karriere zu ruinieren. Wollen wir nicht eine dieser beiden Versionen nehmen? So oder so stehst du ziemlich gut da.«

Sie musste ihn gar nicht ansehen, um zu wissen, dass sein Kiefer angespannt war und er die Lippen zusammenpresste.

»Jack, du verlangst zu viel.«

»Und du willst zu wenig.« Er klang so resigniert, dass Lili alarmiert aufhorchte. Sie ließ Jack gegen eine Wand laufen, und er hatte nicht genug Energie, um sie zu durchbrechen. Ihr Schutzwall war zu mächtig, und die Angst steckte viel zu tief in ihren Knochen, als dass sie sie hätte überwinden können. Das Schlimmste war, dass sie es ganz genau wusste und trotzdem nichts dagegen tun konnte.

»Hatten wir denn je eine Chance, Lili? Hast du je eine Zukunft für uns gesehen, oder war ich immer bloß der Typ, mit dem du ein bisschen Spaß haben kannst? Dann such dir bitte jemand anderen, den du benutzen kannst, denn ich habe etwas Besseres verdient. Ich verdiene mehr, als du zu geben bereit bist.«

Es zerriss Lili das Herz. Ja, er hatte recht. Sie würde nie die Frau sein, die seiner würdig war.

»Ich muss hier raus«, keuchte sie.

Sobald sie allein war, schnappte sie nach Luft. Aber es half nicht. Ihrem Herz war ein irreparabler Schaden zugefügt worden.

»Jack, wach auf.«

Er sprang auf und wäre beinahe gestürzt, weil seine linke Körperseite wie gelähmt war. Er fühlte sich, als sei er von einem Monstertruck überrollt worden. Großartig. Er linste nach oben, und Jules starrte blass und besorgt auf ihn herab. Das war ja seltsam. Normalerweise machte er sich doch Sorgen um sie und nicht umgekehrt!

Komisch war auch, dass er auf dem Boden seiner neuen Restaurantküche lag. Sein Rücken war steif wie ein gefrorenes Steak. So war das wohl, wenn man mit dem Rücken an eine Kühlschranktür gelehnt einschlief.

»Wie bist du reingekommen?«, krächzte er, wischte sich über seinen Mund und hob kraftlos den Kopf. Für gewagtere Aktionen hätte es entweder Kaffee oder einen Kran gebraucht.

»Du hast die Tür offen gelassen, du Trottel. Ich habe auf deinem Smartphone angerufen, aber du hast nicht abgehoben.«

»Weil ich geschlafen habe.« Sein Kopf schnappte zurück, und sofort krümmte er sich vor Schmerz. »Du bist also mitten in einer zwielichtigen Gegend in ein leeres Restaurant marschiert, weil du dachtest, ich könnte vielleicht hier sein?«

»Mach dir keine Sorgen. Der kleine Wurm tritt mich, sobald er Gefahr wittert. Als hätte er dafür besondere Antennen oder so.« Sie beugte sich nach vorn und nahm eine zu einem Viertel gefüllte Flasche Johnnie-Walker-Whisky aus seiner Hand, ersetzte sie durch eine Tasse Kaffee und sah sich um. »Du warst ganz schön fleißig.«

Er folgte ihrem Blick. Töpfe hatten Töpfe gezeugt und Pfannen hatten Pfannen geboren. Alle Arbeitsflächen zeigten deutliche Spuren der kreativen Zerstörungswut, die ihn gestern Nacht befallen hatte.

»Ich habe versucht, etwas hinzukriegen.«

Sie blinzelte. »Ja?«

»Ich weiß es nicht.«

Er hatte sich die ganze Nacht genau einer Sache gewidmet: dem verpatzten Risotto aus der Show. Er wollte es zwar nicht in seine neue Speisekarte aufnehmen, war aber wild entschlossen, es zu perfektionieren oder es zumindest zu versuchen. Nach der vierzehnten Pfanne – oder war es die fünfzehnte? – waren seine Geschmacksnerven zu betäubt, um das Ergebnis noch beurteilen zu können. Also hatte er aufgegeben, und in diesem Moment war sein Kumpel Johnnie Walker auf einen kleinen Plausch vorbeigekommen.

»Gibt es nicht irgendwelche Gesundheitsverordnungen, die die Kombination von Trinken und Kochen verbieten?« Sie stellte mit gerümpfter Nase die Whiskyflasche auf den Tresen.

»Ich habe gekocht und danach getrunken. Kein Koch wurde bei der Kreation dieses Chaos' verletzt.« Jedenfalls nicht sehr.

Sie stupste mit ihrem Fuß, der in einer Sandale steckte, gegen seinen Oberschenkel. »Ich kann mich dran erinnern, dass du manchmal die ganze Nacht wach geblieben bist und gekocht hast, wenn du wegen irgendetwas schlecht drauf warst.«

Jack rappelte sich auf und streckte sich so lange, bis es nicht mehr überall pikte und stach. Wenn es doch nur genauso leicht wäre, den Schmerz in seinem Kopf, in seiner Brust oder in seiner Hand loszuwerden … In seiner Hand? Er blickte auf seine pochende Handfläche und bemerkte die

Brandwunde. Wann zum Teufel war das denn passiert? Natürlich verbrannten sich auch mit Michelin-Sternen ausgezeichnete Köche gelegentlich. Normalerweise hätte er sich aber an eine solche Verbrennung erinnert. Sie reichte immerhin von seinem kleinen Finger bis zum Daumen! Wahrscheinlich lag es am Alkohol, dass er es vergessen hatte.

Er nahm einen Schluck Kaffee und war erstaunt, dass er genauso schmeckte, wie er es mochte. Sofort bekam er ein schlechtes Gewissen. Er wusste noch nicht einmal, ob seine Schwester überhaupt Kaffee trank.

Jack legte seine unverletzte Hand auf seine Stirn und versuchte, sich die Ereignisse der vergangenen Nacht ins Gedächtnis zu rufen. Den ganzen Tag war er genervt gewesen – wegen Laurents ignorantem Gehabe, wegen Tonys mangelndem Vertrauen, wegen Jules und ihrer mehrdeutigen Nachrichten und wegen seines nutzlosen Anwalts, dem keine legale Lösung gegen die Hetze im Internet einfiel. Am wütendsten war er auf Lili gewesen, aber die Details waren verschwommen, und sein Blick wanderte zu der Whiskyflasche. Noch ehe er es sich versah, hatte Jules auch schon ihre Arme um ihn geschlungen.

»Womit habe ich das denn verdient?«, fragte er, und es klang ruppiger, als er es meinte.

»Du sahst so aus, als wärst du kurz davor, wieder zusammenzubrechen«, sagte sie. »Ich habe von Lili gehört. Ihr hattet Streit, oder?«

Er lehnte sich zurück. »Ja. Sie findet, dass ich ein Tyrann bin, und kommt bestimmt auch ganz gut ohne den Weltherrschafts-Jack aus.«

Als Jules ihn nicht sofort verteidigte, starrte er sie an und wartete ab.

Sie zuckte gelassen mit den Schultern. »Na ja, manchmal übertreibst du es durchaus ein bisschen.«

Er schwieg.

»So kannst du von mir aus mit deinen Sklaven in der Küche umgehen, aber für den Rest von uns kann das ziemlich hart sein.«

»Ich bin also auch in deinen Augen ein Tyrann?«

»Nicht ganz. Es ist eher ...« Sie holte tief Luft. »Du bist wie eine Naturgewalt, weißt du? Jeder will es dir recht machen, und das weißt du. Du erwartest das ja auch von den Leuten. Wenn es dann mal nicht so ist, bist du enttäuscht. Du bist ein überzeugter Optimist, ich kenne eigentlich niemanden, der optimistischer ist als du. Und in all den Menschen siehst du so viel Potenzial, dass du frustriert bist, wenn sie deine Erwartungen nicht erfüllen. Sehr frustriert.«

Verdutzt blinzelte er ihr zu. Das war eine der längsten Ansprachen, die sie je an ihn gerichtet hatte. »Nur um das klarzustellen. Ich bin also *kein* Tyrann?«

Sie schenkte ihm ein mildes Lächeln, das hell wie die Sonne und furchtbar selten war. Er liebte es, wenn sie ihn so anschaute. »Tyrann. Optimist. Permanent enttäuscht. Was ist dir am liebsten?«

Er zog die Version von sich vor, die mit Lili kompatibel war. Viel würde sein überstrapaziertes Herz nicht mehr ertragen. Ihre Neckereien waren eine Sache. Lili zu tyrannisieren – nein, sie davon zu *überzeugen,* mit ihm zusammen zu sein –, war eine andere. Aber er hatte sich nun einmal Hals über Kopf in eine Frau verliebt, die von ihm nicht ganz so begeistert war wie er von ihr.

Das war verdammt deprimierend.

Und jetzt Jules. Wie viel ihrer treffenden Analyse rührte wohl daher, dass sie und ihr Bruder ebenfalls eine komplizierte Beziehung zueinander hatten? Trotz der hämmernden Kopfschmerzen und seinem Kummer wegen Lili war ihm bewusst, dass Jules und er gerade ein richtig ehrliches Gespräch führten.

»Danke, dass du nach mir gesehen hast«, sagte er. Plötzlich zog sich ihr Gesicht zusammen, als hätte sie Essig geschluckt, und sie krümmte sich. Ob das Baby mit seinen übernatürlichen Fähigkeiten Gefahr gewittert und sie getreten hatte? Jack überlegte, ob er Jules ins Bad folgen und ihr das Haar aus dem Gesicht halten sollte, während sie sich übergab, aber vielleicht trat er ihr damit zu nahe.

Auf dem Tresen über ihm lag sein Telefon neben einer Schüssel voller Shiitakepilze. Seit er sich von Lili verabschiedet hatte, hatte er es ausgeschaltet. Als er es nun wieder anmachte, hatte er weit über siebzig Nachrichten. Vierundvierzig davon waren von Evie, etwa dreißig von Cara, Jules und ein paar unterschiedlichen Gratulanten. Keine von Lili. Das war eine treffende und sehr vernichtende Zusammenfassung seines Lebens.

Jack biss die Zähne zusammen und rief Evie an. Sie hob schon nach dem ersten Klingeln ab.

»Jack«, sagte sie gedehnt. »Du bringst mich um.«

»Ich bin mir sicher, dass dich eher die drei Zigarettenschachteln pro Tag töten werden, Evie. Machst du dir Sorgen wegen der fünfzehn Prozent?«

Evie hustete sich die Lunge aus dem Leib, und aus irgendeinem Grund heiterte ihn das auf. Die Welt mochte um ihn herum zusammenbrechen, aber Evie blieb immer noch Evie.

»Fünfzehn Prozent von nichts sind immer noch nichts«,

hustete sie. »Aber noch ist nicht alles verloren. Gerade treffen sie sich, und meine Quelle bei NBN hat mir gesteckt, dass Stone Carter ein sogenanntes *Funkeln in den Augen* hatte. Dicker alter Furz. Die Einschaltquoten der Wiederholungen von *Kilroy's Kitchen* sind besser als die der Erstausstrahlungen, und jetzt, wo die Premiere von *Jackpot* auf nächste Woche vorgezogen wurde, um von deiner aktuellen Beliebtheit zu profitieren, ist das Interesse an deiner Marke tatsächlich so hoch wie nie. Die Leute können es kaum erwarten, deine italienische Lovestory noch mal angereichert mit echten Produktionswerten und Werbeunterbrechungen mitzuverfolgen.«

»Aber ...?«, fragte er, weil er ihr die schlechten Neuigkeiten so deutlich anhörte, als würde sie Rauch in sein Gesicht pusten.

»Du musst einen Gang zurückschalten. Es mag vielleicht den horny Hausfrauen in Mittelamerika gefallen, wenn du deine üppige Freundin verteidigst, aber auf die Dauer kommt das gar nicht gut an.«

Jack war sich dessen durchaus bewusst. Im Fernsehen konnte er Ziegen vögeln und sie später an einem Spieß braten, und es kümmerte niemanden. Die Zusammenarbeit mit einem Medienkonzern aber – das sagten ihm alle immer wieder – passte eher zu einem Eunuchen. Lili wollte aber ohnehin keinen persönlichen Bodyguard haben, also konnte er mit der Nummer ebenso gut wieder aufhören.

»Die Leute von dem Kochgeschirr haben wieder angerufen – sie wollen nächste Woche ein Meeting abhalten. Und Random House will das Angebot für das nächste Buch machen.« Sie hustete lang und hart. »Entspann dich, Jack. Wird sich schon alles in Wohlgefallen auflösen.«

Die Arbeitsflächen, die immer noch von seinem vergeblichen Streben nach Perfektion zeugten, vermittelten eher den gegenteiligen Eindruck. Wieder begann seine Hand schmerzhaft zu pochen.

Wieso war nur alles so verdammt kompliziert?

22. Kapitel

Lili baute schon zum zweiten Mal innerhalb von zwei Wochen beinahe einen Unfall mit ihrer Vespa. Beim ersten Mal hatte sie gerade über das Abendessen mit ihrer Familie nachgedacht und nicht bemerkt, wie jemand ganz plötzlich die Autotür auf der Ashland Avenue aufriss. Jetzt war sie auf dem Weg zu ihren Eltern und gerade aus der Bahn eines SUV gekurvt, dessen Fahrer sich in letzter Sekunde zu einem Spurwechsel entschlossen hatte, ohne ihn vorher anzukündigen.

Dieses Mal hatte sie über Jack nachgedacht. Es war ein Schmerz, wie sie ihn nicht mehr erlebt hatte, seit sie von der Krebsdiagnose ihrer Mutter erfahren hatte. Damals hatte sie sich ein paar Tage lang in ihrem Elend gesuhlt und sich dann am Riemen gerissen, um ihren Lebensunterhalt zu verdienen oder vielmehr sicherzustellen, dass ihre Mutter überleben würde. Über die Trennung von Jack hinwegzukommen sollte einfacher sein. Ein gebrochenes Herz war schließlich nicht lebensgefährlich.

Seit er gegangen war, hatte sie sich jede Nacht schlaflos

hin- und hergewälzt. Sie sehnte sich nach der einzigen Person, die ihr den Kopf zurechtrücken konnte und sie wirklich verstand, nach dem Mann, den sie mit jedem Tag mehr vermisste anstatt weniger. Sie hatte Sehnsucht nach seinem Lächeln, das ihr Gehirn lahmlegen konnte, nach seiner sexy Narbe, sogar nach seinem schrecklichen Gesang. All das war eben Teil von Jack. Wie sollte sie ihn vergessen, wenn jeder ihrer Gedanken von ihrer gemeinsamen Zeit mit ihm geprägt war. Sie dachte an jedes Wort, das sie nicht laut ausgesprochen hatte. An jede Entscheidung, die sie nicht getroffen hatte.

Einmal hatte sie damit gedroht, alles hinter sich zu lassen, was sie kannte, und nach New York zu ziehen, um dort das Leben voll auszukosten und ihre künstlerischen Ambitionen zu verfolgen. Francescas Krankheit hatte all diese Pläne zunichtegemacht, aber in Wahrheit war es nicht unbedingt so gelaufen, wie sie es sich gern einredete. Natürlich hatte die Erleichterung, die sie beim Zahlen der Arztrechnungen mit ihren eigenen Ersparnissen empfunden hatte, vor allem daher gerührt, dass ihre Mutter sich auf dem Weg der Besserung befand. Auf diese Weise hatte Lili aber auch die perfekte Entschuldigung, nicht tätig werden und nichts an ihrem Leben ändern zu müssen. Sie hatte nicht einmal versucht, eine andere Möglichkeit zu finden.

Die meiste Zeit über war sie einfach in ihrem alten Korsett stecken geblieben. Die ehemals übergewichtige Teenagerin, die vielleicht ihre Pfunde, nicht aber die Last auf ihren Schultern losgeworden war. Die Künstlerin, die sich hinter ihrer Kamera versteckte, weil sie sich dort am sichersten fühlte. Die brave Tochter, die ihre Familie benutzte, um festen Boden unter den Füßen zu spüren, und sich gleichzeitig einsperren ließ. Sie wusste das. Himmel, sie lebte nach diesem Prinzip! Denn wie sie es auch drehte und wendete: Sie hatte wirklich Angst, es zu versuchen und dann zu scheitern.

Oder es zu versuchen und Erfolg zu haben.

Als sie bei ihren Eltern ankam, ging sie um das Haus herum zur Terrasse. Dort saßen sie schon mit Tad und leider auch Marco an dem großen Tisch, der bereits mit allerhand verlockend duftenden Schüsseln vollgestellt war. Ohne sie zu fragen, füllte ihre Mutter einen Teller randvoll mit *ziti* und stellte ihn Lili hin.

Nach dem Dreh war Marco für mehrere Wochen abgetaucht und hatte sich so vor all den Fragen gedrückt, die Lili ihm liebend gern gestellt hätte. Zu seinem Nebenjob als Videoproduzent und Saboteur zum Beispiel. Jetzt aber blieb er verschont, weil sie viel zu beschäftigt mit ihren Selbstvorwürfen war.

»Nun, wo waren wir stehen geblieben?«, fragte Marco.

»Die Reservierungen sind definitiv ein wenig angestiegen, seit es Neuigkeiten von der Show gab.« Lili warf einen obligatorischen Blick hinüber zu ihrem Vater, der stoisch und unnachgiebig vor sich hin starrte. »Wenn die Show nächste Woche ausgestrahlt wird, haben wir für einige Zeit bestimmt auch etwas mehr Betrieb, aber das wird nicht von langer Dauer sein.«

»Außer wir finden einen Weg, die Kunden zu halten«, warf Tad ein.

»Wenn es ihnen schmeckt, werden sie wiederkommen«, erklärte Tony – so wie immer. »Wir haben Stammkunden, die monatlich vorbeikommen, manche von ihnen sogar wöchentlich.«

»Richtig, Dad, aber wir bekommen keinen Nachwuchs. Es geht nicht nur ums Essen, sondern auch um die Umgebung, die Atmosphäre …«

»Sollen wir also laute Musik spielen und über der Bar Baseball-Spiele laufen lassen?« Ihr Vater schnaubte angewidert. »Diese Art von Kundschaft wollen wir nicht.«

»Klar, wir sind eine Nachbarschaftsinstitution. Aber es gibt eine Menge Konkurrenz, und neben den neuen Läden wirken wir wie ein alter Hut. Tad und ich haben ein paar Ideen dazu, wie wir die Einrichtung aufpeppen und vielleicht die Speisekarte ein wenig verknappen könnten, damit sie nicht mehr ganz so überwältigend ist. Nur ein paar kleine Handgriffe hier und da, damit das Restaurant moderner wirkt und besser zu der veränderten Umgebung passt.«

Tonys Blick verhärtete sich. »Wenn du erst mal das Geschäft leitest, Lili, kannst du diese Entscheidungen treffen. Aber bis dahin musst du meine Regeln akzeptieren.«

»Und warum bin ich dann hier?! Du hast mich gebeten, das Geschäft zu leiten, als Mom krank geworden ist, aber du hinterfragst jede meiner Entscheidungen. Jeden Vorschlag, den ich mache. Du vertraust mir überhaupt nicht.«

»Es geht doch hier nicht um Vertrauen. Sondern darum, was das Beste für die Familie ist. Aber davon scheinst du ja nichts zu verstehen.«

»Tony, nicht doch.« Ihre Mutter legte beruhigend eine Hand auf seinen Arm, sah Lili liebevoll an und blickte dann auf ihren Teller. *Komm, iss, dann ist alles wieder in Ordnung.* Lili hatte keinen Appetit. Der schreckliche Liebeskummer und die Vorwürfe ihres Vaters wirkten besser als jede Diät.

»Dad, wenn ich die Nacht im *O'Casey's* irgendwie ungeschehen machen könnte, dann würde ich …« Sie stockte. Was würde sie dann tun? Jack nicht mehr so lange anstacheln, bis er die Kontrolle verlor? Dieses Gefühl von Macht ignorieren, das in ihr aufstieg, wenn er sie sehnsüchtig ansah? Nein, sie würde rein gar nichts anders machen. Ihr erster Kuss mit Jack würde für immer eine der kostbarsten Erfahrungen ihres Lebens bleiben. Es war der erste Schritt in Richtung einer »neuen« Lili. Und das konnte ihr niemand nehmen, am allerwenigsten ihr Vater.

»Nun, wir können die Zeit nicht zurückdrehen, Liliana.«

»Nein, können wir nicht, aber wir können Fortschritte machen.«

»Sie hat recht, Tony«, warf Marco gelangweilt ein. »Heutzutage dreht sich alles um Social Media, um Onlinewerbung und darum, neue User-Märkte zu erschließen. Lilis Eskapaden haben uns eine Menge Aufmerksamkeit beschert. Darauf müssen wir aufbauen.«

Das war zu viel. Wütend drehte sich Lili zu ihm um. »Ja, lass uns darauf aufbauen, Marco! Ich fände es aber gut, wenn du das nächste Mal vorher fragen würdest, ehe du mich in eine Marketingsensation verwandelst!«

Eine eisige Stille senkte sich über den Tisch, und sowohl Tad als auch ihr Vater funkelten Marco an.

»Erklär uns das, Marco«, forderte ihr Vater.

Marco schluckte heftig, hob die Hände und sah sich um. »Ihr glaubt doch nicht etwa … auf keinen Fall. Ich habe das Video nicht hochgeladen.«

»Wer dann?«, fragte Lili verdutzt.

»Keine Ahnung. Vielleicht habe ich die Mädels dazu motiviert, während des Wettkampfs ein bisschen nachzuhelfen, aber das war es auch schon.« Er sah Lili flehend an.

»Mal ehrlich, Lil. So etwas würde ich nie tun. Wir sind doch Freunde. Oder sogar mehr als das.«

Vor lauter Verwirrung traten Lili Tränen in die Augen. Plötzlich stand die Welt kopf, und nichts ergab mehr Sinn. Sie schluckte und zwang sich, sich wieder aufs Hier und Jetzt zu konzentrieren. Ihr Vater musterte sie.

»Ich brauche ein Glas Wasser«, murmelte sie und floh in die Küche, ehe sie vollkommen die Fassung verlor. Sie klammerte sich am Waschbecken fest, um nicht in sich zusammenzusinken.

Jack ist weg.

Seit sie ihn davongejagt hatte, hatte ihr Herz in einem hektischen Technorhythmus gehämmert. Jetzt aber fühlte es sich vollkommen tot an, als hätte es einfach aufgegeben.

Hinter ihr erklangen laute Schritte, und sie erwartete eigentlich Tad, der ihr zu Hilfe eilte. Aber es war ihr Vater.

»Piccola«, sagte er.

Dieses eine simple Wort genügte, um sie endgültig in Tränen ausbrechen zu lassen. Niemand nannte sie mehr so. Der Spitzname bedeutete so viel wie *Kleine* und hatte seine niedliche Wirkung ungefähr mit ihrem Eintritt in die sechste Klasse verloren. Ihr Vater schloss sie tröstend in seine Arme.

»Sag ein Wort, und ich bringe ihn um. Ich habe da meine Kontakte.«

Lili lachte laut auf. Sie hatte vor lauter Schwierigkeiten ganz vergessen, dass ihr Vater auch lustig sein konnte. Wie nah sie einander einmal gestanden hatten, und wie ähnlich sie sich waren.

»Dad, es ist nicht seine Schuld. Ich weiß, dass du nicht viel von ihm hältst, aber er hat mich sehr geliebt. Mehr als irgendein Mann zuvor.«

»Das glaube ich nicht.« Er küsste sie auf die Stirn. »Wenn er dich so sehr geliebt hat, warum ist er dann nicht hier und kämpft um dich?«

»Vielleicht hast du ihn ja vergrault.«

»Er wirkte nicht so, als ließe er sich leicht abschrecken«, sagte er. »Ich habe mein Bestes gegeben, aber er hat mir die Stirn geboten.«

Wie sollte sie ihrem Vater erklären, wie unzulänglich sie sich angesichts von Jacks Leidenschaft gefühlt hatte? Ihr Vater würde ihre Ängste als Schwäche abtun, ihr sagen, dass solche Gefühle unter der Würde der DeLucas waren. Und das, obwohl auch er sie lange Zeit ausgebremst hatte, was ihre Ambitionen betraf. Aber Lili wollte nicht alles auf ihren Vaterkomplex schieben. Das wäre wirklich zu melodramatisch gewesen!

»Er hat gesagt, dass ich zu streng zu dir bin«, nahm ihr Vater das Gespräch wieder auf.

Selbst jetzt machte es Lili ganz kribbelig zu hören, dass Jack sie verteidigt hatte. Fast kam es ihr so vor, als stünde er mit ihnen im Raum und ermutigte sie, stark zu sein. Sie wollte ihrem Vater widersprechen, sagte aber plötzlich etwas ganz anderes.

»Das bist du auch.«

Er sah sie lang an, und sie hielt seinem Blick stand.

»Bitte, Dad. Rede mit mir.«

Seine Augen wurden feucht. »Als deine Mutter krank wurde …« Er hüstelte. »Als deine Mutter krank wurde, war ich nicht der Ehemann, den sie gebraucht hätte. Vor lauter Angst, sie zu verlieren, wäre ich beinahe verrückt geworden. Du aber warst so stark! Hast alles organisiert, hattest die Arzttermine deiner Mutter im Blick, hast dich um das

Restaurant gekümmert. Ich und überhaupt die ganze Familie hätten die vergangenen zwei Jahre ohne dich nicht überstanden. Ich wollte nicht so hart zu dir sein, aber der Gedanke daran, dass eine von euch beiden verschwinden könnte, hat mir solche Angst gemacht.« Er holte tief Luft. »Ich weiß, dass das Restaurant Schaden genommen hat, als ich so schwach war. Aber die Küche ist der Ort, an dem ich mich am stärksten fühle. Am meisten wie ich selbst. Und ich schäme mich dafür, dass ich genau dort versagt habe. *La cucina italiana* ist mein Leben, und ich habe es ohne Schummelei nicht geschafft, Jack zu besiegen.«

Er seufzte so unglücklich, dass es Lili fast das Herz brach.

»Du hast nicht versagt, Dad. Unser ganzes Leben lang hast du dich um uns gekümmert. Mom geht es wieder besser. Sie wird nicht einfach verschwinden, das musst du dir endlich einmal klarmachen.« Sie rieb an seinen starken Armen, in denen sie als Kind so oft Zuflucht gefunden hatte. »Du bist ein fantastischer Koch. Der beste. Das Essen ist nicht das Problem. Es geht nur um Details … Wir könnten so viel mehr tun. Zum Beispiel könnten wir Onlinebestellungen ermöglichen, einen Foodtruck organisieren, Getränke- oder Essensspecials anbieten, lauter kleine Verbesserungen, die unser Grundprinzip nicht ändern, uns aber konkurrenzfähig bleiben lassen.«

Mit gesenktem Kopf legte er die Hände auf die Spüle und schwieg einen Moment lang.

»Liliana, als Vater habe ich offenbar genauso versagt wie als Ehemann. Ich wollte, dass du immer hier bist und an meiner Seite arbeitest. Aber ich merke schon seit einer ganzen Weile, dass du zu Höherem bestimmt bist. Du bist viel zu schön und zu talentiert, um hier im Restaurant zu versauern.«

Lili merkte, wie ihr ein wenig leichter ums Herz wurde. Jetzt hätte sie auspacken können, jede Verletzung und jeden scharfen Kommentar ansprechen und so Genugtuung erfahren. Aber ihr genügte es, von ihrem Vater in den Arm genommen zu werden und zu hören, dass er sie ernst nahm und schätzte.

»Was willst du machen?«, fragte er, und sie musste schlucken, weil er sie das noch nie gefragt hatte.

»Erst einmal will ich, dass jeder erfährt, wie großartig der Küchenchef des *Ristorante DeLuca* in Wicker-Park ist. Und dann« – sie holte tief Luft – »will ich an die Graduate School, Dad. Ich weiß nicht, wann, und auch nicht, wie ich es finanziere, aber ich werde das durchziehen. Ich muss. Und ich werde immer deine Tochter bleiben. Egal wo ich auch bin, mein Herz bleibt hier bei dir.«

Sie musste ihr Leben jetzt in die eigene Hand nehmen. Ein Leben ohne Jack, aber vielleicht konnte sie das realisieren, wovon sie geträumt hatte, ehe er ihr begegnet war. Ihre gemeinsame Zeit hatte ihr gezeigt, dass sie es verdient hatte, glücklich zu sein.

»Ich glaube, dein Herz ist woanders, Liliana.« Er betrachtete sie aufmerksam. »Er hat mich gefragt, ob ich mit ihm zusammen ein Kochbuch herausgeben will.«

»Jack?«

Er zuckte mit den Achseln. »Denkst du, er hat das ernst gemeint, oder hatte er andere Gründe für das Angebot?«

Das war schon möglich, aber … »Er hat das so gemeint, Dad. Er bewundert dich wirklich. Und er ist viel zu perfektionistisch, um jemanden, an den er nicht wirklich glaubt, mit seinem Namen in Verbindung bringen zu wollen. Er ist ein bisschen wie du.« Eine leise Hoffnung keimte in ihr auf. »Du solltest das machen. Schließlich kannst du der Welt nicht dein fabelhaftes Gnocchi-Rezept vorenthalten.«

Ihr Vater grinste sie an. Chefköche waren ein selbstgefälliges Völkchen, und wer hätte das besser gewusst als Jack Kilroy?

»Erzähl mir mehr von deinen Ideen«, sagte Tony.

Eine Stunde später gab es einen ersten Entwurf, der das Überleben des *Ristorante DeLuca* sicherstellen sollte:

Tad war für einen neuen Plan zu Lagerbestand und Produktionslenkung zuständig, Lili für Personal und die Ausstattung des Restaurants. Ihr Vater würde ein Menü zusammenstellen, und Marco sollte sich mit der Werbung befassen. Vor der Premiere von *Jackpot – Ein Koch für alle Fälle* war noch viel zu tun, aber gerade tat ihr die Ablenkung von ihrem Herzschmerz gut.

Langsam wurde Lili ein wenig leichter zumute, auch wenn sie nicht sicher war, ob sie dafür schon bereit war. Eine gewisse Last konnte einen manchmal ebenso stabilisieren wie niederdrücken. Manchmal war das Gewicht auf ihren Schultern das Einzige, was sie davon abhielt, davonzufliegen.

Als er an die Tür der Familie DeLuca klopfte, machte niemand auf, und einen Moment lang hatte Jack keine Ahnung, was er als Nächstes tun sollte. In den vergangenen Wochen war es mit seinem Verstand ganz schön bergab gegangen. Er ging zum Beispiel in die Kühlkammer seiner neuen Küche und hatte keine Ahnung, was er hatte holen wollen. Er scrollte sich durch seine Telefonkontakte und konnte sich nicht erinnern, wen er ursprünglich hatte anrufen wollen. Irgendeine seltsame Art von Demenz hatte sein Gehirn erfasst. Wahrscheinlich war es eine akute Trennungssenilität.

Dann hörte er Stimmengemurmel, das durch die warme Luft getragen wurde, und er folgte ihm über den schmalen Pfad zu der Hinterseite des Hauses. Auf der Terrasse sah er die nackten, gebräunten Beine von Lili, die sie vor sich ausgestreckt hatte. Sofort zog sich sein Herz zusammen. Mist, das hatte er nicht erwartet. Als er um das Geländer herumging, entdeckte ihn Jules.

»Hey, Jack.«

»Hi, Jules.«

Es fühlte sich an, als würde er durch Sirup laufen. Jeder seiner Schritte war tonnenschwer. Leider war sein Herz alles andere als tot. Es sprang in seiner Brust auf und ab wie ein aufgeregter Welpe, der gerade seinen Besitzer bemerkt hatte.

In dem Baum blinkte eine Lichterkette und warf einen überirdischen Glanz auf Lilis Gesicht, der ihr Unwohlsein nur noch betonte.

Sie stand auf und ging vorsichtig zurück ins Haus, als hätte sie Angst, er könnte sie zu einem Gespräch zwingen.

»Ich lasse euch zwei mal allein«, murmelte sie kaum hörbar, während sie die Fliegengittertür hinter sich schloss.

Jack ließ sich auf dem Sofa nieder, das auf der Terrasse stand, und strich mit der Hand über die warme Stelle auf dem Polster, auf der Lili gerade gesessen hatte. Ihr Vanilleduft hing noch in der Luft und vermischte sich mit dem Geruch der Kräuter aus dem Garten. Das hier war wirklich eine Oase der Ruhe inmitten der Stadt. In London und New

York gab es vor dem Lärm kein Entkommen, aber Chicago bestand aus vielen kleinen Nachbarschaften und bot jedem, der danach suchte, diese kleinen Ruhezonen. Kein Wunder, dass es seiner Schwester hier gefiel.

»Ich dachte, du wärst in Miami«, sagte sie und brach damit die angenehme Stille.

»War ich auch. Jetzt bin ich hier.« Er lehnte sich seufzend zurück und schloss kurz die Augen. Die Vorstellung, einfach unter dem Sternenhimmel einzuschlafen, gefiel ihm so gut, dass er schnell die Augen wieder öffnete. Er wollte jetzt nicht wegdösen. »Immerhin werde ich die kommenden Wochen über vor der Restauranteröffnung immer wieder hier sein. Und danach bin ich wieder in New York.« Und wenn es nach ihm ginge, wäre Jules dann wieder wohlbehütet in London.

Jules reagierte nicht. Saß einfach da, die Hände im Schoß. Dabei ging es gerade um ihre Zukunft! Wie sollte er nur diese Kluft zwischen ihnen überwinden? Das Wispern des lauen Abendwindes und dieser friedliche Ort wären eigentlich perfekt für ein ruhiges, vernünftiges Gespräch geeignet gewesen. Aber natürlich zog sie es vor, vom Thema abzulenken und über ihn zu sprechen.

»Spuck es schon aus, großer Bruder. Ich bin ganz Ohr«, sagte Jules ohne jede Ironie.

»Dasselbe wollte ich gerade zu dir sagen.«

»Du bist mein Bruder, Jack. Mein überheblicher, besserwisserischer Bruder. Ich kann nicht immer mit dir sprechen, aber du mit mir. Heul mir ruhig die Ohren voll.«

Das brachte ihn zum ersten Mal seit Wochen zum Grinsen. Sein Mund tat von der Anstrengung fast ein bisschen weh.

»Du bist schon eine vorwitzige kleine Göre, weißt du das? Hast genauso eine große Klappe wie deine Mom.«

Er wusste, dass sie so etwas gern hörte, aber das war nicht der Grund, warum er es sagte. Im vergangenen Monat hatte er mehr Zeit mit Jules verbracht als im gesamten letzten Jahr, und er hatte tatsächlich vergessen, wie gern er sie mochte. Lili hatte gesagt, dass er ihr Zeit geben und darauf warten sollte, dass sie auf ihn zukam, und das versuchte er. Wirklich.

Jules' Gesicht war voller geworden, und sie sah nicht mehr so ausgemergelt und erschöpft aus wie bei ihrer Ankunft in Chicago. Eine regelmäßige Pasta-Diät und die Streicheleinheiten der DeLucas hatten wahre Wunder bewirkt. Ein paar Minuten vergingen, und Jack wurde ganz unruhig. Sie hatten jetzt lang genug um den heißen Brei herumgeredet. Wenn sie sich gleich die Zunge verbrannten, dann sollte das eben so sein.

»Jules, ich wollte immer nur ein guter Bruder sein.«

Auch er war gut darin, Leuten ein schlechtes Gewissen zu machen.

Sie sah ihn überrascht an. »Jack, es ist okay. Ich weiß, dass du ein schlechtes Gewissen hast. Als du gegangen bist, habe ich geschmollt, und du hast dich gefühlt wie der letzte Dreck.«

»Na ja, so machen das Achtjährige eben.«

»Und ich habe es dir noch jahrelang schwer gemacht. Ich habe dich eben vermisst. Du hattest gesagt, dass du dich um meine Vormundschaft bemühst, wenn du achtzehn bist. Und als du das nicht gemacht hast« – ihre Stimme kippte –, »da dachte ich, dass du mich abgeschrieben hast.«

Ihre Worte bohrten sich wie Messer in sein Herz. »Ich

dachte wirklich, dass du bei deiner Tante und deinem Onkel besser aufgehoben bist. Nachdem dein Vater gestorben ist, hast du Stabilität gebraucht, und die konnte ich dir nicht bieten. Dass ich dich sehr liebe, stand dabei aber nie infrage.«

Ihr verächtliches Schweigen setzte ihm zu. Er konnte die Vergangenheit nicht ändern, aber vielleicht konnte er die Zukunft in den Griff bekommen. »Die Jobs, Jules. Und ich dachte, du hast inzwischen ein Leben mit fest gefügten Bahnen.«

»Uns gelingt eben nicht allen der ganz große Wurf«, sagte sie ungeduldig. »Du solltest dich damit abfinden, dass deine Schwester eine Null ist. Ich tauge einfach nicht für diese Jobs, Jack!«

»Warum sagst du so was? Du bist wahnsinnig clever, und ich verstehe nicht, warum du nicht etwas Besseres finden willst. An diesem Punkt musst du doch eine Ahnung haben, was du mit deinem Leben anfangen möchtest!«

»Was gibt es Besseres als kostenlose Drinks, keinerlei Verantwortung und die Möglichkeit, jeden Tag bis drei Uhr nachmittags zu schlafen?«

Wollte sie ihn jetzt auf die Palme bringen? Er durchbohrte sie so lange mit seinem Blick, bis sie zu Boden sah.

»Ich bin für diese Jobs in den fancy Restaurants einfach nicht geschaffen«, sagte sie leise.

»Warum? Du nimmst ein paar Reservierungen per Telefon an. Zeigst den Leuten ihren Tisch. Notierst vielleicht ab und zu ein paar Getränkewünsche. Was ist daran so schwer?«

Sie wrang die Hände und blickte auf ihren Schoß.

»Wo ist das Problem, Jules?« Sein Tonfall war mittlerweile sehr ungeduldig, aber er versuchte, ein bisschen herunterzukommen.

Immer noch schweigend rieb sie sich die Augen. Irgendetwas Wichtiges gab es hier zu begreifen, aber was?

»Jeder könnte diesen Job machen, Jules. Ich weiß, dass ich ganz schön Druck mache, aber so sehr kannst du mich doch nicht hassen.«

»Jack, ich hasse dich nicht.«

»Aber so fühlt es sich manchmal an. Ich habe keine Ahnung, warum du zu mir gekommen bist. Warum du so überstürzt aus London abgereist bist. Du erzählst mir schließlich nichts. Ich habe dir ein Vorstellungsgespräch nach dem anderen organisiert, habe immer versucht, dir zu helfen. Und du knallst mir meine Bemühungen einfach vor die Füße.«

Sie umklammerte die Sofalehne. »Wie schon gesagt, ich kann diese Jobs einfach nicht machen. Ich bin nicht gut genug.«

Wenn sie ihm gesagt hätte, dass sie ins Kloster eintreten wollte, hätte ihn das nicht mehr schockiert. »Gut genug? Solche Empfangsdamen-Jobs würdest du doch im Schlaf hinbekommen.«

»Die Augen könnte ich wirklich genauso gut geschlossen halten.«

»Was soll das heißen?«

Sie schluckte so hart, als steckte ein Golfball in ihrer Kehle. »Ich muss pinkeln. Ich muss die ganze Zeit pinkeln.« Sie stand auf, und Tränen strömten ihr übers Gesicht. Lag wahrscheinlich an den Schwangerschaftshormonen.

»Jules.« Er streckte die Hand nach ihr aus, aber sie wich zurück, als könnte er ihr mit seiner Berührung die Haut verbrennen. Dann ging sie ins Haus. Irgendetwas von dem, was sie gesagt hatte, wurmte ihn. Er fragte sich immer noch, was ihm Wichtiges entgangen sein könnte.

Entschlossen folgte er ihr. Er würde dieser Ungewissheit ein Ende setzen, zumindest wenn Lili ihn ins Haus ließ. Die stand jetzt vor ihm und hob die Hand.

»Gib ihr einen Moment. Sie war die letzten Tage über ziemlich emotional.«

Er blickte über ihre Schulter in die einladende, gemütliche Küche, das Herzstück des *Casa DeLuca*, in dem seine Schwester sich so wohlfühlte. Wenn er jetzt noch ein paar Schritte weiter ging, würde Lilis Handfläche seine Brust berühren. Aus irgendeinem Grund machte ihn das nur noch wütender.

»Ich weiß, dass ich wahrscheinlich in Sachen Happy Family nicht mit den DeLucas mithalten kann«, sagte er und konnte nicht verhindern, dass seine Stimme giftig klang. »Aber Jules ist meine Schwester, und die wird jetzt mit mir reden, ob sie will oder nicht.«

»Natürlich«, erwiderte Lili in jenem vernünftigen Tonfall, der ihm sofort den Wind aus den Segeln nahm. Sie trat beiseite, um ihn vorbeizulassen, und als er ins Haus ging, fühlte er sich wie der letzte Vollidiot. Aber auch wenn sie ihm ordentlich eins vor den Latz geknallt hatte, liebte er genau diese Art an ihr. Dass sie sich von seinen Launen nicht beeindrucken ließ und ihn mit einem einzigen Blick wieder zur Raison bringen konnte.

»Schalt mal einen Gang runter und hör ihr zu. Wenn du gereizt bist, hilft euch das gar nichts«, sagte sie beschwichtigend.

»Oh, halt bloß die Klappe«, erwiderte er liebevoll, um

herauszufinden, ob er sie noch zum Lächeln bringen konnte. Er konnte. Und diese Tatsache machte ihn fix und fertig.

Plötzlich sah Jack, dass Jules in der Tür zum Wohnzimmer stand. Ihre Augen waren gerötet, und sie sah immer wieder zwischen den beiden hin und her. Lili bot ihr ein Glas Wasser an, und Jules griff mit zitternden Händen danach.

»Wenn ich könnte, würde ich dieses Kind gegen ein Glas Wodka Martini eintauschen.« Als er die Augenbraue hochzog, verdrehte sie die Augen und trank das Wasser in wenigen Schlucken aus.

»Sag mir, warum du denkst, dass du nichts taugst.« Jack ließ seine Arme an den Seiten herabhängen, anstatt sie zu verschränken. Er hatte mal in einem Buch über Körpersprache gelesen, dass das weniger einschüchternd wirkte.

»Ach, ich war nur patzig«, murmelte sie.

»Nein, das war es nicht.«

Sie spülte das Glas aus und suchte nervös nach einem Geschirrhandtuch. Oder irgendeinem Ausweg aus diesem Gespräch. Schließlich stellte sie das Glas vorsichtig aufs Abtropfgitter.

»Jules, er will nur dein Bestes«, sagte Lili.

Er konnte ihren mitleidigen Blick auf seiner Wange spüren, aber er weigerte sich, sie anzusehen, und konzentrierte sich stattdessen auf seine Schwester. »Sprich mit mir, meine Kleine.«

Ihr Gesichtsausdruck wurde weicher, aber dafür klammerte sie sich umso stärker an der Küchenspüle fest.

»Ich kann nicht so gut lesen.«

»Brauchst du eine Brille?«, fragte er verwirrt. Sie blinzelte wirklich ziemlich oft.

»Es liegt nicht an meiner Sehkraft. Ich wünschte, es wäre so.« Sie zog den Kopf ein und senkte die Stimme. »Ich starre auf die Wörter, und manchmal kann ich darin Bilder erkennen. Aber manchmal bedeuten sie auch einfach gar nichts, und es dauert ewig, bis ich sie entschlüsselt habe – wenn mir das überhaupt gelingt. Namen sind am schlimmsten, weil ich mir darunter nichts vorstellen kann. Bis ich rausgekriegt habe, wem ich an welchem Tisch was servieren soll, sind die Gäste längst verhungert.«

Es kam Jack so vor, als stünde der Raum plötzlich kopf. Das konnte doch nicht sein … »Wann fing das an?«

Sie zuckte niedergeschlagen mit den Schultern. »Es war schon immer so. In der Schule habe ich mich so lange durchgeschummelt, bis ich alt genug war, sie abzubrechen.«

Seine Schwester konnte nicht lesen.

Sie hasste Textnachrichten. Sie hatte keine E-Mail-Adresse. Wie hatte ihm das entgehen können?

»Wusstest du das?«, fragte er Lili, die langsam den Kopf schüttelte. Ihre Überraschung wirkte echt.

»Warum haben Daisy und Pete mir nichts davon erzählt?«

Jules biss sich auf die Unterlippe.

»Willst du mir sagen, dass sie nichts davon wussten?«

»Ich habe mich eben so durchgeschlagen, indem ich bei den anderen Schülern abgeschrieben habe. Aber mehr schlecht als recht. In den Tests habe ich meistens versagt.«

Jack hatte gewusst, dass Jules nicht gut in der Schule gewesen war, aber ihre Tante hatte gemeint, dass das nicht so schlimm war. Die Welt konnte nie genug Friseurinnen haben, hatte sie in diesem bösartigen East-End-Akzent verkündet. Er war verzweifelt gewesen, hatte sich dann aber mit Jules' Faulheit als Erklärung zufriedengegeben. Das war leichter gewesen, als sich um sie zu bemühen. Als ihm klar wurde, wie sehr er damals versagt hatte, schnürte es ihm die Kehle zu.

»Es ist also ganz egal, wie viele Vorstellungsgespräche du für mich organisierst. Ich bin einfach zu blöd.«

Was sie sagte, brach ihm wirklich das Herz. All die Zeit hatte sie diese Last allein tragen müssen! Wenn sich doch irgendjemand in der Schule mehr mit ihr beschäftigt hätte, wenn er sie öfter besucht hätte, wenn sie ihn nur um Hilfe gebeten hätte …

Aber diese Gedankenspirale brachte ihn auch nicht weiter. Ab jetzt ging es nur noch um Jules.

Er schlang die Arme um sie, und ganz langsam entspannte sie sich und ließ seine Umarmung zu. »Du bist nicht dumm, meine Kleine. Du bist meine großartige, umwerfende, lustige, schlaue und unglaublich nervige kleine Schwester. Du kannst alles schaffen, was du willst.«

»Außer einen ordentlichen Job behalten, mehr als zwei Sätze in einem Buch lesen oder Sex haben, ohne schwanger zu werden.« Bei jedem weiteren Vorwurf gegen sich selbst umarmte er sie fester. »O Gott, Jack. Ich habe die Pille genommen, das schwöre ich dir. Aber manchmal gerate ich durcheinander und vergesse, sie zu nehmen. Ich schäme mich so.«

»Ich wünschte, du hättest es mir erzählt. Alles.«

Sie antwortete nicht und schmiegte sich noch enger an ihn. Das hatte er also von seinem verdammten Optimismus. Er erwartete so viel von den Menschen, dass seine eigene Schwester nicht gewagt hatte, sich ihm anzuvertrauen.

»Jack, ich mache mir Sorgen um das Baby. Was ist, wenn es dasselbe hat wie ich?«

»Na, und wenn?« Es klang nach einer Lernschwäche oder vielleicht Legasthenie. Er würde dafür sorgen, dass sie eine Diagnose bekam, und ein paar Privatlehrer anheuern – was auch immer sonst nötig war, damit alles wieder in Ordnung kam. Jack umschloss ihr Gesicht mit beiden Händen.

»Ich weiß, dass du das alles nicht hören willst. Aber würdest du mich dir bitte, bitte helfen lassen?« Er wollte sich einfach um die Leute kümmern, die ihm am Herzen lagen. Wünschte sich, dass sie das auch zuließen. Er würde alles wieder in Ordnung bringen, aber jetzt machte er erst einmal das, was sie am meisten brauchte. Sie umarmen und nie wieder loslassen.

»Jack, du musst nicht …«

»Das weiß ich. Aber ich will, und du weißt ja, wie ich sein kann, wenn ich etwas nicht kriege.«

In ihren Augen leuchtete etwas auf, was er vorher nicht gesehen hatte. Hoffnung.

Sie zu unterstützen hatte für ihn jetzt oberste Priorität, und in seinem Kopf begann es zu rasen. Als Allererstes musste er mit Evie sprechen.

»Und du schickst mich nicht weg?«, flüsterte sie.

»Nein, mich hast du erst mal als Klette sicher. Ich werde nicht von deiner Seite weichen.«

Er guckte nach, ob Lili noch da war, aber von ihr war nichts zu sehen. Sie war ihnen vorhin zu Hilfe geeilt und hatte sich dann wieder in die Schatten zurückgezogen. So wie immer.

23. Kapitel

Als seine Schwester ihm schrieb, dass Tony heute Nacht im *Ristorante DeLuca* kochen würde und dass er mit ihm über sein Kochbuch sprechen wollte, war Jack verblüfft. Andererseits hatte es in seinem Leben in den vergangenen Wochen jede Menge Überraschungen gegeben. Die meisten davon hatten mit einer ganz bestimmten italienischen Familie zu tun. Und gerade jetzt, wo Lili und er keinen Kontakt mehr hatten, streckte ausgerechnet Tony die Hand nach ihm aus. Hatte der nicht gesagt, dass er die Verbindung zwischen Jack und seiner Familie nicht intensivieren wollte?

Verstehe einer diese verrückten DeLucas!

An Montagen war das Restaurant geschlossen, also würde Lili nicht hier sein. Trotzdem war Jack voller Erwartung, als er auf die breite Eichentür zuging. Es war fast so, als spürte er, dass sie nicht weit weg war. Dass sie oben in der Wohnung saß und sich die trashigen Reality-TV-Shows ansah, mit denen er sie immer aufgezogen hatte. Vielleicht war sie auch einen Block entfernt in ihrem Atelier und katalogisierte ihre geheime Fotosammlung. Seit er ihr im Haus ihrer Eltern begegnet war, war seine Sehnsucht nach ihr nur noch stärker geworden. Und jetzt, nach drei Wochen ohne sie, kam er sich vor wie ein Junkie, der dringend den nächsten Schuss brauchte. Er war ein einziges Nervenbündel.

Vielleicht war er auch wegen Tony so besonders aufgeregt. Als er das Restaurant betrat, staunte er nicht schlecht. Es war bis auf den letzten Platz besetzt, und irgendetwas war anders.

Was war es wohl?

Die Tische schienen noch in der ursprünglichen Konstellation angeordnet zu sein, aber die weißen Tischdecken waren verschwunden, sodass jetzt die lackierten Platten zu sehen waren und dem Restaurant einen moderneren Anstrich verliehen. Die Decke war immer noch mit einem Fresko verziert, aber die großen, frei an den Kabeln baumelnden Glühbirnen über der Bar sahen aus, als stammten sie aus einem Museum für moderne Kunst. Auch die Backsteinwände waren noch die alten, aber die Fotografien …

Er sah die schwanengleiche Krümmung eines Halses, den leichten Bogen einer tätowierten Wade. Sinnlich, sehr eigen, aber geschmackvoll genug, um die Stammkunden nicht zu vergraulen. Jack spürte, wie eine warme Hoffnung in ihm aufkeimte. Eilig versuchte er, sie zu unterdrücken, ehe sein Blick zu dem letzten Foto wanderte.

Er blinzelte, und plötzlich erschien vor ihm eine blonde, engelsgleiche Vision. Francesca. Kurz trübte sich ihr heiterer Gesichtsausdruck ein wenig, dann erholte sich ihr Lächeln wieder. Es war offensichtlich, dass sie ihn nicht erwartet hatte.

»*Ciao,* Jack. Freut mich, dich zu sehen.« Sie küssten sich auf beide Wangen.

»Hast du neue Arbeitszeiten, Francesca?«

»Nein, aber das ist ein besonderer Anlass.« Sie grinste noch breiter, und sofort tat sein Herz einen Satz.

»Wir stellen die neue Speisekarte vor und, na ja, weißt du …« Sie deutete ans Ende der Bar, wo ein großer Flachbildschirm schräg zum Raum hin aufgebaut worden war, sodass jeder einen unverstellten Blick darauf hatte. Selbst aus knapp zehn Meter Entfernung konnte Jack erkennen, wie Bilder von Küchengeräten über den Bildschirm wirbelten.

Sein Magen sackte ihm in die Kniekehlen. Das war Werbung. Werbung, die auf einem Kochsender lief.

Als die Werbepause vorbei war, wurde der Ton angestellt, und die Grafik, zu der er vor sechs Monaten sein Okay gegeben hatte, wurde eingeblendet. Es war der Vorspann der ersten Folge von *Jackpot – Ein Koch für alle Fälle.* Mit beschleunigtem Puls sah er sich um und verstand erst jetzt, dass im Ristorante heute ein Public Viewing der Show stattfand. Ein leises Raunen ertönte im Raum. Jack war vage bewusst gewesen, dass die Sendung heute lief, aber er hatte diese Tatsache nach Kräften ignoriert. Vielleicht hätte er die Folge später angesehen und sich ein bisschen in seinem Elend gesuhlt. Eigentlich hatte er gedacht, dass Tony die Sendung aus Gründen des Stolzes ebenfalls einfach nur vergessen wollte.

»Mir wurde gesagt, dass Tony mich sehen will.«

Francesca sah ihn fragend an, und Jack verfluchte innerlich seine Schwester, die sich überall einmischen musste.

»Er ist gerade ziemlich beschäftigt, aber trink doch erst

mal ein Glas Brunello. Möchtest du einen Blick auf unsere neue Speisekarte werfen?«, fragte sie lässig.

»Klar«, murmelte er und nahm sie entgegen. Verwundert stellte er fest, wie leicht sie war. Es war tatsächlich nur eine Seite auf hochwertigem Karton. Ein paar Vorspeisen und Salate, die besten Pastagerichte und Hauptspeisen. Die Fleischbällchen. Die Gnocchi mit brauner Butter und Salbei. Clean, einladend, frisch.

Die Kunst des Weglassens. Sie hatten die Karte auf das Wesentliche beschränkt, sodass nur die wirklich erstklassigen Gerichte übrig geblieben waren. Seine Lili hatte gewonnen. Und das fand er wahnsinnig aufregend.

Ganz unten auf der Karte stand, dass der Küchenchef auf Wunsch jede erdenkliche italienische Speise für die Gäste zubereiten würde. Jack konnte sich ein Grinsen nicht verkneifen. Das nannte man dann wohl Kompromiss – die Kunst, von der er angeblich nichts verstand.

Francesca unterhielt sich mit einem Verwandten, den er noch nicht kennengelernt hatte. Jack lehnte sich an das Podest der Empfangsdame und versuchte, sich auf die Situation einzulassen. Sämtliche Blicke waren auf den Bildschirm geheftet, und die Gäste ließen sich nur kurz ablenken, um die fantastischen Gnocchi in ihre Münder zu schaufeln. Eine streng wirkende Blondine in einem engen Rock und einer noch engeren Bluse fummelte an einem Mikrofon herum und flüsterte dem Kameramann, der hinter ihr stand, etwas zu. Wahrscheinlich war das ein Team des Lokalfernsehens. Jack ließ den Blick durch den Raum schweifen, aber von Lili keine Spur. Manchmal lagen Enttäuschung und Erleichterung sehr dicht beieinander.

Auch ohne die Sendung anzusehen, hätte er gewusst,

dass sie dem üblichen Schema F folgte: Der arrogante Emporkömmling trat gegen den urigen, traditionsbewussten Chefkoch an, und irgendetwas lief furchtbar schief. In diesem Fall ließ Jack das Risotto zu einer matschigen, klebrigen Masse verkochen. Es wurden Bilder von Gästen gegengeschnitten, die sich über den mangelnden Geschmack beschwerten oder sich in blumigen Worten zu der Qualität des Essens äußerten. Schließlich ging es nicht um Exaktheit, sondern darum, in zweiundzwanzig Minuten eine Geschichte zu erzählen. In einer Aufnahme konnte man Tony sehen, der den ganz speziellen DeLuca-Flunsch zog. Dann erschien Jack am Herd, der gerade kompetent mehrere Bestellungen auf einmal umsetzte. So, wie sie die Szenen zusammengefügt hatten, wirkte es, als wäre Tony neidisch auf Jacks Talent. Das war ganz sicher nicht der Fall!

Tja, Tante Sylvia hatte recht gehabt. Im Fernsehen wurde ordentlich geschummelt.

»Hi, Jack.«

Er blickte auf eine selbstbewusste Zwergin mit einem gigantischen Haarschopf hinab.

»Hallo, meine Liebe«, sagte er zu Gina.

Sie wand sich ein wenig, öffnete und schloss ihren Mund. Schließlich seufzte sie einmal tief. »Es tut mir leid, dass ich dein Essen versalzen habe.«

»Vergiss es.« Als sie ihn immer noch unglücklich ansah, drückte er ihre Schulter. »Ist doch längst Schnee von gestern.«

»Ehrlich, es war Marcos Schuld, und ich wollte nur alles retten nach der Sache mit …« Sie sah sich kurz um und flüsterte dann: »Nach der Sache mit dem Video.«

»Dem … Video?«

»Das Video von dem Kuss. Das war ich«, platzte es aus ihr heraus. »Eigentlich sollte es nur ein Spaß sein, aber dann hat Angela es an alle Leute geschickt, die sie kannte, und so ist eine Art Schneeballeffekt entstanden. Und dann war Onkel Tony so wütend, und Lili war ganz außer sich, also habe ich versucht, alles durch die Facebook-Seite wieder in Ordnung zu bringen. Und dann dachte ich, dass Tonys Sieg in der Show die schlechte Presse wieder wettmachen würde.«

Himmel! »Weiß Lili Bescheid?«

Gina schüttelte wild den Kopf, und ihre großen Augen glänzten feucht. »Ich versuche, sie davon zu überzeugen, mich wieder einzustellen. Wenn sie davon erfährt, bringt sie mich um.«

»Wahrscheinlich.« Er drückte einen Schmatzer auf ihr zuckerwatteartiges Haar. »Ist schon okay, du Zwerg. Schon vergessen.«

»Ah, danke, Jack. Du bist ein echter Star und absolut umwerfend.« Sie seufzte betrübt. »Ich heirate bald, und du hättest dich so gut auf der Hochzeitsfeier gemacht! Ich verstehe wirklich nicht, warum Lili dich abgeschossen hat.«

Sie strahlte ihn an, rückte ihre Brüste zurecht und lief reinen Gewissens davon. Ach, noch einmal so jung und ahnungslos sein …

Unterdessen nahm das Drama in *Jackpot* an Fahrt auf, und dem Publikum fielen beinahe die Augen aus dem Kopf. Er hatte schon geahnt, dass Jules' dramatische Ankunft und jeder Hinweis auf den Betrug den Cuttern viel Freude bereiten würde. Als er jetzt aber sich und Lili dabei zusehen konnte, wie sie sich kurz gegenseitig trösteten, ehe endgültig das Chaos ausbrach, überraschte ihn das sehr. Bei der

Erinnerung daran, wie sie ihn beruhigend mit ihrer weichen Hand gestreichelt hatte, richteten sich auf seinen Armen sämtliche Härchen auf. Seine Lippen zuckten bei dem Gedanken daran, wie nah ihr Mund seinem gekommen war. Und sein ganzer Körper schmerzte ebenso heftig wie in jener Nacht, in der ihm klar geworden war, dass er sie mehr brauchte als die Luft zum Atmen.

Als Jack und Lili sich beinahe küssten, jubelte das Publikum und buhte dann, als Cara dazwischenging und alle zurück an die Arbeit schickte. Gutmütig akzeptierte seine Producerin ihre Rolle als Bösewicht und stand auf, um sich zu verbeugen. Wieder sah er sich um und bemerkte die gesunde Mischung aus Jung und Alt und auch die trendige Yuppie-Kundschaft, die Lili neben den Stammgästen immer mit ins Boot hatte holen wollen. Immer mehr DeLucas kamen in sein Blickfeld, lachend, lebendig und liebevoll. Menschen, die er gern besser kennenlernen wollte. Tante Sylvia blockierte mit ihrem aufgetürmten Haarschopf die Sicht der Pechvögel, die hinter ihr saßen. Jules und Tad flüsterten verschwörerisch miteinander. Seine Schwester spürte seinen Blick und lächelte ihm zu. Wieder bemerkte er, wie sehr er sie liebte und dass es wahrscheinlich keine gute Idee wäre, sie vor der Geburt ihres Babys zu sehr zu irgendwelchen Aktionen zu drängen.

Und dann sah er Lili. Er bekam denselben euphorisierenden Stromschlag wie damals, als er sie zum ersten Mal in ihrem Superheldinnenkostüm erblickt hatte.

Lili stand seitlich neben dem Gang, der in die Küche führte. Ein wenig abseits und doch sehr würdevoll. Sie trug ein Kleid aus schimmerndem silbernem Stoff, das sich an ihre Kurven schmiegte und sehr kostbar aussah. Sie hatte ihr Haar aufgesteckt, aber es entging ihm nicht, dass sich ein paar widerspenstige Strähnen aus der Frisur gelöst hatten.

Er nahm seitlich an der Bar Platz, um sie besser im Blick zu haben. Gerade hob sie einen Fuß, der in Absatzschuhen steckte, um an ihrem Knöchel zu reiben. Von dieser Bewegung rutschte ihr Kleid ein Stück hinauf, sodass er schnell die Augen schließen musste, um nicht ihre goldene Haut zu sehen. Dennoch fühlte sich sein Körper plötzlich an, als sei er aus Granit.

Im Fernsehen wurde gerade Tonys Sieg verkündet, und das Publikum begann zu applaudieren und zu jubeln.

Die Leute riefen *Salute!* und *Il cuoco, il cuoco!* und übertönten damit die abschließenden Interviews und die Titelmelodie von *Jackpot*. Es dauerte einen Moment, bis es Tad gelungen war, Tony aus der Küche zu zerren und er sich vor allen Gästen verbeugte.

Jack sah wieder zu Lili hinüber. Beim Anblick ihrer sanft geschwungenen Lippen und ihrer klugen Augen ging ihm das Herz auf. Tony sagte gerade, wie sehr er sich über all die Gäste freute, die mit ihnen das neue *Ristorante DeLuca* feierten. Jack aber hatte nur Augen für Lili. Wie aus weiter Ferne hörte er, wie Tony über Lilis Kunst sprach und darüber, wie stolz er auf ihre Leistung war. Sie lächelte ergriffen. Und Jack freute sich wahnsinnig für sie.

Der Applaus und die Jubelrufe stiegen zu dem Himmels-Fresko an der Decke auf. Er schloss die Augen, aber Lili war immer noch da. War auf die Rückseiten seiner Augenlider tätowiert.

Lili fand es vollkommen in Ordnung, selbst im Hintergrund zu bleiben und ihren Vater diesen Moment genießen zu lassen. Sie lehnte sich an den Bogen des Durchgangs zwischen den beiden Speiseräumen und atmete einmal tief durch. Sie hatten es geschafft. Okay, sie waren noch nicht ganz über den Berg, aber der steilste Teil lag hinter ihnen. Lili wusste zwar, dass ein paar kosmetische Veränderungen und ein paar neue Bilder allein nicht all ihre Probleme lösen würden, aber immerhin hatte ihr Vater ihr zum ersten Mal richtig zugehört. Und das war extrem befriedigend gewesen. Sie hatte zwar immer noch Kummer wegen Jack, aber auch der würde vorübergehen.

Marco hatte ihn natürlich einladen und dadurch ein weiteres Mal von seiner Bekanntheit profitieren wollen, aber glücklicherweise war ihre Familie gegen diese Idee gewesen. Die Zusammenarbeit mit Jack hatte ihnen schon genug Vorteile gebracht.

Natürlich interessierte das die Lokalpresse herzlich wenig. Nachdem das kurze Interview mit ihrem Vater beendet war, unterzog Shona Love, die Unterhaltungsreporterin von Channel Five, Lili einem Kreuzverhör. Noch ehe sie einmal durchschnaufen konnte, zählte der schnurrbärtige Kameramann im Jeansanzug auch schon stumm die Sekunden mit seinen Fingern herunter.

Shona setzte ihre Showtime-Miene auf.

»Wir befinden uns hier im *Ristorante DeLuca* in Wicker-Park, einem zweiundzwanzigjährigen Urgestein in dieser Gegend. Hier wurde eine Folge von Jack Kilroys neuester Kochshow, *Jackpot – Ein Koch für alle Fälle*, gedreht. Wir haben gerade schon mit dem Chefkoch Tony DeLuca geplaudert, der die Koch-Challenge gegen Jack Kilroy gewonnen hat. Und jetzt unterhalten wir uns mit seiner Tochter Lili, die das Restaurant leitet. Also, Lili, du bist mit dem Ergebnis des Wettkampfes sehr zufrieden, oder?«

»Nun, es hat sich eben einmal mehr gezeigt, dass mein Dad fantastisch kocht und es mit jedem« – beinahe hätte sie gesagt *mit jedem noch so idiotischen Promikoch* – »mit jedem noch so berühmten Koch aufnehmen kann.«

»Natürlich ist Jack Kilroy wirklich einer der ganz Großen«, meinte Shona und zwinkerte Lili von der Kamera unbemerkt zu. »Es muss ganz schön schwer für dich gewesen sein, die Fassung zu bewahren, als dein Vater und Jack in der Küche so richtig losgelegt haben. Ein paar der Aufnahmen, bei denen ihr euch nähergekommen seid, waren wirklich verflucht heiß.« Wieder zwinkerte sie Lili provozierend zu.

»Stimmt etwas nicht mit deinem Auge?«, fragte Lili und war selbst erstaunt, wie gelassen sie dabei klang.

Shonas perfekte Augen weiteten sich.

»Was uns alle am meisten interessiert, Lili, sind natürlich die Momente, in denen Jack und du auf Tuchfühlung miteinander gegangen seid.« Bei diesen Worten blickte sie demonstrativ auf Lilis eng anliegendes Kleid. Die wusste zum Glück, dass sie darin verdammt gut aussah.

»Wir sind sehr dankbar, dass Jack und die Show die Menschen einmal mehr daran erinnert haben, dass das *Ristorante DeLuca* der Ort schlechthin für echte, italienische Kochkunst ist.«

So leicht gab Shona nicht auf. Sie lächelte, aber es wirkte steif und gekünstelt. »Und wird Jack auch bald mal wieder in den Genuss kommen?«

Lili rang um Fassung. War das hier der Lokalsender oder

irgendein übler Boulevardklatsch? Sie durfte nicht unhöflich sein, obwohl diese Frau es eigentlich verdient hätte, mit der Mülltonne vor dem Restaurant Bekanntschaft zu machen. Lili kniff die Augen zusammen und suchte nach der passenden Antwort. Sie musste nur noch den heutigen Abend überstehen ... Und den nächsten und den übernächsten. Sie musste so lange durchhalten, bis der Herzschmerz erst dumpf wurde, dann taub und sich irgendwann ganz auflöste.

Sie war die Tochter von Tony DeLuca. Sie würde das hinkriegen.

Sie öffnete die Augen, und da entdeckte sie ihn. Kurz blinzelte sie, um ganz sicher zu sein, dass sie es sich nicht einbildete. Nein, er war wirklich da und saß etwa zehn Meter entfernt am kurzen Ende der L-förmigen Bar. Und er sah fantastisch aus.

»Jack ist im *Ristorante DeLuca* immer willkommen«, sagte sie und sah zu ihm hinüber. Auch er hatte sie bemerkt, wahrscheinlich früher als sie ihn, und plötzlich wurde der Schmerz in ihrer Brust so scharf wie eine Rasierklinge. Eigentlich war es kein Wunder, dass der Kummer bei seinem Anblick noch schlimmer wurde. An seine Schönheit hatte sie sich bereits ein wenig gewöhnt, aber wie sanft er in der vergangenen Woche mit Jules umgegangen war, war ihr ausgesprochen nahegegangen. Solange wie möglich dem Fernsehen, den Magazinen, dem Internet und sogar ihrer Schwester aus dem Weg zu gehen, nur um nichts über ihn zu erfahren, würde verdammt hart werden.

Trotzdem konnte sie den Blick nicht von ihm lösen. Vielleicht bildete sie es sich ein, aber sie meinte, jede einzelne höllische Minute, die sie getrennt gewesen waren, auf seinem Gesicht sehen zu können. Bestimmt sprach auch ihre Miene Bände. Und plötzlich hatte sie eine Erkenntnis.

Der Jack auf dem Bildschirm mochte ein Gott sein, aber der echte Jack aus Fleisch und Blut gehörte zu ihr. Schmerzen und alles andere inklusive.

»Nach allem, was er getan hat, hat er einen ganz besonderen Platz im Herzen unserer Familie.« Sie zögerte und blickte dann auf Shonas unglaublich angespanntes Gesicht. Um Jack herum hatte sich eine Art Kraftfeld gebildet, mit dem er alle anderen auf Abstand hielt. Oder machte es ihn sogar unsichtbar? Es war schon seltsam, dass einer der berühmtesten Männer des Landes ganz unbemerkt an einer Restaurantbar sitzen konnte. Und das, während um ihn herum ein Medientaifun wütete, der eigentlich ihm galt.

»Als ich ihm zum ersten Mal begegnet bin, war mir ehrlich gesagt noch gar nicht direkt klar, wie anziehend er ist.«

Shona starrte auf ihr Mikrofon, als könnte es ihr erklären, was sie da gerade gehört hatte. »Nein?«

»Versteh mich nicht falsch, er ist natürlich großartig. Oder, Shona?«

»Ähm, ja.« Shona kicherte nervös, sowohl bestürzt als auch aufgeregt wegen des intimen Verlaufs, den das Gespräch genommen hatte.

Lili lehnte sich nach vorn, sodass ihre hübsche runde Schulter die ihrer neuen besten Freundin berührte. »Natürlich könnte jede Frau sich glücklich schätzen, mit Jack zusammen zu sein, aber es gab eine Zeit, da war ich mir da gar nicht so sicher.«

»Nein?«

»Nein. Ich dachte, er ist einer dieser Typen, die sich mithilfe ihres Charmes durchs Leben mogeln – natürlich auch mithilfe ihres guten Aussehens. Und die nicht besonders helle sind. Wahrscheinlich wirst du das kaum glauben, aber tatsächlich ist er gar nicht so gut im …«

Shona rückte noch näher heran, und Lili spürte förmlich, wie auch das gesamte Kamerateam näher rückte, um spektakuläre Nahaufnahmen für das Fernsehpublikum zu ergattern.

Lili wartete lang genug, um den Effekt ganz auszukosten. »… im Singen.«

Irgendwo hinter ihr und über das Gemurmel der Menge hinweg lachte Cara erfrischend respektlos und mädchenhaft auf.

»Oh«, sagte Shona verwirrt, als hätte sie einen Witz nicht verstanden.

Jack rieb an seinem Mund, und Lili wusste, dass er grinsen musste. Plötzlich begann sie wieder zu hoffen.

»Und was du auch nicht glauben wirst, ist, dass ich in der Highschool übergewichtig war.«

Shona sah sie so mitleidig an, wie sie es sonst bei Interviewpartnern mit entlaufenen Katzen machte.

»Ich wurde gemobbt, physisch und psychisch. Und obwohl ich mich irgendwann endlich in meinem Körper wohlgefühlt habe, war es nicht so leicht, die Opferrolle wieder abzulegen. Wahrscheinlich habe ich mich immer mit weniger zufriedengegeben, weil ich nicht glauben konnte, dass ein gut aussehender Mann auf mich stehen könnte. Auf alles an mir. Und auch wenn in dieser Hinsicht bei Jack kein Zweifel bestand, habe ich andere Gründe gefunden, alles zu hinterfragen. Habe begonnen, Fehler an ihm zu suchen. Und an mir.«

Shona sah sie so selig an, als wäre sie im Medienhimmel angekommen und von tanzenden Emmy-Awards umgeben.

»Und jetzt?«, fragte sie hoffnungsvoll, weil sie sich eine gute Pointe erhoffte. Das verdiente Happy End. Außerdem würde der Beitrag wohl nicht länger als drei Minuten dauern und Shona musste als eifrige Journalistin jetzt Nägel mit Köpfen machen.

Lilis Herz hämmerte wie verrückt. Als sie weitersprach, sprach sie eigentlich mit Jack.

»Jack ist der klügste, lustigste und herausforderndste Mann, den ich kenne. Vom ersten Moment an hat er mich unterstützt und dazu motiviert, noch mehr aus mir herauszuholen, und er hat alles riskiert, um mich zu verteidigen. Ich dachte, ich hätte einen solch tollen Mann nicht verdient, und ich bin auch immer noch nicht ganz sicher, ob ich das tue. Aber er soll wissen, dass mein Leben nicht mehr dasselbe ist, seit ich ihn kenne. Und dass ich ihn liebe.«

Jacks Schultern hoben sich, als er tief einatmete. Shona klappte der Kiefer herunter, und im ganzen Raum ertönte ein kollektives Seufzen.

»Nun.« Shona wollte sich mit dem Mikro Luft zufächeln, merkte dann aber, dass die Tonqualität darunter litt. »Ich schätze mal, nach dem heutigen Abend weiß er Bescheid.«

»Ich glaube nicht, dass ich so lange warten kann, Shona.« Wie in Trance ging Lili auf die Bar zu. Verschwommen nahm sie ihre lächelnden Verwandten wahr. Sie aber sah nur einen Menschen scharf.

Jack.

Der Weg zu ihm erschien ihr meilenweit, und er machte keinerlei Anstalten, auf sie zuzukommen. Aber das war in Ordnung. Diesen Weg schuldete sie ihm. Hinter sich hörte sie, wie der Kameramann auf Shonas Drängen hin in Position ging.

Sobald sie bei Jack angekommen war, drehte er sich auf seinem Barhocker zu ihr um, die Beine geöffnet. Seine Augen glühten. Nur mit viel Mühe konnte Lili sich davon abhalten, ihn einfach in die Arme zu schließen.

»Hast du alles verstanden?«, fragte sie ihn und schluckte heftig.

Er zögerte seine Antwort quälend lang hinaus.

»Na ja, für meinen messerscharfen Verstand war ich ja noch nie bekannt.« Er sprach so leise, dass Shonas Mikrofon das Gespräch nicht aufzeichnen konnte und auch ihre Verwandten seine Worte nicht hören konnten. »Sagst du nur, dass du mich liebst, damit ich mit dir schlafe?«

Sie zuckte mit den Schultern. »Habe mit dem Gedanken gespielt, ja. Würde es funktionieren?«

»Vielleicht. Ich bin ziemlich oberflächlich, weißt du?«

Sie trat so nah wie möglich an ihn heran, ohne ihn zu berühren. Noch nicht. Aber bitte bald. »Willst du, dass ich vor dir auf Knie falle?«

Er schüttelte den Kopf, lächelte sie aber warm und liebevoll an. Sie konnte nicht mehr nachdenken, nicht mehr sprechen, aber das spielte keine Rolle. Jack gehörte zu ihr. Lili legte ihre Lippen auf seine, erst ganz leicht, aber schon einen Moment später küssten sie sich leidenschaftlich. Sie passten perfekt zusammen, und das war immer schon so gewesen. Sie hörte das kehlige Geräusch, das Jack von sich gab, das Jubeln der Leute, und wenn sie die Augen geöffnet hätte, dann hätte sie sie verdreht, weil die Situation einfach viel zu romantisch und kitschig war.

»Du hättest nie vor mir auf die Knie fallen müssen,

Süße«, murmelte er. »Ich war dir von Anfang an verfallen.«

Tief in sich hatte sie das immer gewusst, aber natürlich hatte sie diesem Gefühl nicht getraut. Schließlich passierte es nicht jeden Tag, dass ein König sich auf eine gemeine Bürgerin einließ. Tränen traten ihr in die Augen.

»Ich dachte immer, es läge an der Gehirnerschütterung«, murmelte sie und merkte, wie ihr die Tränen über die Wangen liefen.

Mit seinem Daumen wischte Jack sie ihr sanft aus dem Gesicht.

»Logisch. Sonst hättest du ja nie eine Chance bei mir gehabt.«

»Du arroganter, aufgeblasener, unmöglicher« – umwerfender, perfekter, mein – »Mann.«

Er zog sie noch näher an sich. Wahrscheinlich war das keine gute Idee, denn sein Penis war so steif, wie Lili feucht war, und sie hatte das Gefühl, jeden Moment in Flammen aufzugehen. Sie wollte, dass er die Hände auf ihren Po legte, zudrückte und ihm huldigte, so wie er es immer tat, wenn sie allein miteinander waren. Aber Jack hatte sich generell besser im Griff, was Zärtlichkeiten in aller Öffentlichkeit betraf.

Sie konnte sich nicht von der Stelle rühren, und das lag nicht nur an der muskulösen Schranke seiner Schenkel. Nein, sie wäre einfach am liebsten hier eingezogen. Wohlbehütet in Jacks Umarmung. Das würde auch ihren Arbeitsweg zusätzlich verkürzen.

Scheinbar aber hatte er andere Vorstellungen und machte es wieder einmal kompliziert.

»Das war ja schon ein ganz netter Vorgeschmack, aber es braucht schon etwas mehr, um mich voll und ganz zu überzeugen.« Er rutschte vom Stuhl und nahm ihre Hand. »Lass uns gehen, Lili.«

Er führte sie durch die Menge und hielt ihre Hand ganz fest, während Leute ihm auf die Schulter schlugen oder liebevoll Lilis Arm drückten. Ihre Mutter strahlte, Ginas Augen glänzten verdächtig, und Cara zwinkerte ihr anzüglich zu.

Und dann begegneten sie dem Endgegner. Ihrem Vater.

Tony legte den Kopf schief und zögerte einen Moment lang, ehe er einen Kuss auf ihre Stirn drückte. *»Mi mancherai tantissimo, Liliana.«*

Ein altbekanntes Gefühl breitete sich in Lilis Brust aus, und sie nickte nur. Auch sie würde ihn vermissen.

Jack drückte ihre Hand. »Lili, könntest du deinen Vater und mich kurz allein lassen?«

»Klar«, murmelte sie und trat überrascht ein paar Schritte zurück.

Jack neigte sich zu ihrem Vater hinüber und sagte leise etwas zu ihm, das sie nicht verstehen konnte.

»Schön, dass du endlich auf mich gehört hast«, flüsterte Tad ihr ins Ohr. »Auch wenn ich mich schon frage, was Jack denken würde, wenn er von dem wahren Grund deines ersten Annäherungsversuchs erführe. Dass es dir immer nur um eine Fahrt auf meinem Motorrad ging … Tsss.«

»Oh, jetzt sei aber still!«, gab sie nervös zurück, während sie zusah, wie Jack und ihr Vater ihr Gespräch mit einem kräftigen Händedruck besiegelten. Bestimmt ging es ums Kochbuch. Das konnte ja heiter werden!

»Wann immer du eine Spritztour machen willst, gehört mein kleiner Flitzer jedenfalls ganz dir.« Tad drückte einen Kuss auf ihre Schläfe. »Du hast es dir wirklich verdient.«

»Oh …« Aber sein Motorrad würde warten müssen. Sie wollte sich jetzt erst einmal ganz Jack widmen und ihn mit sich ins Büro zerren … Nein, in die Toilettenräume … Oder in die Küche? Die war gerade ganz leer, da der Küchenbetrieb für heute beendet war und das Personal draußen mit den Gästen feierte.

Als Jack zu ihr zurückkam und sie endlich allein mit ihm war, schlugen die Schmetterlinge in Lilis Bauch Salti, und sie war tausendmal nervöser, als sie es eben noch vor der Kamera und all den Gästen gewesen war.

»Was hast du mit meinem Dad besprochen?«, fragte sie neugierig.

Er lächelte sie warm und geheimnisvoll an. »Nur furchtbar wichtige Küchenchef-Angelegenheiten. Zerbrich dir nicht deinen hübschen Kopf darüber.«

»Vorsicht, Bürschchen!« Dann wurde sie ernst. Ihr Herz sprang in ihrer Brust auf und ab, und sie rieb an ihrem Schlüsselbein, um sich ein wenig zu beruhigen. Sie hatte ihm noch etwas Wichtiges zu sagen.

»Ich bin nicht gut in so etwas. Emotionale Angelegenheiten waren noch nie die Stärke der DeLucas. Es tut mir also leid, falls ich das hier vermassele. Aber ich werde immerhin versuchen, keine Witze zu reißen.«

Er lächelte sie ermutigend an. »Du machst das doch ganz gut!«

Sie strich mit den Fingerspitzen über die zerkratzte Arbeitsfläche aus Edelstahl.

»Lili.«

Sie schluckte. »Ich war früher dick, und ich hatte Angst. Irgendwann war ich nicht mehr dick, aber die Angst ist geblieben. Okay, ich habe originelle Fotos geschossen und vermeintliche Einbrecher als Wonder Woman verkleidet k. o. geschlagen – und ich habe mich auch ziemlich schamlos an TV-Stars herangeschmissen. Aber ich wollte mich auf keinen Fall aus meiner Komfortzone reißen lassen: Ich war Lili DeLuca, die unbeirrbare Geschäftsleiterin des Restaurants, die aufopferungsvolle Tochter, das Mädchen für alles. Und ich wollte es unbedingt bleiben.«

»Ach, Süße.«

Sie sah ihn streng an. »Unterbrich mich nicht! Außerdem wird dir der nächste Teil gefallen, da geht es nämlich um dich.«

Er hob die Hände. »Bitte. Red weiter.«

»Dann bist du aufgetaucht. Na ja, dieses Auftauchen war ein mühsamer Prozess, weil du ja vorher erst einmal ordentlich sticheln und mir so richtig unter die Haut gehen und mir sagen musstest, wie viel Potenzial ich habe und dass ich alles schaffen kann. Das war ganz schön überwältigend. Dass ein großartiger Mann wie du sich so um mich bemüht …« Sie fächelte sich Luft zu und ärgerte sich darüber, wie mädchenhaft sie sich benahm. Gleichzeitig wurde ihr immer leichter ums Herz. »Ich war mir nicht sicher, ob es echt ist. Ob du echt bist, denn seien wir mal ehrlich, du bist die fleischgewordene Fantasie einer Frau. Ich habe also Panik bekommen, weil das viel leichter ist, als mich vollen Herzens auf etwas einzulassen, was vielleicht nur ein Hirngespinst ist.«

»Aber ich bin sehr echt.« Jack klang mitfühlend.

Ja, er war echt. Er war der heißeste, tollste Mann, den sie je gesehen hatte. Da war es doch kein Wunder, dass sie verwirrt war.

»Es tut mir leid, dass ich nicht an uns geglaubt habe.

Aber am meisten bereue ich es, dass ich mir selbst nicht vertraut habe. Ich muss mich noch daran gewöhnen, dass ich eine Superheldin bin, weißt du?«

Er küsste sie, langsam, sinnlich und so, so heiß. »Alles klar, das hast du doch ganz gut hinbekommen. Du bist kein hoffnungsloser Fall. Ich denke, wir können jetzt eine Stufe weitergehen.« Er strich über ihre Rippenbögen und berührte dann ihre steifen Nippel. Sofort wurde ihr Körper butterweich, und sie gab sich ganz diesem Gefühl hin.

»Lili, als ich heute Abend hierhergekommen bin, habe ich nichts erwartet. Und jetzt habe ich alles, was ich brauche. Ich war so stolz auf dich, als ich die Veränderungen im Restaurant und deine Fotos gesehen habe. Und wie du dann vor der Kamera gesprochen hast … Mädchen, du traust dich vielleicht was!«

»Ja, aber ich habe dafür erst einmal einen kräftigen Schubs gebraucht. Jemanden, der mich so sieht, wie ich wirklich bin. Es ist echt unheimlich, wenn jemand einen so durchschaut und vielleicht sogar besser weiß, was man braucht, als man selbst …« Sie schluckte. »Ich habe mich an der Graduate School beworben.«

Er hörte auf, an ihren Brustwarzen zu spielen. Mist, sie hätte sich diese Ankündigung für später aufheben sollen.

»Wow!«

»Und ich habe ein Bild verkauft.«

Seine Augen wurden tellergroß. »Und welches?«

»Sadie Number Three.« Er runzelte die Stirn, also übersetzte sie. »Die rothaarige Rock-Mieze. Für tausendzweihundert Dollar.« Sie schlug sich die Hand vor den Mund, weil sie es selbst immer noch nicht richtig fassen konnte.

»Oh, das war eines meiner Lieblingsbilder! Glückwunsch!«

»Eine Sache bereitet mir allerdings noch Kopfzerbrechen«, meinte Lili.

»Was denn, meine Süße?« Er küsste sie sanft auf die Wange.

»Dein Temperament. Ich will nicht, dass du sofort ausrastest, nur weil irgendjemand Mist erzählt. Das kannst du nicht machen, dafür steht viel zu viel auf dem Spiel.«

»Na, darum musst du dir keine Sorgen mehr machen. Vor dir steht ein Mann, der *nicht* die neue TV-Sensation ist.«

Sie starrte ihn vollkommen entgeistert an.

»Ich werde den Vertrag mit dem Medienkonzern nicht unterschreiben«, erklärte er. »Und ich werde auch den mit dem Kochsender nicht verlängern.« Als sie dieses Mal auf seine Brust klopfte, dachte sie keine Sekunde an seine Muskeln. Blitzschnell drückte er sich an sie und legte seine Handflächen so auf die Kühlkammertür, dass sie ihm nicht entkommen konnte. Herrje, sie hatte wirklich die Reflexe eines zweizehigen Faultiers!

»Ehe du mir sagst, wie dämlich das ist, hör mir erst einmal zu.«

»Okay«, murmelte sie. Als bliebe ihr noch eine Wahl, wenn er sich gleichzeitig an sie schmiegte und sie seine Erektion in ihrem Schritt spüren konnte!

»Ich will mein Leben zurückhaben. Ich will am Sonntag ausschlafen, dich um den Verstand vögeln und dann darüber nachdenken, welche der Zutaten vom Bauernmarkt sich am besten in meinem aktuellen Tagesgericht machen. Ich will wieder für Menschen kochen, nicht für Einschaltquoten. Ich will Jules der beste Bruder sein und für ihr Kind der allerbeste Onkel. Ich will, dass meine eigenen Kinder gutes Essen und Familie zu schätzen wissen und sie so sehr lieben, dass es fast schon peinlich ist. Und ich will, dass sie so lange wie möglich Jungfrau bleiben. Das klappt wahrscheinlich nur, wenn wir am Tisch zusammensitzen und reden, so wie richtige Familien das tun.« Als sie etwas erwidern wollte, legte er den Finger auf ihre Lippen. »Ich weiß, dass ich meine kulinarische Göttlichkeit der breiten Masse nicht vorenthalten darf, aber ich kann ja die frohe Botschaft immer noch in Form von Büchern und Videos verbreiten. Oder etwas in der Art.« Er beendete seine Ansprache mit einem breiten Grinsen.

»Du willst also in zehn Minuten die Weltherrschaft an dich reißen?«, fragte sie, obwohl sie am liebsten gesagt hätte: *Kinder, Jack? Du redest jetzt schon von Kindern?!* Natürlich stellte sie sich sofort kleine Racker mit smaragdfarbenen Augen vor. Wahrscheinlich wäre es für die Kinder am besten, wenn sie Jacks glänzende Locken und nicht ihre widerspenstige Mähne erben würden.

»Ich werde immer noch meinen Geschäften nachgehen«, sagte Jack. »Ich werde reisen müssen, aber nicht mehr so viel. Mein Leben wird bei dir stattfinden, wo auch immer du möchtest. Hier. In New York. Sonst wo.«

»Du würdest hierher ziehen?«

»Solange ich ein scharfes Messer, ein Schneidebrett und meine Frau bei mir habe, kann ich überall leben. Offenbar hat Laurent heimlich das Geld beiseitegelegt, das ich ihm bezahle, um mir auf hinterhältige Weise das Zepter zu entreißen. Ich verkaufe ihm also die Hälfte des New Yorker Restaurants und ernenne ihn zum Küchenleiter. Natürlich könnte ich trotzdem noch dort arbeiten, aber ich nehme nicht gern Befehle an.« Er strich ihr eine Haarsträhne aus den Augen. »Ich weiß, dass du an der Parsons hängst …«

»Das School of the Art Institute steht auch auf meiner Liste.«

Seine Augen funkelten. »Interessant. Vielleicht wusstest du es noch nicht, aber ich plane, ein Restaurant in Chi-Town zu eröffnen. Und meiner Schwester gefällt es hier offenbar auch.«

Lili vermutete, dass auch Tad Jules ganz gut gefiel. Aber dieses Thema sprach sie jetzt lieber nicht an. »Sie wird immer genug Babysitter haben.«

»Ja, eine ganz Armee sogar.« Er grinste. »Was für ein kleiner Glückspilz dieses Kind doch ist!«

»Was ist mit Cara?«, fragte Lili plötzlich besorgt. »Weiß sie wegen der Show schon Bescheid?«

»Noch nicht. In ein paar Tagen wird ein wohlformuliertes Statement des Medienkonzerns über kreative Meinungsverschiedenheiten veröffentlicht, aber ich muss natürlich trotzdem mit ihr sprechen. Mach dir keine Sorgen! Auf ihrem Gebiet ist sie die Allerbeste, und sie wird im Handumdrehen ein anderes armes Würstchen finden, das sie herumkommandieren kann. Wenn es irgendwann zur Zombie-Apokalypse kommt, werde ich dafür sorgen, auf jeden Fall im Team Cara zu sein.«

»Jack, bist du dir sicher?« Sie musste nachfragen, obwohl sie wusste, dass seine Entscheidung feststand. In der Liebe mochte er impulsiv sein, aber geschäftliche oder familiäre Entscheidungen nahm er nicht auf die leichte Schulter. Es rührte Lili sehr, dass Jules bei seinen Überlegungen eine solch große Rolle spielte.

»Ich bin mir absolut sicher. Na, kannst du dir vorstellen, mit einem Ex-Promi zusammen zu sein, der in ein paar Jahren nur noch im Dschungelcamp auftritt?«

Sie stellte sich auf die Zehenspitzen und spürte endlich seine Hände auf ihrem Po, als sie ihn küsste.

»Du weißt doch, dass mich dein Ruhm nie interessiert hat.«

»Stimmt, es ging dir immer nur um meinen Körper.«

»Ganz genau.« Sie rieb ihre Nase an seiner und küsste ihn sanft. »Jack, ich weiß ja, dass du nur Spaß machst. Trotzdem solltest du wissen, dass du für mich so viel mehr bist als bloß ein paar hübsche Muskeln. Du und Jules gehört für mich jetzt zur Familie. Herzlich willkommen.«

Er schluckte, und sie spürte, wie er zu zittern begann. All seine Dankbarkeit, seine Bedürftigkeit, seine Liebe. Er vergrub sein Gesicht in ihrem Nacken. Hinter der ehrgeizigen Fassade verbarg sich ein Mann, der italienischer war als alle Männer, die ihr je begegnet waren. Er brauchte eine Familie und jemanden, dessen Herz groß genug war, ihn aufzunehmen. Ihre Familie und sie. Dass Jack und Jules sich hier in Chicago wiedergefunden hatten und jetzt Teil ihres Clans waren, ließ Lilis Brust vor Liebe anschwellen. Ein paar Momente vergingen, in denen nur ihr Herzklopfen und das Summen der Küchengeräte zu hören waren.

»Ich liebe dich so sehr«, sagte sie und genoss den Geschmack dieser Worte auf ihren Lippen.

Er lehnte sich zurück und strich über ihre Arme.

»Wenn ich die Show nicht mehr habe, braucht mein armes Ego solche Sätze ganz besonders. Sag es noch einmal.«

»Ich liebe dich, Jack Kilroy. Dein arrogantes Grinsen, deine Pancakes, deinen schrecklichen Gesang und dass du mich nie aufgegeben hast.« Sie legte den Kopf schief. »Wie wäre es mit einer Erwiderung?«

»Keine Chance. Du kannst ruhig noch ein bisschen leiden.«

»Das habe ich schon lang genug getan.« Gierig ließ sie die Hand an seinem Bauch hinab bis zur Gürtelschnalle und dann noch ein wenig tiefer wandern, bis sie an etwas … Eckigem angelangt war. Huch.

»Was ist das denn?«

»Ach, eine Selbstmitleidsorgie im Hosentaschenformat.« Er zog eine leicht zerdrückte, tiffanyblaue Schachtel heraus und klappte sie auf, um ihr den größten Diamanten zu präsentieren, den sie je gesehen hatte. Er hatte eine gelbliche Färbung und sah wie ein sehr teures Bonbon aus. In ihrem Kopf wirbelte alles durcheinander, und ihr Herz schlug ihr bis zum Hals.

»Aber Jack, du hattest doch gesagt, dass du ohne jede Erwartung hierhergekommen bist.«

»Ich habe den Ring schon seit einer Weile. Und bis zu meiner Reise wollte ich mich wohl irgendwie daran festhalten.« Seine Augen schimmerten. »Ich habe von Anfang an gewusst, dass du mir alles bedeutest, und ich war nicht bereit, dich aufzugeben. Also, was sagst du?«

»Wozu?«

»Streng dich mal ein bisschen an, DeLuca. Zu der Frage, ob du meine Frau werden willst.«

»Du machst mir einen Antrag?«

»Mensch, normalerweise bist du doch nicht so schwer von Begriff«, sagte er ein wenig erschöpft. »Scheint deiner Auffassungsgabe nicht gutgetan zu haben, dass du mich mehrere Wochen nicht gesehen hast.«

Lachend betrachtete sie den Ring von allen Seiten. Er war leicht und seltsam … klebrig. »Aber das ist kein echter Diamant.«

»Nein. Er ist aus Zucker.«

»Du hast mir einen essbaren Ring gemacht!« Unglaublich, wie gut dieser Mann sie kannte.

»Wir gehen irgendwann einen echten kaufen. Aber ich wollte dich so schnell wie möglich an mich binden. Besonders jetzt, wo du so berühmt bist.«

Zitternd steckte sie das Schmuckstück an ihren Ringfinger und fühlte sich wie ein Kind in einem Süßigkeitenladen. Er passte perfekt. Zögernd leckte sie an ihm. »Schmeckt nach Hühnchen.«

»Hoffentlich nicht! Dann hätte ich ja wirklich mein Kochtalent verloren.« Er strahlte sie an, und sofort schlug ihr Herz noch schneller. »Ich liebe dich, Liliana Sophia De-Luca. Also heirate mich und bring das zu Ende, was du begonnen hast, als du mir mit der Bratpfanne eins übergebraten hast.«

»Ja, Jack. Ich heirate dich«, sagte sie und versuchte vergeblich, einigermaßen gefasst zu klingen.

»Dem Himmel sei Dank!« Er küsste sie stürmisch, und sie konnte spüren, wie sie sich beide entspannten. »Vielleicht verzeiht mir Tony ja jetzt endlich, dass ich dich verderbe.«

Sie schnappte nach Luft. »Eins nach dem anderen, Jack!«

»Du wirst dich vielleicht darüber wundern, aber ich habe mir vorhin den Segen deines Vaters geholt. Ich wollte es anständig angehen – nach allem, was er mit mir durchgemacht hat!«

»Cleverer Schachzug, Kilroy.« Wow, er war doch immer

für eine Überraschung gut. »Du warst dir also sicher, dass ich Ja sage?«

»Na klar!« Er strich mit dem Daumen über ihr Kinn, dann über ihre wild pochende Kehle und schließlich über ihr Schlüsselbein. Sie konnte ihm durch seine Augen direkt in sein Herz sehen. In das Herz, das zu ihrem gehörte. Voll und ganz.

Lili strich beiläufig über die Klinke der Kühlkammertür und öffnete sie dann. »Wollen wir herausfinden, wie lange wir brauchen, das Ding so richtig aufzuheizen?«

Jack sah sie mit gespieltem Entsetzen an. »Du böse Frau! Letztes Mal hat es mit mir da drin kein besonders gutes Ende genommen.«

Als wollte sie ihm einmal mehr beweisen, dass sie es wirklich faustdick hinter den Ohren hatte, schmiegte sie sich an ihn und strich langsam über seinen Schritt. Er stöhnte leise auf. »Ich weiß gar nicht, was du hast«, meinte Lili. »Eigentlich hat es mit dir doch ein sehr gutes Ende genommen.«

Das Geheimrezept

Von Kate Meaders Schreibtisch

Liebe Leserin, lieber Leser,

Love Recipes – Verführung à la carte ist der erste Band meiner chilischarfen Reihe über eine italienische Familie und ihr Restaurant – und all die sexy Köche, die sie lieben. Sehnen wir uns denn nicht alle nach einem heißen Koch wie Jack Kilroy? Nach einem Mann, der kocht, seine Lady verteidigt und sich sowohl in der Küche als auch im Bett bestens auskennt? Ein britischer Akzent schadet dabei natürlich auch nicht. Manchmal müssen wir uns aber mit dem zufriedengeben, was wir haben. Wenn du also einen Ehemann, Freund oder Sexsklaven hast, der Grillen für die einzig passende Kochmethode für einen Mann hält, dann lies unbedingt weiter!

»Aber er hinterlässt immer so ein Chaos!« oder »Ich bin die bessere Köchin!«, höre ich euch schon jammern. Na und? Es lohnt sich in vielerlei Hinsicht, euren Mann zum Kochen zu ermutigen.

1. Männer, die kochen können, kennen sich mit Multitasking aus. Wenn er gleichzeitig ein paar blubbernde Kochtöpfe im Auge behalten, Kräuter hacken und dir ein Glas Wein einschenken kann, während du selbst schön die Füße hochlegst, wirkt sich das vielleicht auch auf andere Bereiche aus. Die Kinderbetreuung, das Müllherunter-Bringen, und vielleicht spült er ja sogar ab, während er den Coq au Vin umrührt? Außerdem macht Kochen kreativ. Du fragst deinen Mann also beispielsweise: »Hast du saure Sahne benutzt, Baby?« Daraufhin erscheint diese anbetungswürdige Sorgenfalte auf seiner Stirn. »Ich hatte keine mehr, also habe ich stattdessen griechischen Joghurt benutzt. Ich hoffe, das ist okay?« Du lässt ihn einen Moment lang schmoren und sagst dann: »Das ist so originell! Außerdem hat Joghurt weniger Fett.« (In der frühen Trainingsphase ist Lob wahnsinnig wichtig!)
2. Männer, die kochen, haben eine direkte Auswirkung auf das Lektürepensum einer Frau. Er hat dir jetzt also dein Glas Pinot gebracht und ist in die Küche zurückgekehrt, an seinen wahren Bestimmungsort. Jetzt kannst du dich direkt wieder Wichtigerem zuwenden – nämlich den Geschichten über fiktive Liebhaber, die wahrscheinlich sehr viel besser kochen als dein Angebeteter. (Im Fall von Jack Kilroy, Shane Doyle und Tad DeLuca, den sexy Helden der Love-Recipes-Reihe, steht das natürlich völlig außer Frage.)
3. Männer, die kochen, verwandeln sich in Männer, die einkaufen gehen. Mehr muss ich dazu nicht sagen.
4. Männer, die kochen, sind besser im Bett. Köche haben sehr geschickte Hände, die von der jahrelangen harten

Arbeit oft ganz schwielig und vernarbt sind. Diese flinken, rauen Hände werden dein Sexleben auf ein ganz neues Level heben!

Also, steck deinen Freund in eine Schürze, und schon kann der Spaß beginnen! Denk dran, Köche haben es einfach drauf …

Viel Spaß beim Kochen, Essen und Lesen!
Kate Meader

Danksagung

Kein Schriftsteller und keine Schriftstellerin sind Inseln, auch wenn sie sich manchmal ganz schön einsam fühlen. Es ist also sehr tröstlich, dass mich ein paar tolle Leute so lange motiviert und aufgeheitert haben, bis ich das Buch beendet hatte – und mich dann direkt zum nächsten Teil angestachelt haben.

Ich danke Nicole Resciniti von der Seymour Agency, deren Vertrauen in mich und all ihre Autor*innen grenzenlos ist. Sie hat Potenzial in meinem Text (und seinem sexy Helden) gesehen und das Beste aus mir herausgeholt.

Herzlichen Dank auch an Lauren Plude, meine großartige Lektorin, und das Team bei Grand Central Publishing. Toll, dass ihr aus dem Wörterklumpen, den ich euch geschickt habe, etwas Fantastisches herausgemeißelt habt! Auch für das sexy Cover stehe ich auf ewig in der Schuld der großartigen Gestalter des Verlags.

So viele Menschen haben mir mit ihrer Kritik und durch die Lektüre meines Manuskripts geholfen, auch ihnen gilt mein wärmster Dank: Gina Blechman, Jessica

Briones, Michelle Frisque, Anna Geletka, Rebecca Lynn, Erin McCarthy, Angela Quarles and Shannyn Schroeder. Ganz besonders möchte ich auch Amber Lin danken, deren Verständnis und schmutzige Ideen mich zu einer besseren Autorin gemacht haben!

Und zum Schluss noch ein großes Dankeschön an meine Schriftstellerinnen-Girls aus Chicago 4D. Euer Essen, Trinken und euer divenhaftes Benehmen haben mich bestens informiert, beschwipst und gut gelaunt durch das vergangene Jahr gebracht. Cheers, Ladys!